*ISIS*文库
兵器文化系列

江晓原　主编

核潜艇闻警出动

А ТОМНЫЕ УХОДЯТ　ПО ТРЕВОГЕ

阿·约尔金 等／著
上海师范大学外语系俄语组 等／译

上海交通大学出版社
SHANGHAI JIAO TONG UNIVERSITY PRESS

内容提要

本书系“*ISIS* 文库 · 兵器文化系列”之一。《核潜艇闻警出动》有着军事幻想小说的面貌，问世于1971年，但又被称为“文献性中篇小说”，因为书中使用了一些真实的书信和日记材料。本书反映了苏联打造远洋海军的努力，书中关于沙俄海军英勇事迹的追述，关于苏联海军在北极地区活动的描军等等，都令人印象深刻。本书问世后获苏联国防部的文学奖金。附在本书后的另一篇小说《海浪上的花圈》，也是苏联同一时期反映远洋海军建设的作品。

图书在版编目(CIP)数据

核潜艇闻警出动/(俄罗斯)约尔金等著；上海师范大学外语系俄语组等译. —上海：上海交通大学出版社，2015

(ISIS 文库. 兵器文化系列)

ISBN 978-7-313-13358-8

Ⅰ.①核… Ⅱ.①约…②上… Ⅲ.①中篇小说—俄罗斯—现代

Ⅳ.①I512.45

中国版本图书馆 CIP 数据核字(2015)第150688号

核潜艇闻警出动

著　　者：阿·约尔金　等
译　　者：上海师范大学外语系俄语组　等
出版发行：上海交通大学出版社
地　　址：上海市番禺路951号
邮政编码：200030
电　　话：021-64071208
出 版 人：韩建民
印　　制：上海宝山译文印刷厂
经　　销：全国新华书店
开　　本：787mm×960mm　1/16
印　　张：23.25
字　　数：317千字
版　　次：2015年8月第1版
印　　次：2015年8月第1次印刷
书　　号：ISBN 978-7-313-13358-8/I
定　　价：48.00元

总　序

江晓原

ISIS 文库是上海交通大学出版社依托本校科学史与科学文化研究院的科研优势和文化资源，重点打造的科学文化类图书品牌。收入文库的图书，以引进翻译为主，兼采原创作品，力求同时满足如下三大原则：

一、与科学技术相关；

二、有较高的思想价值；

三、有趣。

ISIS 是古埃及神话中的丰饶女神，水与风的女神，她被视为女性和忠贞的象征，又是航海女神，还是死者的女庇护神。其形象为女性王者。科学史之父者乔治·萨顿博士把他创办的科学史专业期刊命名为 *ISIS*，寓意深远。

ISIS 文库目前下设"科学政治学"、"科幻研究"、"兵器文化"、"科学与时尚"四个开放系列。

类似文库国内出版社已有尝试，最著名者如上海科技教育出版社的"哲人石"丛书、湖南科学技术出版社的"第一推动"丛书等等，珠玉在前，值得重视。但 *ISIS* 文库与这些丛书的最大区别，或许在对待科学技术的态度。如果说前者看待科学技术的眼光有时仍然不免有所仰视的话，那么 *ISIS* 文库决心平视科学技术——甚至可以俯视。

科学有过她的纯真年代，那时她还没有和商业资本结合在一起，那样的科学，可以是传说中牛顿的苹果树，甚至也可以是爱因斯坦年轻时的“奥林匹亚学院”。但是曾几何时,科学技术与商业资本密切结合在一起了。这种结合是我们自己促成的,因为我们向科学技术要生产力,要经济效益。不错,科学技术真的给了我们经济效益,给了我们物质享受。但是,这样的科学技术就已经不再是昔日的纯真少女了。

与商业资本密切结合在一起的科学技术,就像一位工于心计的交际花。她艳光四射,颠倒众生,同时却很清楚自己要谋求的是什么。而且她还非常聪明地利用了这样一种情况:那些围绕在她石榴裙下的倾慕者们,许多人对她的印象还停留在昔日纯真少女的倩影中,他们是真心热爱着她,崇拜着她,对她有求必应,还自愿充当护花使者……

今天的科学技术,又像一列欲望号特快列车,这列车有着极强的加速机制——这种机制曾经是我们热烈讴歌的,它正风驰电掣越开越快,但是却没有刹车装置!

车上的乘客们,没人知道是谁在驾驶列车——莫非已经启用了自动驾驶程序?

而且,没人能够告诉我们,这列欲望号特快列车正在驶向何方!

最要命的是,现在我们大家都在这列列车上,却没有任何人能够下车了!

有鉴于此,*ISIS* 文库将秉持文化多元,思想开放之原则,力争为读者提供优秀读物。

“科学政治学”系列,主要关心科学技术与政治的关系及互动,也包括科学技术运作中本身所表现出来的政治。

“科幻研究”系列,主要关注科幻作品的思想性——对科学负面价值的思考、对技术滥用的警示、科学技术对人性及伦理的挑战等等。这个系列以研究论著为主,也会适当包括某些科幻作品的重要选本。

“兵器文化”系列,关注现代武器发展中与文化的联系及相互影响。

“科学与时尚”系列，关注科学在电影、杂志等时尚文化产品中的形象、科学与时尚文化产品之间的相互作用等等。

如果你还是那位交际花石榴裙下的倾慕者，希望文库能让你知道她的前世今生。

如果我们已经置身于那一列无法下车的疯狂快车上，希望文库至少能有助于我们认清自身的处境。

2013 年 7 月 18 日

于上海交通大学科学史与科学文化研究院

目　录 CONTENTS

001 **《核潜艇闻警出动》中文新版序**

001 **核潜艇闻警出动**

003 作者的话

004 主要人名表

005 遥远的大西洋的阴影(引子)

010 第 1 章　第一艘核潜艇下水

042 第 2 章　在北极星下的某个地方……

067 第 3 章　在人所不知的境界外

087 第 4 章　科尔契洛夫中尉

124 第 5 章　地平线不是更近了

151 第 6 章　把你的心献给北极

163 第 7 章　不平静的航程

182 第 8 章　沿着谢多夫和南森的道路

203 第 9 章　冰与火

234 第 10 章　冰山在驾驶室上面漂过

263 第 11 章　“列宁共青团”号在进攻

272 第 12 章　在遥远的大西洋某地……

309 **海浪上的花圈**

《核潜艇闻警出动》中文新版序

江晓原

整整40年前，我有过一次非常奇特的阅读体验。

那时中国正和苏联交恶，苏联被视为“修正主义”国家，苏联当时的文学作品几乎全都被视为“毒草”。但是当时中国却翻译出版了一批苏联当代作家的小说，比如《核潜艇闻警出动》、《你到底要什么?》，以及一些苏联高层人物的回忆录，比如《赫鲁晓夫回忆录》、《朱可夫回忆录》等等。这些小说和回忆录都是以“内部发行”的方式出版，不对一般公众开放的。

出版这些读物的理由，表面上是“供批判用”，所以通常每部作品前面都会有一篇牵强附会、夸大其词、义愤填膺甚至破口大骂的“批判”文章。这种“批判”文章有一个非常醒目的文本特征：文中总是大量引用马克思、恩格斯、列宁、斯大林、毛泽东的语录，而且这些语录的字体都一律用黑体，使它们在整篇文章中显得特别引人注目。

在这样的背景下，1975年我用“走后门”的方式，搞到了刚刚出版的《核潜艇闻警出动》中译本。它的正文前居然有两篇“批判”文章，这是因为当时将苏联作家维克多·斯捷潘诺夫的中篇小说《海浪上的花圈》附在书后合为一册，所以出版者认为需要为它们分别安排一篇“批判”文章。

《核潜艇闻警出动》是苏联作家阿·约尔金的“文献性中篇小说”——全书中译本有约27万字，其实可以算作长篇小说。小说最初在1971年的《青年近卫军》杂志上连载，次年作者做了修订和扩充，篇幅增加一倍以上，出版了单行本小说。这部小说当时颇受苏联官方肯定，作者还获得了国防部的文学奖金。

《核潜艇闻警出动》当时为什么会得到苏联官方的肯定和奖励，在今天看来原因是一目了然的，但对于当时国内的一般读者来说，这种原因并不容易了解。书前那两篇声色俱厉的“批判”文章，也并未打算正面向读者揭示这种原因。我就是在这种糊里糊涂的状态中读完《核潜艇闻警出动》的。但是，要知道在 1975 年，这种当代军事题材的读物是极为稀见的，仅仅靠小说的标题，也足以吸引我一口气将它读完了。

我所谓的“非常奇特的阅读体验”，主要表现在这一点：明明被告知它是需要“批判”的，但我在阅读过程中，从头到尾，根本没有冒出哪怕一丁点的“批判”冲动，只有持续不断的阅读快感。特别是书中对旧日俄罗斯海军英雄勋业的追述，让我心往神驰。

军港塞瓦斯托波尔城中，1834 年出现的第一座纪念碑，是为一位海军大尉建立的：“任何一个塞瓦斯托波尔的孩子都能向您解释，这是什么意思，并且还能详尽地描述‘水星号’军舰的战斗故事。……在 1829 年激战的五月里，参加对 14 艘土耳其军舰的战斗。敌人用两艘强大的主力舰向这艘似乎走投无路的双桅方帆军舰夹攻，184 门大炮与 18 门大炮对阵，两个将军与卡查尔斯基大尉作战……”

结果呢？卡查尔斯基拼死奋战，击沉了那两艘土耳其海军的主力舰，遍体鳞伤的“水星号”胜利返回塞瓦斯托波尔！俄罗斯人就是为这样的英雄事迹建立了塞瓦斯托波尔城中的第一座纪念碑，上面刻着两行朴实无华却又渊渊有金石声的题辞：“献给卡查尔斯基，留给后代作为榜样”。

也许有人会笑话我少见多怪，或是文学品味低下，为这种三流政治小说中的陈词滥调心往神驰，我不怕，我必须说，在我寂寞的青少年时代，这是我读到过的最激动人心的战争故事。40 年后，当我有机会主持“*ISIS* 文库”时，我千方百计想让《核潜艇闻警出动》出现在文库的“兵器文化”系列中，当《核潜艇闻警出动》中译本新版的清样终于送到我手中时，我找到了当年让我激动不已的那些段落，我发现，我对那些段落的记忆是如此的深刻，纪念碑上那两行题辞，我一个字也没有记错。

平心而论,《核潜艇闻警出动》也许算不上文学精品,但是它为什么被称为"文献性中篇小说"？为什么在当时得到苏联当局的肯定和奖励？在40年后的今天,如果你是一位关心国际政治军事局势的中国读者,反而会更容易理解。

1968年,苏联出兵捷克斯洛伐克,扑灭了"布拉格之春",美国当时正深陷越南战争的泥潭,无力在欧洲再开战场,只好默认了苏联的行动。苏联在"勃列日涅夫主义"的旗帜下,发动了一波与美国争霸的新尝试。这个阶段苏联的重要努力之一是打造它的远洋海军,《核潜艇闻警出动》正是在这样的背景下应运而生,目的是配合苏联海军向远洋进军,难怪它会得到国防部的文学奖金。小说中花费了大量篇幅描述苏联核潜艇在遥远大洋直至北极的探险活动,正是苏联海军当时这种努力的具体写照。

当年苏联"成为一个伟大的海上强国"的愿望,最终未能完全实现,这在很大程度上是因为受制于不够强大的经济实力。十几年后,苏联解体,苏联远洋海军的梦想,如果不是划上了句号,至少也是遭到了致命的重创。美国人有理由弹冠相庆,相信由美国独霸全球海洋的时代终于到来了。

然而,世事无常,谁能想到,才二十几年功夫,美国又要面对另一支快速成长的远洋海军了。这支远洋海军虽然年轻,却也不缺乏祖先辉煌的血脉,更重要的是,在背后支撑这支新兴远洋海军的,是远远超过当年苏联的经济实力。

这支远洋海军的指挥官中,有人读过当年的《核潜艇闻警出动》吗？也许没有(因为他们足够年轻之故),那就读读这个新版吧。也许连约尔金也会乐意看到,当年苏联海军没有完成的愿望,将在这支新兴的远洋海军手中完成——也许在未来的历史学家眼中,当年未能完工的"瓦良格号"易主后竣工为"辽宁号",将是一个极具象征意义的事件。

2015年6月25日
于上海交通大学
科学史与科学文化研究院

核潜艇闻警出动

阿·约尔金　著

上海师范大学外语系俄语组　译

作者的话

苏联核潜艇舰队的诞生及其征服海洋的史实已经足够卓越和英勇了，无须作者再作任何艺术上的虚构。书中所有的信件、日记都是真实的。只有在故事内容涉及到主人公的个人生活和一些暂时尚不能叙述的史料时，才对某些人名和情节作了改动。同样原因，某些事件的时间也作了一点变动。

作者十分感谢核潜艇舰队的水兵、军士和军官们，感谢海军总司令部和总政治部。没有他们的友好帮助和建议，要完成这部作品是不可能的。

这里，特别要感谢鲍里斯·科尔契洛夫的母亲玛丽亚·杰尼索夫娜·科尔契洛娃和罗扎诺夫一家。

主要人名表

阿纳托里·伊凡诺维奇·索罗金——核潜艇编队指挥员，海军中将

华西里·彼特罗维奇·华西里耶夫——核潜艇设计师

留里克·亚历山大罗维奇·季莫菲耶夫——“列宁共青团”号核潜艇电机长，中校工程师

鲍里斯·亚历山大罗维奇·科尔契洛夫——中尉

阿尔卡基·彼特洛维奇·米海洛夫斯基——核潜艇艇长

阿纳托里·谢尔盖耶维奇·谢尔盖耶夫——《共青团真理报》记者

列夫·米海洛维奇·日尔卓夫——核潜艇艇长

尼古拉·索科洛夫——核潜艇艇长

尤里·亚历山大罗维奇·西索耶夫——核潜艇艇长

华列里·罗扎诺夫——“列宁共青团”号核潜艇共青团书记

尤里·扎戈鲁依科——水兵

尼古拉·康斯坦丁诺维奇·伊格纳托夫——核潜艇艇长

谢尔盖·谢苗诺维奇·别夫兹——核潜艇艇长

遥远的大西洋的阴影

（引子）

任何不平常的事物，无论多么令人惊讶，总有它的开端。它也有它的发展过程，在没有到达一定阶段之前，有些东西人们的眼睛无法看见，只有到达这一阶段时，才能逐渐分辨和看清。虽然，那些决定事物进程但尚未被认识的结果和原因，也不是一下子能为人们所理解的。

攻击型航空母舰舰长威廉·福斯特先生可算是美国海军的一位很有经验的军官。他的“伙伴们”在朝鲜上空的战斗中打得不坏。在包围古巴的包围圈日益缩小的日子里，军舰行动得十分准确，威廉先生也时刻准备给哈瓦那以致命的打击。

他感到非常遗憾，事态并未这样发展下去，相反，战争的命运通过外交途径解决了。

总之，只要有个地方就要响起隆隆的炮声或者美元陛下的利益受到公开的或是暗中的威胁，航空母舰就一定像预报灾难的荷兰飞人一样，出现在这个地方。

现在，他的军舰经过修理，装上了飞机，经过短期的战斗训练，威廉先生又率领它去远航了。

在装饰着模仿红木的雕塑品和光亮的铝护墙板的船舱里，他来回走动，思考着这一次任务。任务本身似乎没有什么特别困难。密电中说：“秘密穿过大西洋，到达地中海，最迟不得超过五月二十日。”

命令中所包含的意思他是完全清楚的。近东一定又发生什么事情了。以往，实现这样的行动要简单和轻松得多。可是现在，神出鬼没的俄国分舰队在地中海游弋。不久前,要是有人把这种情况告诉威廉先生,他一定会报之一笑,还会说:“俄国人只在波罗的海、黑海航行,他们是很少远航的。更不用说会在这里出现强大的分舰队了!又不是对那些同情赤色分子的国家进行短期访问,而是在这里长驻和进行战斗演习。这是从未有过的事。”

一旦发生使俄国人不快的事件,有谁能保证这支分舰队不去插手呢?在大西洋舰队司令部里,有人告诉威廉先生:“有一次一艘美国护卫舰驶近俄国分舰队,打信号询问:‘你们在这里干什么?’俄国人就傲慢而轻蔑地回答说:‘要干什么,就干什么’……”

国务院的意图很清楚:福斯特的航空母舰和随同的护卫舰不仅应该打掉俄国人的傲气,而且还要向他们显示一下美国舰队的力量。他们决定加强美国第六舰队,并且在事态复杂化的情况下牵制住这支突然出现的分舰队。

福斯特满意地笑了笑。他想象得到,当赤色分子看到在强大的远洋舰队里还有一艘航空母舰时,会多么震惊。他们能拿出什么东西来对抗甲板上的一群携带原子弹的飞机呢?对于这些飞机来说,一个分舰队真是不在话下!

他希望舰队穿越大西洋的航行不会被发现。他在航线外边航行,关闭了一切无线电信号。同时还特地在基地上放出空气,说这些军舰是开到越南去的。唯一的危险就是遇上俄国的潜水艇。但是,上帝保佑,俄国的潜水艇到目前为止还从未在遥远的大西洋里出现过。

说实话,大自然简直是发狂了。连航空母舰这样的庞然大物也猛烈颠簸起来,而护卫舰则简直掉进了浪花的云雾之中。只有护卫舰的桅杆和拉得紧紧的天线装置时而在海浪中出现。

傍晚,毛毛细雨转为倾盆大雨。

其实,这样的天气正合适。隐秘地穿越大西洋的可能性就更大了。

应该检查一下,是否一切都正常。

威廉先生在一个校级军官陪同下沿着军舰长长的通道走去。本来，这样的工作无须他自己去做：他的助手多着呢！但是，在进行紧要的作战行动时，他不相信任何人，毕竟自己的眼睛更可靠。

甲板像活的一样，在脚下晃动。他们扶着舷梯的栏杆费力地攀登上去。海水、浪花、冰凉的气流立即迎面扑来。

结束了巡视，威廉先生准备下楼去饭厅进晚餐，突然在门口遇上了惊惶失措的信号副官。

“先生！声呐兵收听到潜水艇的声音。好像还不止一艘。但很难说得确切，据判断，这不是用柴油机发动的潜水艇。”

“您在胡说些什么，休斯顿！您的声呐兵要不是听到一些无关紧要的声音，就是发生了错觉。这里哪儿来的潜水艇？而且是涡轮机的？也许您还会说，这是核潜艇呢！……”

“我也感到很惊奇，先生。也许是我方在演习吧？”

“这是不可能的。要不我会知道的。我们一起去检查一下吧。”

声呐室里的人员个个神色慌张。

“听到什么？”

“又听不见了，先生。”

“您认为，我们遇上潜水艇了吗？”

“我是这样认为的，先生。”

“奇怪。给我！……”他亲自坐上圈椅并戴上耳机。

听了好几分钟，他听到的只是他最熟悉的、他那艘军舰所特有的螺旋桨的声音。接着，他又听到护卫舰的声音。突然，他耳边响起了涡轮机的响声，声音十分清晰，越来越响。对，毫无疑问，这是一艘潜水艇。而且不是用柴油机发动的。

这个情况反而使威廉先生感到有点放心。他很清楚，俄国人还没有核潜艇。上帝保佑，要跟他们相遇还得过三四个年头呢。而现在……

他开始冲动起来。如果这不是俄国人的潜水艇，那为何不预先通知他呢？这一艘或这几艘潜水艇为什么要靠着他的船舷航行呢？

他取下耳机，比信号副官先走一步，进了密码室。

“请写:‘急电。立即答复。发现潜水艇。可能是核潜艇。请通知,是谁以及何故在我区航行? 318号。’立即发出。”他又转过身来对同伴说:“您马上去询问兄弟舰艇,他们听到什么声音没有? 这不可能都是我们的错觉。”

“坚决执行,先生。”信号副官走了,威廉先生点燃了烟斗,就在密码译员的圈椅旁边坐了下来。

“至少要过半小时才会有答复,”水兵小心翼翼地提醒说。

“我知道。您干您的事吧。我在这儿等一等。”

副官回来了。

“护卫舰也遇上潜水艇了。”

“这么说,我们并没有搞错。”

“是的,先生。”

“究竟是谁在这儿搞鬼?”

“看来,我们很快就会知道的……”

“先生,回电来了!”无线电报务员急忙从电报机上抽出凿孔纸条。

“是!”他把纸条递给密码译员。

译员释明电文后,困惑地耸耸肩,把电报稿递给舰长。

“在你们的水域里既无美国的,又无盟国的潜水艇。多加小心。继续监视。出现俄国潜水艇的可能性并不排除……”

“值班员! 这些情况还不够!”

“是,先生。”

“加强监视。遇到潜水艇就立即报告……”

福斯特心里直冒火。显然,有人在破坏他突然开进地中海的周密计划。

直到航空母舰舰队慢慢驶过直布罗陀,行至亚历山大港的子午线上,福斯特才发现俄国的分舰队。

海军的礼节总是海军的礼节。他们相互表示欢迎。随后从俄国巡洋舰上发来了信号:“对于遭到某纬度上的狂风骇浪深表同情……”

航空母舰没有回答。这显然是在讥笑威廉先生。那些纬度正好是他“秘密”通过的地带——现在这“秘密”已不知是对谁而言了。

报告了俄国人的信号之后，舱内开始安静下来了。能听到的只是从舷窗外传来的翻滚的海浪声。海军少将哈尔迪第一个打破了难堪的沉默。

“要是在大西洋那儿仍有俄国的核潜艇，那该怎么办呢？”

“那时，”福斯特揿了一下打火机，点燃了烟斗，“那时，这个可悲的事实会带来许多麻烦，哈尔迪。那时，我是一文钱也不付给那套探测潜艇的设备的，你知道，为了这套设备，我们要花费几十亿巨款。那时，”福斯特沉吟了一下，又说，“那时，我们的航空母舰联合舰队不论在美国沿海或是在远洋都不再是安全的了，而目前我们在这些地方就像在自己家里一样。那时，我们经常执行的这些‘最秘密’的军事行动就成了一种公开的秘密。那时，就该把我们那些侦察机关的人员送去修剪白宫的草地，因为这些家伙一文也不值，他们曾经愚弄我们的脑袋，说什么俄国人在一九六〇年以前不会有核潜艇。那时……”

“够了，先生。”

“也许，现在是够了。但是，世界就是安排得这么糟，其公式中的每一个组成部分都是相互联系着的。我们的海军战略也是这样。谁能知道，要是这些组成部分中有一个部分变得对我们不利，将会引起多大的连锁反应。问题就在这里，哈尔迪。这一点也许是最主要的……因此，对于这一点，现在还是不去想的好。上帝保佑，但愿这一切不过是声呐兵的错觉……”

第 1 章

第一艘核潜艇下水

一

索罗金站在驾驶室的高处，很远就看到站在码头上的联合舰队司令、参谋长以及三艘新下水的海洋潜水艇的主人伊凡诺夫、里霍杰耶夫和拉祖京。

一艘新潜艇下水，在他们的生活中并不是什么了不起的大事，因此，阿纳托里·伊凡诺维奇·索罗金很感困惑不解，他想：干吗突然来了这么多领导人，为什么要这样令人费解地欢迎他？

他想得出了神，险些忘记发出口令，就暗自责备自己："连这么简单的靠靠码头的事也要出丑。还说是个有经验的潜水艇军官呢。简直是个饭桶！"

这次他下的命令比往常更严厉：

"左侧——稍向前。右侧——往后退。"

于是，船头开始倾斜；在船身和相隔只有几米的纵码头即将平行时，索罗金才轻松地吐了一口气：

"停车！"

潜水艇凭着惯性走完了剩下的一段距离，停泊处的树桩被这沉重的庞然大物轻轻地碰撞了一下，发出了喑哑的轧轧声。

"投系缆！"

口令执行得极其利落，索罗金扬扬自得地想到，他的伙伴们可不是草包。舰队的气派，不管怎么说，又一次被潜水艇水兵们精彩而又令人信服的动作表现出来了。

索罗金把蓝色工作服理了理，又整了整船形帽，就向前走去，这时，他才看到海军上将紧皱着眉头，情绪不佳。

"报告……"他一一报告了他在海上遇见的方格和舰艇，可自己却还在担心，究竟出了什么事，为什么联合舰队司令今天的心情如此沉重。

最后照例讲完"海军中校艇长索罗金"这句话之后，海军上将便同索罗金紧紧拥抱。此时，他们之间早就不再存在军阶上的严格界线，在各个舰队上共事十五年之久，毕竟不同寻常啊！

海军上将挽着索罗金的手，把他带到一边去。

"你有没有向莫斯科报告过什么？"

"没有，"索罗金感到很惊奇，"怎么啦？"

"真的吗？"

"当然，这种事还能开玩笑？"

"后天要你上总司令部去。是紧急通知……我千方百计去打听，究竟是什么事。可他们什么也不讲。我还问过，要准备哪些汇报材料。他们回答说：什么也不要……"

"这次召见太奇怪了。"

"我也是这么想的……可是绞尽了脑汁，怎么也想不出。"

"是不是莫斯科对我们有些什么不满意？"索罗金推测道。

"有什么好不满意的呢？你又没有犯过什么特别的错误……要是对我们联合舰队有什么不满呢？……那就应该叫我去，而不是叫你……算了，我们猜它干什么呢？反正后天就全明白了。"

"什么时候起飞？"

"十六点正。票已替你买好了。你去找我的副官要。到了莫斯科打个电话来。现在你去工作吧。"

他们相互告了别，索罗金正要朝舷梯走去，打算到艇上给副艇长下个命令，可上将又把他叫住了：

"差一点忘了。一定要给列娜打个电话，她已经给你来了两次电话……看看有什么事。祝你什么也打不着[①]！"

① 这是俄罗斯人对出猎者的祝词，实际意思是满载而归，一切顺利。——译者注

“去你的吧！”

他们哈哈大笑起来……

索罗金踏上了舷梯。

长途电话！3168……索罗金娜……不，再讲一遍，找谁……家里一定有人……

“对方回答了……索罗金娜。”

“在……接通了。”

起初他听到微弱的喀喀声，后来传来了遥远的列娜的声音。

“阿纳托里吗？……吻你……身体好吗？……你什么时候来？……也许，还是我来吧？……家具已经定好了……过四天送来……”她讲得很快，提了一连串问题之后又低声说了几句，看来，这才是她想要说的主要的几句话：“很牵记你……很爱你！……你现在怎么样，有意思吗？……”

他笑了：

“还是老样子。只是有点累。再等四五天……我就……”

“干吗要五天？”她的声音里有点惊慌不安，“你不是明天起程吗？……”

“叫我立即去莫斯科。接到一个很突然的通知……”

“是不是派你到新的岗位上去？”

“都有可能。”

“那么家具怎么办？”远远地传来一种不知所措的声音。

“家具就不去管它了吧！”

“我乘飞机到莫斯科找你。”

“那么，孩子怎么办？”

“安娜·伊里尼奇娜会照料的。”

“那你就去买票吧。我们在‘苏联军人之家’旅社见面。那里已经替我安排好地方了。”

“就这样。但究竟为什么叫你去呢？是不是发生什么不愉快的事情了？”

“我不知道，”他心情沉重地叹了口气，“好像不会吧……可是，谁知道——上级总该清楚的……我们别去猜它了，列娜。到莫斯科就全明白了。”

“那就明天见了。”

“明天见！吻吻孩子们。亲亲地拥抱你。”

“我也同样……”

“公民们，你们的通话时间到了，请结束吧！”话务员插嘴说。

“我们讲完了。”

“那么，我等着你！……”谁也没有回答他。从听筒里听到的只是一些连续不断的表轨声，他只好恋恋不舍地慢慢把听筒挂上。

一个海军人员的妻子是永远离不开等待、离不开动荡不定的生活的。三四个装着生活必需品的箱子就是她们的全部“动产和不动产”。她们数十次过着所谓从零开始的生活——不是住在仓促搭成的木棚里，便是借宿在远方驻军的发黑的营房里。以后条件才逐步改善：盖起了石头房子，添设了各种各样的设备。可是她们中间有多少人能享受到这些福利呢？军人的生活是变化无穷的，每天都有可能接到新的任命。

驱使她们到处奔波的决不是那种“换换环境的愿望”。不是的，她们完全能够用家具、地毯和一些心爱的装饰品把住房布置得漂漂亮亮，决不会比莫斯科和列宁格勒[①]那些闻名的同行们逊色。她们还会在墙边摆上几个书架，还会使丈夫有个舒适的办公室，可以在那里轻轻松松、舒舒服服地工作。

她们都有这样的愿望，经济上也完全许可。

但是愿望终究是愿望。总不能把一整套家具从摩尔曼斯克拖到符拉迪沃斯托克[②]，或是从塞瓦斯托波尔拖到塔林。况且，一两年之后又要去旅行。这种变动是没有尽头的，直到过了若干年之后，海洋成了她们丈夫回忆的对象时为止。

---

① 列宁格勒. 苏联解体后，改名“圣彼得堡”——译者注

② 符拉迪沃斯拉克即海参崴。——译者注

因此，海军人员的妻子们就必须具有一种妇女的高度的自我牺牲精神，同时又必须具有很强的创造力和随机应变的能力。

她们用什么以及如何去建立这个所谓的“家”，对此，男子汉们是无法理解的。在家里你会感到格外的欢愉。正是家里的灯火照亮了远方的航程，就是在迷迷糊糊的狂风暴雨之夜，人们也能清楚地看到它。

但是，每一个海军人员的妻子有时也会暗自幻想，希望她那要求不高的愿望总有一天能实现。女人毕竟是女人，从人性的角度是完全可以理解的，在眼前几乎一无所有的情况下，去设想在遥远的将来才能得到的一切是多么困难啊！

列娜目前的处境就是这样。

街上稀稀落落地下起雨来了。凛冽的海风把一片片被雨淋湿的黄叶刮落在潮湿的柏油马路上。

索罗金心情紧张，他竭力安慰自己：“究竟是什么事啊？……把我叫到莫斯科。过去也曾召见过……是的，但当时不是被唤到总司令部。不管怎么样，他在海军里还不是这么一个大人物，足以使总司令由于无事可做而找他去聊天。看来，是有重大的事情哩。”

他预感到这是一次不寻常的召见。要不，干吗搞得这么神秘呢？以往找谁去汇报工作，总是事先通知，必须准备些什么材料。而这一次是说，什么也不必带。多么奇怪的召见……不过，现在即使你绞尽脑汁，在到达莫斯科之前还是不可能知道的……

他不知不觉地从司令部走到了岸上的船长室。他下意识地掏出钥匙，打开覆盖着棕色人造革的房门，接着打开柜子，取出一个黑色的大公文包。

他不喜欢用箱子，况且现在也不需要什么箱子。一个公文包已足以装进一切必须携带的用品了。

索罗金看了看手表：十四点三十分……好吧，现在该去飞机场了……

二

当设计师走出办公室时，苏联海运部部长巴卡耶夫和他的助理也出现在接待室里。

“你好，巴卡耶夫同志！”

“欢迎我们的同行！”

“今天中央好像在庆祝海军节。‘所有的旗帜……’”

“从各方面看，”巴卡耶夫开了一下玩笑，“我们在这里已经没有什么事好做了。你们提出的要求全都满足了，而且还远远地超过……”

“我们可算是不幸的孤儿，”设计师用讽刺的口吻反驳说，“所有的大海和大洋全被你们占领了，可你们还要抱怨。我们的军舰在你们的油船和干运驳船中间很快就要转不过身来了……”

“我们是有一点进展，不过你们也不落后啊。”

“我们正在努力。你看，巴卡耶夫同志，刚才同志们还在提起你和丘吉尔的一席谈话呢。”

“怎么会提起这件事呢？”

“是顺便谈起的。在同志们谈到我们的舰队是如何成长，如何在海洋上壮大起来时提到的。”

“的确有过这么一次谈话。”

“你就讲讲吧。”

“现在离接见时间还有二十分钟，我们走吧……”

他们走进了一条铺着柔软的地毯的走廊……

“他们当中哪一个是巴卡耶夫？”丘吉尔回过头来，对着那个为他推二轮车椅的助手说。

“就是那个，先生。中等个子，站在柱子旁边的。”

“看来人顶健壮……好吧，我们来试探一下。”

巴卡耶夫看见向他走来的丘吉尔，便对正在同他谈话的伙伴们道了歉，朝丘吉尔那边走去。

“请原谅我这个样子。”丘吉尔摊开双手说，“疾病是无情的……但现在我们不谈这个。我很高兴欢迎我的同行。对！对！是同行。

是嘛，我也曾为国王陛下的海军干过一些事。"

显然，首相是在寻找共同职业上的话题。

"这一点我们都知道，并且高度评价您所作的努力。"巴卡耶夫握了握对方的手，没有感到对方已显出老年人松软无力的样子。丘吉尔的手坚强有力，富有生气。"我们知道您对海军有过不少贡献。因此您的自我批评更显出您谦逊的美德。"

丘吉尔轻声笑了起来：

"噢，这是一个标准的俄语词儿——'自我批评'。你们常常这么说：'开展批评与自我批评……'好像是这么说的吧。这是部长会议主席斯大林号召你们的。"

"怎么是斯大林号召的？这是我们的生活法则。有了它，我们就能前进。"

"我不想委曲斯大林。我和他见过面。他是一个具有惊人的坚强意志和毅力的人，他是治理国家的天才。我在自己的札记中也是这么写的。"

"我很高兴听到您说这些话。"

"行了……我们还没谈上几句，就讨论起政治来了。但我们不是为了这个目的来见面的。见到了您，我确实很高兴。您就是那位想让俄国成为海上强国的部长吗？"

"难道俄国不配当海上强国吗？"

丘吉尔微微一笑。他并不是一个天真烂漫的人，他曾预料过，他的行动未必会成功。但是他的一生是在极其复杂的政治角逐中度过的。死亡和战争、背叛和流血就是这场角逐中的赌注，要是他会在打败对手和打乱对方计划之前就作出让步，那他就不成其为丘吉尔了。人有各种各样的人，谁能知道，最最冒险的一局会带来什么样的结果。

"您的职业是什么？"

"您可以把我看成和您自己一样，是一头海上的狼。从十一岁开始，我的一生就和大海紧紧联系在一起了。"

"这太好了。我们英国人就是海上的民族。我们是很器重海军的……虽然，"丘吉尔吸着雪茄烟说，"在俄国建立海军是没有意思的。它是个大陆国家……"

"看来，这就是丘吉尔先生的观点吧？根据我的记忆，您讲过不止一次。不错，讲得更加干脆：'俄国是个大陆国家，它用不着挤进海上强国的行列。'好像是这样说的吧？"

"你们俄国人真会记仇。一九四六年我的确在国会上说过这番话。而且我现在仍然这么想。那时，一九四六年你们来到伦敦参加分配缴获得来的船只时，我们的立场就是根据这种观点确定的。"

"这种观点对于英国有利，可苏联是不能接受的。当时的情景我还历历在目。那时候，由于我国在第二次世界大战中损失了一部分船只，为了得到一份合理赔偿，就得由斯大林亲自来交涉。"

"是有这么一回事，但事情的本质并没有改变。俄国人的利益不是在海路上，而是在无边的亚洲大陆上。这是历史形成的。"

"这种观点并不是您发明的，丘吉尔先生。俄国有过一个海军大臣，他也认为俄国是大陆上的强国，海军是没有什么用处的。"

"奇怪，这样的人坐在海军大臣的交椅上能干出些什么呢？他是谁？"

"也是个外国人。在俄国服务的法国人：德·特拉韦塞侯爵。不过，这是很早的事了，还在十九世纪初的时候。您看，有些见解是不会过时的。我们的谈话也完全证明了这一点……"巴卡耶夫沉吟了一会儿，说，"何况也不是所有的英国人都是这么想的，丘吉尔先生。"

"这是什么意思？"

"最近我常常在你们的国家里进行类似的辩论。因此，我就引用你们十九世纪的著名历史学家詹恩的权威意见。他恰好持有完全不同的观点。我还把他的话摘录下来了。"

巴卡耶夫掏出了笔记本：

"'有一种普遍的看法，'詹恩说，'认为俄国的舰队是不久前由彼得大帝建立起来的，而实际上俄国的舰队可以说比英国具有更悠久的历史。早在阿尔弗烈德大王[①]造出第一批英国兵舰之前一百年，俄

① 阿尔弗烈德大王(848—899)——英国西撒克斯国王。——译者注

国人已经参加过激烈的海战，而在一千年以前，正是俄国人成了当时世界上最先进的航海家。”

“您以为我不懂历史吗？”

“您说什么啦！我不过想说明一下，不是所有的英国人都和您有一样的看法。”

“但是也可能不是所有的俄国人都有一样的看法。”

“在某些问题上可能是这样。可是对于俄国在海洋上的地位这一问题，在我们国内是不存在两种观点的。这是很自然的。苏联有很长的海岸线，它同世界上几乎所有的国家都有极为密切的经济联系。因此，没有强大的远洋船队，它就不可能发展。正因为这样，我们无论如何也要实现我们宏大的造船规划。”

“可以去租盟国的船只嘛。”

“您要知道，”巴卡耶夫大笑说，“有自己的船要放心得多。”

“好吧，”丘吉尔嘟囔着说，“看来，是无法说服您了。我们等着瞧吧，看看你们建造‘强大的’船队会有什么结果。要知道，只有在开始建立时才会以为这是轻而易举的事……”

“我们并不认为这是轻而易举的事。但我们知道，如果没有强大的船队，我们的国家就不能生存……”

他们表面上很亲切地分手了。但各人心里的不快和紧张却久久不能消失。

“多有意思，要是现在丘吉尔活着，他会怎么说呢？”设计师沉思了一会儿说，“你是怎么想的呢，巴卡耶夫同志？”

“你知道后来我又和丘吉尔见过一次面。那是在一九六八年。”

“怎么会呢？那时他已经死了！……”

“这是一次象征性的会见。应威尔逊首相的邀请，我曾作为英国政府的客人访问英国。当时我提出一个要求，希望利用一个星期日到莎士比亚的故乡斯特拉特福去旅行。

“路上，我们在勃拉顿的乡村公墓旁停留了一会儿，丘吉尔按他自己的遗嘱就埋葬在那里。我走近了他的坟墓。许多英国记者都围着我，他们问：'巴卡耶夫先生，您怎么会想到上这儿来看丘吉尔的墓呢？'我回答说：'他在世时曾坚决反对苏联发展海洋事业。非常遗憾，已故的首相已经不能亲眼看到证实他的错误的事实了。'他们又问：'他的错误很严重吗？'我回答：'你们自己说吧，苏联已经成为一个伟大的海上强国了。每天都有四万五千名海员在领海以外的远洋上航行。你们怎么不记下来呢？'他们说：'这在我们这里是办不到的。'"

"确实，丘吉尔先生是大大失算了！"

"难道只是他一个人失算了……失算的人多着呢。都是些不善于展望和不想展望将来的人……"

"巴卡耶夫同志！"中央副秘书长朝走廊那边瞥了一眼，说，"等着您呢……"

"就是这样一段故事。这是一段很有趣又很有教育意义的故事……对不起，我得走了。"他拍了拍文件夹，"问题一大堆……我担心一次接待还解决不了。这样就更不该迟到了。"

"好，祝你成功！……"

三

胡同里似乎也充满了海洋的气息。在"非军事"的莫斯科中心地区，在那些至今还保存着波列诺夫[①]笔下的那种长着椴树和牛蒡的小庭院中间，在那些古老的独家住宅和小房子——在这些地方曾产生并至今保留着瓦斯涅佐夫[②]笔下的古代罗斯的风味——中间，好像突然开了一个朝向海洋的窗户，一些穿着海军制服的人们在一座高大的房子前面出出进进，一个水兵在过道上站岗。

这便是海军总司令部。

索罗金多次出示了通行证之后，便走进了一条长长的寂静的走

---

① 波列诺夫(1844—1927)——俄罗斯画家，作过许多风景画，作品有《莫斯科的一个小庭院》等。——译者注

② 瓦斯涅佐夫(1848—1926)——俄罗斯画家，作过许多以俄罗斯史诗和民间童话为题材的画。——译者注

廊。走廊的墙上挂着一些失去光泽的古代油画。切什梅湾战役[①]、纳瓦林战役[②]、卡利阿克里雅海角之战[③]……乌沙科夫[④]、纳希莫夫[⑤]、谢尼亚文[⑥]、马卡罗夫[⑦]、布达科夫[⑧]的铜像在高高的红木台座上威严地俯视着下方。

阿纳托里·伊凡诺维奇·索罗金一报到，总司令部一个副官便走进门去。一会儿他又出来了，说：

"请您进去。"

索罗金本来还怀着一线希望，想从总司令部的干部那里打听一下召见他的原因，这样，对于这场谈话至少可以有个思想准备。可现在连这个希望也破灭了。

他走进办公室。海军总参谋长和政治部主任两位海军上将早已来了。

在他喊了报告、双方相互问好之后，就请他坐下。

总司令在柔软的地毯上来回走了一会儿，用手指摸了摸放在办公室角落里的古老的大地球仪，蓦地，他猛然转过身来，犹豫了一下，好像在考虑对他讲好呢还是不讲，接着，就说：

"这样吧，阿纳托里·伊凡诺维奇，关于您的工作情况我就不问了。这些我已经知道了。我们的同志们，"他向两个海军上将那边点了点头，"也了解这些情况。是他们推荐您的。往后您就不必回联合舰队去了。潜艇暂时交给副艇长。看来，他也该当个艇长了。如果我们派您到核潜艇上去，您有什么意见吗？"

"核潜艇？"由于感到太突然，索罗金几乎从沙发上站起身来，"可是我们还没有核潜艇啊！"他立即又不好意思地纠正说："至少我还没

---

① 切什梅湾战役——1770 年 6 月俄国舰队和土耳其舰队在土耳其切什梅湾的一次海战。——译者注

② 纳瓦林战役——1827 年俄、英、法舰队和土、埃舰队在希腊纳瓦林的一次海战。——译者注

③ 卡利阿克里雅海角之战——1791 年俄国舰队在黑海卡利阿克里雅海角对土耳其舰队的一次战斗。——译者注

④ 乌沙科夫(1744—1817)——俄国海军上将。——译者注

⑤ 纳希莫夫(1802—1855)——俄国海军上将。——译者注

⑥ 谢尼亚文(1763—1831)——俄国海军上将。——译者注

⑦ 马卡罗夫(1848—1904)——俄国海军中将。——译者注

⑧ 布达科夫(1820—1882)——俄国海军上将。——译者注

有听到过。”

“有了，阿纳托里·伊凡诺维奇，有了……说得确切些，很快就会有的。第一艘核潜艇就要下水了。您将参加它的精细加工和试航……然后……然后您就指挥这艘核潜艇……”

索罗金被弄得昏头昏脑。核舰队！每个潜水艇上的水兵都曾暗暗地幻想过。但是，大家都明白，这是一项十分艰巨的工作，不是一下子就能办到的。然而，原来认为明天还是不可捉摸的事，突然成了舰队今天的现实。而且这个现实又是来得这么快，以致现在就得考虑谁去担任这些新潜艇的艇长了。

索罗金全神贯注地倾听着。

“我不想对您多讲了，这是很机密的事情。这些核潜艇对有些人来说是意想不到的……那里……但这已经是另一回事了。”

总司令沉默了一会儿，他皱起了眉头。

“这一切都是很不容易的，阿纳托里·伊凡诺维奇。可惜海军中并不是所有的人都懂得，未来是属于核潜艇和火箭舰队的。当然啰，公开宣传保守思想的人您今天是碰不到的，时代不同了。现在在评论一个人的时候，还有什么比‘保守分子’这顶帽子更使人难过的呢？因此，就连这种人也都想冒充‘革新者’。他们口头上也说‘赞成’，可实际上呢？……不久前，在赴舰队的途中我曾和一个同志进行了一次认真的谈话。表面上他那儿的新技术好像推广得很顺利——‘正在逐步掌握中’。可是他们是怎样去‘逐步掌握’的呢？他们对新技术的态度还是同过去一样。一会儿忘了做这个，一会儿又忘了做那个。一会儿材料没有及时运到，一会儿资料不能及时提供。一句话，把这一切同舰队的其他日常事务等量齐观。可以这么说，是一种‘冷淡的精神上的怠工行为’。

“我们是不能容忍这种行为的。连一天、一小时也不能容忍。主要的力量、时间、注意力、资料都应该花在主要的方面，一分钟也不能忽视新技术和武器，对它要有信心，而且要尽快地掌握。当然，不能影响质量。但是在这个方面决不能动摇，不负责任或者漠不关心。只能采取这种态度，不能采取别的态度。我国必须拥有强大的火箭核舰队，而且也一定会有的。决不是在十年、二十年以后，而是在明天。各方面的条件都具备了，不去利用它就是犯罪。就是这样！”

总司令在办公室里来回踱步。

“要是有人或者有什么情况妨碍您，您可以直接来找我和我的副手。我们一定会支持您的。您主要是应该理解这一任务对于我们国家，我再强调一下，对于我们国家是多么重要。这不是赶时髦，也不是送两艘或五艘军舰下水开航。这是在建设新舰队。这是海上的军事技术革命。”

现在，站在索罗金面前的是个个儿不高的人。头发苍白，嗓音不高，但是很坚定。他那副不时戴上的眼镜留给人的印象，好像他不是个有经验的海军上将，而是一个科学家。

“怎么会选中我呢？”索罗金想，“对于核舰队我可是一窍不通啊！我能当个什么物理学家呢？”

最后一句话他大概是说出声来了，因为他听到了总司令的笑声：

“您以为我们都是一下子就成了物理学家和原子能学家的吗？在库尔恰托夫看来，我们最多只不过是小学生罢了。不错，在航海事业问题上，我们曾向他让过步。这样便得出结论：没有他们，我们就无法前进，没有我们，他们也不行……”他停了一会儿又说，“当然，我们必须重新学习，必须做许多工作。这一点我可以肯定地对您说。”

索罗金认为对这些话应该表明自己的态度。

“任何工作我都不怕，总司令同志！”

“这我知道。正因为这样才把这件事委托您去做。在着手进行这项工作之前，我建议您到普里莫尔斯克和核中心去一次，同科学家们商讨商讨，仔细看看他们的设备，然后再到工厂去一下。顺便说一句，核中心里的科学院院士有一半您是碰不到的，他们有的在普里莫尔斯克，有的在工厂里。他们对自己的产品是十分珍爱的。而现在正是在配备水兵的时候。任何一艘军舰，更不用说核潜艇，都是新鲜的事物，因而每个指挥员都应亲临船台进行研究。工业部门把潜艇交给我们，我们就得去考虑掌握和驾驶军舰的事。当然，科学家和造船家不会扔下你们不管，他们自己还有许多问题必须在建造和试验过程中弄清楚。但主要是由你们去操心和负责……”

索罗金一边听，一边悄悄地察看着办公室：墙上挂着镶着金框的勃格留波夫[①]的巨幅油画；陈列着一个奇特的、他从未见过的军舰模型，驾驶室装饰得很精致，船体是高速型的；房间的角落上有一个很大的地球仪，几张矮桌上放着几本航路指南，在一张北大西洋的地图上扔着量角器和圆规……

有那么一会儿他竟忘记了眼下正在谈些什么，便暗暗责备自己，现在可不是动感情的时候。现在需要的是把这里讲的每一句话都牢牢记住。

“这项工作是非常困难的，”总司令继续说道，“我不怕使用这个过分夸张的词儿，如果您不反对的话，可以说是一项具有历史意义的工作。”总司令好像在出神地考虑着问题，似乎不仅要说服索罗金相信他的话，同时还要说服离办公室很远的某些人，“正是这样，是一项具有历史意义的工作！

“我们很幸运，生活在这个海军事业中从未有过的革命时代。我不想抹煞海军在卫国战争中的功绩。但那时的军舰能航行多远啊？他们是在哪些地方作战的呢？黑海舰队在康斯坦萨附近，波罗的海舰队在德国沿岸，北海舰队在冰岛和罗弗敦群岛。不错，有一次我们的潜艇曾从太平洋调到北方去，进行过一次远航，但这毕竟是例外。

“现在我们正在建设一支崭新的舰队：这是一支远洋的、携带火箭的、有核装备的舰队。装备着核弹头火箭的巡洋舰和潜水艇不仅能够完成战术上的任务，而且能够解决战略上的问题。”

“还有政治上的任务。”政治部主任补充说。

“是的，还能完成政治上的任务。美国的第六、第七舰队也不是平白无故呆在地中海和太平洋的。哪些地方阴谋活动成熟了，哪些地方在准备战争，哪些地方民主制度正在被颠覆，美国的第六、第七舰队就出现在哪里。他们是海上宪兵……这种人单用言词是说服不了的。”

---

① 勃格留波夫(1824—1896)——俄罗斯画家，画过一些以海战为题材的画。——译者注

总司令走到索罗金跟前，说：

“请记住，阿纳托里·伊凡诺维奇，这是一支执行新任务的新舰队。我们的核舰艇应该控制所有的大海和远洋。凡是必须去保卫我们苏联国家利益的地方，我们的军舰就应该到那里去。

“还得用较新的技术去进行工作！

“应该用最新的技术。这一点，您自己很快就会相信的。以前，潜水艇只不过是潜伏在水中的船只。它们不可能长久地潜在水中，即使是蓄电池重新充电这样的事，也得浮到水面上来。而核潜艇却能无限期地潜在水中。淡水和空气都可以由潜艇自己制造。”

总司令沉吟了一下，又继续说：

“总的说来，我们现在从事这项事业决不是白手起家。有时我就想起：几十年来好些外国先生们都在喋喋不休地说什么‘即使我们不是一个纯粹的陆上民族，那也没有什么特别值得骄傲的地方’。还说，‘你们就在自己的领海里逛逛吧，顶多不过到英国去走走，参加国王的加冕礼’。

“想出这个坏主意来倒是很聪明的，不过没有取得什么结果罢了。实际上，在俄国，海员这个职业就同庄稼汉的职业一样古老。在这方面我们决不比任何一个最‘最发达的海上’民族逊色。让我们看看世界地图吧，”总司令走到一张挂在墙上的大地图前面，“岛屿、港口、海湾全是用俄国的名称命名的。这一切是谁发现的？是谁用一条条环球航线把地球绕起来的？是谁向南北极进军的？是戈洛弗宁①，别林斯高晋②，拉扎列夫③，利特克④，谢多夫⑤。而这些人全是俄国海军的军官。

“我们有时太谦虚，连自己的传统也忘记了。因而在许多方面都得填补上。所有的人，不论是水兵、制图家，还是领航员都应该尽力做到：在任何条件下，在世界海洋的任何纬度上航行，对于我们的海

---

① 戈洛弗宁(1776—1831)——俄国海军中将。——译者注
② 别林斯高晋(1779—1852)——俄国海军少将。——译者注
③ 拉扎列夫(1788—1851)——俄国海军上将。——译者注
④ 利特克(1797—1882)——俄国海军上将。——译者注
⑤ 谢多夫(1877—1914)——俄国海军军官，曾到北极探险。——译者注

军官兵来说,都是一种普通的、寻常的事情。能做到吗?”总司令突然转向索罗金说。

“应该做到。”索罗金不很自信地回答。

“没有学不会的东西,阿纳托里·伊凡诺维奇,我们会帮助您的。您有很丰富的经验。毅力,我认为,也是有的。”

“应该有。”

“那好吧,就像我们经常讲的,祝您顺利!……”

“是,总司令同志。”

“具体问题参谋长会跟您谈的。”总司令向参谋长那边扬扬头,说:“祝您成功。不是平常的、一般的成功,而是真正的、很大的成功!”

“怎么样?”当他们走进办公室,参谋长微笑着问道。

“有点晕头转向,”索罗金承认说,“这一切都是意料不到的。”

“任务很紧急,很特殊,没有让您先作好进行这次谈话的准备。”

“我明白。”

“那很好。现在就这样:您先到普里莫尔斯克去。潜艇现在还在船台上。人员已经选定了。您去同他们,还有设计师们认识一下,熟悉一下那里的环境。然后再到北方去,在那里了解一下基地建设的进度。现在特设委员会已经在那里进行工作,并就有关问题提出了一些建议。您应该积极参加这项工作。此外,您看了这艘潜艇和熟悉它的情况以后,您就更明白,要建设好这样的潜艇基地需要些什么。您的意见对我们来说是很重要的。”

直到这个时候,索罗金才明白:从现在起他将肩负着多么重大的责任!当他想象着这从未见过的建设核潜艇舰队的宏伟规模时,他甚至浑身哆嗦了一下。他那种仓皇失措的心情没有逃过海军上将的眼睛。

“着急了吗?”

“有一点,海军上将同志。”

“好啊,这并不坏。搞核舰队这样一个庞大的计划,采取冷漠的态度是搞不起来的。不要失掉信心。您不是孤军作战。碰到什么困难,您就来找我们,或者给我们打个电话……”

过了四小时索罗金才离开了司令部。

街上还很明亮，他慢慢朝市中心走去。

暮色开始降临莫斯科。灯光映照着柏油马路，街上闪动着黄色的光波。喧闹的车辆一分钟也不停地在街道上飞驰。

人们都下班了。有的乘车上剧院，有的奔赴约会，有的在吵嘴，有的在谈情说爱。

在旅馆的房间里，列娜迎着索罗金站起来。

“我们去看戏好吗？你累了吗？”

“今天我们就在家里坐坐。顺便说一下，列娜，”他苦笑了一下说，“买家具的事只好以后再说了……”看到列娜困惑莫解的神情，他又补充说：“暂时不买。我们以后在别的地方买……”

“跟你去买吗？”她不知道自己是高兴还是悲伤，“那不可能。除非到另一个世界的休息日再去买。怎么，调你到新的岗位上去了吗？”

“是的。”

“上哪儿？”

“到北方。”

“那儿可有城市？”

“当然，列娜。很大的城市。”他微笑着说。

“大概是你自己想象出来的吧？”

“怎么是想象出来的？要是现在没有，我们就把它建设起来……”

其实，她早已明白，那儿根本不会有什么城市，索罗金只不过是开开玩笑，想缓和一下这个消息给她带来的不快。这一来，她在热闹、美丽的城市里的生活就结束了。这种情况出现过不是一两次了，看来，以后还要重复好多次。列娜是一个军官的妻子，凭经验她知道，海军的任何一项新任务都不是在城市里开始的。城市总是后来才建立起来的。而且恰好是在另一个地方非常需要这批男子汉的时候，而在那儿又是一切从零开始，从最初的阶段——从纵码头的第一根木桩和岸上的第一批低矮的帐篷开始。

倘若她说，这样的前景使她欢喜若狂，那完全是虚假的。

索罗金完全了解，列娜在想些什么。

“别难过，孩子妈。我们还能活上一百年。我们会有时间在城市、在首都生活的。上级把这么重要的工作交给我。意义重大的工作……要是在首都就不会有这么重要的工作……你明白吗？”

四

华西里耶夫走出党中央大楼，来到捷尔仁斯基广场，这时他才发现，天已经黑下来了。伟大的肃反工作者的纪念像隐隐约约地矗立着。从“儿童世界”灯火辉煌的高大窗户里可以看见拥挤得像蚂蚁般的人群。广告的灯光在潮湿的柏油马路上闪烁。空气里充满了温暖，充满了淡淡的椴树气味和雨后的水气。

他看了看表。已是十八点二十分了。会开得还不错。经过了五个小时的紧张讨论和声嘶力竭的辩论。他不想立即回旅馆，便走到伊凡·费多罗夫[①]纪念像前，向一个年老的售货员买了一包香烟，兴致勃勃地吸了一口，慢慢地向高尔基大街走去。

很多问题现在已经解决了。这仅仅是半小时以前的事。目前的情景是他几年来一直希求达到的。现在不需要再去说服那些怀疑主义者，也不必忧心忡忡、疑惑不定。对他这个设计师来说已经是破釜沉舟了：草案已被最后确认。

大家都信任他。但，是否一切都考虑得很周全了？也许，正确的结论完全不是他现在所得出的那样。现在他又开始怀疑起来了，甚至感到身上一阵阵发冷。设计师就把雨衣的领头翻了起来，拉了拉帽子，遮上了眼睛。他回想起中央书记讲的一段话：“刚才所作的决议并不是权宜之计。但你们的设计也许很快就为另一些更完善的设计所代替。也可能，你们自己以后会否定其中一些内容，提出更合理的建议。但是，你们应该记住：核潜艇舰队，这是我们海军建设的总路线。它并不排斥其他种类的舰只。但是，核潜艇和携带火箭的远

---

① 伊凡·费多罗夫（？—1583）——俄国最初的印刷工人。——译者注

程飞机才是显示海军威力的决定性因素。这是时代的需要。在这方面我们决不能落后……”

看来,参加这次会议的海军人员是满意的。总司令兴高采烈地对他的副手说了些什么话。设计师听到了一句:“现在我们可以在大洋上昂首阔步地前进了……”

有什么可说的,这些话是完全可以理解的。在国外我们没有基地。乘着那些旧军舰是不能在海上航行多久的。他们好像被绳索拴在供应基地、笨重的油船、浮动基地和工场上。而核潜艇却把这个束缚手脚的网挣开了。它既不必去加燃料,也不必因为缺乏空气和淡水而急急忙忙地浮到水面上。潜艇本身能制造出潜水艇人员生活中最必需的物质,不管任何时候,需要多少。

当富尔敦①把第一个蒸气锅炉装上帆船时,他有些什么感想呢?了解一下这个问题是很有趣的。而现在他们大胆创造的设备却要比蒸气锅炉清洁和有分量得多。设计师们可能把安装反应堆的期限过分缩短了。不过,谁知道他们呢!他们制造原子弹的时间也是屈指可数的。

他不知不觉地走到了高尔基大街。他站了一会儿,就向电报局走去。

他不禁又回想起在党中央开的会议。有什么办法呢,这终究是一次很重要的会议啊!

“……这不是去改善现有的设计,而是去创造一种全新的装备。要在陈旧的乌托奇金式飞机上安装喷气式发动机是不可能的,乘上这种杂凑的飞机是飞不远的。有的同志老是在陈旧的设计上面兜圈子,我们反对这样做……”

这段话是谁说的呢?对,这不是中央书记,而是中央办公厅主任说的。而书记是这样补充的:“我们需要的是很高的速度和深度……”

这里的“我们”不仅是指海军、设计师和技术员。书记的助手曾

① 富尔敦(1765—1815)——美国发明家。1807年造出世界上第一艘水轮式蒸汽船。——译者注

说过，这些技术员在追赶新技术的过程中，往往还来不及仔细地研究一些较为本质和主要的问题。

好在他也出席了这次中央的会议。在自己单位里往往忙得气也透不过来，有些知识就这样被忽略过去了。然而，有时却需要而且应该从旁边看看自己的工作，看到它和我们伟大的总的事业——党和国家的政策的联系。不是用公式和图纸，而是用另一种尺度去衡量你所做的工作。

“……我们的政策没有变。”这是书记说的，“但是应该让人民无忧无虑地安心工作，让他们知道，他们有可靠的盾和剑……”

可他这个人却很怪，竟然想到有一天能让他安安静静地休息一下，和华丽娅一块儿到索契或是加格拉去玩玩。这怎么可能呢？难道在那里他就不会想到他的“小宝贝”了吗？尤其是在今天的会开过以后……

“你简直变成一个事务主义者了，华西里・彼特罗维奇・华西里耶夫。”他对自己作了这样的结论，“一个事务主义者。”正如有一天库尔恰托夫对他说的那样：“没有必要把自己打扮成一个为科学而牺牲的伟大殉教者。谁需要这个呢？我们就是不会文明地工作。经过休息的清醒头脑工作十分钟，就能抵得上一个由于失眠而变得迟钝的科学家思考几小时……”

“尽管他是这样开导别人的，”设计师怡然一笑，“可他自己呢！……看来，劝告别人是比较容易的，而自己也要这样做就难得多了。”

很想知道，由谁来指挥这些新的潜艇？是老的、有经验的潜水艇人员，还是年轻人呢？但是海军从哪儿去找这些干部呢？要知道核军舰以前从来没有过，这方面一点经验也没有。就是说，这里还有大量的工作要做。当然是和海军在一起……而且还会有不少争论……

不过，对他来说，辩论的阶段已经结束了。他现在应该行动了。现在的情况不像过去，不是在一无所知的情况下工作，而是设计方案已经像一颗新牙一样，从一大堆图纸、怀疑、筹思中长出来了。

现在该行动了。不是明天，就是后天。

“看来，应该给普里莫尔斯克发个电报……把正在休假的阿库洛夫叫来。再派维连丘克上列宁格勒去一下，去催催研究院。派彼特罗夫……”他自己也没有觉察到，他的脑子几乎在自动地思索，就像一个伏案研究临战地图的统帅，头脑中必然会不断出现一些步骤、大量情况的综合和决定那样。

在这种情况下，周围可能发生许多大大小小的事件，但是，在必须缩短两侧战线、加强后方以及建立为打胜仗所必不可少的强大后备力量的情况下，还能考虑这么多吗？

这就是人的本性，只要他对自己的事业不是无动于衷的话。即使你千方百计把自己的一整天、所有的休息时间和工作时间都填满一种最周密的表格和时间表，也改变不了这种本性。

创造力就像连锁反应一样。谁也不知道，在什么地方和什么时候，那种肉眼看不见的思考的中子会激发出一种新奇的、从未出现过的思想的火花，而这一思想的火花又会引出一连串尚待检验和周密考虑的联想。

照明钟的数字发出暗淡的亮光。已是二十点零五分。中央电报局的入口处上面，有一个里面发光的玻璃大地球在慢慢地转动着，标着暗绿色铜经线的海洋和大陆不断地轮换出现。

明亮的地球，宛如一颗突然从寒冷、漆黑的天空中降落的温暖的小行星，在行人的头顶上、在川流不息的汽车上、在人群熙攘的大城市上空缓慢地飘动着。

设计师在返回司令部的途中，一路上琢磨着，怎样才能把那种使他忐忑不安的混乱的思想感情简明扼要地表达在电报纸上。接着，他就果断地推开了沉重的大门。

但愿收电报纸的姑娘能够理解，下面干巴巴的几个字意味着什么。

“加急电报。

“普里莫尔斯克。基谢列夫。

“提案已获赞同。唤阿库洛夫和彼特罗夫前来。我明天十点钟到。

华西里耶夫。”

军舰和海洋产生了人类的灵感，人类的灵感又包围着军舰和海洋。也许变幻无穷的远洋正在用它的反光照耀着人类的理想。人们曾幻想过鼓足风的帆儿像翅膀一样飞翔，幻想过改善航海的工具，这种幻想又变成了覆上橡木的粗大的横梁，人们把它称为“军舰”。

军舰——是一种既有科学性、又富有诗意的创造。它不能不使人感到人类灵感的美妙。军舰包含着多少希望、探索、幻想、灵感和勇气。船舶设计师在灵感勃发的瞬间发明了“圣玛利亚”号、“卡基·沙尔克”号、“瓦良格”号和核舰艇的高速型船体，他们不仅是科学家和军人，而且还是诗人。因为枯燥的唯理论是永远无法达到以这些名字为代表的神话的高度的。

没有勇气是不能产生军舰的。难道懦夫会向往远航吗？对于这些遥远的地方，神父们除了“火焰的地狱”、世界的边缘和死亡以外，是不会说出别的话来的。

没有鼓舞人的理想是不能产生军舰的，这同没有伊卡洛斯[①]就没有飞机，没有普罗米修斯[②]就没有火一样。一旦有了理想，顽强的人们就会找到实现理想的道路。

没有灵感是不能产生军舰的。因循守旧、墨守成规的人是不会想到跨进大洋的。无聊的技术主义者也会出来反对：其根源是从经济上着眼。出现殖民地、争夺新大陆的财富和发生各种战争，这就使得历史教科书为了阐述这些事件的日期、原因与后果而不断增厚。这一切的确是如此，但这也说明，军舰里还存在着另一些吸引人的因素，既然人们今天渴望看到已经成为历史和神话的“圣玛利亚”号，既然瑞典人把一点也不出名的、第一次出海就沉没了的“瓦查”号放到专门的博物馆里，既然人们从世界各个角落不远千里而来，把不朽的“卡基·沙尔克”号当作最高级的艺术品欣赏，既然水兵们想起往事一去不复返而感到愁闷，既然他们为那些陈旧、但由于设计完美而令人惊讶的快速巡洋舰不再出海而感到悲伤，既然你在核舰艇的船舱

---

① 伊卡洛斯——希腊神话中的建筑师和雕刻家代达罗斯的儿子。代达罗斯曾在伊卡洛斯身上装上蜡制的双翼。——译者注

② 普罗米修斯——希腊神话中造福人类的神，曾从天上盗取火种给人类。——译者注

里突然发现曾经风行几百年的有翼双桅方帆木船的模型的话。

这些舰只是灵感，是歌曲，是诗歌。正是它们在激励着人们的心灵，在精诚感人地歌唱，在唤起人们深藏在心里的希求。它们是使人避免忧虑的护身符，是期待变迁和飞行的象征，是激动而喜悦地期待着幸福的象征。

是世界上最优秀的工匠雕刻出飞翔在海浪上、拖着飞快的船首斜桅的女神。要是光靠唯利是图、发财致富之心去推动造船工业，那就不可能激励克洛特[①]和比密诺夫[②]用自己的技艺给航船增添一双能瞭望远方的女神和英雄的眼睛，这双眼睛不仅能看到地平线外的珊瑚岛，还能看到人类美好的前程。在“卡基・沙尔克”号船首斜桅下面不朽的兰茜[③]，是因为怀念过去的爱情而诞生的，那爱情像一首为人们终生吟诵、深藏在内心的美妙的乐曲。“卡基・沙尔克”号是为了商务活动的需要而建造的。但是，这艘船的主人在考虑给船命名的时候，突然想起了遥远的少年时代，想起了同他分离了的那个姑娘的一双水汪汪的眼睛，想起了他这个“卡基”号主人对幸福的一种见解。当时他认为，要是一个未婚妻在银行里没有一笔可观的存款，那就不可能有幸福，而现在，在他年迈的时候，他已经感到从前这种见解是多么荒唐了。

船一启航，他的青春年华，与他萍水相逢的姑娘——跟她在一起他感到幸福——妩媚的双眉也随之消失，这时，这笔存款还有什么用处呢？飞翔在海浪上的女神啊，你是谁呀？是现实，还是古书中谈到过的人物？是梦幻，还是可爱的令人神魂颠倒的双唇？可现在，又有什么可以弥补这个损失呢？有什么办法呢？据说，在他最后一次送别“卡基”号时，他站在岸上，帽子也不戴，连伦敦的寒雨也没有引起他的注意。

人们把“卡基・沙尔克”号保存了下来。现在还有谁记得当时远

---

① 均为俄国雕刻家。——译者注

② 均为俄国雕刻家。——译者注

③ 兰茜，即希腊神话中的美少年那喀索斯。他因拒绝仙女厄科求爱受惩罚，对水中自己的倒影发生爱情，憔悴而死，死后化为水仙花。——译者注

近闻名的快速帆船的赛航？在这些竞赛中它总是得到第一名。又有谁知道，推动“卡基”号在各个大洋中航行的不仅是海风，而且还有这样的比赛？帆船造船业无可比拟的杰作和神秘、不朽的神话全都保存下来了，而且将永远被保留下去。可是谁知道，在这些保留物的公式中，最主要的是什么？要是没有爱情，要是石南山丘之国没有出现那个美女的话，也许造船艺术就不能发展到如此完善的地步。因为人们可能满足于一些微不足道的进展——而且又有谁会去指责它呢？……

直到现在，有些人还感到惊讶，船主有时花费了三分之二以上的造价，用无数的雕像和花纹去装饰军舰，这有什么意义呢？人们有什么必要把军舰变成艺术品呢？何况军舰在一开始对射时，精工雕刻的栏杆、过道、柱廊就首先被打成碎片。

仅仅是希望用虚有其表的财富来博得对旗帜的尊敬吗？不，绝对不是。因为自由和海洋自古以来就是不可分割的概念，而洛德伊地或沃罗涅日的农民在彼得一世的军舰舰尾刻上费解的艺术花体字，考虑的并不是农奴主的财富。那时候，不只是这些军舰在扬帆，整个俄罗斯的船只都在海上张帆，所以，爱国的船舶设计师中有谁对这一伟大的革新思想不表同情呢？……

大地上岁月飞驰，战争、暴动和革命的烈火在燃烧。对于军舰怎样才算美观的看法也在变化，跟“瓦良格”号这一类军舰相比，“圣玛利亚”号几乎成了一种老式的箱柜了。合理性和美学观点结合得越来越紧密了。

起初老水兵们对火箭式看不惯，感到刺眼。但是，帆船上的烟囱被看作是一种冒渎的时候到了。

时间需要速度，速度几乎决定一切。速度是无法攻克的，速度就是胜利。因而，设计师们研究了环境，为新的军舰选择了更好的式样。

核潜艇设计师在自己和朋友们当中不是以设计型号来称呼这些核潜艇的，他们把核潜艇称作“海豚”。

核潜艇确实设计得很精彩，人们一看到这些庞然大物，首先想到的是其神奇的速度，而不是体积的大小。比起体积，形状给人的印象更深刻。这些舰艇就像是飞机设计师们设计出来的一样。

在一次讨论设计图的时候，设计师解释道："我们可以采用另一种设计。可是这种设计实际上不会有什么效果，只会把舰艇搞得不成样子。我是不想这样干的……"

没有一个人想跟他争论。

作为订货者的水兵们这时在想些什么，这始终是个秘密。可是，不管怎么样，他们考虑的决不是什么合理的用途。也许，他们中有许多人这时又仿佛看到了"卡基·沙尔克"号、"和平"号和"十二圣徒"号，看到这些船舰在乘风破浪地飞行，越过了时间，越过了人类记忆的灰烬，越过了怀疑论者的轻信和唯理论者的冷漠无情，越过了忘却和腐蚀。

五

胜利以后我们面临着一个阴暗的早晨。

家园难以重建，因为我们懂得，明天就有人想来破坏。每日每时我们都受到威胁，有人从无线电里，从会议的讲台上威胁我们，有人挥舞着原子弹和超级火箭威胁我们。福音式的说教阻挡不了拦路的强盗，因而，工人又不能离开车间，科学家又不能离开实验室，必须迅速锻造出一种能挡得住任何利剑的盾。可是，只有盾，还不能赢得战争，于是海军就获得了一种能无畏地接受任何挑衅的武器。

只有四十年代初期的人才能真正懂得，这种情况对人民来说，代价有多么大。半壁江山成了一片废墟。苦难的灰烬一层层散落到冷却了的瓦砾场上。从飞机上往下看，是多么可怕的景象：原来那么美丽的城市，现在却像古代城市的遗址一样，在机翼下掠过。工厂、堤坝和矿井全部成了乱七八糟的、熔化了的金属堆。

海军总是不得安宁。不仅要完全更换陈旧的军舰，而且要建造崭新的舰艇。在国外，海军将领们的地图上，打击的箭头正从我们行星的各个海洋直指苏联的心脏。

那时候，在总参谋部宽敞的办公室里，在巡洋舰的军官会议室和保密工厂的车间里，在遥远的生活在冰天雪地中的驻军里，在党中央，在广泛发行的报纸和专业杂志上，到处都在设想和争论着苏联海军的未来。

在俄罗斯已形成了这样一种风气：海军始终为人民所爱戴，苏维埃海军更是如此。人民在经受考验的最艰难的岁月里懂得这是一支多么强大的、钢铁般的力量，他们都不希望这支力量受到削弱，有懈可击。

海军在更新以前，必须制定新的战略。从理论上说，不仅要吸取战争中的战斗经验，而且要考虑世界舞台上的新政治形势。不但要采用经过重新检验并摈弃了一切陈旧办法和海战概念的最新科学发明，而且要预见到不远的未来所能达到的科学成就。因为建造一艘军舰决不是一两天的事，而且谁需要那种一下水就过时的舰只呢！

世界海洋的任何地区出现火箭核潜艇一事意味着什么？每一个没有发疯的政治家都懂得：这里的任何一种军事冒险都会带来相反的结局：不仅是这些好战分子本身的生存值得怀疑，而且这个地方的文明也将遭到毁灭。

科学家们怀着惊奇与不安计算着新型舰队的“借方”和“贷方”：“海军的武器从梯恩梯跃变到原子弹和氢弹。原子弹的爆炸力和普通炸弹的爆炸力相比，其总火药量不是以几吨或几千吨，而是以几百万吨炸药来计算的。人们难以想象这样巨大的数字。一百万吨炸药是四年内用在对德战争中的炮弹和炸弹总量的十八倍。一枚百万吨级的炸弹相当于五十枚投在广岛的那种原子弹。

“原子动力装置加上原子武器，使打击力量扩大了一百万倍。装备着导弹的核潜艇联合舰队能够高速而且不间歇地驶遍围绕整个陆地的海洋……”

就像在彼得大帝时代所说的那样，水兵真的成了“国有”的人物，他们肩负着从前想象不到的重任。

……德雷克海峡的汹涌浪涛拍打着漂浮的冰山，遥远的大西洋旋卷着飓风，阴霾的极地堆积起大群的冰块。

在相隔几千海里的地方，在苏联海军总参谋部大楼的办公室里——大楼正面朝着寂静的莫斯科胡同，在那里，一到春天，轻盈的椴树花便在地上盘旋飞舞——穿着海军制服的人们在计算着这些距离，讨论着一些仿佛极为寻常的问题：假如有个叫彼得罗夫的水兵在艇上服役，那么核潜艇上需要装载多少水果和蔬菜，才能使他在合恩角附近任何地方都不至于感到，潜艇上的菜单和涅瓦大街或者阿尔巴特旧街的咖啡馆里的菜单有什么差异……

除了水兵和造船家外，很少有人能充分体会这一瞬间的喜悦心情……

索罗金站在船台旁，手里下意识地转动着一盒火柴。他从哪儿弄来这盒火柴，自己也记不得了。索罗金本人是不抽烟的。可是，在一分钟过得像一小时而自己又不知所措的情况下，在时针仿佛死死地固定在钟面上的情况下，手里总得拿点什么东西。

要知道这完全是不久以前的事。

设计师把他领到船台上，用故作冷淡的声调说：

“这就是你的‘婴孩’！……”

也许，他在期待着索罗金说出一些充满激情或赞叹的话，因为他聚精会神地、久久地注视着索罗金。

可是索罗金却默不作声。

过了一分钟，两分钟，三分钟。

他一声不吭，虽然心里在翻腾着，但他不愿让人家看出他像个小学生，便用故作镇静的声音说：

“很好。我们去瞧瞧……”

说实在的，他们看到的东西，还不能名副其实地称作“潜水艇”：这艘船就像一种奇怪的史前鱼类的实验标本。

数不清的形形色色、大大小小的管子令人费解地交错在一起，时合时分，组成了许多通向甲板内部的花花绿绿的线条。

压缩机和焊接装置以及它们的无数套管和软管使这纷繁的景象显得更加杂乱。四周都是木板与脚手架。他们跃过索盘，绕过巨大的电缆圈、编了号码的仪器设备箱，费力地走到了船体跟前。

一位瘦瘦的海军少校走了过来，作自我介绍：

“我是政治副艇长，什图尔马诺夫·亚历山大·伊凡诺维奇。”

“您的姓[1]非常好，”索罗金笑笑，“父母亲预料得多清楚。”

“不管是不是预料到，姓这个姓确实不是偶然的。”艇长上来帮忙有点儿慌张的什图尔马诺夫，“曾祖父驾驶过三桅巡洋舰，爷爷和父亲从小就跟海洋打交道。所以什图尔马诺夫是上帝亲自把他安排在海军里的。他们是航海世家了……”

“军士和水兵怎么样？”索罗金问艇长，“全体人员都很熟悉了吗？”

“看来人员都不错，索罗金同志。而主要的是他们都富有创造性。”

驾驶台旁闪烁着淡蓝色的火光，发出呲呲的响声。

“怎么样？”设计师问道。

“总的来看，不会延期……”

“恰恰相反！您瞧，多少工人和技术员在安装仪表，而且您的人员个个都在努力干……”

“他的人员”，这是指未来核潜艇的全体人员。

十分可贵的是，潜艇的全体人员都有可能熟悉自己的潜艇，直到每一颗小螺丝钉，况且不是按照图样、照片、线路图，而是在船台上。

不仅如此，水兵又是最严格的验收员。当然，设计师根本不会认为这里有人会敷衍塞责、马马虎虎地对待工作。

但是，他设想过，全体潜艇人员将面临多么艰巨的任务，在这些强有力的肋骨上将负担多大的重量。多余的监督还从未妨碍过任何人。

这是一支钢铁的雪茄……可它的容量却有多大啊！这是几百个科学家劳动的结果。为了它，电子学家和水声学家在研究所的实验室里辛勤工作了几个月，寻求着各种问题的答案。它正是船舶学家克雷洛夫海军上将幻想过的潜艇，那时第一批不结实的潜艇潜入了

---

① 什图尔马诺夫在俄语中是由领航员一词变来的。——译者注

水底，和死亡进行了搏斗。

“激动了吗，朋友？”设计师搂着索罗金的双肩，“你以为，我就不激动了吗！……我们要把这种强大的武器送下水！”

“是啊，这样的事不是每天都发生的……”

设计任何一艘巨舰都不是轻而易举的事。是否需要说说核潜艇耗费了人们多少精力呢？

要完成这样的任务，就像进行任何艰难的新事业那样，会遇上许许多多想象不到的问题，这样，人们就得探索，绞脑汁，一切都得从头做起。他们时而重新实验，时而又推翻昨天兴奋地肯定的、原来认为完善的东西。

所以，在成千上万、举不胜举的科学技术部门——其名称有控制论、电子学、原子物理学、水声学、电视学等——中的每一个项目里，这一庞然大物的设计师们都遇到了无数的争论，他们也曾激动过无数次，他们的设想有的失败了，有的实现了。如今，这个庞然大物看起来是这么完善、协调和普通。

大概唯独设计师和水兵们才确切知道，为了达到这样完善和协调的地步，他们付出了多大的代价。

“我们‘震源地区’——核隔舱的小伙子们开始时是很困难的，”艇长在介绍时对索罗金说，“譬如，就拿那个库尔巴纳里·舍利法里耶夫来说吧，军职本身就说明是反应堆舱的舱段兵嘛！当然，他对自己这一行是很钻研的。可是，只有理论……在固定机构中这些机械和系统‘分解’了。您亲眼看到，它们占了多大的容积和面积啊！但是在艇上一切都得压缩到最低限度……谁也不能回答他提出的千万个‘怎么样’和‘为什么’。原子装置在各种不同的工作制度下是怎么运转的？或者在发生故障时怎么处理？总之，在这种情况下怎么办和怎么处理？我们在这方面连详细的工作细则都没有……不得不自己来制订……”

“这个姑娘是谁？”索罗金朝船台那边抬抬头，“就在那儿，戴蓝帽子的……”

“华丽娅，从设计院来的……”

“瞧，开始了！……”

喧闹的人声顿时安静下来，只是在紧张工作的寂静中，从邻近的船台上有节奏地传来咝咝的电焊声。

一个妇女挥了挥手，空中闪了一下，一只香槟酒瓶在潜艇的艏柱上击得粉碎，碎片向四面飞迸开来。乐队的铜管乐声打破了寂静。

“乌——拉！……”

大家立刻叫喊起来，相互打断话头，挥动着小旗，把帽子抛向空中。

“工人造船，水兵开船，而妇女们来送行。”设计师沉思地说。

巨大的潜水艇冲破了彩带，向水里滑去。轰然一声——无数的浪花冲向了天空，这时潜艇已在油污斑斑的水中摇晃了。

如果现在有人问索罗金，世界上什么最美，他一定会回答：这艘潜水艇。

船体是高速型的。驾驶台有点像某个放大了无数倍的飞机零件。一个有经验的水兵一眼就能看出蕴藏在这一庞然大物的钢板里面的威力以及这一将在海洋上令人入迷的军舰的优越航行性能……

“现在我想起了‘狗鱼’号，”索罗金扯扯设计师的衣袖，“那时我们认为这是最完美和最有战斗力的军舰，而现在‘狗鱼’号比起这……”

“是啊，谁要是逼得我们‘婴孩’的指挥员去按发射原子武器的电钮……这样的人我是不会羡慕的。”

“它在冰下的性能怎么样？”

“我们将一块儿去吃吃苦头，索罗金同志……一起去，亲爱的……你是不是以为，我现在要到索奇去疗养了呢？”

“瞧您说的！……”

“根据设计，性能应该是很好的。不过实际上……好吧，等着瞧吧。我的老师总是劝告我说：‘我不懂得要到秋天才数小鸡这一套[①]。

① 意思是说小鸡死亡率很高，要活到秋天才算数。此处指军舰要经过试航才能肯定质量好坏。——译者注

但是干我们这一行，宁可自己沉没，也不能让一艘潜艇由于我们的一点细小疏忽而沉没……'让我们去向全体潜艇人员祝贺吧。他们的感受最深，他们在等待我们的船只。没有军舰——难道算得上一个水兵吗？小伙子们在陆地上坐久了，急着要出海……"

旗帜在命名为"列宁共青团"号的苏联核潜艇上飘扬起来。

旗帜在旗杆上飘动，忽隐忽现。在这个港口上，在许多军舰中间，核潜艇似乎感到太拥挤了，而这些跟它一起停泊的军舰看来已经属于昨天了……

时间常常抹去细节，因而一二十年以后，历史学家只能从文献中找到主要的东西，找到事件的总纲。

季莫菲耶夫看了看表，准确地记下了时间。这时发生在莫斯科时间十九点五十五分。在第一艘苏联核潜艇的上空飘扬着苏联海军的旗帜。旗帜很特别——是绸子做的，而且是由总司令亲自授予的。

艇长突然发现，最初一瞬间的欢腾突然变成了一片怅惘。人们的脸上失去了光辉：笑容消失，眼神无光。在人们脸上掠过的不同的欢乐色彩被蒙上了懊丧的阴影。

潜水艇水兵们的心情是不难理解的：他们盼了多少年才盼到了眼前的这几分钟。这艘核潜艇问世以前的全部海军史到这里结束了，这几分钟就是分界线。在这几分钟之后，一个海军的新时代开始了。这一期待已久的喜庆时刻就只能持续……五分钟，这难道不叫人感到委屈吗？是啊，就是这么短短的五分钟：二十点正，根据条令，军旗就该降落。要是舰艇不在航行，到了日落时分，就必须严格按照规定，举行降旗仪式。

"怎么办，总司令同志？"艇长本身就是一副绝望苦恼的样子。

"怎么啦，归根到底，条令是人订的，而且也不是一切都能预料到的，何况，还常常会遇上特殊情况。"总司令仿佛在说服自己，"好吧！"他向艇长转过身去，"我同意比规定时间迟一小时降旗……"

印有镰刀、锤子的红星绸旗迎风飘扬。目不转睛地望着军旗的人们怀着感激的心情想到：海军史上几百年来所尊重的海上法律的条文竟第一回遭到了破坏，这不能不使人感到惊奇，但正是这一刹那成了俄罗斯海军史上最光辉的时刻。

第 2 章

在北极星下的某个地方……

一

电机长留里克·季莫菲耶夫是塞瓦斯托波尔人。

“听了您的话，我甚至感到可笑，”敖德萨人米沙·科瓦里跟记者谈到留里克·季莫菲耶夫时说，“他爱不爱大海？在敖德萨和塞瓦斯托波尔有谁不爱大海呢？……”

留里克·季莫菲耶夫的朋友们曾默默地认为：“塞瓦斯托波尔人”这个称号是对一个人的鉴定，这样的鉴定比履历表上所写的内容更重要。对于那些成年后还一事无成的人来说，这仿佛是一种义务：不管你遭到什么不幸，要是玷污了“塞瓦斯托波尔”的名字，就是背叛。

塞瓦斯托波尔的孩子——留里克的朋友们，就像他自己一样，对历史上的人物是十分亲热的，是以“你”来称呼的。他们不是说：“上广场去”，而是说：“上纳希莫夫那儿去”。他们仿佛感到，纳希莫夫的青铜像正在严格地打量着每一个人：“让我们来看看，俄罗斯水兵的后代，你能派什么用场？”

在他们中间，谁要是不会潜水和游泳，不会拉展帆索，不能区别巡洋舰和驱击舰；谁要是冒渎地把“军舰”称为“轮船”，或将“缆索”称为“绳子”，这样的人就被看作是没有出息的家伙。

历史被永远记载在塞瓦斯托波尔的街道上。城市——这不光是水兵林荫道洋槐树上的烟雾，或者是北海湾的白石。黎明时分，留里克来到“沉船”纪念碑前，听到了拉扎列夫和乌沙科夫巡航舰的缆索在轧轧作响。小胡同里的石块在深夜发出回声。也许，这是几个世纪前马拉霍夫高地[①]上发出的铜炮声，或者是“塔什干”号上的说话声？说不定是攻打叛乱的“奥恰科夫”号[②]的军舰发出的排炮依然在空中轰鸣？

塞瓦斯托波尔是由人群、浪涛、神话和海军的今昔荣誉组成的。透明的水母在碧水中漂浮，小蟹张牙舞爪地张开双螯，爬上市中心的“沉船”纪念碑旁的石块。孩子们悄悄地目送着远方的巡洋舰，军舰的黑影在落日中渐渐地隐没在康斯坦丁诺夫三角堡垒的灰色炮楼后面。星座在深邃而黑暗的太空中遨游，流星向波涛飞去——宛若绝望的一九四二年时的信号弹。

梦神不安地在街上徘徊，波涛声叩打着房屋的墙壁。石块在昏暗中低语，但没有人去倾听它们的谈论。滨海的城市——本身就是大海的一部分，它们相互之间密不可分。海洋博物馆墙边的铜炮一点也没有使人感到这是一百五十年前的古物。

留里克和塞瓦斯托波尔所有的孩子一样，非常了解这座城市的历史。对于他们来说，这部历史绝不是抽象的。

这是船舶之国。这里居住着造船者的后代：这些造船者中有的建造了巡洋舰“奥恰科夫”号、装甲舰“锡诺普”号、“切什梅”号、“约翰·兹拉托乌斯特”号；有的修复了第一艘苏维埃黑海巡洋舰“共产国际”号；有的医治了“塞瓦斯托波尔”号和“塔什干”号的创伤。

一八三四年城里建立了第一座纪念碑——一块普通的石碑，上面雕塑着一艘被高高托起的军舰。碑上刻着两句题词：“献给卡查尔斯基”和“留给后代作为榜样”。任何一个塞瓦斯托波尔的孩子都能向您解释，这是什么意思，并且还能详尽地描绘“水星”号军舰的战斗故事。留里克仿佛亲身站在那艘双桅方帆军舰的甲板上，在一八二九年鏖战的五月里，参加对十四艘土耳其军舰的战斗。敌人用两艘强大的主力舰向这艘似乎走投无路的双桅方帆军舰夹攻：一百八十四门大炮与十八门大炮对阵，两个将军与卡查尔斯基大尉作战。

---

① 马拉霍夫高地在塞瓦斯托波尔，是俄军的阵地。——译者注

② “奥恰科夫”号系黑海舰队的巡洋舰，该舰水兵在1905年11月参加了塞瓦斯托波尔起义。——译者注

在这样极为不利的形势下，沉着应战，并且击毁两艘威力极为强大的敌舰，这在海军史上还从来没有见过。要是在这艘可以引为自豪的军舰舰身上没有三百处以上的弹洞和伤痕的话，那么这一切就纯属无聊的小说家笔下的臆造。

水兵林荫道上的第一座纪念碑仅仅是个开端，这完全不是出于塞瓦斯托波尔人对纪念碑的爱好。俄罗斯人从心里深深感激自己的儿子，所以"留给后代作为榜样"这一简洁的题词立即成了全城和海军的座右铭。

留里克在城里漫步。后面是乌沙科夫广场，盖着金色屋顶的著名的水兵俱乐部就在那里。俱乐部钟楼上的自鸣钟奏出了"神奇的塞瓦斯托波尔……"的乐曲，这已成为城市不可分割的一个组成部分了。这边就是历史林荫道。这就是在第一次城市保卫战时期的地图上称为"第四棱堡"的地方。

人们不由得想倾听一下。也许，传来的回声就是从前的炮兵中尉列夫·托尔斯泰的声音。这是他呆过的地方。托尔斯泰就是从留里克现在站立的地方，从威严的要塞大炮旁边，幸运而自豪地眺望这个英雄城市的。当时他写下了令人惊奇的字句："这一塞瓦斯托波尔史诗将永远在俄罗斯留下崇高的痕迹，而它的主人公就是俄罗斯人民。"

当马拉霍夫高地上的红罂粟花轻盈地摆动的时候，纪念碑上的铜像也仿佛复活了，风儿吹来了科尔尼洛夫[①]急速的声音："弟兄们，保卫塞瓦斯托波尔荣誉的责任已经落在我们的肩上，保卫我们亲爱的舰队！我们已经没有退路了：后面就是大海。我禁止各级长官击鼓收兵，鼓手应该忘掉这种鼓声！……弟兄们，要是我命令你们击鼓收兵，你们就坚决不理睬，而且立即把我打死，谁要是不敢，他就是一个卑鄙的家伙！……"

第二天科尔尼洛夫便阵亡了。当时他血流如注，就倒在刚刚姑娘们献上白石竹花的地方。

---

① 科尔尼洛夫(1806—1854)——俄国海军中将，黑海舰队司令。——译者注

这是伯爵码头……大概，世界上再也没有这样一小块土地，在被压缩得这么小的地方，用彼得作战报告里的话来说，“装进了这么多的荣誉”。人们从这儿向乌沙科夫的不朽舰队致敬；在这儿人们拥抱锡诺普的英雄海军中将纳希莫夫和海军上校依斯托明；多少双激动不安的眼睛在这儿注视着那高高地飘扬在“奥恰科夫”号舰桅上的信号旗：“舰队统帅施米特[1]”。

许多名字稀奇古怪地交错在塞瓦斯托波尔的现实与历史中。这是炮兵湾海岸上的科学院生物站。它的创立者是谁呢？是米克卢霍-马克莱[2]。根据这位著名的学者和旅行家的倡议，生物站诞生了。这是著名的海军图书馆，它的培育者有拉扎列夫、纳希莫夫、科尔尼洛夫、依斯托明、布达科夫。艾瓦佐夫斯基[3]、海军将领马卡罗夫、门捷列夫、列夫·托尔斯泰都是书库的忠实朋友和关怀者。看来，在俄罗斯没有不把自己的温暖赠予塞瓦斯托波尔的“明星”。

从童年开始，大海就成了留里克·季莫菲耶夫生活中必不可少的部分。是啊，塞瓦斯托波尔，它戴着白浪滚滚、涛声哗哗的蓝色海湾做成的项链，处身在开满鲜花的栗树发出的使人心醉的浓香中，真是美极了！这个地方的炮台和方尖碑在圣洁的黎明时刻全都寂静无声，但是，第一道阳光一射到纳希莫夫纪念碑上的铜像，石块就开始说话了。瞧，施米特就是从这儿的滨海街道出发，经过漫长的道路，终于流芳百世的。这是伟大的俄罗斯海军统帅们的大墓穴，它是用钢铁铸成的。而墙上的巨锚便是那些著名军舰的唯一遗物，这些军舰都是以那些令人引为自豪和使人感到亲切的名字命名的，直到现在，水兵们一提起他们的名字，就像提起自己的爱人那样亲切。为了拦阻敌人，这些军舰沉没在海湾底下。在伟大的卫国战争的年代里，“塞瓦斯托波尔”号、“红色高加索”号、“赤色乌克兰”号和“红色克里木”号在这儿自豪地飘扬过自己的旗帜。

他从林荫道走下去。大海激起汹涌的波涛，波涛冲击着胸墙，在

① 施米特（1867—1906）——黑海舰队的中尉，1905 年起义的领导人之一。——译者注

② 米克卢霍-马克莱（1846—1888）——俄国科学家。——译者注

③ 艾瓦佐夫斯基（1817—1900）——俄罗斯画家，作品有《切什梅湾战役》等。——译者注

灰岩上发出轰鸣声和咝咝声。

马拉霍夫高地上燃烧着不灭的火焰。留里克亲眼看到，深夜里，它把红色的极光投到纪念碑和多面堡上，投到纳希莫夫、依斯托明和科尔尼洛夫流过血的土地上，投到不朽的马久欣炮台的侧防暗堡上。

日落时分恋人们来到这个地方。他们的手抚摸着冰凉的钢铁炮筒，这时，他们的眼睛里便露出了沉思的神情。

……留里克的桌上放着一块来自赫尔松涅斯角[①]的烧熔了的金属碎片。每当窗外夜幕降临，风声喧嚷的时候，他仿佛听到了戈鲁巴亚湾低沉的浪涛声。他抚摸着铁片的尖利角边，赫尔松涅斯灯塔的黑影、水平线上舰只的灯光和不灭火焰的火舌就在记忆里浮现。

核潜艇停泊在水中已是第二天了，可是，一种无法解释的力量吸引着人们在下班后来到这儿码头上。有的单独一个人，有的结伴而来。他们坐在箱子上、钢缆的索圈上，一包白海牌香烟绕着人们传递，就自然而然地认真谈论起舰艇来了。

他们都已建造过数十艘大大小小的舰艇，因此对他们每个人来说，一艘新的军舰下水不过是一件极为平常的事，就像一个箍桶匠看待一个大桶，或者是一个铁匠看待一个锻件一样。但是，“这艘潜艇”却产生了这么多的神话、推测和争论！……

“潜艇毕竟是潜艇……而你却肩负着海军革命的使命……停泊得这样平平静静。”

“依你看，它该怎么停泊，应该喷出烟雾和火焰来吗？”

“应该这样。在这儿它安安稳稳，可在大海里是怎么航行的呢？”

“你有怀疑吗？”

“并不是怀疑，可这玩意儿是新的呀，而且一点经验也没有。可能会有什么不足的地方。”

“克服嘛。”

“当然，是这样，不过我不过早的乐观。当我在‘狗鱼’号上服役时——这艘军舰是我们刚刚从工厂里接收过来的——你可知道，航

---

① 赫尔松涅斯角即塞瓦斯托波尔所在的地方。——译者注

行时得做多少细致的工作啊！‘狗鱼’号这种军舰已经成批投产了，可是这儿的潜艇却是第一艘。”

“这还不能算是论据。譬如，我也在‘婴孩’号上打过仗，也是在一艘新的潜艇上。”

“上帝保佑……”

在谈话中交谈者自己不知不觉地说出了一种很有趣的情况：建造潜艇的是从前的水兵，接收潜艇的是昨天还在车床上干活的工人。因此，这些见解是绝对可靠，不容反驳的，可说是真正的行家在有根有据地评论这一切。

要是认为计划能否完成取决于客观条件，而这艘潜艇又是这个计划的一个组成部分，那么这种想法对大家来说是一种莫大的侮辱。舰艇是他们海上经历的延续，正像大海是他们的劳动生活中不可分割的一环一样。

这些争论、怀疑、思考和肯定性的结论恰如一股混浊的急流，一一传到了设计师、总司令和索罗金那里。不过，在他们看来，这一切都是正常的和合乎规律的：人们都在关心这件事。何况人类始终有乐观主义者和怀疑主义者之分，要使后一种人信服，需要的不是空话，而是时间。

傍晚，码头上很凉快，夕阳西下，肮脏的、漂浮着油污的海面变得像一面暗黑的镜子，不时闪现出金色的斑点。

断断续续的话语传到了正在和总司令交谈的索罗金那里。堆积在砖墙旁的巨大的电缆圈后面有人在争论：

“乘这玩意儿总有点危险。”

“为什么？全都检查过了。而且设计师又在潜艇上。”

“话是不错……可事情是新的，在老潜艇上总感到安全一点。况且谁知道：也许，什么地方会出现辐射。”

“胡说八道。已经测量过多少次了，舰上没有也不可能有任何辐射。”

“你算什么——科学家吗？……”

这时连总司令也在听他们的交谈了。

“科学家不是科学家，但是人家提出了各种各样的看法……”

“你总是听那些婆娘、好讲是非的人和一些所谓行家的话。”

“跟你有什么好谈的？我向你提出些疑问，你就骂起人来了。”

“我不是骂人……是脱口而出……”

总司令挽起索罗金的胳膊。

“听到了吗？”

“听到了。”

“怎么样？”

“都是胡扯。您是十分清楚的，潜艇上没有任何危险。”

“不过——这些谈话是一种迹象……不仅是某些海军里的同志得改变对核舰队的态度……我要亲自参加第一次出航。”

“您说什么啦，总司令同志！您不能去。”

“这是为什么？”

“不管怎么样，试验总是试验……”索罗金没有把话讲完，就哈哈大笑起来，“看来，我自己也说起反对的话来了，就像那个人一样，”他朝砖墙那边扬扬头，“但问题不在这里。冒不必要的危险，哪怕是最微小的，对于总司令来说，是绝对没有必要的。对设计师是没有办法劝阻的——这是他设计出来的嘛。”

“不，这一切我都决定了。各种人的心理是不一样的。有些人对生活的理解很特别。要是总司令也参加，这些人就会认为事情是靠得住的。”

“为什么我们在工作中要指望这些分子呢？”

“问题不在于这些像你所说的‘分子’上面。对核潜艇舰队应该抱着肯定的态度，”他强调说，“这才是我们应有的态度。从它跨出第一步的时候起，我们就应该肯定它。我们可没有时间去怀疑，去争论。我们要拥有强大的核潜艇舰队，不然的话，我们就得被掐住脖子赶着走，我们就会落后……我们用不着再去谈论这些，但我无论如何要去参加这次试验。就这样！……”

深夜，潜艇启碇了。

以设计师为首的一大批科学家，还有总司令和索罗金都在潜艇上。

二

艇长处在一种特殊的、任何人都不能和他相比的地位。所有的人，甚至十分熟悉核潜艇的机械、线路和仪表的人，今天都以特殊的眼光看着他。

“我操作得对吗，艇长?”反应堆舱舱段兵用目光询问着，虽然他这儿一切都很正常。“可以还是很糟?”从机械工程师紧张的眼神里也看得出他在发问。水手长的表情就像立刻要大哭一场一样。

艇长理解人们的心情。这时候，他自己也会很轻松地向任何“上级”提出这一类问题的。可是，这样的“上级”一个都没有，所以他就无人可问。当然啰，设计师在科学方面可以提示些什么。不过，在这儿他作为第一艘核潜艇的第一任艇长，对于有关航行方面的问题，他就是最高的权威和最强的行家了。尽管潜艇出海总共还不到半小时。

要是试航者对于会遇到一些什么情况心里无数，这也许是最糟糕的事。如果你知道可能遇到一些什么问题，就可以有所准备，面对危险，考虑力量，集中精神和意志加以排除。而主要的是对于今后在路上可能遇到的一切，即使是比较严重或是大量的，在心理上也已经有了一定的准备。

要是对以后面临的情况连一点设想也没有，那就更糟糕了。

对于一连串的“什么”、“怎样”和“为什么”，现在还没有人能够回答。

潜艇在大海里航行时性能怎么样? 在通过冰层时又如何? 舰艇能不能经受打击? 力量有多大? 他们知道：美国的“魟鱼”号在北极地带的冰层下航行时，正要浮出水面，由于没有注意到艇上的巨大冰块，结果受到了可怕的打击——潜艇损失了一对潜望镜。在这样的关键时刻，仪表会不会发生微小的“失灵”? 这在他们的事业中就要付出极为高昂的代价。

对于艇上的人员他并不担心——他们都在最艰难的航程中经受

过考验。不管发生什么情况他们都顶得住。可是技术总是技术,它跟人不同,在人不肯屈服和准备前进的地方,它可能就不行了。

设计师不知是想安慰谁——安慰自己还是总司令,在任何情况下,他都不知道在对谁说:

“一切正常。反应堆运转得很好。马力开足”。

索罗金看看深度计。仪表的指针已经指向两百米界外的地方,而潜艇还是这样神气地前进,仿佛它的舱面上是四十至五十米,要是加大马力,也不过是七十米。

深度计的外形看来很平常:黑色的椭圆形外壳,白色的刻度盘。可是,仔细一看,任何一个水兵即使在昨天也可能认为,制造仪表的设计师们简直是想跟潜水艇水兵开玩笑:深度计的分度上赫然排列着数字。

索罗金突然十分清晰地回忆起他在“婴孩”号上服役的情况:小小的柴油机,一架电动机,仅供几十海里水下航行的电能储藏量,用手摇叶轮泵压舱以保持均衡。机械师命令“做十台手摇叶轮泵”,要知道这一切完全是不久以前的事啊。

可是一下子一切都变了:现在他是在一艘强大的核潜艇上。对它来说,在整个世界海洋范围内没有不可到达的角落。舒适的船舱、电影院,调节过的空气,自己烤的面包,整个航行时期都有新鲜肉类供应……

人们没有离开过仪表:潜艇的速度渐渐接近特别快车的速度。

“怎么样?”设计师问索罗金。

“祝贺您!我们曾经为我们的柴油机感到骄傲,它们作出了多大的贡献!在海军里它们标志着整整一个历史时代。而现在我们亲身经历着一个新时代的诞生。”

每次出航总是遇到许许多多意外事件:既有令人不快的,也有使人高兴的。米哈伊尔·卢尼亚的“发现”就是一件愉快的事。

“水手长快上艇长那儿去!”扬声器在广播,于是,站在水平舵旁的水手长立即向卢尼亚说:“你来代替一下。只要给我看着!……我们在全速航行。”

“是，我来代替。”

不知道叫水手长来干什么，直到他打算回到舵旁去时，艇长望了望仪表，才悄悄地对他说：

“停住……这很有意思。水手长，您瞧瞧刻度盘。”

深度计的指针像在注射一样——一动不动。

“就像沿着一条直线驾驶一样。难道这是偶然的吗？或者……稍微等一下……我们再瞧瞧。”但立刻想到，“小伙子会突然惊惶失措吗？可不能冒险，毕竟还是试航……”

“卢尼亚，要小心！”

“是！”

艇长继续看着航向记录器，他连自己的眼睛也不敢相信：指针差不多画成一条直线。

卢尼亚自己也不明白，水手长不在的时候，怎么会这样顺顺当当，平时只有在水手长宽阔的背后才感到大胆与放心。

“驾驶得好极啦！”艇长朝仪表那边点点头，想引起负责航行的上级领导人注意，“小伙子有一双能干的手。”

“出色的操舵手在海军里总是可贵的！”领导人回答。

一分钟、十分钟、二十分钟、一小时过去了。潜艇听从卢尼亚的意志始终“沿着一条直线”航行着。

“您培养了很好的接班人，水手长。”艇长微笑着说，“感谢您的工作。”

水手长的脸红了起来。

“从各方面看小伙子是个天才，不过，老实说，艇长同志，我没有想到，他一下子……就这样……胜任。”

“您怀疑过吗？”

“不，就是没有考验的机会。”

“现在我们不是考验过了吗……您去代替他，请他上这儿来。”

卢尼亚脸上的汗珠在闪闪发光。

“困难吗？”

“还不习惯……担心什么地方疏忽掉。这次航行责任可大呢。”

“潜艇驾驶得很好。”

“谢谢。”

“好啊，大船才能远航。”随同总司令参加试航的一个将军紧紧握住卢尼亚的手，“一帆风顺！……祝您破格获得海军中士的军衔……”

当时他没有想到，过不了多久，类似刚才发生的事件又会重演。而且就在这一艘潜艇上。只不过是更换了一下角色：他，米哈伊尔·卢尼亚，已经是个有经验的水手长，将看着他的学生们多么出色地驾驶核潜艇。这是新的一代操舵手。这时候，他才初次想到，自己已经老了。艇长也已换了别人，对他说：“你说老了，这是废话，卢尼亚。如果海军停滞不前，那么会发生什么情况呢？就像歌曲里唱的那样，雏鹰学飞嘛。而我们只能为此而高兴……”

看着艇长，索罗金感到，大概，现在最困难的是他了。索罗金亲自指挥过大大小小的军舰，他懂得，当一个艇长的“盒子”里挤满了许多各种各样的首长，他们的结论和命令又往往不能统一，在这种情况下一个艇长是多么不自在。

如今是总司令亲自参加航行，而航行又是试验性的……

“现在许多方面已经清楚了。”艇长和索罗金交换自己的想法，“实际上能够无限期地潜在水下，能作任何距离的航行，有着前所未见和难以想象的强大武器，有无法攻破的装备，巨大的航速，可以击中千百公里内的目标。”

“我自己都给弄糊涂了，朋友。什么地方见到过这样的事，在每一滴淡水都是非常宝贵的水底下，艇上的全体人员都能够尽情地淋浴？什么地方见过这样的会议室，在这里不仅可以举行相当规模的会议，而且还可以为全体人员放映电影？”

“还有厨房哩！电炉和烤箱在吱吱作响：煎牛排，烤羊肉，做大蛋糕，烘面包！要是在十年前有人对我说，在潜水艇上能够做到这一切，”艇长笑了起来，“我一定会叫他幻想家。”

“此时你一定会想起朱尔维恩的‘魟鱼’号，特别是它的舰首冲角。”

"是啊，它跟原子鱼雷相比，就没有什么了不起了。原子鱼雷能把任何一个浮动的碉堡化为灰烬！"

"何况'魟鱼'号实际上是瞎子：在海洋深处探照灯是无法照亮远处的水域的。"

"核潜艇就有比较可靠的'眼睛'和'耳朵'。声呐兵的仪表可以把远处周围上下的一切活动记录下来。灵敏的冰层回声探测仪能够精确地标明冰块的厚度，如果潜艇处在冰层下面的话。"

"控制论、电子学、雷达学……"

"在以接近特别快车的速度航行时，我们实际上能无限期地留在冰下：原子反应堆解决了燃料问题，专门设备解决了空气和用水问题。如今淡水可以充足地由去盐器从船外的咸水里提取。"

"而且在打击目标时，核潜艇不必进入直射距离，不必越过布雷区和反潜艇障碍，潜入敌人的港口。此外，它甚至用不着浮上水面，可以直接从深处射击：火箭射出洋面，由仪器导向，打到几千公里以外的地方，百发百中，很有威力。"

"我们好像在为核潜艇吹嘘哩。"

他们笑了起来。

"这样的事不是每天都能看到的。"

几小时以后，艇长向总司令报告：

"总司令同志！潜艇航行得很出色，仪表和设备也没有问题，预计的速度和深度都已达到。可以认为，试航进行得很顺利。请批准返航。"

"行啊！"总司令拥抱着设计师，"祝贺您，衷心地祝贺您……"

深夜，消息传到了莫斯科："试航顺利，第一艘核潜艇试制成功了。"

在许多大大小小的重要消息中，人们把核潜艇的消息挑了出来，以便及时上报党中央和部长会议。

祖国的东方已经破晓，群星正威严地掠过列宁格勒、莫斯科和基辅的上空，俄罗斯海军随着朝霞迎来的不仅是火红的旭日，而且是一个航海事业的新纪元。不管是明天、后天、还是今后的每一天，对海军来说都将是一个新的、不同于昨天的日子。一艘艘崭新的核舰艇将从船台下水，潜艇的水下航线将越来越遥远地深入到辽阔的海洋。

三

选择港口花了很长时间，甚至有些吹毛求疵。一个工程师将军认为绝对满意的地方，其他人却加以怀疑。水兵们已经仔细察看过的场所，工程师忽然又不中意：

“再看看别的地方吧……”

为了寻找这一“别的地方”，鱼雷快艇驶遍了几百个峡湾和海湾，直到水兵们和工程师不约而同地互相交换了一下眼色，微笑了一下为止。

“看来，这就是我们所需要的地方……”

“左舵！”将军向艇长弯下身去，竭力使自己的喊声压倒马达声，喊道。

“是，左舵！”

鱼雷快艇在艇尾留下一道宽宽的翻滚的波浪，现在它几乎是利用惯性驶向海边一列水淋淋的圆石，浪潮在这里激起一片片白色的浪花。

在离岸一两米的地方，佩着深红色三叶图案标志的水兵在艇尾和艇首小心地把鱼雷快艇拉向大圆石。

工程师第一个跳了下来，接着是索罗金。

除了合用之外，海湾还是非常美丽的。黑色的峭壁笔直地伸延到落日时的金黄色水中。积雪尚未融尽，大胆的极地沙鸡在化了雪的暗红色土地上傲慢地踱来踱去。

索罗金弯下身。在略为融化了的白色雪地上，隔年的越桔丛里，点点越桔像晶莹的珍珠在闪着红光。

瘦削的军事工程师指指山岗，满意地嘟囔着说：

“我们就把自己的玩意儿安放在这儿。我想，它们是不会破坏这宁静的景色的。”

“大概不会破坏吧!”副司令感到不回答不礼貌,便心不在焉地敷衍了一句,而他的思想,就跟索罗金一样,现在已经远远地离开了火箭,离开了潜艇——面对这远方未开垦的荒野,任何人都不会不动心。

看来,工程师也领会到他们的心情了。他走开了约莫十米,把几颗粘着雪块、冻坏了的野果丢到嘴里。

索罗金笑了笑,他想:“真有意思,看列娜在这儿把家具摆到什么地方去!”

有人仿佛猜透了他的心思,笑了起来:

“这里将要建造城市,让那些骄傲的邻居去难过一下……其实,我们也没有什么近邻。至于远邻……我们可以认为,这也是为了让他们难过一下……怎么样,索罗金同志?”

“一切事情的开端在这一意义上都是相似的……而您可知道,这时我在想些什么?当读到苏联发展国民经济五年计划法的时候,一些数字,特别是对那些非专业人员来说,似乎都是抽象的符号。它们没有颜色,没有味道,看不见,摸不着,不是这样吗?可是你瞧,我们现在站在这里,这些山岗、青苔、鹿苔、花岗石,就是一个在现实生活中复活起来的数字。记得有这样的说法:‘造船业增加两倍……保证在苏联建设一支强大的海军,为苏联海军建造新的舰艇和建立新的海军基地。’瞧,现在我们就在建设……”

“是啊,在图表和一般的计算中,数字是‘看不出’的,在这里它们就具体化了。计划中的基地是抽象的,在这里就是山岗、落日和这个海湾……”

“海湾和山岗——这还不是基地。”

“跟你在一起连幻想一下也不行,一下子就从幻想回到了现实……”

“有什么办法呢?可惜,没有多少时间好让我们幻想。当然,我是指山岗与落日。”索罗金笑笑,“海军和基地——要知道这也是很浪漫的。”

“让你说服了。那我们从哪儿开始呢?”

“通常是从建设者的营房开始的。我们还得给参谋部盖一座房子，给设计师随便弄个房间。他有时总要考虑点什么事情的。”

“他就要走了。”

“走？您不了解他。只要潜艇还没有动工，他就不会离开这儿，连助手也不会放走。”

“刚开始时浮动基地能帮助我们解决一些困难。我们可以住在那儿。但，不能让参加建设的人住在舰艇旁边。因此，要像阿穆尔河[①]边的共青城那样，还得从帐篷开始。”

“青年人不是第一次嘛！”

“您算了吧，阿列克赛·彼特洛维奇！我赞成另一种浪漫主义精神。当然，在没有办法的情况下帐篷也是好的，不过只能是在最初阶段。我们中间还有不少爱好浪漫主义的人，他们专靠损害别人利益过日子。说简单一点，他们是一些不负责任和喜欢铺张浪费的人。他们不是及时地为工人建造舒适的住所，为他们创造起码的工作条件，而是宁愿絮絮不休地议论困难。结果是：一年半载以后，一些极为宝贵的干部都离开了他们。我不是责怪这些人，责怪这些干部。当他们看到没有别的办法时，哪怕一百年他们也会在帐篷里呆下去，如果事业需要的话。可是当他们认为某些领导者随便瞧不起他们时，他们就会产生相应的反应……”

“多么令人信服的演说。”工程师摊开两手，“现在我完全明白了，住在设备完善的房子里要比住在窑洞里好。”

“您得了吧，”索罗金不好意思地说，“看来，我真好像发表了一通国会演说……干脆点说吧，明天早上开始，大家在这里集合，我们立即开始进行这项巨大的工程。”

三天以后，在一座伸延到长满桑悬钩子的沼地的悬崖底下，出现了一个帐篷搭成的市镇，还有一所用木板匆促钉成的“科学院”，设计师和他的助手就住在这所简陋的建筑物里，人们给它起的这样的

---

① 阿穆尔河即黑龙江。——译者注

外号。

第二天早晨增援部队来了。在一个叫做“熊”的灰暗的海角后面出现了一艘噗噗地喷着气的拖轮。堆在甲板上的麻袋、小船、货包上都坐满了人。有的穿着棉袄，戴着无檐帽；有的穿着时髦的外套，戴着呢帽；有的则穿着水手服和褪了色的军便服。

“大概，古代的海盗船就是这样的，”索罗金平静地评论着这一幅生动的图景，“要是再给水手长戴上耳环，给船长包上绸头巾，这样一来，就是群神的场面了。”

拖轮慢慢地牵引着一个浮动基地。

系好了缆索，岸上顿时响起了一片叫喊声、欢呼声、笑声和骂人的声音。

“好像有人对我说过，这儿是地球上最安静的地方。”设计师握了握索罗金的手，用手帕擦擦剃得光光的头。

“任何地方都没有绝对的安静，”索罗金反驳说，“这已被科学证明了。”

“那么有关吃点心的事，科学上是怎么论述的？”

“我们扯得太远了。请吧！”索罗金邀请设计师到“科学院”里面去，“这是您的官邸。”

“是——啊！……”设计师含含糊糊地答应着，“有意思，这是哪一种风格？”

“介于巴乐歌式和营房的中间物。”

“我也是这样想的。”设计师回头一看：建设者们排成一条龙，正在把箱子卸到岸上。

“您想把这些小伙子安顿到哪儿去？”

“我们搭起这么多帐篷是干什么的？”

“帐篷？不，亲爱的索罗金同志！这样不行。我可以住到浮动基地上，我能安排得很舒适，应该把小伙子们安置在教堂里……只有这样……现在一切都取决于建设者，他们也最辛苦。”

“可是您还得工作。”

“跟十分急躁的库尔恰托夫同志共事时，我在这方面已经取得了一些经验。那是在战争时期。我们甚至挨到一些轰炸，不过没有关系，我们已经习惯了。在这儿，我想不会挨炸吧？”

“大概不会吧。”

“您回答得像一个真正的科学家。真正的科学家总是怀疑些什么。”说着，设计师哈哈大笑起来。

临近秋天的时候，列娜来了。她初次来到北方，感到通往市镇的道路十分荒凉。冰冷的雨点打着灰暗的湖面，周围一片白茫茫。真不知道，冻土带上空那片大雾的尽头在何处，氤氲着水气的天空又从哪儿发端。

她想起了黄色沙丘上的铜松、海边浓浓的松汁和碘酒、每天早晨从高空照耀着的太阳。于是烦恼倍增，肉体上也几乎受到了影响。

她翻起大衣的领子，回头一看：维捷卡和沃符卡在后座上睡着了。看来，他们在哪儿睡觉都一样。

“这是个奇怪的时代，”她想，“从前人们到了古稀之年，也还是生活在老窝里。而我的孩子——一个四岁，一个五岁，——他们就已经到过太平洋，到过黑海，到过波罗的海了。现在他们又若无其事地到北冰洋的边缘去，仿佛这是理所当然的，一点也不感到奇怪和惊讶……”

汽车的底部碰到石块，发出沉闷的响声，接着在拐弯处又发出了刺耳的刹车声。

“这一带的路真够呛，”司机评论起来，“而这儿更要小心。鹿群往往是在这个时候到河边去的……”

在峭壁后面，列娜果真看到了三头鹿。一头公鹿骄傲地耸起一对鹿角，困惑地瞧瞧汽车，不肯让路。它的伙伴连头也不回——继续啃着鹿苔。

她推醒了两个孩子。

“你们看！”

维捷卡和沃符卡一看到鹿，立刻从汽车里跳了出来。

他们摘了些鹿苔，把手伸到温暖的鹿嘴前面。很奇怪，公鹿并没有急忙跑掉。它用湿润的鼻孔颤抖着吸了几口气，朝前走了两步……把鹿苔吃掉了。

“它们是人养的吗？”汽车翻过一座陡峭的山岗时，沃符卡问道。

“可以这么说，”司机回答，“它们是集体农庄的牲畜。这里没有人去捕猎，所以它们都不怕，恐惧的本能衰退了。”

雨早已停了。太阳像一个橙黄色的圆球悬挂在山岗上空，溪流在乱石中绕来绕去，水面上泛出点点黯淡的波光。

他们在通往山岗的陡直的小路旁停下来休息。列娜在路边采了几颗成熟的桑悬钩子。熟透了的野果在嘴里像冰块一样融化掉，发出秋天冻土带的青苔味。几个南方人尝过了野果，都嫌它没有味道。其实，味道是有的，特别是刚从潮湿的叶子当中摘下来的，还闪耀着淡淡的琥珀色的野果，有着一种淡淡的北国芳香，这种香味里含有一种由冻土带上空的朔风从海洋上带来的绿色冰层和渔轮的混合味。

也许，北国之神刹那间在列娜面前神秘地打开了自己的心扉。当她不知为什么开始感到舒服一些的时候，这令人生畏的冰封的地球边缘地带——许多人都对她描绘过这个地方，在他们笔下，这里到处都是一片黑沉沉的凄凉的景色——已经不再使人感到那么苦恼和死气沉沉，不再使人感到远离了熟悉的人们，远离了声音和色彩了。

而在远离这些山岗的地方，一艘艘崭新的核潜艇已经陆续从船台上下水了。

设计师和政治副艇长坐在船舱里，几乎每隔十分钟就要看一次表。

“你心里着急吗？”海军中校挖苦道。

“如果我说‘不’，你反正不会相信的。”

“我不会相信。从潜艇上发射弹道火箭，这还只是第一次试验，任何人都会着急的。”

“那你干吗要问呢？”

“我说的是另一回事。我是一个海军人员，同时又是一个政工人员。我关心这次发射，不仅是从单纯的军事观点出发，而且，可以说也是从心理学观点出发的。”

“你提出的是一个新问题，我倒想听听……”

“如果严肃地说，谢尔盖，当你想到你现在正在制造的是什么东西的时候，难道你从来不感到不自在吗？不考虑这一点是不可能的，这我知道。”

“你不是第一个提出这个问题的人，大概，也不是最后一个。在谈到像核武器这样毁灭人类的可怕手段时，只有坏蛋或者蠢人才会不加考虑。”

“但还得更具体些……”

“好吧。艾·爱因斯坦在研究原子弹的时候，曾经说过：‘如果我知道德国人不会制造原子弹的话，我也决不会为原子弹做任何事情。’如果那些完全可能向我们投原子弹和氢弹的人，不是每天威胁着我们的话，也许我也不会把自己的一生耗费在制造这种最可怕的毁灭性武器上去。”

“广岛悲剧使人类太震惊了。一想到它就会使人毛骨悚然。我们大家毕竟还记得，在第二次世界大战中有五千四百万人被打死，而受伤的人则在九千万以上。”

“我知道这些数字。可是，广岛悲剧使谁感到震惊呢？又是怎么震惊的呢？现在我给你举一个例子，可以说是有局限性的。在这方面我曾经收集过一些材料。请你等一等。”他在柜子里翻寻了一会儿，拿出一个皮夹子，“这儿就是，”设计师拍拍封面，“这是一些很有教益的材料……在广岛投弹的‘埃诺拉·盖’号飞机机组里有好几个人。‘埃诺拉·盖’号的第二驾驶员罗伯特·路易斯后来写道：‘这是梦吗？我常常做噩梦……每当我看到自己的孩子，我就感到恐怖。假如某些国务活动家也看到我们那时所看到的情景，他们就一分钟也不能安睡，除非他们确信，今后永远不会丢炸弹了。’而使‘埃诺拉·盖’号对准目标的驾驶员兼侦察员克劳德·罗伯特·伊席尔少校本人的命运，你知道吗？”

“正因为这样，我才问起你工作中的道德原则问题。将伊席尔开除出美国空军的文件里写道：‘心理失常，这同飞越重洋后的感受有关。’噩梦折磨着他。他常常在深夜里狂叫‘孩子们！孩子们！’把全家吵醒。结果他切开自己的静脉自杀了。瞧，这就是给你的精神报复。可是人们却说，这是作家无谓的臆造。”

“但是不知为什么像你所说的这种‘精神报复’，不去惩罚那些主要罪犯。路易斯和伊席尔都是下级，而进行轰炸的是保罗·蒂贝茨和苏易尼。他们的命运都非同一般。蒂贝茨是美国空军的将军、美国驻印度军事代表团的负责人，不久前他还担任过北大西洋公约组织总部欧洲联合空军司令部军事计划处主任。苏易尼现在也是个将军了。但是，不知为什么夜里却没有噩梦来折磨他们。蒂贝茨曾吹嘘过：‘我顺利地执行了命令……那时我没有任何个人的感受，现在也没有。如果明天必须在什么地方投下破坏性更大的氢弹，那我也一定同样做到。’苏易尼也不甘落后，他说：‘我一点也不后悔。如果还要我去干，我就毫不犹豫地去完成。’”

设计师沉默了一会儿。

“我同意，不是所有的西方人都这样考虑的。米切尔·威尔逊曾经谈起我一些同行的怀疑。记得《在遥远的子午线上会见》这部小说吗？……它谈到一位物理学家——原子弹制造人之一——的感受。我还摘录了一些段落：‘技术上的革命造成了地球上有史以来最有威力的、毁灭性最大的爆炸，而这场革命的奇异结果之一，就是一个默默无闻的小国亲王伦纳特，却变成了比原来大一百倍、重要千万倍的世界强国的贵族。

“‘然而，实现这场革命的那一瞬间在他身上所留下的，不仅是一些经常浮现的回忆，而且是一道毁坏心灵的伤痕。那一瞬间完全和平时一样，和在此以前的许多月份一样——就是像平常那样加工一些外表十分普通的金属零件和早已看惯的灰色金属块，可是在以后的一瞬间，那种寻觅已久的化合物，却以白色、黄色和淡紫色的火焰将天地和天地以外的一切空间吞没了。

“‘在这门科学上，他的计算和预言如今都被出色地证实了，由于多年来他已形成了一种固定的观点，对一切事物都从这个职业的角度去观察，受这种习惯的支配，对于目前这样的成功，他感到了极大的满足。但是同时，他也看到了世界的毁灭，这使他感到十分可怕，他仿佛临死前那样，在面具底下隐藏着一对停滞的眼睛和吓得张大了的嘴巴。和看到世界的毁灭相比，《启示录》中的一切神奇形象便为之黯然失色，算不了什么了……

"'甚至到现在，当他早已和破坏世界的物理学决裂，并且重新研究创造性的物理学的时候，在他所处的那个时代的无数双恐惧的眼睛里，由于他显示出破坏世界的才能，他仍然是一个誉满全球的人物……'我们可没有这样的感受。我们在科学探索、制造具有威力的火箭核潜艇和良心之间没有什么不协调的地方。"

"我们又不是苏易尼……"

"正是这样，全部实质和全部区别就在这里。我们任何时候都不会首先进攻别人，这一点全世界都知道。我们不必去理睬西方那些吓唬居民的卑劣宣传。我们的话是算数的，我们决不会进攻别人，我们也不威胁任何人。可是我们每天都受到威胁。打开报纸，这不是我们臆造的，也不是我们写的文章。今天一个很有威望的外国将军主张把'北极星'导弹扔到莫斯科，明天蒂贝茨之流打算把苏联从地球上抹掉。不管是昨天还是今天，都有人热衷于搞原子弹。他们可不是淘气的孩子，也不是爱说漂亮话的人，而是一些拥有强大作战手段的实干家。谁能知道，在复杂的政治角逐中哪一股势力会在这个或那个国家上台。我们不能保证，某些地方人们由于受到威胁而不起来掌握政权。从历史经验中我们十分清楚地懂得，《圣经》的引文是制止不了这些先生的，他们需要的是实际的东西，譬如说，同样的氢弹。只有当他们担心自己会在自己点燃的战火中首先烧毁时，只有这种恐怖才能拦阻住他们。所以，我亲爱的，在我们的世纪里，人道主义是个很复杂的东西。遗憾的是，现在没有氢弹和核潜艇就不能保卫它。在这个美好的行星上，情况就是这样，因此离开了这一点你就寸步难行。"

设计师笑笑。

"你以为，我不向往那样一个时代吗？在这个时代里我们的核潜艇'满载'的不是火箭，而是诗人和科学家。我向往这样的时代，老兄……可是什么时候才会实现呢？要是让我们的未来、革命和子孙都遭到打击的威胁——这恰恰是我们的良心所不允许的。因而，朋友，我们心安理得，睡得很香……"

"从原则上说，谢尔盖，你当然是对的。"

"那有什么不安呢？"

"你的工作。"

"工作就是工作嘛，不比别人的坏，也不比别人的好……好吧，扯得够远了。再过半小时就是那个'爱克司'时刻了。我们走吧……"

在图纸上这一切看起来绝对可靠，甚至引人入胜：长长的雪茄，整整齐齐地放在集装箱里。现在，当图纸上的东西变成了钢铁的船体，所有这些数不清的线路、自动装置和设备每时每刻都在运转的时候，在图纸上没有标出的各种复杂的心理也就开始活动起来了。这样的心理活动是无法避免的。

设计师凭经验知道，只有在试验以后紧张的心情才能缓和下来。在这以前可以不加流露，故作镇静，但舰艇上每个人都很清楚，这种镇静是装出来的，神经可紧张到了极点，而且对它毫无办法。

在陆地上，在试验台上，一切似乎都更牢靠些。火箭的喷管将火焰喷向混凝土基地，而在喷嘴里猛烈燃烧的火焰，仿佛能把大地烧穿，它轰隆隆地响着，像在发射台下往上飞腾的尘土和蒸气一样，不断往外冲。发动机在试验台上拼命地吼叫，可是在辽阔的靶场里，这一切并没有引起什么特别的联想。水泥地坪上的吼声跟大家所习惯的飞机场上的响声相差无几，飞行员在升往高空前开动喷气发动机时就是发出这种声音的。

而在这儿，情况则完全不同。也许，不光是他设计师一个人由于意识到强大的火箭就在身旁而感到有点不自在，因为只要一洗刷舱口，人们就可以用手去摸摸这怪诞的大雪茄的冰冷金属外壳。暂时还藏在火箭钢肚子里的旋风般的火焰，并没有被观察所的厚混凝土墙壁隔开：在这种情况下，只有看上去不太坚固的发射道的钢架在承担和经受猛烈燃烧的火焰。一按电钮就要怒吼般地冲向辽阔空间的东西，现在还没有找到出路。

设计中的计算在现实生活里总要作些修改，可是谁能知道，这些修改是否抓住了本质——会不会引起祸患呢？

设计师走遍了每个隔舱，仔细地看着每个人的脸，仿佛在检查他们，同时也检查自己。大家似乎都很镇静，虽然这是不可能的。难道在这种情况下能够镇静吗？根据偶尔向他投过来的目光，就能够看出他们在不露声色地提出问题："嗯，设计师同志，你感到怎么样？相信自己设计出来的东西吗？一切都检查过了吗？"

只有发射本身才能回答这一类问题。这一点他们了解得并不比他差，因而大家也紧张地等待着，心神不定，担心地看着表——离他们未知的"爱克司"时刻还剩下多少时间，到那个时候，他们就可以结束等待，松口气了。

扬声器里响亮地播送着艇长的声音：

"战斗警报！……"

正当各个战斗部门在报告已作好准备的时候，设计师来到了中央舱。

测时计的指针急速地移近了界限。

五秒。

三秒……

二秒……

"放！"

人们一双灵巧的手所创造出来的艇上的一切都服从这一秒钟。一切！包括人们的技艺、力量、知识、经验——也都体现在这一秒钟里。

艇长按着红色电钮。

艇身震动着。

可怕的吼声响彻大洋的上空。

电子设备和自动装置神速地把火箭导往规定的航向。

任何武器都不能把火箭从航向上击落。

火箭的打击是无法躲避的。

打击的目标从这儿是看不到的，它远离这个大海几百或几千公里……

当他们获得证实，目标已被击毁时，设计师对艇长说：

“今天我有点累了，要去休息一下。”

“那晚饭呢?”

“不想吃。”

“有点不舒服吧?”

“为什么？我不饿……也不是客气……”

“我还是要派勤务兵把晚饭送到您舱里。”

“这我不同意。怎么也不同意！我在这儿应该跟大家一样，决不允许为我破例。”

“瞧，不管我怎么说，都劝不了您，”艇长埋怨道，“祝你休息得愉快……”

“谢谢……”

潜艇冲破夜幕，出现在最近的导航标线上的时候，小城镇还在沉睡。

起初，航行灯朦胧地闪烁着，仿佛在小心翼翼地探索航路。以后越来越大的潜艇轮廓，像一个黑色的庞然大物慢慢地显露出来，驾驶台上黑黑的人影也变得清晰可辨，他们背后的白色斑点也可以看清了，原来是在刺骨的寒风下飘动的旗帜。

暴风雪在码头上拼命地旋转，把冻结的冰粒刮到人们的脸上。天空、黑色的海水和结着厚冰的雪青色海岸依然是茫茫的一片。

军官们被刺骨的寒风冻得蜷缩起身子，笨拙地交替跺着两只脚，哪怕能暖和一点也好，可是，当索罗金从驶近的汽车里走出来时，有些人便翻下了大衣的领头，有些人则戴好积着一层薄雪的帽子：海军总是海军，海军的气派是一刹那也不可以损害的，因为这气派已经深深地渗入水兵们的肉体和血液里面，在某些场合里已经成为海军行为的准则，要是不遵守这一准则，尤其是当着上级的面，自己的同志纵使不认为是举止失检，至少也认为是缺少教养。

庞大的潜艇越来越近了。瞧，现在已经可以分辨出驾驶台上的熟悉面孔，而在艇尾和艇首——已看得见水兵们的橙黄色救生背心了。

“投系缆。”透过呼呼的风声和大海的呼啸声传来了命令。

缆索飞上码头，立刻被一双灵巧的手接住，把系缆紧紧地系在钢柱上。

顿时这一切——断断续续的命令声，强盗般的唿哨声和海上传来的轰鸣声——都消失在从码头上飘来的旋律里。这里的山岩是第一次听到这样的旋律，虽然这旋律不是今天，也不是昨天谱出来的。而现在站在码头上或潜艇驾驶台上的每一个人，从遥远的烽火年代起就背熟了这庄严的、像水兵的心灵一样宽广的节奏里所包含的歌词：

祖国军舰上的爱国志士
胸怀狮子般的勇气。
苏维埃海军的近卫军
时时处处永向前……

第 3 章

在人所不知的境界外

一

鲍里斯·科尔契洛夫沿着学校红砖大楼旁边走着，一只手机械地抚摩着铁栏杆，铁条摸上去又潮又凉。他走到大门入口处时，向四周环顾了一下。

好吧，再见了，莫伊先科街！这个地方他多么熟悉啊，他熟悉这条街上的每一个穿堂院，认识附近的每幢房子、每个胡同里的所有的孩子以及他们的父母和熟人。列宁格勒看来好像是个大城市。但是假若你在一生中，哪怕是不长的一生中，住在一条街上，在一个学校里学习，成百成百的孩子和你一起成长起来，你每天在同一家影院和附近的剧场里、在同一间教室里、同一条楼梯上以及楼梯口的平台上和他们见面，无意中你就有了成百成百的熟人，有经过了时间考验的你所喜欢的和所讨厌的人。可话又得说回来，在十岁到十二岁这样的年龄里，讨厌和反感是十分相对的，不会因为在童年时代的吵架或误会而变成仇人。

再见了，莫伊先科街！这些年来，你的阅历是不少的。在那可怕的围困的岁月过去以后，不知怎么的他总想快些跑到三楼自己的家里。不能忘记，在这有螺旋形铁栏杆的楼梯下面，曾经放着一包一包蒙上了霜的东西。一下子就可以猜出，这里面是匆忙掩盖起来的尸体。那时人们没有力量去埋葬自己的亲人。

到了春天，开来了一辆载重汽车，装上尸体，运往彼斯加列夫卡某地。一直到战争结束后，他才有机会到那里去。他几乎在记事本上写了一整天，毫无目的地在碧绿的方形烈士墓旁边徘徊。这里，埋葬着成千上万个和他同年的人。

“这么说，我是很走运的，”他想道，“完全有可能碰上比现在糟得多的情况，可敬的鲍里斯·亚历山大罗维奇·科尔契洛夫。要是这样，那么无论是今年春天在捷尔任斯基军校举行的毕业舞会，还是从昨天起就佩戴在你双肩上的崭新的尉官肩章——这一切就连想都不要想了。”这一切对他来说，仿佛是一张进入奇妙世界的通行证，为了进入这个奇妙世界，他已经在这条路上走了好多年了。如今一切都有了。他已经走出了决定性的一步，于是——万岁，海洋！……

维达利和根卡在家里等他。两人都穿着熨得十分平整的军装，军装上闪耀着尉官的肩章。从他们端庄的外貌看来，这两个人就像因功被提升为起码是将级的海军军官一样。

维达利看着《星火》杂志。

根卡坐在窗台上，眼睛望着院子：衰败的灰色墙角边搭了几座小板棚。

“总算来了！”根卡站起来说，“鬼把你带到哪里去了？我们已经等了你半小时啦。”

“老伙计，我们有好消息，可高兴啦！”

鲍里斯困惑地望着他们。昨天这样快乐的日子都过去了，还会有什么好消息？

“你很走运，鲍里斯！我们今天到军校去过了。”

“那又怎么样？”

“怎么样？不进行补充训练，直接去独立执行任务了，这在全年级是独一无二的！”

“胡扯。几个月的时间很快就会过去的。”

“话是对的，不过老实说，学腻了。真想好好干一番事业。”

“根卡，这一点我能理解。我现在即使装成一个冷静的、无动于衷的绅士，你还是不会相信的。”

“当然……还是谈谈你和涅利娅的情况吧。”

“有什么可谈的……还是摸不透。”

“怎么会这样！大家都认为你们快结婚了。说实在的，昨天在毕业典礼上，你们是最引人注目的一对。那些男人都目不转睛地盯住她。”

“问题就在这‘目不转睛’上。和妻子在一起时，别人老是用眼睛盯着她，这是不舒服的，你想过吗？”

“你为什么这样不放心呢？出过什么严重的事情，还是有什么猜疑？”

“没什么，不过是一些笼统的想法。”

“鲍里斯，你好像支支吾吾地不想说……”

“我倒愿意把一切都告诉你。但是，我自己还搞不清楚。现在上船，心里总不大快活。要知道，我对她不大有信心。我爱她——这是事实。至于说到幸福——还没有过。我常常感到苦恼，弄得神魂颠倒，妒心重重……难道这是幸福吗？”

“那么什么是幸福呢？”维达利突然很严肃地问道，“鲍里斯，你希望心里安宁些，这一点我是知道的。不过，各人的爱好不同。不！——我倒需要有个这样的妻子，能够整天为了她弄得如醉如痴。不然，这种平淡无味的事情很快就会使你厌烦。到那时……就难免要出现悲剧。”

“要是一个人成天像发疯似的，那么，他迟早得进疯人院。而我们，譬如说吧，有时还要去执行任务。”鲍里斯忧郁起来，“你应该了解，惹是生非的女人对我是不适合的。”

“你究竟跟涅利娅怎么啦？”

“我是想把一切说得明白些……但说来说去说不清楚。”鲍里斯的回答已经离题了，“我觉得，要嘛她对我不了解，要么根本不想了解。”

“要记住：女人们总是什么都了解的。只有当某件事情对她们不利的时候，她们才有所不了解。”

“我又遇到了一个老手！据我所知，早在八年级时你就和华利娅交上朋友了。以后就再也没有遇到别的姑娘。”

“他干吗还要遇到别的姑娘呢？他的事就像‘二乘二等于四’那样清楚。当她读完大学五年级后，他们就要结婚了。对不对，维达利？全部世界史的经验都证明我讲的是实话。"

"你现在倒像个坐在羊毛袋上的英国勋爵。"

"什么羊毛？"

"有那么一幅画，是在历史教科书上的。不过你的架子摆得更大罢了。"

根卡哈哈大笑起来，他向维达利转过身去。

"喂，水手长，你决定在哪边靠岸？"

维达利·加夫里林是个长着一头淡黄头发的强壮小伙子。他的嗓音低哑，还有一副歪斜得有点做作、经过痛苦磨练的"水手的"步态，正由于这个缘故，别人送给他一个"水手长"的绰号。他的意志很消沉。每个月他都爱上一个姑娘，而且每次都是"认真地"爱的。假若每次不是以"悲剧的结局"告终，那么他在情场上的成就确实是非常可观的。维达利的善良与那种怕"下错了锚"的病态的恐惧心理奇妙地结合在一起。可也不知道为什么，在一些姑娘们面前他却很走运，这些姑娘在第二次约会时就会严肃地提出他们共同的家庭生活问题。维达利对此总是无法应付，并悄悄地一溜了事。

"鲍里斯，你在这方面是很顺利的。你一切都已定当，而且已经明确了。可是我……"

"是不是又爱上谁了？"

"是的，是个非常动人的姑娘！"

"是大学里的？"

"不，我同华利娅闹翻了。她叫捷娜，是医学院的。"

"那为什么事情又卡住了呢？看来，直到服役的时候你还是个光棍……"

"完全有可能……完全有可能……"维达利绝望地在烟灰缸里捻灭了烟卷，"你要知道，鲍里斯，让你进行接舷战斗时总会觉得有些不舒适……我怕那些长着一双懒洋洋的眼睛的美人鱼。你会溺死的。我宁可要单纯一些的。"

"怎么，又请你到结婚登记处去了？"

"不完全是这样，可也差不多了……"

“维达利，你不会有好下场的。总有那么一天，当你的华利娅和捷娜们团结起来时，你就糟了。”

“我又没有对她们做过坏事。”

“别说了，不幸的家伙！你活着就是一种过错。”

鲍里斯走到书架边，拿起一本书。

“昨天我上铸造厂大街去了。这是偶然在一个旧书商那里买到的。你听听！标题就像交响音乐《全俄专制君主伟大的女皇叶卡特林娜·阿列克谢耶夫娜陛下关于管理海军部和海军的规定》。”

鲍里斯在维达利面前把这本书打开。

“读读吧，不幸的人：‘一七六五年八月二十四日，女皇陛下顺利统治的第四年，颁布于皇村。’”

维达利翻弄着这本破旧而散了装的小书。

“你要这破烂干什么？”

“破烂？你真是个又懒惰又无求知欲望的人，先生！女皇陛下还说到你哪。”

“胡扯，胡扯……”

“我说的是实话。你几岁了？”

“二十二岁。”

“那正是说到你。也谈到你的捷娜和华丽娅她们。你听听就会发抖的。”于是鲍里斯打开《规定》读了起来：“第四条，关于禁止海军少尉候补生违令结婚的规定：没有得到命令，海军尉官候补生不得结婚，违者，罚苦役三年。海军部委员会人员不得在二十五岁前结婚，为了避免在年龄上发生替代或伪造现象，欲结婚者应提供确凿证据……”明白了吧?！叶卡特林娜·阿列克谢耶夫娜多英明。她懂得：像你这样的水手长要是结了婚，以后就够麻烦了。”

“是啊，从各方面来说，她是个严厉的女人。但是就是按照这种‘规定’办事，也不会长期当光棍的。”

“你就是要当光棍！等着瞧吧！”

“是不是我生来就是没有福气的呢？”

“什么福气不福气的。你这个多情的人迟早会坐禁闭的。”

“你以为她们会告我的状吗?”

“你瞧,现在你自己也用起‘她们’这两个字了。你怎么啦,想在军舰上搞几个情妇吗?”

维达利深深地叹了口气。

鲍里斯微笑了一下。

“不要紧,维达利,你总能找到自己的北极星的。可是,讨个美人鱼做老婆确实可怕……”

“算了吧,让这些姑娘们滚开吧。主要的是我们要出海,鲍里斯。

十五个人跳上
　　装着死人的箱子。
哟嗬嗬,桶里
　　有的是罗木酒。

好像是斯蒂文生[①]写的吧?我的嗓子有点……经过昨天的……嘶哑了。”

“可不是!你和维达利代替了整个顿河哥萨克合唱团了。”

“每个劳动者都有休息的权利。何况是在毕业晚会上,当未来的海军将官们……”

“看你吹的。已经想当将军了……”

“这有什么值得大惊小怪的?没出息的水手才不想当将军。至于我们现在,”他强调“现在”这个词,“现在是个尉官,这有什么关系?鲍里斯,应该懂得历史。就拿拉扎列夫指挥的主力舰‘亚速’号来说吧,在它上面经受战斗洗礼的却是少尉候补生依斯托明、海军准尉科尔尼洛夫和中尉纳希莫夫。在双桅方帆军舰‘水星’号上进行过搏斗的,你也知道,不是当海军上将的卡查尔斯基,而是还在当海军大尉的卡查尔斯基。”

---

① 斯蒂文森(1850—1894)——英国小说家,作品有《金银岛》等。文中的歌词是《金银岛》中海盗们唱的歌曲。——译者注

“不知为什么，我没从官衔和称号这种观点出发来学历史。”

“那不应该。这一切都是十分有教益的，直截了当地说吧，这会影响到我们的情绪。你会慢慢懂得，不是像人们想象的那样，一切都不好……”

“伙伴们，别乱扯了，”维达利央求说，“我们到市中心去，好吗？还是到河滨大街去吧。在房间里实在坐厌了。”

“走吧！”根卡立即同意了。

“你们去吧，我在家里还有些事情要做。”

“别骗人了，鲍里斯，爽气点说吧，是与涅利娅有约会吧？”

“不，伙伴们……我确实有事。”

“嗨，随你的便吧！祝贺你，海军上将！走吧，根卡……明天我们再见。”

其实，鲍里斯根本没有什么事。只不过想一个人呆在家里认认真真地想一想。

他和涅利娅之间确实发生了一点问题。本来好像明朗而完满的关系，突然又变得使他心神不安、怀疑、头痛。“只是少了一个狡猾的情敌，”鲍里斯苦恼地想着，“要不然，还不是一出感伤的悲欢离合剧！”

各个方面都要了解清楚。可是时间呢？他在列宁格勒只能呆四天，顶多五天了。四年都没有弄清楚的问题，试想，在这个短短的期限里又能弄清多少呢？

鲍里斯深深地叹了口气，变得忧郁起来。

他哪里也不想去，于是，便在家里无目的地徘徊了一阵，又从橱顶上拿下装满练习簿和记事本的手提箱。

好多年来他都没有碰过这些本子。他便阅读起其中的一些段落来，脸上露出了笑容。这些段落忽然向他打开了那被时间的烟雾所遮掩的遥远、遥远的过去，这些细节，现在看来好像不是他鲍里斯的生活片断，而是别的什么人的事情。

《列宁格勒斯莫尔尼区一七九中学六年级二班学生科尔契洛夫·鲍里斯的日记》。

很有意思，他那时在干些什么？动物学——“血液与血液循环”。俄语——练习十五。德语——第十二节，独立阅读与翻译。在写着“德语”一行的旁边，打着一个五分，还有教师的签名。历史——“八至十一世纪的拜占廷”。他翻过几页，下面是“西西里岛上的第一次起义”。

很有意思，这次起义是怎么回事？真可惜，学过了，却忘记了！他竭力回忆过去学过或读到过的有关这方面的内容，但是怎么也记不起来了。

第二本是九年级时记的日记。

第一页上写着教师们的姓名。鲍里斯把这些名字一个个看下去，脑海里也同时浮现出他们的形象：有的和善，有的严格；有的经常板着面孔，有的面带笑容；有的是上课时看到的，有的是在街上遇到的。

俄罗斯语言和文学课科任教师——巴谢契尼克·安娜·彼特洛夫娜；代数、几何、三角课——普拉托诺娃·尼娜·菲多罗夫娜；历史课——米哈依洛娃·玛丽娅·瓦西里耶夫娜；地理课——丘里科娃·克拉夫捷娅·瓦西里耶夫娜；达尔文主义基础课——依里易娜·齐纳依达·尼古拉耶夫娜……

原来，有过这么多人开导他该怎么做人和怎么生活！他数了数，一共有十二个名字。这十二个人为了教育他鲍里斯，花费了多少心血。而且他们的学生还不光是一个鲍里斯·科尔契洛夫，而是整整的三十个：三十种不同的性格和三十种不同的命运。

这是家庭作业笔记：《父与子》，车尔尼雪夫斯基和杜勃罗留波夫，《往事与沉思》《怎么办？》《谁在俄罗斯生活得幸福与快乐》……

在一堆练习簿中有一本古铜色封面的本子。“啊，原来你在这儿，我的老朋友！”鲍里斯怀着一种抑郁的心情念了封面上的字：《一七九中学共青团组织书记科尔契洛夫·鲍里斯的记事本》。

绿色的纸上留着用紫墨水写下的潦草笔迹。我的天呀！这一切都是老早老早的事了！

开端和结束。最初觉得，在开端和结束之间好像有一条漫长的道路，可是，这段路却在不知不觉中飞逝了，它已成为过去，中学已经毕业了。他走出军校门才不久，没想到，在一年级时记下的第一堂课的笔记今天听起来竟像遥远的往事（“他已经有往事了！”涅利娅一定会这样挖苦一句的）。

大家都记得，那堂课是海军上将讲的，他好像讲得很激动，就像在读一首长诗一样。不知是由于那时受到这种激情的感染，还是想在家里夸耀一番：“你瞧，我考进了个什么样的学校啊！”鲍里斯翻阅着练习本，第一堂课的笔记记得十分认真和详细，尽管由于记得太快有些地方写得有些潦草、难认：

“……现在，你们都成了荣获列宁勋章的，以费·艾·捷尔仁斯基的名字命名的最高海军工程学校的学生，你们应该为此而自豪……这所学校建立于一七九八年……”

再往下，写得潦草不清，根本无法辨认，直到下一页，字迹才比较清晰。看来，当时是想把这些资料保存下来的：

“这所学校为拥有许多杰出的科学家和造船工程师而骄傲。他们是：建造双桅方帆军舰‘水星’号的奥斯米宁；俄国第一个建造螺旋推进的三桅巡洋舰‘阿基米德’号的阿莫索夫；水上水下两用船的最天才的设计家之一布勃诺夫，他建造了世界上第一艘潜水艇‘海豚’号；还有奥库涅夫；阿德纳西耶夫；科斯坚科；希曼斯基院士……”

名字写满了两页纸。

“……无线电发明家波波夫也在这里进行了多年的教学工作……”

“有五十多个毕业生成了海军的将官……”

再过四十年，他和维达利以及根卡将成为什么样的人呢？这多有意思啊！

“本校的学生们曾与尤登尼奇①作过战，参与镇压了喀琅施塔得的叛乱……”

鲍里斯这一代人将面临着什么样的战斗和道路呢？

“由于建造了为数不少的军舰和技术设备，在伟大的卫国战争以

① 尤登尼奇——沙皇将军，苏联国内战争时期的白匪头子。——译者注

前，学校的毕业生中有三十多人获得了国家奖金获得者的称号……”

而他们会发明点什么呢？是啊！道路还刚刚开始呢。经验又没有。开始时知识也许还够用，可是如果要把作战技术向前推进的话，知识够不够用呢？……不，幻想这些，还为时过早。

笔记的另一页上是其他一些人的名字。他在进校以前就知道这些人的名字了。不过他没有想到，他们也是从这所现在已成了他的“母校”的学校里毕业出来的，例如在菲萨诺维奇手下指挥五号战位的卡拉塔耶夫、尼古拉英科夫……还有几百个前一次战争中的英雄。当他鲍里斯张大一双因饥饿而暗淡无光的眼睛望着被围困的列宁格勒，幻想成为卢宁那样的人的时候，这些人都在进行战斗。

可是，持续最久的战争也有结束的一天，那么在平静的海洋上，会有什么功勋或一鸣惊人的事业等待着他鲍里斯・科尔契洛夫去建树呢？……看来，也不过是一种平凡的工作。可谁知道……技术在飞速地变化，从未见过的舰只不断地编入了舰队，谁知道，明天又会怎么样。总的说来，一切都进行得不错。已从军校毕业，又批准他直接参加独立工作。因此，俄罗斯海军中尉鲍里斯・亚历山大罗维奇对于自己的命运没有什么可抱怨的了。前面就是海洋。而这是最主要的……

二

警报——就像涨潮和退潮。有时它像深藏在内心的无声的仇恨，悄悄地掠过大地，在寒风中变得凶狠起来，在空中不可捉摸地急驰；有时在发售晚报的时候沙沙作响；有时它从收音机中匆匆地传出，压过爵士音乐的切分音和使人感到愉快而平静的圣诞节乐曲；有时它由愚昧的女巫的谣言和预测，由一些被年岁和仇恨所折磨的士绅们的预言来传播。

不论白天黑夜，它都使人们的心神不得安宁。人们惊慌不安，被烦恼和恐惧压抑着，被谎言和好战的咒语欺骗着。今天，即使是最偏僻的荒凉地区也在倾听着海洋上的紧张回声。

在这月光照耀下的世界上，一切都起了变化。海洋，曾经是宁静和超脱残酷尘世的象征，是浪漫的神话的发源地，沉寂的珊瑚岛幽居的地方，如今它已成为两个社会的巨大抗衡的镜子，这两个社会体现着我们这个星球的昨天和明天。

五角大楼里的地图被划成一块块蓝色的方块，这些小方块已成了一场为实现独霸世界的狂妄野心而进行的大赌博中的纸牌。

由热核爆炸而产生的地上、地下的强大冲击波激烈地震动了罗盘上的方位牌，使它一下子静止不动了。高傲的珊瑚岛倒下去了，珊瑚尘撒向广阔的海洋。只有经过漫长的岁月，被压在下面的生命才敢于用自己的嫩芽去触动那被原子辐射烧熔和毒化了的海岸。

警报传遍了全球。从水下发射的火箭，飞速地划破长空，飞向那远离起点几千公里的演习目标，冲破了海洋的深处。巨大的航空母舰、总是来去匆匆的巡洋舰、竭力隐蔽自己的行踪的火箭核潜艇和海上蚊子艇——这些舰艇的推进器发出的吼声不时震动着声呐兵，它们给人们造成的生命危险并不亚于大隐翅虫的毒螯。在冲破冰块的轰响声中，从未见过的黑色潜艇浮出了水面，它立即震落艇面上凝结了的水流，这使见多识广的极地惊呆了。距离在巨型飞机的机翼下消失，这些巨型飞机在机翼下携带着使人致命的炸弹。至于舰队——还只是国家强大力量这一公式的组成部分，是国家的武装力量的一部分。

宇宙航行员们把地球称为“最美的星球”。而它却在黑夜中不安地转动，谛听着不知在向它许诺什么的轰鸣声。

白夜突然来到列宁格勒。的确，人们觉察到，黄昏的降临一天比一天晚了。要是人们偶尔在朋友家多耽搁一会儿，或是在星期天从别墅回来得晚了一些，就会发现这里根本就没有夜晚。像水彩画一样的柔和的轻烟笼罩着巨大的宫殿和塔楼，使得这些建筑物看起来轻飘飘的，彼得巴甫洛要塞的侧影就像在涅瓦河上飘荡，而夏园变成了一幅古老的石印图画。

在这样的夜晚，不难想象出站在天鹅渠边的普希金，走向秘密住处的列宁和把炮口指向笼罩着城市的白色天空的“基洛夫”号巡洋舰。

列宁格勒壮丽的夜晚。音乐声沉寂了。神话再现了。

鲍里斯在这些街道和广场上走过千百次，也许，只有今天才感觉到自己与它们有着永不中断的联系。习惯突然变成了感伤，虽然他知道，他还将不止一次、两次地到这里来，但已经在军校毕业的感受却不会再来了。

稀稀落落的成对青年男女好奇地瞧着这个嘴唇厚厚的、看来是在河滨大街等人的年轻尉官。

一个海军中尉在列宁格勒并不希罕。但捷尔任斯基军校、伏龙芝军校为远航所培养的是些未来的纳希莫夫和马卡罗夫。

总之，谁只要幸运地朝肩章上闪闪发光的崭新的星徽悄悄看上一眼，他就会在心底里向往着即使不能成为马卡罗夫式的人物，无论如何也得在一艘引人注意的军舰上当一名舰长。虽说出航不是一次、两次了，但是辽阔的海洋对许多人来说，吸引人的并不是现实的风暴，而是书上描写的激烈战斗的隆隆炮声。但是，这并不妨碍他们认为自己是个富有经验的海狼，也许，这就是青年人的幸福之所在：信赖地、坦率地观察周围世界。倘若你对人是赤诚相待，那么，你也会从人们和世间得到同样的报答。

在这一点上，鲍里斯也不例外。

他从很远的地方就认出了涅利娅。也许是由于四周的景物过于迷人，也许是由于心里充满了欢乐，他感到，这个连细细的脖子上的黑痣以及那经常使人惊奇的、水汪汪的眼睛上的每根睫毛他都熟悉的涅利娅，现在显得格外漂亮。

还在一分钟以前，在他脑子里设想好的一场认真谈话的完整计划，这时好像又飞到九霄云外去了。“没用，”鲍里斯责骂着自己，“又和以前一样了，她一来，心就软了……真没用，一个渺小的优柔寡断的人……还称得上什么水手……”

她飞也似地跑过里齐纳壕沟上的拱形桥，好像不得不迁就一种必不可少的，但依她看来却不是很必要的见面仪式似的，习惯地用双唇碰了碰鲍里斯的面颊。

“你好！……等我很久了吗？”

“不太久……”他想发火，“总共才等了难熬的四十分钟。你跟往常一样，很准时。”

“好啦，请你别生气！……又要穿衣服，又要梳头……”

“我都明白……”

“鲍里斯，我们不是说好了吗，别为鸡毛蒜皮的事互相埋怨。你违反了我们的公约……现在我们上哪儿去？”

“就上施米特河滨街去逛逛。当然，要是你不反对的话……”

他们沉默了很长时间。直到过了皇宫桥，快走到大学的时候才谈起话来。河滨街上冷冷清清。白天，人们来去匆匆，在眼前一闪而过。现在，只有几对青年伴侣在忙着他们自己的事。寂静，整个城市都异常寂静，连沿着对岸慢慢划动的船桨的溅水声也能听见。

“这么说，我们不久就要分别了，”涅利娅打破了沉默的局面说，“这很叫人难受，鲍里斯。我们曾幻想过能呆在一起。可是现在呢？我还得学习两年……”

她讲话的语气就像他们马上就要离别似的。

“难道两年还算多吗？有些人等的时间还要长。”他沉思着说，“当然，假如他们想等的话。”

“你这是什么意思？”

“没什么。涅利娅，我感到有些忧虑。”鲍里斯坦率地说，“我这次出海，心里有点放不下。”

“你嫉妒吗？”涅利娅笑了起来，“这样很好，这说明你是爱我的。至于说，谁等，谁不等，这还说不定。到时候你到北极地区去，遇到哪个极地的亚马孙女人，那时就把我忘了。”

“瞎说……难道以前我没有离开过你吗？”

“离开过。那是去实习。在实习的地方，你就是想找个姑娘，上级也不会允许的。可现在，你是个独立自主的人了，当了军官。你现在要干什么就可以干什么了……”

鲍里斯皱起眉头。不行，要是这样谈下去，正经事又会谈不成了。然而，应该把自己的想法都谈出来。

“我想认真地和你谈谈。也请你正确地理解我的话。不要抱怨。事情是很复杂的。但我尽量说清楚……你知道,人们各有各的性格。很自然,感情也不同。当然,我没有权利向你说教。更谈不上要求你解释了,你又不是我的妻子。虽然,我认为,即使已经结了婚的妇女,只要她认为是正当的,也有权安排自己的生活。”

“你是不是想教我怎么安排生活?”

“我并不打算……”

“那么你有什么权利对我讲这一套呢?”

“我只想说明一点:那就是我对你是很认真的。在严肃的事情上不应该虚伪。这就是我要对你说的,这些对我说来,也是一样。更确切点说,这就是我所理解的……”

“真奇怪!科尔契洛夫竟成了个哲学家。不知为什么,以前我在你身上没有看到这一点。”

“别胡闹。你能不能一辈子哪怕只有一次不发出这种愚蠢的嘲笑?”

“哎哟!连‘愚蠢的’也来了。你是否感觉到,你的用词并不怎么恰当?”

“你听着,我不想吵架。我得把这些重要问题讲清楚。这既是为了我自己,也是为了你。”

“那又怎么样,你就说吧,也许还蛮有意思……”

“你知道,我们俩从来没有开诚布公地谈彻底,而这种谈话是很需要的。我们彼此相识已经不止一年了。但是,青年时代的友谊跟爱情毕竟是两码事。”

“真有意思。那你想干什么?”

“我有一个想法。我向你求婚,希望你成为我的妻子。我爱你。”

“你这种表白爱情的方法太奇怪了。竟然搞了这么一个开场白!”

“我要不是把一切都说到底,按你的说法,‘奇怪地表白’一番,那么,对你、对我都是不诚实的。应该承认,我爱你,这对你不是什么秘密。猜也猜得到。”

“好吧，假定是这样……”

“不要以为，你使某些青年人怀有希望，或使另一些青年人相信什么，我会嫉妒……”

“为什么别人喜欢我，你就偏偏不高兴。恰恰相反，你应该感到骄傲才对。”

“我不知道。难道你不认为，在这种情况下，你实际上是欺骗了这一个‘某人’？当一个人很严肃地爱着你的时候，你对他采取一种不严肃的态度——也许我用词过于严厉了——这是不诚实的。应该坦率地向他表明自己的实际情况，这才是诚实的。”

涅利娅沉吟了一下。

“你的哲学真奇特。拿着鸡毛蒜皮当原则，而且还从地球上的各个角度来观察。”

“我不知道怎么做更好一些。我认为，诚实的哲学永远是好的。假如你抱着这种观点，你就会要求别人也同样诚实。依我看，爱情——不是供人家兑换的辅币。问题不在于猜疑。一个妇女可能被许多人喜欢。但是，在自己的周围应该造成这样一种气氛，使得她与丈夫、她与周围的人以及与喜欢她的那些人的真实关系，别人一看就一清二楚。这种气氛——不管她的丈夫多么嫉妒——除了这位妇女本人外，别人是无法创造的。说得干脆点吧，我想要的，我所希求的，就是要使我们的爱情，不论是从我、从你，还是从别人那方面看来，都可以看得清清楚楚。”

“这么说，你嫉妒啦！”

“那么，你还是什么也不明白。也许是你不想搞明白。这有什么嫉妒可言？我只不过是想对你谈谈，我对真正相爱的人们应有的相互关系有什么看法。”

“在你所描绘的这幅安闲恬逸的图画中，却有一个实质性的缺点……”

“什么缺点？”

“你所设想的情况在生活中从来没有过。”

“我不知道。据我看，是有这种情况的。我看到过这样的家庭，而且为数不少。"

"也许我不走运,像这样的家庭我就没有见到过。"

"管它有没有这样的家庭,这与我们无关!现在谈的是你和我的事。"

"我不理解,鲍里斯……我一点也不理解。我担心,你是在追求无法实现的东西……"

鲍里斯的脸色发白了。

"好吧,那么咱们就以人道的方式来告别吧。我是不准备放弃我自己的——像你所说的——哲学观点的。"

"就是说,你不爱我。"

"这倒不是。正因为爱你,我才不愿放弃自己的观点。我没有别的办法。不然还得受折磨、怀疑……干吗要这样呢?生活本来就很复杂。再说,我又是个水兵。即使没有这些事,在分别的时候,也已经够苦恼的了,还要盼望……要是再对自己所爱的人还感到没有把握,那么,生活简直就成了地狱……"

"你这一套都是从书里来的。你今天很无聊,鲍里斯!还是吻吻我吧!"

他看到她的眼睛,好像两个被烟雾遮住的黑旋涡,看到她稍带湿润的嘴唇,两道长长的向两边分开的眉毛,这一切使他那一套刚才还自以为结构严谨的哲学,顿时脱离了理智论据的支配,飞到九霄云外,成了不可捉摸的遥远的计划了。这时,她的眼睛、双唇,还有这个任性的人却变为主要的了。少了这些,别说活上一年、两年,就是生活几个小时或几分钟,对他来说都是不可思议的。

"是的,"他的脑海里闪过一个念头,"不管怎么说,她还是爱我的。不然,干吗要讲这些话呢?为什么会留恋这个城市呢?为什么对这种幸福的变化会发生那么强烈的感情呢?而那些话算得了什么?那些话是空的,就像草原上的烟雾一样,几秒钟后就会随风飘走了。"

"你别送了。"她紧紧地依偎着他,"别送了!我现在感到很好。也不要再作什么解释了。不需要……我需要单独呆一会儿。"

“你想上哪儿去呢？现在可是夜里啊！”

“已经是清晨六点钟了，亲爱的。”她看了看手表说，“交通已经开始了……不要伤心！”涅利娅温柔地吻着他的双唇，又重复了一遍，“不要难过。一切都会很顺利的。一切，一切……再见吧！……”

她喊住一辆在空荡荡的柏油马路上飞驰的出租汽车，而鲍里斯还没来得及弄清是怎么回事，就只剩下他一个人留在河滨街上了。

他又高兴，又不安。

城市升起浅蓝色的薄雾，马路拐角上响起了第一辆电车的铃声，靠近矿业学院那边，从沉睡的涅瓦河上传来了内燃机船低沉的汽笛声。

三

“米海洛夫斯基同志，我们终于出大洋了！”

“你高兴吗？”

“好像你不高兴似的！……不管怎么说，像这样的航行还是第一次。这是到非常遥远的世界，到非常遥远的国家去啊。”

“是的，我们要经过许多饶有风味的地方。”艇长海军少校阿尔卡基·彼特洛维奇·米海洛夫斯基和领航员俯身看着海图说。

“都是些有名的地方。”

“那还用说，”米海洛夫斯基微笑着说，“你看，‘大西洋的腐烂角’在这儿，在北纬35°上。根据很不完整的统计，最近四百年来，在这个地方沉没了两千两百艘船只。”

“统计学——并没有包括将来的事情。”

“在学校里，我们的教授在谈到新斯科舍时就说：没有必要去叙述这个半岛的沿岸水域，海图上的名称就已经说明了问题：受骗的希望湾、失望湾、死水手岩、死亡礁、错误角、痛苦角……而今，简直难以想象，”米海洛夫斯基把量角器移到一边，“现在我们对这些地方可以说是从它们的‘水下的特性’来进行探索。”

“我们会掌握……”

“你还没有跳过去以前，可别喊‘跳’。在这个意义上，我有些迷信……我们现在还没有任何自满的理由。一点也不值得在这些地方遇上些不愉快的事情。就拿大洋的这一角来说吧。格陵兰岛、加拿大群岛、斯匹次卑尔根群岛和法兰士约瑟夫地群岛的冰河向这里送来大量的冰山。这些冰山有时会从这里流向亚速尔群岛……因此，只要声呐兵一不留神，我们就要吃苦头。不管怎么说，小伙子们还是第一次在这种条件下工作。让我们到艇上各个地方去走走吧。我总有点心神不定……什么事都会……”

“走吧。不过，不管怎么说，我们的任务是完成了。可以这么说，我们借助于放大镜走遍了这些区域。”

“我再重复一遍：不要高兴得太早。等我们回到基地，到那时再作愉快的回忆吧！……走吧！”

人们已习惯于把地图上涂着浅蓝色的地方看作海洋，而对于来回走遍大西洋的米海洛夫斯基和领航员来说，这些深渊世界是具体的，捉摸得到的，正如地质学家看萨彦岭或乌拉尔山一样。

有好几次，米海洛夫斯基屏住呼吸，看到艇上的电子仪器怎样突然实现了真正的地理发现：在海底发现了以前人们不知道的山峰和凹地、盆地和峡谷。

他一闭上眼睛，就可以清楚地想象出隐藏在珊瑚和水草中的广阔无垠而神秘的大陆架，围绕着北美、格陵兰、冰岛、欧洲和非洲海岸的巨大海台。

从未见过的各种鱼群在峡谷和深峡谷、裂罅和凹地里漫游。

庞大的海洋脊椎——中大西洋海岭，像一条巨蟒，从冰岛蜿蜒伸向赤道。它被很深的断裂构造隔断，却把其他的山脉联系在一起。

中海洋的深峡谷、冰岛附近的雷基亚内斯海岭、富兰米施断面和迈利水下山峰、北亚美利加海盆和哈特腊斯海盆、佛得角群岛旁的克雷洛夫峰——对米海洛夫斯基说来，所有这些地方都是有交情的老相识了。它们都通过脉冲而在仪器的屏幕上反映出来。这些脉冲就像住在其他世界上的朋友们寄来的问候，你已经知道他们的姓名和性格，但是从未见过面。

对它们的性格，根据“他个人的接触”，根据经过每个新航次核实的海图和航程图志，他敢担保，是了解得很不错的。

知识已被历史所证实。对他来说，海洋史学家写到的和他自己在航行中遇到过的浅滩，根本不是什么抽象的图画了。海洋史学家写道："在这些沙滩的深处，堆积着诺尔曼人尖底船的龙骨架子、'不可战胜的强大舰队'的平底船、十八世纪海盗用的快速双桅方帆舰和双桅帆船、英国的护航舰及平底货船、定期邮船和运输船。这些浅滩吞噬着无数的船只，它既不考虑什么时间，也不管船只的大小。"

光凭那强大的洋流要把他的潜艇推到呼啸着十级暴风的水面这一点，他就能理解上述内容。在这里，既不能暴露伪装，又不能沉向深处，因为浅滩毕竟是浅滩。因此，就需要勇敢，需要大家极其谨慎地操作，以便能在指定的深度下，在强劲的激流中，掌握住船只，使它不致偏离航向，并把它准确地驾驶到目的地。

声呐兵报告了螺旋推进器的声音。

潜艇"在倾听着海洋"，不让推进器的吼叫声压住海洋的沙沙声，它根据只有声呐兵才知道的细微变化，敏锐地发现了一支开往南方某地的舰队的全部活动。

米海洛夫斯基一闭上眼睛，就好像看到这些在远处卷起黑色烟雾的绿色深渊，感觉到此刻在他们底下一闪而过的深渊所发出的凛冽寒气。强有力的推进器劈开那怪物似的深海，却无法从这样的深处向蓝色的洋面打出浪花飞溅的波浪。

假如没有这样结实的船体，人们早就被压坏、揉碎了。然而，看来还有某种比职责高得多的因素促使人们创造出新型的装甲来保护他们，使他们在暗绿色的深水中能够安然地航行，而且一次又一次地向海洋进军，年复一年地在海洋中征服千百米奇妙的、未经考察过的新地带。

当蔚蓝色的天空消失后，宇宙航行员们就只能看到宇宙的昏暗的远方。像宇宙航行员一样，潜艇人员看到，上层清澈碧绿的海洋到了一定的界限就连一点色彩的影子都没有了，一切颜色都变成了一种彩色——黑色。

“阿尔卡基·彼特洛维奇,你该请客啦!”彼捷林搂着米海洛夫斯基说。

“为什么?”

“好啦,好啦,还谦虚什么呢。恐怕到处都传开了!”

“说实话,我什么也不知道。”

“你不知道?”

“的确不知道,将军同志。”

将军打开了文件夹,拿出一份电报:

“嗯,要是不知道,你就念念吧。”

确实,电报是打给他米海洛夫斯基的。但他越是往下细读电文,就越觉得电报是打给别人的,而不是打给他的——对于他们这次确实很困难的航行所作的评价太高了:

“祝贺您及您的全体人员成功地结束了大西洋的远航!在这次远航中,全体人员在长期航行的困难条件下,表现了崇高的勇敢精神和卓越的技能,从而保证了这次重要使命的完成。

“您的航行经验对于进一步发展和完善苏联潜艇舰队作出了可贵的贡献。

“同时,还祝贺您,米海洛夫斯基同志,荣获军衔……

总司令。”

第 4 章

科尔契洛夫中尉

一

鲍里斯多次听说过的以及按照别人的叙述而模模糊糊想象到的那种浪漫主义色彩，那种书本上描述的浪漫主义色彩，全都烟消云散了。由于许多小时连续紧张工作，头都痛了。两只耳朵里好像有几把小锤子在笃笃地敲打着。虽说还不想睡觉，可是眼皮已经抬不起来了。

也许，刚开始时是这样，以后会好一点。向谁去请教一下吗？不，算了，不行！人家会以为我完全提不起精神来了，还算是个潜水艇水兵呢！应该考验考验自己。别人都能习惯，我哪一点比人家差呢？

吃晚饭时，他懒洋洋地用叉子扒开煎肉片，一口气喝完咖啡和果汁。既不想看书，也不想去看电影。

他躺在床上，竭力想回忆一些愉快的事。但是什么也回想不起来：小锤子单调地敲打着脑壳，生疏的环境使人的思想无法集中。

思路又把他引向那个反应堆舱。毫无疑问，这里的一切都经过不止一次的检查。然而，看来必须养成习惯和经过一定的心理训练，才能使自己不是冷淡地，而是习以为常地、冷静地去对待身边的物质，这种物质有时在某种相互作用的情况下，能够摧毁成批成批的城市，而在这里，它却被人们所制服，乖乖地推动着潜艇的涡轮机运转。

还不仅应使自己习惯于这一点。从一些伙伴们那里，他听说，他们在水下“出差”要延续好几个月，在这段时间里，他们根本看不到人间世界：潜艇为了不暴露目标而不浮出水面。人们会忧郁到令人吃惊的地步，会胃口不好，感到烦恼。

他怎么去经受这一切呢？能不能经受得住？是啊，这不是在学校里听讲课，也不是实习。虽然由于不习惯，小伙子们在实习时就已累得精疲力竭了……

“亲爱的妈妈，你好！

“热烈地问候你。我一切都好，身体健康，感觉很好。

“我们在十三时三十二分从列宁格勒出发，八月一日十二时到达摩尔曼斯克。我在行李架上睡了两夜。白天很少睡觉，大多数时间是欣赏沿路的风景。

“卡累利阿几乎都是沼泽和湖泊，稀疏低矮的树林。在希比内山脉有许多风景优美的地方：有山，有湖，还有森林密布的丘陵地带。对于这些地方来说，这里的气候是特别好的——气温是摄氏十二到十四度……

“第二天我就到艇上来了。所有的人都安置好了。估计不久我们就要离开基地，但到下个月底我们就会回来。请将附信转交给涅利亚。

“盼着你和她的回信。热烈地吻你，向大家问好。

鲍里斯”

“亲爱的涅利娅！

“像人家所说的那样，在信的开头我要正式通知你，我很爱你，也很想念你。

“河滨街那个夜晚的情景一直浮现在我的眼前，你说的话、你的声音，我一点也没有忘掉——就连一些细微末节也历历在目。你呢？

“我请妈妈转交给你的信，你收到了没有？在那封信里我一切都谈了。总的说来，最主要的是：我等着你。我巴望着你成为我的妻子的那一天、那一时刻。

“至今，还没有接到你的信，因此，你是理解的，情绪没有好转。

“给我来封详细的信。你的每一件细小琐事我都很感兴趣：你学习得怎么样，在看些什么书，怎样消磨时间？而最主要的是有没有把我忘记？

“除了远航过一次外，我没有什么特殊的新闻。

“直到现在我才真正懂得，当一个水兵是多么幸福。更不用说当一个潜艇上的水兵了。我们的生活不像书上所描绘的那样浪漫，但是它比任何一本书所写的还要有趣千百倍。

“我们的船——真是绝顶的好。伙伴们也都是好样的。假如我还能接到你的信，那我完全有权说，我是很幸福的。

“亲亲地吻你。

鲍里斯”

“亲爱的妈妈！

“你的信我今天才收到。他们都想把它退回去了。在这里还不是所有的人都认识我。而且我们当时是在海上。现在交道已经打好，信件不会遗失了。

“我们几乎一直在海上。天气很坏。经常飘着牛毛细雨。气温是摄氏八到十度。还不算怎么冷。我一次也没有上过岸。不过，在下次出航后，我一定要到北莫尔斯克去。周围是丘陵和大海，是些风景很优美的地方。

“你现在最主要的是注意健康。不要搞得太疲劳。

“涅利亚的信务请尽快转来。这一点很重要！用挂号信寄来。

“妈妈，你来信一点也没有谈到你的工作情况。你还是给自己找个轻松一些的工作吧，不要光停留在口头上。我还是建议你转到希腊大街的门诊所去工作，那里工作要轻松得多。

“我住在四个人的船舱里，同房间的人都是很好的小伙子。

“妈妈，请在铸造厂大街(涅瓦大街转角处)出售科技书籍的店里给我买几本书：《物理和原子反应堆计算》《原子反应堆基本原理》《原子反应堆物理学》和《原子反应堆能量调节》……

“吻你。

鲍里斯”

二

傍晚盖尔曼·布尔科夫乘飞机来了。

他在楼梯上掸掸沾在短外套上的雪片，就骂起天气来了：

“从老远的迪克孙到你这儿来，可不容易！昨天，我们那里的天气比起你们莫斯科的天气来，真可以说是供人疗养的天气了……”

“嗯，你是习惯不了的，老头子……”

“习惯不了……迎接客人应该客客气气……”

其实，盖尔曼骂街是装样子的。这次见面他是很高兴的：他同阿纳托里·谢尔盖耶夫已有三年左右没见面了。

在谢尔盖耶夫看来，盖尔曼还是那么年轻，那么灵活和富有想象力，这同不久以前，他们在摩尔曼斯克第一男子中学同坐一张课桌时一样。那时候，在文学课的女教师玛丽亚·伊凡诺夫娜走进教室前，他们在冥思苦想地回忆一个将军的名字，拉林娜·塔吉雅娜就是嫁给这个将军的。

对别人来说，盖尔曼·德米特里耶维奇·布尔科夫已经成了著名的极地舰长，而阿纳托里·谢尔盖耶维奇·谢尔盖耶夫已经是《共青团真理报》的记者了。

在白海边上有个古老的俄罗斯村镇，叫巴特拉盖耶夫卡。它好像来自神话，好像俄罗斯的化身。它紧靠着蔚蓝色的大海，无边无际的森林在它的周围神秘地喧嚷着，已经变浅的木迪尤加河把清澈的流水急急地送往白海。在沙滩和陡峭的岸上，就像一百年前那样，每到夜晚手风琴的声音就到处荡漾，在腾腾的雾气中，船舶闪着淡淡的灯光向这儿致敬。

木迪尤加河不是一条普通的古老的河流。木迪尤加岛是个死亡岛，在武装干涉时期是苦役犯的牢狱。

俄国海军都很熟悉巴特拉盖耶夫卡。著名的船长布尔科夫、卡佩托夫、安杜菲耶夫等人的一生事业就是从这里开始的。远在革命以前，巴特拉盖耶夫卡就以敢于向海洋挑战的能工巧匠而出名。沿海各个村镇的青年人都到这里来学习。像罗蒙诺索夫[①]一样，他们沿着原始森林，冒着暴风雪，来这里学习，以便几年后能把帆船和大渔

---

① 罗蒙诺索夫(1711—1765)——俄国学者、诗人。——译者注

船驶进海洋。巴特拉盖耶夫卡就像白海沿岸居民的一所海运大学，人们在这里受到了航海教育。

盖尔曼·布尔科夫的祖父和外祖父都还健在。两个老人都住在巴特拉盖耶夫卡。一个是造船的行家阿法纳西·布尔科夫，另一个是船长尼古拉·热列兹尼亚科夫。盖尔曼的父亲后来也成了船长。儿子也走上父亲的道路。阿纳托里和盖尔曼两人多年没见面了。谢尔盖耶夫知道，自己的朋友曾在“卡拉姆辛”号、“色楞格”号、“姆斯塔”号上航行过，他走遍了整个地球和北极地带。盖尔曼很少写信。他寄出的信封上盖有古巴、加拿大、非洲、美洲一些不熟悉的城市的邮戳。但大多数是从北极地带寄出的：大家早就知道，北极地带能治好最懒于写信的人。

有一次，谢尔盖耶夫在共青团中央听到人家在谈论盖尔曼的事情。盖尔曼所指挥的“姆斯塔”号上的水兵们在难以想象的风暴中，抢救了几艘正在下沉的船只。在见面时，人家问起这件事，他却避而不谈，只说：“噢，有过这么一件不大的麻烦事……”关于这件事情的详细情况谢尔盖耶夫还是从报纸上了解到的。两年以后，他又从报纸上得知，他的朋友又获得了新的勋章。

盖尔曼烤火时，他们都默默无言，好像在听着冰珠敲打上冻的窗子的响声。

“你遇到过我们的熟人吗？”

“遇到很多。你以为，我在北极就会被雪淹没了吗……”

“遇到了谁？”

“在摩尔曼斯克遇到瓦吉姆·洛玛金。他在电视台工作，在写中篇小说。”

“萨瓦·克洛维茨基在干什么？”

“首先，他已经不是当年的萨瓦了，而是受人尊敬的萨维里·亚历山大罗维奇，是摩尔曼斯克有名的演说家和社会活动家……”

“已经成了活动家啦？！”

“可不是嘛！他是师范学院的副院长，他在海上航行了好多年，在海上接受过渔民们的考试。”

谢尔盖耶夫竭力想象着近视眼的萨瓦站在颠簸的渔船甲板上的情景，但怎么也想不出来。

“真没想到……”

“就是这样。你知道别里亚耶夫在哪里吗?”

“好像失踪了。不管问谁，都是两手一摊，说不知道。”

“他在西伯利亚建造发电站。当工程师啦。”

“那么萨沙·斯维里道夫呢?”

“担任摩尔曼斯克市委书记……他在我面前极口称赞这个城市，就好像我不是摩尔曼斯克人，而是个外来的旅客一样。”

“这么说，我们很多同学大学毕业后都在北方定居啰。”

盖尔曼沉默了一会儿。

“不能背叛北方。你可以离开它，但它却永远留在你的记忆中。你自己就是这样，每年一有机会，总是急急忙忙到那里去……北方——不仅是冰雪和极光……我已经跑过不少国家，可是，稍微住了一阵，就想回家。大概是由于人地生疏的缘故。也可能，还有什么别的原因……”

“这有什么可绞脑汁的?”盖尔曼看到桌上摆着几堆有关海军史的书籍和波罗的海的详图，突然问道。

“你知道，这是多么有趣的故事。潜水员在海底发现了一艘在战争年代里沉没的潜水艇。到了春天，人们想把它打捞起来，想进行一次考察。已牺牲的水兵的情况至今还一无所知。我翻遍了各种档案文献，现在正在翻阅这些书。这里记载的都是一般情况……你想，说不定艇上还保存着一些什么东西，像值班日志啦，日记本啦，信件之类……”

“未必会有。我认为，你这是浪费光阴。第一，还不知道这艘潜艇能否打捞得起来。第二，艇里也未必会保存着什么东西。二十五年啦，不是说着玩的……还有海水……”

“你真是个乏味的人，盖尔曼。我可以给你举出成千个事例。例如，人们怎样在海上发现装有字条的浮瓶，这个条子揭示了“总统”号军舰在海洋中失踪的秘密。又如，寻找神话般的“黑王子”号的故事，关于加勒比海水下探险的发现，关于从沉船“埃及”号上打捞船长的保险箱的事……所有这些都不是捏造的。而在今天……用不着多费口舌了！你到列宁格勒马拉街南北极博物馆去看看。那里的陈列柜里摆满了各种文件、书信和实物，这些东西都是它们所在的探险队沉没或是很神秘地消失了很多年以后被发现的。”

盖尔曼笑了笑说：

“有什么可大叫大嚷的啊？……难道我反对吗?！恰恰相反，这一切都是十分必要的，而且是很有趣的。上帝保佑！……我自己也很乐意参加这样的探险活动。”

“那还有什么问题呢？我们就一起去吧！”

“不行。夏天我必须呆在迪克孙。呆在冰下引航司令部里。”

“遗憾……我们又得分别一两年了。”

“你可以乘飞机到迪克孙来找我。”

“那什么时候去探险呢?”

“今年不行，就在明年吧……”

“我本来就打算明年到你那儿去……”

那天晚上睡觉时，谢尔盖耶夫还不知道自己的命运已经决定了，他很快就要出现在盖尔曼工作的地区。

但是，上那儿去并不是去看盖尔曼，而是由于发生另外一些情况，有一些别的事情。

第二天，谢尔盖耶夫把盖尔曼拖到一位相识的画家那儿去：“你一定得看看他的创作。他的画是反映你干的那一行的。你甚至可以做他的顾问。依我看，你们一定会成为朋友的……像一家人一样……”

盖尔曼当时完全闲着，只是由于礼貌的关系，他才稍微推托了一下。

风儿从地上吹起的雪花，在莫斯科古老的胡同里打转，像刺人的小针，飞进人们的衣领，打向人们的眼睛。他们看见一个人身穿蒙着一层雪花的外套，在街上行走，后来，在一家人家门口站住，看着门牌的号码。当他们走近时，他便问道：

“你们知道不知道，画家马尔盖洛夫的画室在哪儿?”

“我们正好也要到那里去，可以给你带路。”

上楼梯的时候，谢尔盖耶夫偷偷地看了看他们的同路人。这个人的面貌好像有点熟悉。他竭力回忆，但没有想起来。“可能也是个画家……或者是个极地考察人员。”谢尔盖耶夫判断着。他认识马尔盖洛夫很久了，所以就不能往别处猜想。平时总有许多人顺便到画室里来看望这位无限热爱海洋、舰队和极地的画家，有时是在远方过冬的电报员，有时是太梅尔半岛的地质工作者，有时是著名的极地舰只的舰长，有时是北方的海军战士。

一席长谈一直延续到早晨。在交谈中，他们又提起了“西比里亚科夫”号的功绩，“切柳斯金”号全体乘员史诗般的经历，卢宁传奇式的进攻，“珀尔修斯”号”和“太梅尔”号的远征。他们的谈话就像打开了一扇窗子，通过这扇窗户，他们又看见了挂在墙上的油画和版画所表现的神话。于是又多次提起那句老话:“你还记得新地岛上的情景吗?”或是:“‘邵卡尔斯基’号那时干得真不错!……”

马尔盖洛夫曾经在各种不同纬度地带的风浪中进行创作，就连他的作品的标题也使那些迷恋海洋和北极的人听起来觉得就像在听音乐一般:如《风暴，格陵兰海，但马登岛》《苏维埃矿场，巴伦支堡，斯匹次卑尔根群岛》《严冬降临，随破冰船‘太梅尔’号探险记》《白色的长虹，巴仑支海》。

马尔盖洛夫最尊敬的是到极地来的船长们。他们是北极地带的诗人，并且认为，不仅是海员、科学家，还有画家都应该上极地来。因此，驶向新岸的舢舨上的第一个座位总是留给马尔盖洛夫。负有盛名的“太梅尔”号极地船长伊凡·费多罗维奇·卡卓夫就是这样做的，“珀尔修斯”号船长和索莫夫①也是这样做的。

有些对此不满的人反对这样做，船长们就说:“他所画的一切，都会成为文献，跟地图一样重要。北极地带需要人手，他的图画可以为极地进行宣传鼓动。此外，你们可以到处跑，可是他却要抓紧时间。”

---

① 索莫夫——苏联极地考察人员。——译者注

马尔盖洛夫懂得这一点：极地考察人员不是为了他马尔盖洛夫，而是为了艺术才腾出他们的宝贵时间。因而，马尔盖洛夫工作起来就不知道疲倦……

后来他开玩笑说："肯特[①]比起我来简直是个穷汉。他只有一条舢舨，而我却拥有整个极地舰队，就是在舢舨上也是头号座位。"

其实，笑话中也有实话：有一次"太梅尔"号船长为了让画家画下一个海湾，竟开船绕着海岛转了两个小时。"说起来，这样做也是符合'苏联艺术'的需要的。"马尔盖洛夫嘟囔着。

马尔盖洛夫向每个到他画室里来的人念肯特写的《主啊，这是我》里的一段："不论是在我的家乡，还是在命运把我带到的其他地方，从来没有像在格陵兰这样，可以自如地作画……这是一个多么奇特、多么难以用言语形容的美妙世界啊！我们不禁要从激动的心灵深处，发出对它的赞叹：'美妙的瞬间，你停一停吧！'现在，让我们借助色彩和画笔在画布上再现我们的思想吧。"他与肯特有过通信来往。

和阿纳托里以及盖尔曼同路进来的人到底是谁？当他走过前厅，脱去外套时，谢尔盖耶夫看见他佩戴着金星英雄勋章和海军中将肩章。

噢，这一定是他……谢尔盖耶夫怎么没有一下子就认出他来呢？还算是个记者呢。他曾在照片上见过这个面孔。不过，那时照片下面不是写着姓名，而是写了一句相当抽象的话："艇长即将发出下潜的命令……"

将军向马尔盖洛夫作了自我介绍：

"我凑巧到莫斯科来，听到您的大名，很想亲眼看一下。现在让我们认识一下，我叫索罗金·阿纳托里·伊凡诺维奇。"

"请吧！"马尔盖洛夫善于像国王一般邀请客人。他只是缺少一件斗篷和一把长剑，否则，就像个显赫的西班牙贵族了。

和往常一样，画室里乱糟糟的。

将军不知不觉就成了"自己人"：在他面前大伙儿一点也不感到

---

① 肯特——美国现代画家。——译者注

拘束。他在一幅画旁边站了很久。

“是‘狗鱼’号吗?”

“是的,是那个时代的……”

“应该让您看看核潜艇,譬如说,看看它们在极地浮出水面的情景……噢,那才是‘被战胜的北极地带’呢! ……”

“谁知道呢,也许我会去看看。”马尔盖洛夫想摆出一副庄重的样子,然而,却沮丧起来。“是呀,已经不是那样的年龄了,不过到了北极地带,总觉得自己年轻了……北极地带——这不仅是一个地方,它还是青春、幻想、爱情……”

索罗金沉思着。

“我没有想到,您在那里有这样牢固的根基……没有想到,尽管您的画……”

“现在您明白了。”马尔盖洛夫感到不好意思,“可是,又何必隐瞒呢? 我确实热爱它,这北极地带……”

“您呢,年轻人?”他突然问盖尔曼。

“不知道。我没有想过。但总觉得有点烦闷。”

“您瞧!”马尔盖洛夫高兴起来,“像我们这样的人为数是不多的,但是,我们……

“是些不动感情的人。”索罗金笑了起来。

这时,画室里已挤满了人。新来的人一批一批地走进画室。快到半夜的时候,人们从墙上取下吉他来。房间的墙壁好像向四周退去,阁楼变成了船上的驾驶室,窗外的飞雪,看起来也不是落在莫斯科居民的庭院里,而是落在覆盖着冰雪的遥远的北地岛上。

一个飞行员看着那幅天地在狂风中连成一片的画,低声地唱了起来:

> 砂粒被风吹入水中,
> 过冬的房屋早就破旧,
> 迪克孙已经转晴,
> 看来严冬就要过去。

又可闻到阳光的微弱气息，
到处是平静，到处是安宁，
浮冰无声地向西流去——
春天又在迪克孙降临……
很久没有收到友人的来信！……
莫尔斯电码在怀念中辗转不安，
只有从南方吹来的信风
带来远方友人的温暖……

盖尔曼曾在迪克孙和新地岛听到过这首歌……这首歌现在又传到了这里，传到了这条寂静的街上……人们的相逢往往是不寻常的，如同一份礼物一样，跟谢尔盖耶夫一起来到画家的家里，可谓不虚此行。都是一些很有意思的人。就连那位画家，看来也是很有趣的。

谢尔盖耶夫把索罗金拖走了。他们坐在放着油彩的小桌边，窃窃私语，活像在搞什么阴谋。

盖尔曼听到他们在说：

“我是个办事认真的人，将军同志。”谢尔盖耶夫满脸通红地坐在那里，他的眼睛炯炯发光，“您用不着邀请我两次。”

“那就等着瞧吧，”索罗金笑着说，“还有一点我不能不对您说。要到我们那里去，可不是一件容易的事。这件事，”他摊开双手说，“不属于我的职权范围……”

那天晚上，他们在刮着暴风雪的莫斯科逛了很久。那时，斜飞的雪流在广告的灯光下发出耀眼的光芒，克里姆林宫的红星仿佛在高空中燃烧，雪幕遮盖了塔楼的侧影。

谢尔盖耶夫突然想到：人的生活，特别是记者的生活，实际上会由于出现某些微不足道的小事，像偶然的相遇、交谈和某些事件而发生急剧的转变，走上另一条轨道。这样一来，往日的一切愿望与打算便落空了，于是，你就得去操心那些直到昨天还根本没有想去关心的问题和事情。

但这仅仅是一种感觉。要是你对海洋根本没有兴趣，那么即使你和水兵们谈上百把次，也不会产生任何反应。谢尔盖耶夫万万没有想到，这次引起他的生活发生变化的相遇，竟像一个人长时间远航后，渴望看到大地一样。你自己并没有意识到，你一直在向往着这种相遇，你以往的生活，都是为着这一天的到来作准备的。事物的发展过程就是这样的，星星之火可以引起爆炸。

谢尔盖耶夫即使不遇到索罗金，也会遇到某个伊凡诺夫或彼特洛夫。但是，这样的相遇是必然的。因为摩尔曼斯克的白夜，伙伴们从大西洋上寄给他的信件，陪伴父亲终生的关于海洋的书籍，以及每当他来到海岸上时总要产生的使人激动不已的幸福感，这一切都是他对海洋和舰队无限热爱的原因和征兆。这一切都逐渐地、不知不觉地在心灵中积聚起来，以致有朝一日，在某种因素突然推动下，进入另一种事态的进程，使他那种对海洋和舰队的热爱从消极的赞赏转变为现实的行动和探索。

这就是所谓“发现自己”，虽然这种“发现自己”的幸福，远不是每个人都能享受到的。我们知道：有许多工作认真的经济学家，只要他们表现得顽强一些，就很可能成为很有希望的地质学家；有些工作挺顺利的工程师，却在暗中怀着当飞行员的理想。

谢尔盖耶夫知道，他一定会去赴约的。在他工作的《共青团真理报》里，大家从不两手空空地回到编辑部。不管花什么代价，一定要去赴约。

这就是编辑部的传统。这种光荣传统是那些牺牲了的人，用他们的自我牺牲精神培育出来的，他们的名字都用金字刻在编辑部天蓝色大厅的大理石上。这些人有的曾在坦克里被烧伤，有的在希特勒的后方跳伞降落，有的在潜艇上牺牲，有的乘着轻便的胶合板飞机进入北极地带的深处被冻伤，有的在宇宙飞行员飞向其他星球时，连续工作三五昼夜而不合一眼。

编辑部的工作人员经常疲惫不堪、衣衫褴褛地回到真理街上的编辑部。但是如果你建议他们过另一种生活——过一种平静、安宁的生活，——那么他们就会像看一个十分沮丧的人那样看着你。

三天三夜连着跑，
三天三夜没睡觉，
为了报上登几条。
若要重新干一行，
我愿再把记者当，
为它辛苦为它忙。

这就是他们一生的信念、心意和爱好。因为作为一个记者，不管以后他会成为什么样的人——作家、外交官还是科学家，总会像珍惜初恋时的感情那样，牢记着做记者的那些岁月——牢记着每时每刻都觉察到世界不安的脉搏的那些岁月；牢记着在不眠之夜以后香烟的烟雾一层层地缭绕在编辑部写字台的上空，而自己写成的随笔还散发着未干的油墨味的情景；牢记着自己乘着飞机今天飞到太梅尔，明天飞到库里尔斯克山岭的那种生活；牢记着当年在叶尼塞河截流工地上如何在自卸汽车发出的隆隆声中用伤风的声音和编辑部的女速记员通话的情景，那时他曾大声地喊着："大河已经改变了方向！大河已经流向新的河道！"

你也能感到和那些开动印刷机的人一样幸福。而且无论再过多少岁月，印刷机的轰鸣声，翌日报纸的第一个读者的无与伦比的幸福，以及那些听到你的声音的遥远城镇的回响，每到晚间都会使你激动不安。

三

鲍里斯·科尔契洛夫勉强睁开眼睛，看了看表，谢天谢地，到值班还有一小时。再钻进被窝吗？不，算了，反正睡不着了。他摸了摸胡子刺人的下巴——该刮刮胡子了。

他打了个呵欠，伸了伸懒腰，猛然一跃起了床。他在地上用力蹲了几下，睡意便驱走了。

他在一个金属杯子里搅拌着肥皂沫时，照了照镜子，接着不满地皱了皱眉头。"毕竟还是个毛孩子！哪里有什么'显示坚毅的唇褶'。

两片嘴唇是圆润的，跟女孩子一样。我干吗要这样仔细地端详自己呢?”他忽然对自己生起气来，“我是什么？难道是个美丽的少女吗?”

水不大热，刮得下巴好痛。

他发现自己好几次总是像旁观者那样细心地端详着自己。应该承认，他暗暗地希望自己能长得和那些久经风霜的刚毅的人们一样。这样的人他从小就在很多照片上看到过——像科雷什金、维佳耶夫、加吉耶夫……

但现在怎么谈得上这些呢！在生活和海洋把身上的稚气磨灭掉以前，在这样一个毛孩子变得有点像个见过世面、饱经风霜的水兵以前，还不知要度过多少年华呢。的确，要说为此而特别伤心，倒也没有什么理由。大多数水兵都和他同年，或者稍微大些。就连他们也不像是被海水腌透了的老水手。但反正……

鲍里斯用毛巾擦干脸，深深地叹了口气。

该去吃早饭了。然后就是长时间的、十分繁重的值班……

“亲爱的妈妈！……我又很久没有给你写信了。有很多事要做，还要学习，连草草涂上几笔的时间也没有。前一封信，不知为什么你没有收到。我是在十月二十六日到二十八日之间写的。妈妈，我很感谢你给我寄来包裹。苹果很好吃，我的每个同伴都满意。你连我爱吃的华夫饼干也没有忘记给寄来。你寄来的每样东西我都喜欢。除了我写信请你代买的书籍外，往后，什么也不要寄了。

“我这里一切如常。我干的活很多，还要学习。我正在掌握一种专门知识。星期天，有时沿着山岗滑滑雪。没出什么事，身体也挺健康。

“作为最年轻的军官，我的假期定在十一月到十二月。到那时我们就会见面了。这两天我就把钱寄给你。除日常家用之外，我还另寄一份，让你购买新年的礼物。我本想买点什么给你寄去，但最好还是你按自己喜爱的去选购吧。

“对于我的婚事现在还不必道贺。婚期已经推迟了。我现在和涅利娅吵嘴了。她根本不想懂得，我现在干的不是一般的小事，我现在也不能自己作主，我不能随意离开。我想，她慢慢会明白的。总的说来，她还是个好姑娘，我要到她那儿去一两天，‘详细说明情况’。

“妈妈，要注意自己的身体，换个轻点的工作，经济上我帮助你。你把明年的休假定在八、九月间，到南方去。到那个时候，那儿的气候一定很好。去休息休息，多吃点水果。

“过年的时候，家里可以布置一棵小枞树，这样可以有点过节的气氛。我们在船舱里也要布置个象征枞树的东西。我们也要好好地庆祝这个节日。我们这些年轻人都是单身汉。

“我们这里的天气，总的说来，是温暖的。有时相当冷，但冰冻的时间不长。

“上星期天我去滑雪了。我们这里的水——我指的是海水，是不冻的，这是由于墨西哥湾暖流的关系。这里经常有北极的极光出现。我能适应这种新的气候环境。这里冬天的气候比列宁格勒还要好，只不过有较多狂暴的阵雪。我还没有看到过白熊，只见过兔子的脚印。总之，妈妈，我目前一切都好……”

四

人们把护身符称为“水兵的妻子”。

护身符并不能驱走恶魔。心灵交通术、劫数、远距离的传递思想，这一切就像飞蝶在火中烧掉一样，已被科学的法庭所否定。而最完善的自动控制机也不能规定人的心情，人的心情可不管爱因斯坦、博尔和库尔恰托夫的那些绝对结论，它有自己的神秘特点：它像激光一样，穿过几千海里就起变化。它要取得感情的回波。“电路”畅通着。不管你把它叫做什么——幻想物也好，唯心主义也好，——这种传递无论何时都不会停止。

接收不清楚，传来的信号都是些一般的模糊的符号，但意思却被无误地理解了。于是人们突然改变了样子，在他们忧郁的脸上露出了笑容，手中的舵轮也活泼起来了，航速好像也加快了。

有时也会发生这样的现象：信号的传送停止或完全消失了。于是就会出现痛苦和人们称之为“预感”或“苦恼”的心情。

一个好的艇长或政治副艇长对这些“控制论”的图解是一目了然的，他们还能及时发现中断的地方，尽管这些图解比电子装置或原子反应堆的图解复杂得多。

一个政治副艇长要是不能及时发现在信号线上闪现的“警报”符号，他便是一个不称职的政治副艇长。对一个十分忧郁的潜艇人员——他岂止是潜艇人员！——可以相信吗？他会不会由于心不在焉而犯下不可挽救的错误？在艇上任何疏忽都会使人们付出极大的代价。

政治副艇长也有他操心的事。启航前，他和共青团书记一起，瞒着大家，去访问每个艇上人员的家庭。他们手里都提着手提箱。

在这一家，他为舱段兵的儿子录音；在那一家，他们录下机电长的妻子给丈夫的祝词：机电长在航程中将满二十五岁了；在另一家，鱼雷手的五岁的女儿激动地为“叔叔们”结结巴巴地朗诵一首描写狡猾的大灰狼的诗……

访问完毕后他们又神秘地回到艇上，把小手提箱藏在一个很可靠的、不知道内情的人看不到的地方。这些小箱子是政治副艇长最秘密的武器，这是最有效而又最保险的武器。

有一天，在德雷克海峡或北极的某地，下班以后，鱼雷手忽然在潜艇的广播中听到：“爸—爸！我们爱你，等着你……现在我给你念一段诗……”正当他一心思念亲人而极为苦闷的时候，突然听到这样的声音，距离便变成相对的了，好像几个月的航行并没有使“安全系数”减少。

当扬声器里响起了妻子们的声音时，人们便安静下来，不再互相开玩笑。这是神圣不可侵犯的……

广播不可能一直开下去。但这些声音的回响却不会在船舱中消失。不会一下子消失，也不会一昼夜就消失。谁也不会打断这滔滔不绝的谈话，这谈话是大伙在场的时候开始的，现在仍在寂静的船舱里继续着……

在整个地球上，不论是在冰封的北极岛屿上，还是在遥远的南方海洋的炎热的海角上，不论是在大西洋的灰色悬崖峭壁上，还是在太平洋的白色珊瑚岛上，到处都为这些不畏风暴、不畏艰险的人们建立了纪念碑。

但是，却没有一个地方为等待着丈夫归来的妇女树碑。

在由于毫无音讯、由于忧愁而发疯的时候，在几年收不到一封来信的时候，在过了那些可以想象的日期之后，海港和指挥部的记事本上已出现"下落不明"几个绝望字眼的时候，她都等待着。

她既不相信正式通知，也不相信那些亲眼目睹的人，更不相信那些好心的遇救的朋友们的叙述。"也许他……"——这个固执的念头，不顾理性的逻辑，久久不能从她的心中消失。人家都认为这种信念是"盲目的"、毫无意义的，但比起那些最明白道理的人来，在这种信念里却时常包含着更多的敏锐性和理智。

这是一种除了爱情之外不再有任何别的基础的感情。周围是一个巨大的世界，这个世界里有千千万万个出色的人，有许多优美的乐章和色彩；这个世界在引诱你、呼唤你，要求你为它作出贡献，因为青春是一去不复返的，度过的每一天都是赋予你的短暂生命的一部分。但这一切对她来说算得了什么？在她看来，整个宇宙都凝聚在一个人身上。那成千成万个的银河系，既然它们都是些无生命的、冷冰冰的星辰，那对她又有什么意义呢？而那颗星星，那颗唯一温暖的、蓝色的星星，也许还会出人意料地从渺茫的希望中闪现出来。

这样的期待把多少人从死亡、苦难和消沉中挽救了出来。这种期待是那些灰心丧气的怀疑论者，那些贫乏的、被蛀蚀得如同朽木一般的灵魂所不能理解的。濒于绝望的人往往从内心深处一刹那间闪现的感情中找到力量，这感情像夜间的闪电，光耀夺目地闪烁着。几乎被遗忘了的抚爱、睫毛上的彩虹、黎明时温暖的双唇、七月阵雨下娓娓的情话、像刀刺一般的泪水、像乐章一样的微笑——她的成千种好处突然在他身上变为一个无所畏惧的决心：不管怎样，即使涌向你的波涛要对你做出最后的判决，一个人像一粒微不足道的细沙，转瞬间就要被海洋卷去，也还是要活下去。

如果屈服——那就是给这个具有号召力的形象抹黑，就是否定这个形象。即使天空咆哮起来，狂暴的台风席卷整个海洋、密云和苍天，也不能屈服。人必须经得住一切。不能背叛她期待的信念。

如果失败仍然不可避免——那就不能归咎于他了。他没有过早地投降，而是坚持到最后的一刻。那么，在她面前，他是问心无愧的，因为不是所有的人都能重新看到自己熟悉的港湾。谁战胜了死亡，谁就能回来，但他之所以能回来，不仅仅应归功于船上放下的救生艇的帮助，或是把他意外地冲上海岸的波浪。他永远不会忘记，在那一切似乎已不可避免地濒临破灭、他那僵硬的双手已经不能动弹的绝望时刻，是什么力量把他的意志力鼓足并集中起来的。

而且水兵们都十分了解这一点：回来了——这还不意味着已经归队。在陆地上，因为妻子没有等待他们而抛弃生活的人不比在海上因沉船而死亡的人少。

当有人对着正在岸上等待丈夫的妇女语意双关地撇撇老练的嘴，说一声“水兵的妻子”时，她就会感到一种难以忍受的侮辱和痛苦。有时个别水兵的妻子等自己的丈夫没有等到底，其他水兵的妻子就得为她的这种不良行为吃苦头，这种不良行为多半是那些本人不是水兵的妻子而又热衷于干丑事的人虚构的。真贼只要随便指着个过路人高喊“捉贼”，就很容易逃掉。

其实，在水兵的妻子中，这些“个别人”，比起现实生活中从事其他职业的人的妻子来，并不见得多一些。只不过水兵的妻子比起世界上千千万万的其他妇女来，她们的日子更艰难。其他妇女经常和自己的丈夫一起吃午饭或晚饭，和丈夫一起到影剧院去，可以时刻拿起电话听筒，听听丈夫的声音。

当收音机中播送在某某海洋上出现以温柔的女人名字命名的台风消息时，这些妇女们都无法理解冬季的寒夜意味着什么。但水兵的妻子却懂得：刮了一阵“卡米拉”或是“玛利安娜”之后，就会有几百个像她那样的人成为寡妇。

要把那勇敢的人儿热爱，
才相见，却又要送别。
今天回来，明天也会回来，

可是后天——又有谁知道？……

这首流行歌曲在她们这些“陆上人员”的妻子们听起来，好像是一种勾人愁肠的异国曲调。但是，水兵的妻子们却往往听不下去，关掉收音机。只有宇宙航行员、飞行员、极地考察人员的妻子才能理解她们的心情。

五

早晨，整个小城用鲜花、热情和辽阔的海洋般的慷慨迎接了加加林，晚上又欢送他出海。

他和舰队司令海军上将洛鲍夫及共青团中央委员会书记一起登上了潜水艇。

他很自信地顺着垂直的舷梯走下去，好像他每天都在舷梯上下惯了似的。他向中央舱瞥了一眼，高兴地说道：

“在宇宙飞船上，几乎和在我自己家里一样。只是你们这里宽敞些，你们的仪器也更多些。总的来说，气氛很亲切。”

他走到值班的水手那里，伸出了手：

“让我们互相认识一下，加加林·尤里。”

内心的紧张不知怎么忽然消失了。从各方面判断，他也是“自己人”，这样，也就用不着摆出一副好客的样子，或者感到紧张、不自然。

艇长打开了自己的舱室。

“您呆在这里方便吗？尤里·阿列克赛耶维奇？”

“这是谁的舱室？”

“是我的。”

“不合适，艇长是潜艇上最大的神。把神从奥林匹斯山[①]上赶到下界去是不对的。”

“我们的奥林匹斯山够大的了。大家都安置得下来。我自己已经安置好了，就在邻居副艇长那里。”

---

① 奥林匹斯山是希腊最高的山。古希腊神话中传说此山是诸神的住处。——译者注

加加林不大相信地说：

“你想欺骗纯洁的少女吗？可以看一下吗？”

“当然可以。”

他仔细察看了副艇长的舱室，看来，他没有找到与艇长的舱室有什么明显不同之处。

“这么说，我真的不会给您增添麻烦吗？”

“绝对不会。”

“那就好……我不来打扰您。我只是站在您旁边，看看，听听……”

“请吧。”

他站在中央舱，人比较瘦，个子不高。他也穿着和其他潜艇人员一样的工作服，戴着一顶大小很合适的军官船形帽。他那浅色的头发在船形帽底下显得更加明亮。

“速潜！”

一刹那间水舱就灌满了舷外的水。潜艇开始沉入深处。

“自我感觉怎么样，尤里·阿列克赛耶维奇？”

“正常。有点像在飞行。”

他的眼睛注视着深度计的指针。

“这是进行工作的深度吗？”

“这要由任务来决定。有时我们下潜得还要深一些……”

六

基地上都在等待着一个惊人事件的到来。城里没有人清楚地了解这里的事情，但是也感到：看来，要发生非常意外的事了。

艇长看不见所有的人员，但对艇上每个角落的情况都很清楚。

“都准备好了吗？”这次航行的领导人彼捷林海军上将关切地问道。

“可以检查……”

“为什么要惊动大家呢？大家已经够紧张的了。”

中校工程师留里克·亚历山大罗维奇·季莫菲耶夫仔细地检查

着各种仪器。值班舵手全神贯注地站在分罗经旁。雷达员在雷达屏幕前一动也不动。声呐兵海军上士克拉索夫斯基上百次地反复检查自己的设备:因为他在这次航行中是关系重大的。

副艇长向艇长报告:

“潜艇已做好启航和下潜准备!”

铃声代替了命令:它们把命令传到船头,传到船尾。

“左满舵!”

“稍退！……”

那时他们还没有想到“列宁共青团”号核潜艇会流芳百世。第一艘苏联核潜艇向极地开去了。

有些知识浅薄的人会说:“这有什么希奇？潜艇航行到极地,艇长找个没有封冻的水面,潜艇便从水下浮起来了。”但是,潜艇人员却知道,根本不是那么回事:美国人三次企图从极地冰下通过,都遭到失败。三次呀！尽管美国水兵还为自己选择了比较便当的环境和一年中比较适合于起浮的季节。

而日尔卓夫和彼捷林面临的却是更为艰巨的任务:他们必须在极地冰下通过,并在当时当地的冰封条件下起浮。

要找个合适的起浮地点,实在不容易。要做到这一点,需要全体乘员的高度技能和异常的勇气,因为,这是前人从未走过的道路,也没有谁能够提醒,在路上会遇到什么危险……

日尔卓夫感到上级在审视着他,好像在问:你沉得住气吗?

日尔卓夫和彼捷林清楚地意识到,他们面临着的是一项什么样的任务。难怪美国“鳐鱼”号潜艇艇长詹姆斯·卡尔弗特在极地航行日记中如此写道:“我独自坐在自己的舱室里,无法赶走这样一个想法:推进器每转一圈,我们就离开安全区远一点。我们距离冰层的边缘是否太远了？如果一旦发生什么意外,在这钢的船体中,到生命无法维持以前,我们是否来得及浮向海面？我很想把这些念头从脑海中赶走,尽管我也做了巨大的努力,不去想它,但我不得不对自己承认:做不到,而这是不会向别人承认的。我害怕……不管怀疑和恐慌得多么厉害,但我只能默认这一点,而无论何时都不应该在别人面前说出来……”

客车中的旅客永远不会习惯于自己的卧车房间。他知道:这是暂时的住处。呆上一两天,顶多也不过呆上一个星期。国内最长的线路——从莫斯科到符拉迪沃斯托克——火车只要走八个昼夜。同路的人还可以帮着你一起消磨时间。希望的实现可以按钟点来计算。行车时刻表上标着列车到达的时间。到达的时刻可以预先知道。

对一个潜艇人员来说,他的舱室就是自己的家。舱室,很像远程快车上的卧车房间,不管明天,后天,甚至过了一年也不会变样。舱室里一切大大小小的东西,从小桌子上抛光台面的花纹到电灯开关,都是熟悉的。在火车的卧车房间里可以长时间向窗外眺望,景物在不断变化着,就像一部有趣的新闻影片那样,一会儿平地变成了山岩,一会儿山岩又变成了森林,巨大的河流变成了寂静的秋季的灌木丛,变成了黎明时刻仍在沉睡的湖泊。带有金色光环的炎热的太阳,寒夜中叮铃作响的星星都会照射到车窗里来。

潜艇人员的舱室里没有窗子。一个新来的人会由于不习惯而在通常装窗户的地方寻找它,但在那里,他看到的是一个小书架,在光滑的板面上钉着一些照片,还有用夹具固定住的长颈玻璃水瓶。

陆地上那些喜爱海洋的浪漫主义色彩的人,一上了船,就会感到很惊奇。“艾瓦佐夫斯基是不会放过这个地方的。”水手长把所看到的海上景象综合成这句话。甚至沿着会议室的四壁也能在沉思中辨认出,哪些是奥尔洛沃白桦,哪些是莫斯科近郊的白桦。

人们在这里不是只住一天、两天或是一个星期。舱室要长期地接待他。而且也弄不清楚,岸上和这里相比,到底哪里更像个家。舱室与城市住宅的作用互相换了位置。按那个水手长的说法,舱室是控制潜艇人员的心理和情绪的“股票控制额”。在海上,他就是在家里;而在岸上——却是做客。

目前航行的时间最长也不过一个月,这在现在来说,已经觉得比较长了,船上住处的问题在航海科学中是无关紧要的。顶多也不过是考虑些日常生活中的起码设备。现在,“日常生活”这个词的内容已经发生了变化。潜艇上应该增设心理学家、艺术家、人类学家的职业。而目前,这些工作都由艇长和政治副艇长兼管。但他们还得考虑远不止上千件重要的事情,假如不是更多的话。虽说,在长距离潜航中,全体人员的心理状态问题是一个涉及舰艇战斗力的问题。

因而人们正在进行探寻、思索和试验。

艇上的会议室里摆着白桦,这不是偶然的。在好几个月的航行中,人们更多地是怀念白桦,其次才是暴风雨中的大海,即使这大海是艾瓦佐夫斯基画出来的。

日尔卓夫在舱室里有几本心爱的书:勃洛克、斯维特洛夫和英文版的威尔逊著作。吊床的床头上挂着妻子的照片。

某个时期曾经流传着一些流言蜚语,讲到某些水兵轻浮的不忠实行为。一个真正的水兵的爱情是令人羡慕的。长时间的航行和分离使这种感情变得更强烈。一个水兵有足够的时间来考虑、斟酌“赞成”什么或“反对”什么。他可以考验自己,同时也考验留在岸上的她。有人作过统计:在水兵中,与从事其他职业的人相比,离婚的数字是最少的。

舱室——它既是办公室,也是图书馆;是卧室,也是会客室。这里什么都有——有胜利的幸福,失眠的长夜,默默的沉思,扰人的烦恼,绝望的决定,以及未来航行的打算。这里听不到街道上的喧嚣声,也没有机器的隆隆声。只有冰裂时的咔嚓声和水下旋涡的沙沙声透过船体的钢板,传进舱室里来。

声呐兵可以听到许许多多海洋的音乐:一会儿是海豚的尖叫声,一会儿是一群黑线鳕鱼游过的声音,一会儿又是螺旋推进器的轰鸣——这就是声呐兵们主宰的世界。舱室里却听不见这巨大世界的乐章,因为这个世界是在潜艇上面的深水中发出这种音乐的。

这里是一片寂静,真是又幸运,又糟糕。

一个人感情越丰富,就越能像无形的电波,穿透大洋深处,到达那鸟儿欢唱、天空布满彩霞的更遥远的世界。这种联系是双方的:也有另一种电波从岸上传到舱室里。根据这种电波的传递是无法测出世界上的任何方位的。

潜艇人员的小小的舱室是海洋的一个部分，是海洋的灵魂的一个部分，也是阳光灿烂的世界的一个部分。

人们越来越深地潜入海洋的深处。我们还不知道的一些怪物，惊奇地注视着在它们主权国家里出现的巨大的钢铁海豚。潜艇人员的舱室成了深海探索者的舱室。每次送别与相遇都意味着向另一个陌生的境界跃进了一步。有谁知道，在向海洋的黑色深处进军的强大潜艇上的小小房间里，未来将会开辟出多少新的科学部门。

“你们知道吗，日尔卓夫的第一任艇长是怎样教他准备独立航行的？他亲自观察……”

会议室里静了下来。人们只是根据一些暗中传说的模模糊糊的情况了解到第一副艇长、以后又是第一艘核潜艇艇长的历史。

“第一艘核潜艇……”彼捷林缓了一口气，这时，大家都笑起来，将军好像回忆起自己的青年时代，“第一艘核潜艇，你们知道，艇长的责任有多大啊！可以说，他掌握着整个核舰队的命运及其发展的速度。要是在第一艘核潜艇上出现了什么问题，那么成批的制造就得停下来。直到搞清楚问题发生的原因为止。

“第一任艇长正好是个有主见的人。他认为，教人游泳的最好办法就是让他下水。有时，在最紧要的关头，他会镇静地，一点也不抬高嗓门，突然对日尔卓夫说：‘日尔卓夫，你设想一下，现在是在打仗，我被打死了。我不在了。你干吧！’不论你怎么仔细看他的面部表情，一点也搞不清他是满意，还是在发脾气。潜艇的演习活动一结束，艇长又把大权掌握在自己的手里。而在某个晚间他会来邀请你，说：‘走吧，让我们一起来分析分析你今天的指挥艺术吧。’

“当时我自己也看到他们两人坐了很久。”

“日尔卓夫挨骂了没有？”

“这里谈不上什么‘挨骂’和‘不挨骂’。他们是在一起干一件大事，是一次学习。既不是申斥，也不是奉承。他自己都没有预想到，这一切会很快派上用场。”

“我听说,那次航行(他提到了一次远距离航行的事)必须由艇长亲自驾驶。”

“是的。真是愚蠢透顶的事。有时,生活就是无缘无故地要这样的花招。一切都已经准备就绪,可是到启航前的一个星期,你看,艇长突然发了阑尾炎。他当然被送进医院。怎么办呢?

“指挥部决定,让日尔卓夫来驾驶……

“应该说,任务完成得很出色。”

会议室的门开了。日尔卓夫走了进来。大家便哄堂大笑起来。

“笑什么,你们这些鬼家伙?”

“正在议论你哪,”彼捷林笑了笑,说,“刚提到你,你就来了。”

“怎么样?”

“什么怎么样?”

“议论什么?”

“驾驶得不错,给你打了个四加。”

“能够得这样的分数,太感谢了,”日尔卓夫喃喃地说,“完全可以给个两分吃吃……一出去,你们就会在背后搞起鬼来……你们可知道,在旧舰队里是怎么对付造反者的吗?……把他们吊在横桁上。”

“谢天谢地,你没有横桁。”

“那不要紧,”日尔卓夫很生气地肯定道,“我可以把你们吊在潜望镜上……或是在极地叫你们下船,就丢在那里……到那时再看你们唱什么调子。”

“好吧,”彼捷林叹了口气,“那只好不造反了……不管这是多么令人伤心……只好等到有合适的时机时再说。”

突然出现的艇长和电机长留里克·季莫菲耶夫小声地商量了一会儿,便走到了将军身边。

“发生事故了,将军同志。”

“什么事故?”

“一个抽水机的轴承烧热了。”

“启航前检查过吗?”

“当然！抽水机是全新的，是刚从工厂里运来的，在潜艇修理时安装的。”

“也许是因为新的，还没磨光，才烧热的吧？”

“可不能冒险，将军同志。”季莫菲耶夫好像被扔进冷水里似地说道，“我们有过错，我们要改正。”

“为什么是你们的过错？”

“我们的工作有缺陷。一切都应该考虑周全。”

“在生活中要预见到一切是不可能的。你有什么建议？”

“拆修轴承。”

“可这意味着把船停下来，使任务中断呀！能不能换一种办法？”

“我们已经商量过。我们进行调换，但不停船。”

“好样的，”彼捷林笑笑说，“那干吗不去试试呢？海洋是喜爱有胆量的人的。”

“你建议让哪些人参加检修小组？”日尔卓夫问道。

“维尤兴，伊里依诺夫，伏罗比约夫，密捷里尼科夫，列兹尼克，由阿纳托里·梭雷金领导。”

“干吧。”

“梭雷金合适吗？”季莫菲耶夫走后，彼捷林问日尔卓夫，“我听说，他是你们这里的理论尖子。”

“不仅如此……也许他以后还能当个院士呢。我看他一定会当个院士。他使起螺帽扳手也不比拉计算尺差。我已经看到这一点……”

晚饭前，扬声器响了，传来了留里克·季莫菲耶夫的声音：

“艇长同志！机械工程师报告。现在一切都正常了。”

“怎么正常？”

“抽水机已试验过，运转得很好。”

彼捷林看了看表，不大相信地喃喃道：

“去检查一下，日尔卓夫同志，看来，我们这些小伙子创造了新纪录。我们超过了工厂的标准五倍。他们会不会搞错了？”

“不必，将军同志，留里克不是那种不经核实就作汇报的人。”

彼捷林什么也没回答，弯了弯身子，走出了中央舱。

七

对于上级在航行中的作用，彼捷林有自己的看法，从侧面也看得出，与其说将军在这些飞速发展的事件中是个积极的参加者，还不如说他是个细心的观察者。在整个航程中，不论日尔卓夫还是留里克·季莫菲耶夫，都没有从他那里听到申斥、教训或是很明显的赞同，尽管他们已经航行了不少时间。

他常常走遍每个舱室，看看领航室，查看一下仪器，好像无意似地问问："速度多少？航向？深度？"于是又往前走去。

他仅有一两次对日尔卓夫说过："在这里要加大深度，可能有深水冰。这样的地方我已经去过……"间或又对领航员说："检查一下辅助指示器的标度，好像有点误差。"

经过检查——没有误差。

然后，他就不拘礼节地对着正在休息的值班员说："怎么样，小伙子，不觉得苦闷吗？呆会儿我们就要在甲板上集合……"

"将军同志，现在一切都很顺利。可是这个活还从来没有干过呢，一点经验也没有。在没有跳过去以前，还不能说'跳'。"

"这要看是谁在跳。从各方面看，你们都受过训练，会越过障碍的。"

"我们尽力干。"

将军看看表。

"我还要去看看厨房。看看炊事员干得怎么样，他今天用什么来招待我们……"

实际上，他走进厨房时，仅仅在窗口旁边稍停了一下，就到医生的舱室去了。

"医学家，你好！"

"您好……"

"艇上人员的患病率怎么样？没有人生病吗？"

"没有，将军同志。生病的人一个也没有。"医生无精打采地报告说。

“这很好嘛。可是你却不高兴。”

“大伙儿都很忙，而我却像个失业的人。”

“当然，太不应该了……但愿上帝保佑你在船上永远失业……”

彼捷林穿过中央舱。

到极地还剩下一个纬度的路程。

“我们正在通过北纬89°。”领航员由于激动，脱口说出来。

指挥室里正在报告：冰厚十二到十五米。深度四千米。

日尔卓夫心里盘算了一下，看着表……六十海里，五十，四十，三十，二十……

他弯身对着扩音器说：

“全艇官兵同志们！再过十分钟，我们就要通过北极了……”

还有七分，三分，二分……

“同志们！我们的潜艇已在北极了！记上时间。我们是在六点五十九分零十秒驶过北极的。”

欢腾的“乌拉”声震动了各个舱室。

几分钟后，电视屏幕上，好像显出一块没有结冰的水面。

“停，稍向后退！”

“是，稍向后退！”

“各就各位。准备起浮。”

“一号岗位起浮准备完毕。”

“二号岗位起浮准备完毕。”

准备完毕……准备完毕……准备完毕……

“停！”

“排水！”

沉重的庞然大物起浮着。

潜艇像夜晚探路似地，慢慢地、小心地起浮着。

“深度五十米。”

“深度二十五米。”

这是什么东西？电视屏幕上未结冰的水面被一个移动着的黑斑

遮住了。

这个庞然大物一下子停不住，于是这支钢铁雪茄便慢慢地转弯。

一座冰山迎面漂来了。再过一两分钟，它们就会互撞。那时就……

不，那时将发生什么事情，最好不要去想象。

艇上的广播响了：

“停止起浮！……沉到深处！……”

现在，一切都决定于水手长。

他的脸上渗出了小小的汗珠。他的手指死死地抓住杠杆。

这时，潜艇和人完全分不开了，他们合在一起成了一台完整的机器。

潜艇倾斜着。一分钟，两分钟。这时隔舱里听到一声沉闷的轰隆声：这是潜艇上面很远的某处，冰原在殊死决斗中互撞。

水手长闭上了眼睛：他清楚地想象着，在北极晦暗的未冻水面上，巨大的冰块现在像开炮似地发出隆隆的响声，倒塌下来，深深地沉入海中，几分钟后，又重新漂浮起来。他想象到，冰原上将会像叹息似地发出隆隆的响声，崩开一条条像峡谷一般的裂隙。

“水手长，深度六十米！”

“是，六十米。”

“保持在指定的深度！”

“是，保持在指定的深度！”

这一切都是平生第一次遇到的：要根据屏幕上掠过的淡色影子的速度来判断未冻水面的面积；要根据船体大小，在一瞬间确定水下潮流的流速和方向。当中央舱传来“水——四十五秒”的报告时，想必连老水手们也没弄懂这个报告的意思。

日尔卓夫笑了笑，疑惑地看看副艇长。

“看来，我们错过了时机！再开过去一点。”

真的，屏幕上的“窗子”立刻“关上了”。

“空的水面已经没有了。”

“冰块吃水十六米。”

“十七米。”

“二十米。”

“哎哟！看来，北冰洋想把我们压死……”

“不要紧，我们有办法对付。”

“打开探照灯！”

白色闪电般的光束射了出来，驱散水中的昏暗。

海洋深处。它闪烁着，显得十分神秘，充满了各种听不清的沙沙声，在每种声音后面，都可能隐藏着对船体致命的危险。

“我看到一块大水面！”为了减轻紧张气氛，所以没有一个人责备值班的人竟这样大声喊叫，好像几百年前哥伦布的四桅帆船或科克[①]的三桅巡洋舰上的隙望水手喊出“陆地”这个字一样。

“右舵！”

“停！”

“把定！”

“排水！”

“升起潜望镜！”

要是在船体上有静脉的话，在这段时间里，它们大概都会膨胀起来。真奇怪，这样一个庞然大物却如此顺从人的意志。现在，就是现在这个时刻，这件事应该实现了……

日尔卓夫很久就等着这个时刻的到来了。当他在“婴孩”号和“狗鱼”号上航行时，他也曾狠狠心，想叫艇上的机器多干一些活，尽管按当时水平来看这两艘舰艇是很好的，但它们已经无力满足他的要求了。

因为这超出了它们的负荷。而现在……

开始，核潜艇缓慢地，然后便较快地向上浮去。欢乐的碎冰块飞溅着，沿着黑色的甲板滑动着，滚进铅一般浑暗的水中。在用自己强有力的躯体冲破冰原的巨大的雪茄上，人们已经在打开舱口。

“列宁共青团”号浮起来了，它的事迹将被永远传颂。

---

① 科克(1728—1779)——英国航海家。——译者注

八

“好了，一切都过去了。”留里克·季莫菲耶夫轻松地缓了一口气。看来，直到现在，他才感到疲劳不堪。在航行中极度紧张的神经放松了。在紧张的航行中，所有发生过的和可能发生的一切——又是倒霉的轴承，又是无人换班的紧张状态，又是因不间断地盯着他那所谓“多种经营”的无数仪表上的刻度而引起的眼痛，这一切现在都变成了衰弱和疲劳。

在任何一次航行回来以后，他感到在这段时间里最吃力。对别人来说也是这样。一直巴望着靠岸，而现在海岸就在身旁——到码头只有五步远，在那里有盼望已久的土地和指挥部的汽车。只要一坐上汽车，不一会儿，当你和熟悉的司机还在闲谈的时候，就已经到了城里。在那里，有人在怀念着你，有人在等待着你。

妻子大概已经把那张桌子做好了，他想象着那张桌子简直要被食物压垮的情景，甚至眼睛也眯起来了。要是晚上能沿着山岗闲逛一会儿，那可多好啊！看看星星，感受感受脚下已经不是摇晃着的甲板，而是被严寒冻住的、咯吱咯吱响的雪面冰凌……

看来，该做的都做好了。留里克环视一下反应堆的操纵台，看了一眼气压表的刻度，然后翻阅起值班日记来。

“就这样保持着。”他拍拍一个军士的肩膀，“值班是很幸福的。”

“您该去休息一下了。看样子站都站不住了。”

“您不也在值班!”

“有点不同。在值班前我已睡过了。可是您连值两班，结果是二比零，我赢了。”

“好吧，早上我就……”

这时，留里克才想起彼捷林曾命令他，要他一空下来，就立刻到基地体育馆去。他心慌起来。“怎么能这样，那儿都是些党和政府的领导人。而我?”他苦笑着打量了一下自己，“没什么可说的，长得不错。穿着工作服，连胡子都没有刮。回去吧?”他看看表，“不，来不及了。好吧，去吧！豁出去啦。”他打定主意，“我就躲在一边好了，也许他们不会注意到我的……”

于是，留里克·季莫菲耶夫就走了。他心里已经在想象着回家的情景：走上自己家里的楼梯，按了电铃。门打开了，妻子一直跑到门口来迎接他……

后来，一个手中挥动着一件发光的东西并拼命向他打手势的人急急忙忙地迎着他跑了过来，差一点把他撞倒。这时，留里克才清醒过来。

“您是留里克·季莫菲耶夫吗？”

“是的。不过，往后应该小心一点，别把人撞倒。”

“简直好极了！”陌生人提高嗓门喊了起来，稍微后退了两步，拿照相机对准留里克，接着，闪光灯闪了一下。

“和您在一起，大概不会感到冷静的。”

“亲爱的，”那个人冲了过来，双手抱住他，“亲爱的，不要发火。我需要这张照片。我祝贺您——苏联英雄。”

“这样的事情可不能开玩笑。”不知为什么，留里克觉得胸口上发凉。

“你凭什么说我是开玩笑？一点也不……请吧……”

“小声点，”当他们一起走近体育馆时，留里克说，“别声张。不要招摇过市，惹人注目。您看，我穿的是什么样的燕尾服。”留里克对自己身上满是油污的棉背心点点头。

但他没能躲起来。他一走进大厅，各排座位上立即叽叽喳喳谈论起来，喧嚷声一直传到坐在第一排的彼捷林和日尔卓夫的耳朵里。他俩几乎同时回过头来。

彼捷林打着手势，要他过来。

留里克脸上露出一副很尴尬的表情：他用手指指着自己的工作服，戳戳没有刮过胡子的下巴，两只眼睛来回乱转起来。

彼捷林笑了起来，再一次邀他坐在自己身边。

没有别的办法了。留里克尽量不引起人家注意，低低地弯着身子，像影子似的溜到将军身边，悄悄坐下来。就在这时，他觉得有人从右边推了他一下。

“干什么？”留里克低声问道。

“你——成了苏联英雄了。”日尔卓夫握住他的手说，“祝贺你。”

“小声点，人家都在看咱们……”

“季莫菲耶夫·留里克·亚历山大罗维奇”当台上传来这喊声时，他简直想钻进地里去。

日尔卓夫推了推自己的朋友说：

“上去……上去吧……部长叫你啦……”

留里克谁也没看，就爬上了讲台……

“他是怎么回事，直接从艇上来的吗？”主席台上有人问道。

“小声点。你看，他现在已经够难为情的了，都快羞死了。士兵的服装——这是最好的服装。”留里克抬起头来，带着感谢的眼光寻找刚才替他解围的人。但还没找到，这时他听到国防部长对他说：

“……祝贺您。”

留里克看到元帅在他的胸襟上很快地别上了一枚金星勋章。

不是天天都在过节，“列宁共青团”号所完成的业绩，也开始蒙上一层回忆的烟云。舰队接收到的已不是一艘、两艘、三艘最新式的核潜艇，因而就需要训练更多的指挥官，还要提高指挥技术。对彼捷林和索罗金来说，时间简直像发了疯的电影机：日子过得那么快，别说是几个星期，就是几个月，看起来也不过是勉强可以辨别的一刹那。

因此，换任也是在不知不觉中到来的。有一次彼捷林对索罗金说：“喂，那有什么好说的，索罗金同志，是你开始的，就应该由你继续下去……”索罗金没弄明白他的意思：

“继续什么？”

“我要调走了。要我去担任舰队副司令。编队由你来指挥。明天咱们就飞往莫斯科。在那里最后确定下来。总司令要对你说几句临别赠言。瞧，咱们要干的是什么样的事业啊！可以这么说，以前，我们是在掌握核潜艇，捉摸它的性格，而现在却是整个核潜艇舰队驶向海洋。它可是鹏程万里啊……所以我们还必须不断地琢磨我们这一行……总之——明天我们一起飞往莫斯科。”

九

为了试验一下实验设备，尼古拉和鲍里斯傍晚乘飞机到达普里莫尔斯克。

他们在旅馆附设的小餐厅里坐了两个来小时，给他们吃的是人们都不认识的一种多刺的鱼和前年烘制保存的小面包。窗外呼呼地刮着风，于是，他们就想，现在该上哪儿去呢？

“我去睡了！”艇长坚决地从桌旁站起来说，“明天早晨还有很多工作要做。而且吃了这精美的法国名菜还得消化消化。”他点头指着那盘几乎没有动过的菜，而菜单上却美其名为“酸奶油鲫鱼”。

“是啊，”尼古拉像个哲学家似地归纳说，“吃这种鲫鱼和这样的酸奶油是胖不了的。我们是否上市区去走走？”他回头对鲍里斯说，“还可以上电影院去看看，或者再到什么别的地方去走走……”

“我不想去。你瞧瞧街上的情况吧……我要回房间里去写几封信。”

服务员懒洋洋地走了过来。用一块不知是什么颜色的小抹布把桌上的残屑直接擦到地上。他看了看菜盘，郑重地问道：

“不喜欢这个菜吗？”

“您看呢？”

“当然，我们这里不是莫斯科的大都会饭店。但我可以供应法国白兰地。昨天刚运到。”

“算了，老爹，不要了……已经晚了……白兰地留着让经理自己喝吧……”

“鲫鱼也给他下酒吃吧！”鲍里斯大笑起来……

“好吧，随你们的便吧！”服务员感到很委屈，“我倒是想怎么更好地……”

他向邻近的一个桌子走去，那里坐着一伙闹嚷嚷的青年，一些头发散乱的小伙子和尖声叫嚷着的女孩子。

“小青年在寻欢作乐！”艇长往他们那边抬抬头。

“都是些游手好闲的人，”鲍里斯皱皱眉头说，“不论在莫斯科，在列宁格勒，还是在普里莫尔斯克，都会碰到这种家伙。我们走吧！”他从桌旁站起来，“看来得写几封信。反正晚上也没有地方去。”

房间里点着台灯，使人感到很舒适。鲍里斯坐在柔软的圈椅上，开始给母亲写信。

贴好信封，他在房间里走了一圈。躺下睡觉吧，还不想；出去走走吧，可到哪里去呢？

“不管是菜汤还是热菜，都不能引起兴奋。”他想起一句不知是谁写的诗句。他怎么啦？好像一切都挺好，因此根本没有什么道理要这样在房间里来回地走动。

“不过是一种忧郁症、神经质，”他边脱衣服，边自我安慰，“是不是因为明天要试验才激动呢？但是，这样的试验经过的还少吗？比明天要困难得多的试验都搞过了。说到底，什么叫试验呢？只不过是比平常的航行稍微增加一点精神负担罢了。在海洋上，当然不是在电影院里闲逛。你根本无法知道，它在半小时以后会使出什么花招来……”

鲍里斯很快就入睡了，在上千次的航行中他都是这样睡着的。他不可能想到，那封尚未发出的信件，竟会成为他的遗笔。他也没有想到，第二天早晨一个可怕的时刻将要降临，以致根本来不及选择和思考，必须马上决定怎么办——是保存自己的生命，还是保存同志们的生命。

只有在哲学论文中，“勇敢”才以时间的久暂来衡量。有时会出现这样的片刻，在这一瞬间，一切生活的哲学立时变成焚尽过去和未来的火焰。

但人还是迎向这火焰走去，因为他只能这样做。

清晨，城市苏醒过来，千千万万的人按照自己固定的路线出发。在火车、地下铁道、公共汽车和飞机上，人们翻阅着刚到的报纸，全世界都会从报上知道：拉丁美洲某一个将军制订了一项密谋；在象棋冠军赛中，某人胜了某人；“狄纳莫”球队将要进行一场十分重要的球赛；在阿德列尔市海上温度是二十二度，而在摩尔曼斯克将要下雨夹雪了。

报上根本不会登载鲍里斯的事迹，今天、明天、后天都不会。这是他的工作、他从事的职业的性质决定的。因为世界上有无数绅士先生，他们对那些在一定期限之内应该严格保密的事情十分感兴趣，只要能把秘密之幕揭开那么一毫米，他们可以不惜一切代价。

在这个期限未到之前，大地上还要降临不止一个喧闹的春天。这样，住在遥远的北方小城里科尔契洛夫中尉街的人们，将会在很长的时间里以为他们所熟悉的鲍里斯·科尔契洛夫突然消失，看来是被派往某地去执行一件什么特别的任务了。从传闻中，他们还知道：有一个姓科尔契洛夫的，某时某地完成了一件不平凡的业绩。但他们会以为这是两个科尔契洛夫，认为他们不过是两个同姓的人罢了。

艇长神经质地瑟缩了一阵。

他出了一件事，对此他是很清楚的。他现在不能像过去那样生活和感受，不能用过去的眼光来观察世界，也不能像昨天那样因幸福而快慰了。当人们失去最亲近的人时，都会这样。心里增加了一种苦涩的味道，所经受的悲伤总是像影子一样萦绕着心灵的所有活动——欢乐和痛苦，幸福和烦恼。

当我们又体验到一种我们所不愿意遇到的不幸时，也许我们会变得聪明一些。也许，我们会用另一种尺度来衡量我们对周围发生的一切所应负的责任。也许我们理解到：由于失去了友人而产生的心灵的空虚是无法填补的，尽管我们想以自己的毅力和劳动来填补它。世界的某种联系中断了，但已故的人们却仍然活在我们的言谈与举止之中，因为他们不是没有个性的物质。他们在某种程度上也造就了我们，形成了我们的观念、我们的同情与反感。而且，这种看不见的神秘的过程仍然在继续着，因为常常有这样的瞬间，我们把自己摆在已故的友人们的地位，突然用他们的眼光来看待周围所发生的事情，并且设想，当他们处于我们所处的境地时，会采取什么样的态度。

“经验”这个词在这里不说明任何问题。人们的遭遇不仅是给别人点燃前进道路上的火把，它本身也构成了我们的命运，化为我们的情感、我们的痛苦和欢乐。

现在，当一切都无法挽救，决定也无法更改时，良心便纠缠着他，不断地问道：他选中鲍里斯·科尔契洛夫去执行这个任务，这样做对不对？这个人的一切——长期的海上生活、无穷的创造以及命运赋予每个人的无限的幸福，都还在前头。难道他不能找个稍微上了点年纪的人去干这件非常冒险的事吗？不管怎么说，他们总见过一些世面，经历过一些事情，感受过一些生活上的乐趣。

二十四岁——这仅仅是个起点。可以说，还看不到地平线远处的终点。

二十四岁——实际上还算不上什么。尽管有些人在这个年龄已经做了不少事。每当艇长在这种情况下回忆起莱蒙托夫和普希金时，他都很激动。他们都是天才，他们的心灵所迸发出的旋风般的精力和才能不是每个人都具有的。但一个人在二十四岁时，他就不再是一个少年，如果在这个时候把他的成熟期——最富有创造力的黄金时代夺去，那么这个人还能留下些什么呢？……

关于鲍里斯·科尔契洛夫，他知道些什么呢？鲍里斯好像爱过一个姑娘，据说已经准备结婚。他很努力，大概在某些方面比许多人还强些，但不是比所有的人强。有些人的经验和知识比他丰富。

那为什么还是派鲍里斯去呢？哪怕是对自己，他也必须回答这个问题。算啦！大概是因为绝对相信他能完成任务。可又为什么绝对相信呢？

他开始一件一件地回忆他所了解的鲍里斯的事情，可是，脑子好像故意跟他刁难似的，他一件具体的事情也想不起来。因为艇上的日常生活正是由彼此并无多大区别的成千上万件琐事构成的。

但是，这种对人的信任到底是从哪里产生出来的呢？显然是由于对其性格（倔强）的了解和对鲍里斯作为专家（很熟悉机械）的评价，以及其他许多很可能是属于直觉的东西所决定的，这是些无法以平常的名称来下定义的东西……

真是心乱如麻，理不出个头绪。一些想法消失了，又出现了一些纠缠不清、令人痛苦、呆滞的思想。他既不能入睡，也无法把这些想法驱散。

第 5 章

地平线不是更近了

一

阿纳托里·谢尔盖耶夫必须到摩尔曼斯克去。在那里，他的全部希望都寄托在水兵们身上。

虽然索罗金为了减轻他旅途中的劳累，给了他一个珍贵的电话，但他还是很激动，因为不是每天都有这样的旅行的……光是在总参谋部的奔忙就花了多少气力啊！在最后一秒钟之前，他确实还不知道是否会批准他去。

他曾经在“普通的”柴油机潜水艇上航行过。现在他竭力想象着那些新的、过去从未见过的潜艇是个什么样子。光从它们的名称本身就可以猜到，这是些具有强大威力的舰艇。

对于这样的潜艇，他知道些什么呢？它们是什么样子？火箭核潜艇与柴油机发动的潜艇有什么区别？它们是原子物理、电子学、控制论、造船学等千百种科学的“产儿”……他设想着艇上的各种情况，但非常清楚地知道的只有一点：那就是它们的威力是由许多部分组成的。为了核潜艇的诞生，首先就必须造出心脏——原子反应堆；还要有带核弹头的火箭，它能够摧毁远离潜艇几千公里的目标……

核潜艇的外形是什么样的？谢尔盖耶夫很清楚，还没有给他们这伙记者看过。

谢尔盖耶夫漫不经心地望着飞机的舷窗。

飞机已经越过俄罗斯的中部。这里有隐没在积雪中的无数村落，有高悬在栅栏上空的新月，一缕缕烟柱在因严寒而干裂得发响的空气中袅袅上升。按时间计算，下面大概是卡累利阿，这里到处是结冻的湖泊和披着银装的雄伟的森林。

也许由于周围的声、色很相似，谢尔盖耶夫想起了去年冬天他和画家维克多·谢尔盖耶维奇·毕毕科夫一起在北极的情景。各种画面和形象都没有因时间的推移而失去光泽，一切都跟昨天一样……

他想起，毕毕科夫是怎样从一块大石头上站起来，用皮手套将袋子上的雪掸掉，灵活地把袋子甩到背上，接着头也不回地从一块石头跳到另一块石头，爬上山岗。

大约过了十分钟，他才回头望了一眼。

斜飞的雪花好像在给铅一般阴暗的海洋缝上一条条白线，天边鲜红的光带被寒冷、灰色的云层突然截断。右方显出海角轮廓的地方，有一艘海船向海洋漂去。

风暴临近了。

“看来，这就是我们所需要的……”毕毕科夫把袋子丢在雪地上，“现在主要是赶快把这幅风景画下来。再过半小时，鬼才知道这里会变成什么样子……”

急速的雪流在他的软底毛靴旁边沙沙作响，石块旁边已积起了一些小雪堆。

毕毕科夫打开了速写簿……

只有那些未曾到过这些地方的人才会以为，这里好像是一片单调的白色。

白色有几千种色调，然而，也许没有一个地方会像北极那样，每种色调都表现得那么清晰和鲜明。在极圈内，一种光谱常常被分解成各种颜色。罗克威尔·肯特很敏锐地感觉到这一点，并且把它抓住了。

白色有几千种变化，构成几百种近似的颜色，它成了崇高精神和热情的象征，产生一种不能用语言表达的魅力，这种魅力会使那些第一次看到北极的人长期患北极“相思病”。

好像马尔盖洛夫对他说过：“不仅在地图上，而且在绘画艺术中也有一个国家叫‘俄罗斯’。用画家的语言来说：全部生活就是颜色。从墨黑到雪白。阳光照耀着世界，而颜色就是由阳光产生的。‘外光画’的名称正是由此而来的。一个人的生活和精神决定着他对世界的认识……俄罗斯是一个多雪的国家。她的一切都来自没有分量、但却积得很深的雪，它产生了纯洁、诗情和光明。你会说：‘俄罗斯的夏天也是很美的啊！’是的！但不管怎么说，她是冬天的化身。从普希金到勃洛克，一切优秀的俄罗斯传奇故事、歌谣、诗篇都是描写冬天的。”

同时，白色看起来是最单调的。人们都说：“白色是哑口无言、默不作声的。”……在绘画中最难的就是让这个默不作声的白色“开口”讲话……

画家说对了，当科克船长看到“默不作声的白色”时，在自己的日记中写道：“这些地方的美使我惊喜交加。”

而在《一根麦秸》中，肯特则写道：“魔术棒，即那些旨在教会人们把用具装饰得美丽一些的规则，对绘画来说是无济于事的。也许在美的问题上情况恰恰相反。也许，我们还没有找到美，可是它，却像猜中了寻找者的意图似的，自己在他们面前展现出来了……

“北方冬天的美比起我所见到的另一种美，仿佛更加遥远而恬静，接近而纯洁。如果我们把太阳看成是有生命的，赞许它不断致力于把世上万物的不同颜色互相协调起来，把不协调的东西协调起来，例如：使充满红光的谷物干燥室与夏季的风景相协调，使野玫瑰花很恰当地与金凤花相配合，那么，当太阳照耀着白雪时，它会多么高兴啊！‘我是一种微不足道的东西，’谦逊的白雪低声向太阳诉说道，‘我是依附于你的，亲爱的太阳，我是依附于你所照耀的蓝天的，所以我也变美了。’

“在格陵兰你好像才第一次发现什么是美！愿上帝饶恕我，我要把这种美画下来！……”

……用两个小时要感觉到走了这么长的距离，是太短了……

谢尔盖耶夫在飞机上还没有“习惯过来”，乘务员就宣布：

“旅客同志们……我们的飞机就要着陆了！”

当然，毫无疑问，还有更漂亮的城市。但比起其他所有著名的城市来，他心里更喜欢摩尔曼斯克。

人们第一次来到这里时，总觉得这个城市没有生气，晦暗，在海风中索索发抖。在这里很难使人住惯：由于环境生疏，人们会觉得极夜漫长无际，不由得在一阵阵敲打着窗子的单调的飞雪声中陷入苦闷的沉思。

后来人们迟一些或早一些便会有所发现：这里有波光粼粼、映出远方星辰的海湾，在海湾中长着带有碘酒味的黑色水生植物。这里有许多山岗，只要你细心地看一看，就会发现：有的地方是雪白的方解石，有的地方是鲜红的花岗石。在莫斯科近郊看不到的山梨，在这里却果实累累，一个个发出深红的颜色。港内神秘的汽笛声此起彼伏，铁锚上长满了青苔。层层的石阶一直铺到水边。商店则像鱼类学博物馆的玻璃柜一样。

后来，极地的夏天便呈现出涅斯捷罗夫[①]笔下那种浩瀚的海洋所具有的惊心动魄的气氛。好像有一个发疯的水彩画家将万物都涂上一层薄薄的烟雾——房屋、马路都在大地上漂浮起来，太阳的表面时时刻刻在变化着——从蛋白色的霜到鲜红的燃烧着的火苗。这些所见所闻使你觉得真像生活在浮幻的、瞬息即逝的梦境中。海湾上时时冒出隐隐约约的金色的蒸气，挡住了轮船的轮廓，使这成千上万吨重的庞然大物成了没有重量的、充满了阴影和光斑的玩具。

这里的纪念碑很少，但几乎每座住宅都是一部神奇的传记，反映着地球上各个海洋里发生过的事件，记载着许多船长、领航员、水手长、极地考察人员、猎人、地质工作者、舰艇的长官以及各种船舶的事迹。房间的墙上挂着遥远的大西洋的龙虾、澳大利亚的飞去来器、日本的小玩意儿。各种船舶的照片镶在大镜框里或直接用图钉钉在壁纸上。在这些照片中有许多神话般的舰艇："克拉辛"号、"叶尔马克"号、"西比里亚科夫"号、"迭日涅夫"号、"珀尔修斯"号。

主人们刚到家不久，相见时都郑重地探问，"老马特维奇还在北地群岛吗"？或是"最近乔治滩捕鱼的情况怎么样"？手头阔绰的女主人们，成箱成箱地买橘子，使得摩尔曼斯克商店忙乱了好几个小

---

① 涅斯捷罗夫(1862—1942)——苏联画家。——译者注

时，费了不少脑筋。

谢尔盖耶夫很喜爱本地人，他们性格开朗、心胸坦率、多才多艺、聪明能干。他也喜欢当地报纸每天的综合报道，这种报道对大陆上的儿童们来说，就像一支迷人的乐曲："……海上的风浪达到六级……"

谢尔盖耶夫通过这样的"地理"和风浪的级数看到了完全真实的人们。譬如：在迪克孙岛上某地冰下引航司令部的盖尔曼·布尔科夫，乘着自己的"姆斯塔"牌汽车在遥远的北极地带飞驰的鲁斯兰·伊格里茨基，十年级二班的男学生个个都爱过的捷娜·奥甫相尼科娃的父亲，在大西洋经常和风暴搏斗的船长叶戈罗夫，发明了某种人们从未见过的扫雷器的米什卡·莫纳斯特尔斯基。还有那个过惯了陆上生活的萨瓦·克罗维茨基，他突然下决心要做一个伟大的航海家，并向诸神挑战，跑到浮动基地去教海上的渔民学逻辑学和心理学。

所有这些人都和他自己一样，与摩尔曼斯克结下了不解之缘。他在自己的房间里堆满了有关北方历史的书籍。人们不是一下子就会患上怀念北方的"相思病"的，但一旦得了这种病，就无法医治了。

说实话，这座城市是他亲眼看着发展起来的，他的确还模模糊糊地记得，他们过去住过的简陋木棚，外国干涉者遗留下来的带有皱折的英国"手提箱"，矮小的石头房子最初的围墙，以及后来用来拆除破房子的挖土机的吼叫声。他还记得定期轮船海员休养所、文化宫，还有他学习过的学校，他眼见这一座座的建筑物修建了起来。可是现在，不论是日期还是具体的年代他都模糊不清了。你试着回想看看，这些从东到西的石头住宅是在什么时候盖起来的？只有一个日期是不容置疑的：这是战后的事情。

那时，他收到了一本美国的《哈泼斯》月刊，这是到摩尔曼斯克来的护送船给他送来的。当他读到下面的一段话时，他苦笑了一下："要想在这里呆下去，就得做一个俄国人……假如和平终将降临，那就让和平快一点到摩尔曼斯克人那里去。他们应当得到和平。"

"假如和平终将降临……"这在当时看来，的确是不可思议的，简直是荒诞的幻想。当希特勒的步兵师向莫斯科窜犯时，摩尔曼斯克早已成为一堆冒烟的瓦砾了……

这是摩尔曼斯克造船厂。父亲当时曾领着他——那时他还是个小孩子——指点给他看，当工人们把淌着水的巨大的拖网鱼船拖到岸上修理时，第一道滑道是怎么活动起来的。后来，造船厂扩建了，沿着海湾开辟出一片片新的土地，纵码头一个接着一个，像又宽又长的带子直铺到水边。父亲就像三十年前一样，早上六点钟起床，急急忙忙喝完茶，赶着去上班。不管到他担任工业部长的市委去，还是到造船厂去，都是这样匆忙。在这个船厂里他什么职务都担任过：处长、锅炉外壳车间主任、中央特派党代表。

有时，当谢尔盖耶夫跟着父亲一起到车间、船上、工场、翻砂厂去的时候，他似乎感到，父亲早已忘记了自己的现任职务：他郑重其事地和工人谈话——因为他们曾共同为造船厂奠定基础；他又和中型拖网渔船的船长一起回忆大家都认识的熟人；在市委，他在电话里与供应机关吵嘴；在车间，他责骂没有及时开工或延缓修船的负责人。大家都认识他，他也认识大家，所以，谁要是当着别人的面夸耀自己的职务，那是最愚蠢不过的了。

谢尔盖耶夫过去的一些同班同学在专科学校毕业后，来到了父亲这里。起初，他们当工长（工程师的证书——这还只是证书，并不是工程师），然后不知不觉地就成长起来，负责重要的工作。瞧，在市委一起开会时，萨沙·斯维里道夫就和父亲平起平坐了，按职务来说，萨沙好像还比谢尔盖耶夫的父亲谢尔盖·伊里奇高些。

这并没有使谢尔盖耶夫的父亲不安。原因还是很简单：第一，这符合时间与年龄的逻辑；第二，他与萨沙没有什么可争的：他们俩人的事业是共同的。有时他们会因各种具体问题争吵得很厉害，但这并不妨碍他们彼此相爱，互相尊重。

就像急速飞逝的一天一样，他一晃就活到了自己人生道路上的黄昏时刻，只有靠养老金过日子的思想本身使他感到莫大的侮辱。也许，这里有一种正当的想法：要是他丢下自己该管的事不管，谁知道会发生什么情况？也许，他在六十多岁时就病倒了，不会活到七十三岁。

的确，在最后一段时间，他开始支持不住了，经常不能起床。这时谢尔盖耶夫从他那双忧郁的眼睛里看到，他在内心深处已经预感到自己的日子不长了，而这是医生和亲人都无法挽回的。

那时，一向憎恨各种治疗和药物的父亲却很听话地按所有的医药处方办事，并且不得不顺从地服用药片和药粉。他满怀希望地询问他的妻子，她在走廊里和医生低声谈了些什么。

有时厂里的青年工人来看他。为了避免他妻子听到而骂他们（医生禁止冲动），他们偷偷地从里面的口袋里掏出一张什么图纸，于是在他那里就开起闪电般的短促的工作会议来。这时，他就感到舒服一些。

人们仍然请他到船上、学校、工厂去，他不会拒绝，他认为拒绝是不礼貌的，于是就心甘情愿地拖着沉重的脚步，走遍整个城市，给青年们讲讲他同列宁的几次会见，讲讲基洛夫和一九一九年。他常常回来得很晚，因此第二天早晨就病了：他已经上了年纪了，而医学还没有办法能使人返老还童。

最后几年，他们见面的机会越来越少，谢尔盖耶夫在每次见面时都看到，父亲的身体一次比一次衰弱了。但他也注意到另一种情形（他理解这样的性格，也信奉这样的原则），即工作和这些会见是维护住父亲这颗即将熄灭的火苗的唯一力量，要是中断他的工作和会见，就要出现最坏的结局。

当问到他"你觉得怎么样"时，他总是微笑着说："让我们来较量一下吧！"而他自己心里明白，当他们在火车站相见后一起回家时，他连爬楼梯都越来越吃力了。

也许人生中最可恨的是眼见自己的亲人一天天走向死亡而自己却无能为力。要是能够救自己的亲人，他谢尔盖耶夫一定会毫不犹豫地把自己剩下的岁月献给父亲。但是，每当他出现这种想法的时候，这些空想就显得非常荒诞，而某种现实的、在这种情况下能够有所裨益的办法，可惜地球上还没有人发明出来。

有时，父亲好像猜透了他的想法，便沉思起来。说实在的，他觉得这一辈子过得挺不错，也蛮有意义：见到过列宁；在内战时期当过政委；由于和基洛夫的友谊而感到幸福；打过仗；建设过摩尔曼斯克。“你也这样过过生活看！”他挑战似地说。谢尔盖耶夫也隐约感到：不管他的生活多么丰富多彩，像他父亲那样过一辈子是不可能的。历史所赋予我们父辈的——我们很少想到这一点——实际上是茨威格[1]曾经描写过的人类最幸福的时刻。这里有斯莫尔尼宫旁边篝火的反光；有飞驰着轻便双马敞车的刮着暴风雪的荒原；有被白匪的子弹打伤后在前线医院中所产生的爱情。

对父亲来说，这就是生活；对谢尔盖耶夫来说，这是历史和传说。一切区别就在这里。因为不论传说多么美丽，它不是你亲手创造的，它就像远方的星星发出的光芒一样。

这些星辰要照耀的不止是一代人，即使有一个人死去，传说也不会中断。

然而，如果这样想就大错特错了。因为万物都存在于具体的形态之中，革命也不是一种没有特性的、对每个人和每个人的命运都毫无关系的巨变。某处有一颗明星陨落，天空就会变得暗一些。随后又将出现新的星光，但这已经是另一种光辉。而革命的那个唯一的、没有人重复的、由一个具体人所体现的那个方面，却不复存在了。因此，假若烈士的力量、良心、意志和勇敢精神不传给活着的人们，那么，世界就会变得更贫乏了。

到了摩尔曼斯克而不去看看自己的亲人，这是多么荒唐。但他不能无故冒险。编辑部在送别时曾很明确地说：“假如你终于被批准到那里去的话，你拼了命也得走到那里……如果有任何意外情况能妨碍你达到目的的话，那你就不是一个记者，而是个废物了。懂吗？……”

临别赠言的意思是够清楚的，不必多作什么解释了。

二

玛丽亚·杰尼索夫娜·科尔契洛娃大概是第十次读这封信了：

---

① 茨威格（1881—1942）——奥地利作家、文艺评论家。——译者注

“亲爱的妈妈！……我一切都好……关于休假的事一点消息也没有。起码再过一个月，才会有点消息。所以你不要凑我的休假期了；你不要等我，你就在八、九月间休假吧！

“你要努力争取一张疗养证，以便好好地休息一下。

“我的一个同事也许会到你那里去。我们是在一起工作的。他先到列宁格勒呆十天左右，然后就要走得更远——到南方去休假。他叫托利亚。

“两天前我曾寄给你二百卢布。

“关于我的情况，如果你以后长时间没有收到我的信，请你不要挂念。一切都正常。执行任务回来后，我立即告诉你。你要给我来信，我回来就很高兴，能在船舱里看到你的信就更愉快了。

“向我们所有的熟人们问好。

“很快就要相见。热烈地吻你。

鲍里斯。”

出什么事了？为什么他这么久没有来信？也许病了？还是出海去了这么久？哪怕在信里预先暗示一下也好嘛。“不行，他当然不能事先通知我。鲍里斯是个军人。”她懂得这一点，甚至在和儿子谈话时，也从来不超过许可的范围。“我现在到商店去，然后再去邮局，”她这样决定，“买几个信封。再给他写封信。”

玛丽亚·杰尼索夫娜在餐具柜里翻寻了一阵，寻找一只不知弄到那里去的网袋，又摸了摸钱包在不在。最近她变得有些心神恍惚：不是忘记这，就是忘记那。是老了还是怎么的？

当她快走到门口时，门铃响了。门铃只响了一次。“是找我的！也许鲍里斯来电报了！”

她脱下大衣，就跑去开门。

门口站着两个海军军人。其中一个是海军上校，他问道：

“您是玛丽亚·杰尼索夫娜·科尔契洛娃吗？”

“是的，鲍里斯出什么事了？”她预感到，这两个人到她家里来，一定是出了什么不幸的事情。

“我们想和您谈谈。”

“好吧，请进来！”她忙乱起来了，“怎么站着呀！请进来，请脱掉外衣……”

“谢谢，我们一会儿就走。”

“鲍里斯怎么啦？”她几乎是大声喊着，“怎么啦？你们为什么不说话？”

“鲍里斯病得很厉害。”她从海军上校的声音中觉察到这不是实话，她立刻明白了：这是让她有个“思想准备”。

“他已经不在了吗？”她轻声地问道，连自己的声音也听不出了，“我能经受得住。请你们把真实情况告诉我。”

“鲍里斯病了。”那个海军军官很固执地重说了一遍。

“那么我们还坐着干什么？应该去看看他。赶快！”她抓起大衣。这时她才想到，上哪里去呢？到北方去不能乘汽车。从各方面来看，他是在那里。

“是的，应该去，”海军上校避开她的目光肯定说，“应该去。下面有汽车等着。”

“我就来，就来……”她匆忙地环视一下房间，怀着一种暗暗的希望问道：“给他拿点什么呢？带点什么呢？”

“什么也不用带，玛丽亚·杰尼索夫娜。”海军军官看来已无法再说假话了。从他那呆滞的、含着歉意的眼神看来——他好像非常后悔，不该把这个消息带来，——她明白了：她立即要听到那无法挽回的、可怕的消息……

“他不在了吗？”她不由自主地又问了一次。海军军官的脸色突然变白了。她与其说是听到他的回答，不如说是猜出了他要说的话：“是的，要坚强些，玛丽亚·杰尼索夫娜，鲍里斯逝世了……”

以后的事她记不清楚了。同来的另一个水兵脱下了大衣，不知为什么，他好像是穿着白罩衫。她觉得身上一阵疼痛——像注射的针扎错了地方，于是清醒了过来。后来就是乘着飞驰的汽车，到了机场，飞行，好像在云雾中，之后又是昏迷。

三

谢尔盖耶夫多次到过北方。可以说他是在这里长大的，但现在所看到的一切比起科学幻想小说中的某些章节来还要使他惊奇。

汽车绕过山岗的时候，他想到，这一切简直是错觉。

乘车沿着被山上的古代冰川冲平的单调的灰色冻土带走了很长时间，经过点缀着枯弯的树枝和低矮的北方桦树、闪着寒光的茫茫雪原后，在他们面前展现出一片莫斯科西南地区的景象。

不会搞错的：美丽的霓虹灯，像几千颗金刚石的光芒把蒙上了霜的大地照耀得五彩缤纷。灯火辉煌的高楼大厦和莫斯科、列宁格勒最新式的建筑完全可以媲美，镜子一般光亮的地面好像航行在夜间的远洋货轮的甲板上。暖洋洋的霓虹灯管告诉人们：那是“咖啡馆”，这是“书店”和“家具店”。大楼灯火通明的窗口在邀请你去做客。现代建筑学的造型和高度的精确性，在这极圈地区的自然美衬托下，显得更加突出。严冬的美丽的山岩成了房屋的背景。

谢尔盖耶夫想到：夏天这里该多么迷人！列宁格勒的白夜是有名的。然而，它能和北极的夜晚相比吗？北极的夜间，太阳根本不下山，而是在无底的天穹下通宵值班；阳光穿透大气层中的每个原子，并把它们分解为不可思议的彩色光谱；云雾变成了金黄色，而红色和琥珀色好像在彼此争妍斗艳，把自己的色调慷慨地赋予大海、云彩、山岗、平静如镜的湖泊和沉寂的海湾。列宁格勒的白夜能与北极夜晚的这种景致相比吗？

当大自然把肯特和廖利赫[①]，艾瓦佐夫斯基和涅斯捷罗夫的调色板上的彩色调和起来时，那么色彩就没有一刻是彼此相同的，所有的颜色每一秒钟都在发生变化：一会儿水面升起淡紫色的烟雾，一会儿暗蓝色的波浪激起雪白的浪花。

就连那些海鸥，也是一会儿变成翱翔在泛着红光的地平线上的暗影，一会儿酷似暗蓝色雾气中的白色雪花。

---

① 廖利赫(1874—1947)——俄罗斯画家。——译者注

现在人们几乎忘记了优秀的、非常天才的俄罗斯画家，北方题材的老前辈、极地考察家鲍里索夫。有一次，谢尔盖耶夫很走运：在旧书商那里搞到一本鲍里索夫写的旅行记《从皮涅加到喀拉海》的初版本，当中有彩色插图，其中许多幅现在已经落掉了。谢尔盖耶夫不知道，肯特是否熟悉鲍里索夫的创作，但是，他们对北极景色的理解却相似得出奇。

“我经历过这样的季节，”鲍里索夫叙述道，“在这个季节里，半夜是那样的明亮，如同白昼一样……在我们的纬度上，由于白天与黑夜的交替，产生了多种多样的色调和阴影，这个地方则完全没有这种现象。白天是灰暗沉寂的，一切都单调乏味，一切都无生气。在这无垠的旷野上，甚至连地平线的边际也看不到，你真会觉得可怕。

“在沉寂的白天，人们感觉到这里只是一片无边无际的空间，它宁静，但又寒冷、严酷。只要冲破灰色的雾幕和单调的密云，景象立刻就起了变化：天空与大地之间就建立起联系，身披银装的大地便重复着天空所要它做的事。

“照样，有经验的眼光也能从远方天空中翻滚的云彩里看到远在天际的水陆景物的反映。这时，你的内心会觉得轻松一些：因为像紧压着大地的浓雾那样紧紧压在人们心灵上的抑郁消失了……

“这大自然中主要的反射美就在于各种色彩的变幻，这种变幻十分柔和，不同于一般，只能与同时放射出浅绿色、浅蓝色、浅黄色……光芒的宝石相比。假如说，用各种正色或中间色就能反映出我们俄罗斯中部地区的普通景色，那么，为了要比较近似地反映出北极地区的景物，就必须非常懂得各种颜色细致入微的变化。

“只有正确地、十分正确地……传达出这些奇特的，有时甚至是令人惊异的色调，才能够在隔了两三个月以后，在远离画下这幅画稿的地方，使画面对从前见到过的自然景物提供一点粗浅的印象。而且，当你把画稿放在自然景物旁边对照着看时，它会使你这个失望的画家感到自己做了一次多么粗陋而又不自量力的尝试。”

“建筑艺术很难与这样的美相比！”索罗金搂着谢尔盖耶夫说，于是重新请他坐上汽车，“你不累吗？”

“不累。”

“那么我先带你去看看这个城市。我们来到这里时,这些东西都还没有呢!”

“有些什么呢?”

“只有你在房子后面所看到的那些东西:岩石、山岗、灌木,以及那些无生命的、光秃秃的冻土地带。”

“真有点使人难以相信……”

“起初我真不相信,当我们请来了列宁格勒和里加的优秀的青年建筑师时,竟会顺便向他们说:‘我们需要城市……可不是随便什么样的城市,要漂亮的城市……可以说是建筑学上的最新成就……’”

“他们说些什么呢?”

“起初他们疑惑地看了看我,以为这是开玩笑。在这种冻土地带,在积雪的岩石上要造出这种城市……可是后来他们看出,这话不是开玩笑,就热情地干起来了。”

“这真了不起!在这海边的偏远地区竟出现了现代化的城市……”

“你瞧,”索罗金继续说,“他们已经做出了一些成绩。”

“有些还不错呢……”

城市很年轻,甚至连街道也没有。更确切地说,街道是有的,但还没有给它们想出名称来。

不难设想,街道要由生活本身来命名,正像这个遥远的北方小城的姊妹城——波利亚尔内的命名一样。波利亚尔内也是水兵们建造的。这里原来是一片山岗,这些迷人的山岗是用完全不迷人的甘油炸药一一夷平的。这是水手的城市,战士的城市,连街道也是用自己英雄的名字命名的:加吉耶夫街、萨弗诺夫街、科雷什金街……在这些街道上行走,就像在翻阅历史教科书一样。

谢尔盖耶夫忽然想到:总有一天,这个北极小城的孩子们去上学的时候,将会走过索罗金街、彼捷林街、日尔卓夫街、伊格纳托夫街、西索耶夫街、莫罗佐夫街……

“可现在,我们该去吃晚饭了。”索罗金一把挽起谢尔盖耶夫的手,“就算我请客!……咱们一起上我家去吧。”

冻得满脸通红的索罗金第二天早晨十二点就来了。

“我只能呆一会儿。我是来叫你的。你准备好了吗?”

“全准备好啦。”

“那好极了。穿上衣服吧。现在我马上给你介绍一个非常有趣的人,他叫米海洛夫斯基·阿尔卡基·彼特洛维奇。看来这正是你所需要的人……准备好啦?那我们走吧!……”

谢尔盖耶夫在米海洛夫斯基那里呆了两个钟点。他责怪自己浪费掉这位忙人那么多时间。其实他谢尔盖耶夫也没有什么错,他们的谈话常常被打断。

去旅馆的路上,谢尔盖耶夫回想着米海洛夫斯基的性格。米海洛夫斯基感情冲动、性情急躁、活跃、热情、坚强,谁同他接触,他就像一股强大的电流,使你受到他的感染。他具有使人焦急不安的那种难得的才能。

谢尔盖耶夫还没有见到过哪一个海军中校或军士心平气和地从米海洛夫斯基那儿出来。人们走出他的船舱门口时,有的心事重重,有的心情愉快,有的因为受到严厉批评而满面通红,不再是原来去找艇长时的那种神情了。

然而米海洛夫斯基在各种场合都能做到从不提高嗓子,而且在谈话时能使谈话对方感到必须回答当时米海洛夫斯基所关心的问题。

不能说大家都怕他。从各方面看,这样的谈话可以说是对人们的一种最严厉的惩罚。米海洛夫斯基会长久地信任一个人,即使他犯了错误。谁要是说了一次谎,那他同米海洛夫斯基的关系就算完啦。他鄙视说谎:“做事马虎的人还可以教育。同说谎的人打交道就会毁掉一切。撒了一次谎,以后就一定会再撒谎。而为了这种谎话可能要付出很高的代价……要知道问题在于说谎的人只关心自己,只关心自身微小的祸福——只要他不发生不愉快的事就行了。他对别人却满不在乎。可以说他是潜藏的叛徒。也许还不能说是真正的叛徒。不过，可以这么说，不是‘怀有恶意’的叛徒。但是，要知道，有了这种人，人们也要遭殃的。向艇长隐瞒真实情况就可能对舰艇，对全体水兵造成无可挽救的灾难……”

对某些人来说，说话粗暴会叫人讨厌：人们会提出疑问，你有什么权利可以这样粗暴地对待别人呢？可在米海洛夫斯基身上这却是很自然的。他对自己严格要求，这一点别人不会看不到。有关工作上的问题，他对部下同样是不留情面的。只有新来的人在刚到的时候，才会感到米海洛夫斯基未免太过认真了。那种表面上似乎很会挑剔，实际上具有崇高思想的人很快就会被人们所理解，而且，不论开头有多么困难，这样安排工作，以后就轻松了：工作组织得好，进行起来就顺利、简单，不会发生突击中所常见的那些特别事故和争吵，不会发生混乱，不会有哪怕是暂时的、然而却是毫无生气的松弛现象……

他们还谈到了艇长和全体艇上人员的相互关系问题。

“您读过亚历山大·克朗的长篇小说《家与舰》吗？……”米海洛夫斯基突然问道，“这是一本非常好的书。书里有这样一段话。”米海洛夫斯基从桌子上拿起书，打开夹着书签的一页。“请听：‘在组织上还有什么比潜水艇更不民主的呢？大家都是瞎子——只有我一个人看得见。大家都是聋子和哑巴——只有我懂得密码。我驾驶，我进攻，我指挥——其余的人都得听从命令，执行任务。但是如果我垄断了思考的权利，那就会把潜艇毁掉。可是您是否想到，’”他压低声音念道，“‘舰艇将在这样一种情况下航行，那时地面规律实际上已经不起作用，而潜艇则像在高空中飞行的一发炮弹。那时致命的危险近在眼前，而法庭却在远方——在另一个星球的某个地方。那时什么东西能使人们不变为失去理性的一群动物呢？只有意识，只有思想。’”

他考虑了一下，就评论起读过的这段话来：

“在舰长牺牲了以后，人们还像他活着时一样工作，这样的舰长才算得上一个真正的舰长……个别天才的好舰长只有在电影里才能看到。而在现实生活中，举世无双的舰长和盲目听从他命令的舰上人员却是没有的。即使有的话，也会很快就完蛋的。碰上第一个严重考验时就会……”

当谢尔盖耶夫从司令部登上一座山岗时，远处闪闪发光的大海一下子映入了他的眼帘。结冻的峭壁在阳光下发出逼人的寒光，在白色的冰雪当中可以看到一条条像箭一样的黑色和深红色花岗石条纹。

四

北极地带以它令人惊异的景象开始展现在你的眼前。

北极啊！要是让人们一眼就能够把你尽收眼底，那有多好啊！……但是连想象一下你那无边无际的辽阔的幅员也是不可能的。

有的地方太阳在蓝晶晶的洋面上激发出无数的火花。有的地方一阵阵斜飞的雪流凶猛地抽打着起伏的海浪，莫尔斯电码在高空中时断时续，从遥远的海岛飞向大陆。有的地方传来了冰块的爆裂声，巨大的冰块不时落在浮上水面的核潜艇黑色甲板上。勤劳的破冰船一路冲破绿色的冰块，行驶了两三百公里，给不耐烦地冒着烟的商船队开辟着航线。一缕缕轻烟在撒了一层薄雪的浅滩的大圆石上空冉冉升起，猎人发现了海象的痕迹。冰上侦察机向迪克孙飞去，一艘水文船穿过冰层迎面急匆匆地开来。爬到冰块上的白熊阴森地目送着它。曙光在朴朗契舍夫[①]夫妇和谢多夫的坟墓上空徐徐升起。

潜艇内滤过的空气无论多么洁净，都不能同现在从打开的舱口涌进来的空气相比。这股空气就像经过冰冻似的，它呼呼地响着，那么凛冽，使人陶醉。

周围异常寂静。

西索耶夫生怕有什么东西打破这种寂静。一个人遇到这样的时刻真是太少了，特别是在人群拥挤的发疯似的城市里。在那里我们大家都成天奔忙着，火车、地铁、公共汽车和电车争分夺秒地来回飞

---

① 朴朗契舍夫(？—1736)——俄罗斯航海家，曾在勒拿河口到叶尼塞河口一带海岸航行。其妻朴朗契舍娃随同旅行。两人均死于1736年。——译者注

驶,发出隆隆的声响。我们往往盲目地奔跑,并且天真地认为这是在爱惜时间,好像只有这些瞬间才是宝贵的。

但是一个人总是需要停下来的。停下来想一想,仔细地看看成千上万种美好的事物,这些事物往往从我们的身边一闪而过,我们既来不及用它们来丰富我们的心灵,甚至也来不及加以应有的注意。但是,从特别快车的窗口难道能够感受得到夏天长满野菊花的草原的魅力吗?那草原上盛开的三叶草像柔和的波浪一样起伏,树叶和松针在寒冷刺骨的小河中随波漂流。

同样,单单从船舷或者飞机的舷窗也不可能理解和感觉到北极的优美。

北极喜欢人们聚精会神地观察它。

这样你才能看到冰上的小虾,看到差不多被雪掩没了的北极熊的足迹,以及冻结在翻过来的冰块上的嫩绿的水藻。你看得出,泛着各种颜色的冰块怎样变成动人的、带有淡绿纹理的海蓝宝石。你也会看到,徐徐飘落在冰冷的黑水上的雪花怎样先结成一块块潮湿的雪团,然后冻结起来,过了五分钟到十分钟,落到上面的雪就不会再融化了。你可以看到裂缝逐渐弥合,变得更狭小,接着一阵凉风刮起了地上的雪,掩没了冰块的边缘,填平了表面。只有冰原上的凹坑才使人想起这里不久前是个冰窟窿。

如果到北极来的不是漫不经心的游客,而是一个热心人,那么北极能够向他打开的秘密还会少吗?

在我们的生活中,谁能知道:“过去”是在哪里结束的,而“现在”又是从哪里开始的?大概没有这种尺度和标志。要知道伊鸠壁里[①]曾经说过:“我们都是从遥远的童年之国来的。”但是紧接着童年的是少年时代。而这里并没有什么界标,只有根据履历表上的一些非常相对的词句才能确定一个人的年龄。

---

① 伊鸠壁里,疑为伊壁鸠鲁之误。伊壁鸠鲁(前341—前270)系古希腊唯物主义哲学家。——译者注

但是，在西索耶夫的履历表上，这方面一个字也没有提到。这些内容在履历表上一般不须要填写。

一九四四年在列宁格勒古比雪夫区成千上万个读完九年级的孩子中，有一个名叫尤里·西索耶夫。

“我不再上学了。”他向母亲坚决地表示。

“那你想干什么呢？”

“你不用担心。我已经向海军学校预备班递交了申请书。我要在那里读完十年级。”

“当然，这是你的事。但你认真考虑过吗？”

“考虑过了！这不是今天，也不是昨天决定的……”

“好吧，祝你航行顺利！”母亲笑了笑，“你们水兵大概就是这么说的吧……”

“我算得上什么水兵呀，妈妈……”

学生们穿过许多大厅和几条长长的走廊，从各种各样的军舰模型旁边走过。西索耶夫曾经花了不止一个夜晚的时间阅读了许多有关神奇的海战和海军统帅的书籍，因此这些军舰的名字和历史他早就了如指掌了。墙上挂着一些由于年深日久而发黑的油画，他非常尊敬油画上的那些人像，他觉得他们正在惊讶地、好奇地看着他。油画上的船帆破成了碎片，高傲地微微飘动着，军舰在熊熊燃烧，即将沉没，船舷上的大炮在冒着黑烟。

难道他在将来，即使是遥远的将来，真的会与这一切发生联系吗？

海军上校笑了笑。除了他还有谁能真正了解，这个受他保护的人现在在想些什么。这是很久以前的事了，但是那时他也是这样屏着呼吸第一次穿过这些走廊的。

“你们将在这里学习，你们应该感到自豪。”他开始讲道，“这里出过许多杰出的人物。”

“在一七〇〇到一七二一年的北方战争期间，俄罗斯的波罗的海舰队建立起来了，当时非常尖锐地提出了如何培养本国军官的问题。

彼得大帝在一七〇一年一月创建了俄国第一所海军学校——航海学校。创建航海学校的命令说:‘这种学校不仅是航海和工程技术的需要,而且对炮兵和人民也有好处。’

“就在北方战争中,这所学校,即后来的海军武备学校的学生已经驾驶着三桅巡洋舰和帆桨快艇参加了战斗。世界所有的地图上、所有的历史教科书,都有这所学校学生的名字:斯捷潘·马雷金[①],阿列克赛·契里科夫[②],阿列克赛·涅恰耶夫[③],哈里东·拉普帖夫[④],谢苗·切柳斯金[⑤]。俄罗斯舰队由于这所学校的学生克鲁津施泰因[⑥]和李相斯基[⑦]驾驶着单桅炮舰‘涅瓦’号和‘希望’号完成了环球航行而闻名于世。而别林斯高晋和拉扎列夫则乘着‘东方’号和‘和平’号单桅炮舰,领导了第一个俄罗斯探险队到达南纬地带,发现了南极洲以及其他许多地方。

“海军上将乌沙科夫、斯皮里多夫[⑧]、谢尼亚文、拉扎列夫、纳希莫夫、科尔尼洛夫的名字对俄罗斯的历史有多么巨大的意义,这就无须说明了。他们都是在这所学校毕业的……”

小伙子们屏息地听着。房间里异常寂静,虽然关着窗子,还是可以听到沿涅瓦河行驶的电车的铃声。

“在本校学生中间,”海军上校继续说道,“有作曲家里姆斯基-科萨科夫,作家斯塔纽科维奇,学者达里,画家勃格留波夫和魏列夏庚,世界上第一架飞机的发明者海军上校莫查依斯基。”

巡洋舰“奥恰科夫”号的起义就是海军武备学校的毕业生施米特中尉领导的。

“那么本校毕业生中,有哪个在卫国战争中打过仗呢?”有人悄悄

---

① 马雷金(? —1764)——俄国北极地带探险家,曾参加彼得一世组织的北方探险大队,考察亚洲北部海岸。——译者注

② 契里科夫(? —1748)——俄国西伯利亚考察家。——译者注

③ 涅恰耶夫(1864—1915)——俄国地质学家。——译者注

④ 拉普帖夫(? —1763)——俄国北极探险家,参加过北方探险大队。——译者注

⑤ 切柳斯金——俄国北极探险家,参加过北方探险大队。——译者注

⑥ 克鲁津施泰因(1770—1846)——俄国海军上将,航海家。——译者注

⑦ 李相斯基(1773—1837)——俄国海军上校,航海家。——译者注

⑧ 斯皮里多夫(1713—1790)——俄国海军上将。——译者注

地问。

“全都打过仗……我只向你们提出几个名字就够了：科雷什金、菲沙诺维奇、伊奥谢里阿尼、斯达里科夫、奥西波夫、盖萨耶夫、科契列夫、格列希洛夫、加吉耶夫……关于本校的战斗历史，教师们以后还会常常向你们详细介绍……”

这一夜，军校学生尤里·西索耶夫久久不能入睡。一切又在脑海里浮现，一切都混杂在一起了：乌沙科夫和莫查依斯基，工作室，最复杂的电子仪器，安装在配电盘上的电路表和领航设备，航海天文办公室，自动装置和继电器……

难道能够掌握所有这些深奥费解的东西吗？他觉得连海洋也不像昨天那样，现在离他更远了。

“西索耶夫，你觉得这一切怎么样？”他的朋友好像猜到他的心事，从被窝里探出头来轻声问道。

“难啊……”

“对，这可不是读游记。”

“应该坚持下去。”

“谁说不要坚持下去?!”

他们就这样解决了使他们苦恼的主要问题，于是吐了一口气，睡着了。

波罗的海令人厌烦的雨水像打鼓似的敲打着玻璃窗。窗外，秋天的涅瓦河在低声地倾诉着；高高的天空上，星星在云层上面闪闪发光。

这些星星像他们未来的浅蓝色道路一样遥远。那时他们这些小伙子中间，有谁会知道在这所光荣的海军学校里，有朝一日他们的名字也会被人们自豪地呼唤着？……

一九四九年潜艇上来了一个青年领航员，是伏龙芝高等海军学校的毕业生，名叫尤里·西索耶夫。

五

二十世纪六十年代某年九月的下半月，潜水艇启碇出航了。那是个静谧明朗的早晨。水兵们开玩笑说：

“海王星也在送我们，为我们的远航‘祝福’呢……”

电笛拼命地响着。

舰桥上的人们刹那间消失了。舱口紧紧地盖了起来……

第二天早晨海军上将卡萨托诺夫把所有的指挥员集合在艇上会议室里。其实，“早晨”这个概念对他们来说完全是相对的——潜艇在水下航行，无论白天还是夜晚，暗淡的日光灯总是发出同样均匀的光芒。要确定昼夜的时间，只有根据船上的时钟和准确的交接班。

“我请你们来，”海军上将开始说道，“是为了更详尽地确定这次远航的任务。这次远航和以前任何一次都不同。这是因为祖国舰队的历史上现在第一次赋予我们海军一个崇高的荣誉——从水下去征服北极，而且要在北纬90°准确地浮出水面。

“你们知道，向北极地带进军和对它的考察早就在精心地进行了。

“像你们这样的舰艇能够给科学和航海提供的优越条件实在是无限的。

“艇上第一次装上了最新式的水声学和水文学的整套设备。我们携带着新式武器，因此我们中间就有那么多科学家和设计家。我们的任务就是尽可能给他们创造一些理想的工作条件。

“顺便说一说，在我们这些科学家中间，有些人已经不是第一次到北极来了。我们将以这些‘老住户’为榜样……”

以前，当艇长西索耶夫想要想象一下这一切的时候，他总觉得向北极进军的时刻一定是非常隆重的。

看来，我们这种看法是错误的，真正的功勋并不一定那么惊心动魄。不管怎样，建立功勋时并没有戏剧中那种激情与动作。

要是记者想描绘一下此时在艇上发生的一切，一定会觉得非常困难。

既没有感叹，也没有拥抱和狂欢。在庸俗的报纸资料中描绘的那种令人兴奋的东西，全都没有。

人们沉默着。他们站在像压紧了的弹簧似的挤在一起的仪器和机械旁边。只有简短的命令以及更加简短的"是"的声音打破了四周的寂静。确切地说,不是寂静,而是只有在潜水艇里才会出现的那种特异的有声世界:船舷外海水柔和的簌簌声,螺旋桨发出的低沉的隆隆声。

只有声呐兵才能感觉到:海洋是在千万次的沙沙声中,在哗哗的水流声中以及勉强分辨得出的海洋的气息中,过着自己千变万化的生活。他们还能感觉到一种类似莫尔斯电码的东西——一群群的海鱼看到核潜艇移动的影子,就飞快地游开了。

冰层发出一阵破裂的轧轧声。

只有外行人才觉得潜艇的起浮是很简单的。上万种危险在窥伺着核潜艇和它的全体水兵。只要计算上出一个错误,你就会陷进浮冰群。延误一分钟,未上冻的水面就会出现在船侧或船后的什么地方,那就必须冒不小的风险把全部演习重新来一遍。时间与计算数据不一致,舰只就会撞到好几米大的冰块上,造成惨祸。如果说,现在并排站着的西索耶夫和决定亲自领导这次困难而危险的进军的北方舰队司令、海军上将卡萨托诺夫的内心是很平静的,那就完全是骗人的。

领航员沉重地呼吸着,专心看着地图。值班员的面部表情是平静的。只有水兵们的目光才流露出激动的神情。

卡萨托诺夫知道,水兵们也像他一样,都很激动,只是没有流露出来而已,因为一切能引起别人注意的流露与海军的传统以及在艇上形成的常规都是格格不入的。

一天,两天,三天过去了。

九月二十九日西索耶夫来到了北极。

他看了看表。是早晨六点四十五分。

"打开探照灯!"

"是,打开探照灯!"

灯光照出了黑暗中巨大冰块的不平整的边沿。

"准备起浮……"

"打开舱口!"

啊，这就是北极！

在北方，太阳不再升上地平线的时期已经开始了。从九月二十五日起，太阳开始在地平线外的什么地方打圈子，差不多达到了它的极限，没有力量再升高几公里，以便用自己的光芒向北极问候。

按照北极地带的所有日历，极夜已经来到了。但既然太阳还在地平线外很近的地方徘徊，它就使远方变成了颤动着的灰白色蜃气。既不是白天，也不是黑夜，而是黄昏。

云低低地在冰原上弥漫着，密密地布满了天空。有时散落下一些细碎的干雪。

“温度多少?”

“零下十六度……”

“没问题，”西索耶夫想，“跟在莫斯科郊区一样，可以生活。”

他环顾四周。潜艇的周围是一片平坦得令人吃惊的冰原，只是地平线上有着许多堆积如山的冰群。

“擎国旗和海军军旗的人到冰上去！不值班的可以下船……”

苏联国旗和海军军旗在北纬90°的地方升了起来。

六

只有海军军人才能真正懂得，离开舰艇对一个舰长来说意味着什么。永远离开了工厂的工人每天早上都可以听到工厂亲切的汽笛声。只要他愿意，他可以随时乘地铁或无轨电车到他熟悉的工厂门口去，再一次看看亲人。

水兵和他的舰艇在离别之后却很难再次相遇。人们到别的海域里去了，而海洋里的航线又很多，因此很难再有机会得到一次意想不到的相逢。

然而舰长与舰艇是一个不可分离的整体。此外，有什么样的舰长，就有什么样的舰艇。人们把这个无生命的金属体看成是活的，而在疾风中飘扬的近卫军军旗或荣膺红旗勋章的旗帜，则证明了舰艇全部人员的英勇及舰艇指挥员的胆量与技巧。

舰长对舰艇的了解，就像医生对病人一样。根据别人觉察不到的响声，他一下子就能断定柴油机出了毛病。根据小管子差不多是正常的温度，他就知道：需要检查管道。他每天用手去摸摸这个管子，他了解这个管子的温度就像了解自己的脉搏一样。

舰艇上有千万种别人所不了解的现象，例如它的声音、温度、响声、颜色，他都了解得很清楚。舰艇是他那个“我”的一部分，是他内心世界的一部分。舰艇是他的家、他的命运、他的幸福、他的忧虑——总之，他的一切都在舰艇身上。乘着这艘舰艇不知航行了多少幸运的和不幸的海里。无数星座在天空中移动，九级风暴在海上逞凶，人们不断发现一些前人所不知道的海岸和深渊——正是舰艇给了人们这种首先发现一些地方的无与伦比的幸福，这种幸福就像初次约会和初恋时感到的幸福一样。

西索耶夫最后一次巡视了船舱，他觉得这一瞬间好像一把锋利的尖刀，把那些一去不复返的分、小时和年代一刀割断了。

好吧，祝你幸福，潜艇！你曾经是一位忠实而聪明的朋友。你培养了我们，跟我们在一起，使你成了一艘传奇式的舰艇。叫我们彼此分离是不可能的：你的每一毫米钢板都因人的体温而变得暖和，没有这种热量你就是一块废铁。我们一起分担风险，一起享受胜利的欢乐。无论是申斥还是荣誉，我们都一起承受。当水兵的法兰绒短衫上佩上勋章的时候，在遥远的莫斯科，就有人在考虑把什么样的勋章挂在你战斗的钢板上。我们向来是同甘共苦，休戚相关的。

西索耶夫特别挑选了艇上只有值班人员的时刻离开。同每个人告别是难以忍受的。至少，在现在这个时刻是这样。以后还要举行隆重的欢送会，那时就会感到轻松些，因为一定的仪式能克制人的感情。但是就连这种仪式也不可能给他一种机会，可以像现在这样同舰艇单独在一起，没有其他的人和多余的言语，这些言语虽然是真诚的，但有时一个人更需要沉默。

尼古拉·索科洛夫理解西索耶夫的心情，他在离西索耶夫三步的地方站住，尽可能减少在船舱里做报告时的那种严肃气氛。

“停止报告！”他轻轻地发出命令，打断了下级的报告，“现在艇长要跟潜艇告别了。”

他一说，人们就懂了。下级报告了一半就停了下来。

在中央舱，西索耶夫笑了起来。

“搞得太隆重了吧，索科洛夫！你们不是送我去退休！我们还要一起战斗。不错，”从他的声音中听得出他心里是很难过的，“不是在这艘潜艇上……不是在这艘潜艇上。”他机械地、好像是对自己讲似地重复了一句，接着突然命令道：“升起潜望镜！”

钢管向上升起，发出轻微的沙沙声。当目镜升到与西索耶夫的眼睛一样高时，他放开了摇把。他摸摸摇把上温暖的黑色花纹，转身对索科洛夫说：

“对你只有一个希望……我知道，你能胜任指挥潜艇的工作，也有足够的知识和海军的技术……但是要经常使这双眼睛，”他用手摸摸透镜，“看到在您之前谁也没有幸运看到过的东西。”

“谢谢！……”

“你知道，我很久以来一直在思考，什么叫做‘成功’。我得出的结论是：在我们今天的时代，‘成功’不是‘碰运气’。你知道，这里会发生一种什么样的连锁反应。如果舰艇落后了，如果艇上不是一切都井井有条，如果不能绝对信赖我们的全体人员，这样的舰艇就决不会被派去执行重要任务，更不用说派到会碰到不测事件的地方去了。

“这一来，也就无所谓成功了。在现成的、不费力气的道路上是不会得到什么成功的。

“一个人走运，另一个人不走运——这种说法，请你相信，索科洛夫，是胡说八道。走运的是那些赶得上时代的人，那些能够完成舰队任务的人。如果这艘潜艇在各个方面都落在整个编队的后头，那就决不会把我们派到北极来。哪怕仅仅在某些方面落后也是不行的。

“在这里关键不在我身上。你不要以为，西索耶夫是在自吹自擂，在教训别人。并不是我使潜艇变得先进。这里的每一个水兵如果看到由于某人的过错使我们减低速度，他就会把这个人活活地吃掉，这一点你很快就会相信的。在艇上保持这种气氛是很重要的。这好像已经是心理学方面的问题了。但这仅仅是我的一种想法。如果缺乏互相负责的精神，那么一切都将化为乌有。可以有优秀工作者，可以有卓越的专家，一切都可以具备，就是不会有舰艇。”

“我懂得你的意思，西索耶夫同志。”

“我在什么地方读到过一个故事，”西索耶夫低声说，想只让索科洛夫一个人听到，“讲的是一位大企业的经理。他特地把一些车间主任派到比较远的地方去：或者去休假，或者去出差。然后他就观察，领导不在的时候，车间怎么进行工作。如果工作得好，这就是说，车间主任水平高，善于创造一个不需要每天照料、斥责、催促的集体；就是说，车间的机器运转得很好；就是说，这里的人们已经成长起来，每个人看到并了解自己的任务，能够独立完成自己的任务。”

“那么，那些领导一离开，工作就做不好的单位的领导又怎么样呢?”

“这个问题很清楚。显然，这样的领导没有培养出干部，没有培养他们的独立工作能力，没有发挥他们的主观能动性。这样的领导谁需要呢?”

“但是不能说，这种人没有才能，愚蠢，人们不需要他吧?”

“为什么？这要看他领导的是哪一方面的工作。譬如说，在舰队里，依我看，这样的舰长简直要坏事。你试想一下：如果军舰在作战，舰长牺牲了，要是军舰表面上协调的整个机械设备突然失灵了，那会产生什么后果？这会带来全体人员的死亡，造成无法避免的牺牲。相反，受过独立作战训练、不怕承担责任的人就能力挽危局并赢得胜利。只能是这样，索科洛夫。”

“看来，您说得对。”

“为什么是‘看来’？你自己试试看吧。这种机会你会碰到很多的。可惜我们这里还有那么一些舰长，他们认为军舰仅仅是靠他们强有力的双肩支撑的。他们很粗暴，对于每一件微不足道的小事都要干预。例如大家都知道，虽说一个声学家或者工程物理学家比一个虽非外行、但不了解工作细节的人更懂得自己的业务。而如果发挥了这个声学家的主观能动性，他就会用他的技术做出尽可能多的贡献来。甚至还会远远超过……

“何况舰长同所有的人一样，他也是人。他可能会突然生病……

而且在海上发生的事还少吗？……可是任务必须‘出色地’完成，这并不取决于一个人的健康或不健康，也不管舰长本人怎么样……”

西索耶夫看了看表。

“我们只顾谈话……看，我向你发表了一大篇演讲……”

“这些都很重要。”

“这我不知道。我不过是随便讲讲罢了。与舰艇告别真不好受啊，索科洛夫。在船上我经历过多少事啊！”

“我知道。”

“好吧，祝你一帆风顺，索科洛夫！”西索耶夫拥抱了索科洛夫一下，“把旗帜举得高高的，永远不要害怕。”

“我好像还不是个胆小鬼，西索耶夫同志。”

“我知道。所以我相信你。咱们走吧……”

西索耶夫离开潜艇已经五十步左右，他在码头上又回头看了看。

潜艇阴沉地停泊着，沉甸甸地压在黑色的水上。也许，这是他的感觉：由于含满雨水而膨胀的云块几乎压到驾驶室上面，乌云使群山彼此接近了，凛冽的北风在浮动基地的桅缆上凄凉地呼号。

第 6 章

把你的心献给北极

一

噢，北方原来是这样的！

华列里拎起手提箱越过马路。“精美食品店”“书店”“海洋礼品店”——这些商店都粘满了正在融解的潮湿的雪片，它们的招牌不知不觉地印进了他的记忆。

城市笔直地向山上伸展过去，在第一排八层楼的后面出现了第二、第三、第四个凉台。从右面的街口可以看到停泊着许多舰艇的海港和黑白分明的丘陵。

华列里在运动场前面停住了脚步。在展开双翼的帐篷里，花岗石台座上立着一位正在做最后冲击的士兵的铜像。

“阿纳托里・勃列多夫”他在暗淡的、被雪水冲洗过的铜像上看到了这个名字。

华列里在什么地方听到过这个姓。有机会时得详细问问了解他的人。

街对面有一群穿着闪闪发亮的黑色雨衣的水兵从市委大楼里走了出来。

“连市委也离不开海洋。”华列里想。

又走了二十几步，前面是一座高楼，它那又高又大的光秃秃的墙壁简直使他吃了一惊。在一块被落日的余晖照得发红的花岗石上有一个巨大的铁锚。这样大的锚华列里还没有见到过。锚的上面是一幅巨大的镶嵌式壁画，画的是一艘破冰船在破冰。铜板上刻着“‘叶尔马克’号——俄罗斯破冰船队的鼻祖”。

华列里看到过许多给人树建的纪念碑。但是给舰艇建立的纪念碑……不过他倒是很喜欢这样做的。为什么不可以呢?！给舰艇造个纪念碑，这太好啦！要知道，“叶尔马克”号——这既是海军上将马卡罗夫的功勋，也是我们整个北极的青春。

“这样的纪念碑只有水兵和极地考察人员才会建造，”华列里怀着一种突然产生的温情想道，“事务主义者是不会做这种事的，很明显……”

街的尽头是一座小山，华列里看了看表，便转身向原来那条街走回去。本想从山上俯瞰一下城市，但看样子来不及了，回到汽艇上要走两个小时，当然，如果碰不到顺路汽车的话。

已经熟悉的招牌现在又一次展现在眼前:“精美食品店”“药房”“儿童世界”“海洋礼品店”。

华列里看见一个军士从商店里跑了出来，就走上去询问，当然，他并不相信会有什么结果:

“您是从索罗金的单位来的吗?”

军士转过身来。

“你要干什么?”

“到他那里去。我是派到他那里去工作的。”

军士把他仔细打量了一会儿。

“把证件拿出来看看。”

“你算什么，是巡逻吗?”

“不管是不是巡逻，我得知道在跟谁讲话。”

华列里微笑了一下，就从口袋里拿出出差证明。

“好吧，当然可以去。不过乘汽车上那儿去是不行的。路很远而且很难走。我可以送你到港口……你在这儿等一下。我到书店去一下就一起走。”

华列里绕过汽车，仔细地看着陈列在橱窗里的书籍封面。左边墙壁上的记事牌引起了他的注意:“此处系宣布摩尔曼斯克苏维埃政权成立的第一届工兵代表苏维埃所在地……”

这个城市好像还很年轻，但每走一步，都有着它自己的历史……

过了二十来分钟，军士走了回来，腋下夹着一个大包……

汽车急剧地开走了。

"是些什么书？"

"《航海天文学》和《航海学》。在这方面这里还不错。这是个滨海城市，有时从卖旧书的人那里可以弄到不少书……"

"你买这些书干什么？"

"一年以后我就要复员，那时我就去航海旅行。"

"你在准备吗？"

"说不上什么准备，不过是看看。"

"我们是不是彼此认识一下？不管怎么说，我们将在一起工作。"

"我叫尼古拉。"

"我叫华列里·罗扎诺夫。喂，勃列多夫是谁啊？"

"你看到纪念碑啦？"

"看到了。"

"他母亲至今还住在摩尔曼斯克。我有一个从造船厂来的同事认识她……"

"这么说，勃列多夫也是摩尔曼斯克人啰。"

"在这里每个小孩都知道勃列多夫。甚至还有一艘军舰叫'阿纳托里·勃列多夫'号呢……他是摩尔曼斯克造船厂的工人。战时是个中士，指挥一个班。一九四四年他率领伴们同向佩钦加撤退的希特勒军队战斗。很明显，他们当时的情况很不利。"

"都给打死了吗？"

"怎么会都给打死？打死的人很多。而像勃列多夫这样的人只有一个……"军士不满意地看了看华列里，"他们一共剩下两个人……其余的人都牺牲了。勃列多夫把最后一颗手榴弹留给了自己。而且和十几个希特勒分子同归于尽。当时他们总共打死了两百多个法西斯分子。"

尼古拉讲起来就好像亲眼看到过当时的战斗一样。

"这么说，你当时也参加了战斗啰？"

"参加倒是没有参加过，不过政委详细地给我们讲过。他当时就在那个团里打仗……”

“哪一个政委?”

“知道得多,老得就快。”尼古拉笑了起来,“你别见怪,同志……我们可是刚认识,而且派你到哪里工作,我还不知道……”他想了一下就令人信服地解释说:“不必要的话我们军人不讲……”

“我懂了,”华列里慢吞吞地说,“军事秘密……”

“你不要讽刺人……你可不是到随便什么地方去工作的。你是到最现代化的军舰上去工作。那儿是不能拿这个开玩笑的。”

“拿什么开玩笑?”

“拿军事秘密,自然……”

华列里突然感到沉闷和孤独,甚至感到难堪。你想,尼古拉老是在那里讲:“军事秘密”“军事秘密”……他华列里是个小孩子还是怎么的!……

华列里装着打瞌睡的样子。

“同志,你累啦?”

“夜里没睡觉。”

“你睡一会儿吧!”军士建议说,“哎哟,我们这条路可远哪!你还有得睡呢……到了指挥所我叫你……一切都会很顺利的,请放心……”

二

“你是新来的?”

“昨天到的。”

“到艇长那儿去过啦?”

“还没有叫我去。”

“会叫你去的,”水手长深信不疑地解释说,“一定会叫你去的。我们这里,老弟,有这样的规矩……艇长总是要亲自同大家认识的……”

中尉工程师走了过来,向卢尼亚喊道:

“副艇长命令您带华列里·罗扎诺夫去看看舰艇。您先把艇上的情况给他讲一讲。”接着，他突然向华列里使了个眼色，补充说：“我们这位水手长是全舰队闻名的。我们在北极浮出水面时，就是他掌的舵。因此，老弟，我把你交给了一位靠得住的人……”

卢尼亚皱了皱眉头说：

“您干吗要说这些呢，中尉工程师同志。”

“得啦，得啦……我并没有讲什么，不过是一般的介绍。”

卢尼亚完全不同于华列里在头脑中牢固形成的那种典型的水手长的形象。在卢尼亚身上丝毫没有水手长那种豪爽的职业特征：既没有在手腕上刺着令人发抖的可怕的花纹，也没有清脆响亮、然而却是十分破旧的海军哨子。外形既不粗壮威严，说起话来也不是用那种夹杂着粗俗的骂人话的稍带嘶哑的男低音。

此外，在华列里看来，水手长没有留胡子似乎有点违反海军的传统，看来，在这方面可能发生了一些变化。

与相当著名的海景画家所描绘的情况相反，卢尼亚圆圆的脸上并没有“愤怒的表情”，双眼也没有放射出“不讲人情的严厉”的目光。倒是可以说在他那乌黑的瞳仁中，闪耀着好奇的神色和一会儿消失、一会儿又明显地流露出来的难以觉察的笑意。他好像在说：“尽管你穿着水兵服，华列里老弟，可是，朋友，你还没有见过海洋，而你能否成为一个水兵，现在还很难说。”

“这么说，海军上将，我们将一起工作了。”

不知道这是一个问题还是一种不明显的怀疑。华列里想道：该不该生“海军上将”这个词的气？在卢尼亚的话中，他并没有发现什么明显的恶意，但是为了防备万一，他便喃喃地说：

“这跟‘海军上将’有什么关系？”

“你好像很会生气似的……这样不行。你知道，邻船上一个好生气的人发生过什么事吗？……他同艇上的一个炊事员闹别扭，半年来差不多不吃午饭，也不吃晚饭。艇长和艇上的全体水兵都惊惶失措，不知道该怎么办。他们就不敢把潜艇开到海里去，因为怕他会突然饿死。就这样，在码头上停了半年……”

华列里不觉笑了起来。

“这就好了。要知道，笑，这是军舰的旗帜。是吗？……”

“我想看看潜水艇。”

“这就去看。我们不让愁眉苦脸的人去看舰艇。危险啊！让这样的人看了，反应堆里的中子就会发酸。你光吃酸牛奶，能走得很远吗？”

“要跟卢尼亚生气是根本做不到的。”

“那么，海狼，你是从哪条航线来的？”

“这是什么意思？”

“喏，问你是在哪里应征入伍的。”

“在阿斯特拉罕。”

“真棒！”水手长简略地说，不知道他对华列里履历中的这个情况是赞同还是不赞同……“据说，是个风景优美的城市。不过我没有到过那里，虽说阿斯特拉罕的鲱鱼尝过了。不过现在这种鱼已经不是以前那个样子了。是这样吗？”

“也许是的。”

“不是也许，而是确实如此……水手长说话是不会错的，他看得最清楚。懂吗？”

“懂。”

“这就对了……我们走吧。”

他们沿着垂直的舷梯往下走去。这时华列里苦恼地想道：他要学会像卢尼亚那样迅速地一下子就钻到这狭窄的舱口里去，大概不是一天、两天的事情。

尼古拉·伊格纳托夫和谢尔盖耶夫是在北方认识的。但是当时没能好好地谈谈：伊格纳托夫夜里出海去了。

对他们两人来说，昨天在涅瓦大街的相遇是意想不到的。

“是什么风把你吹来的，伊格纳托夫同志？”谢尔盖耶夫对这次会面感到由衷的高兴。

“上这儿来休假。要是不到彼得堡来看看，还能算什么休假呢?！你呢？”

“出差。但是可以抽出两天时间办办私事。我在列宁格勒这儿学习过……”

“你明天在城里吗?”

“在。”

“那么我们明天再碰头。现在我要去看看水文地理学。我们要好好地谈谈。”

“在哪儿碰头?”

“在克鲁津施泰因附近……”

“还是在原来那条小路上?”

“对。咱们顺便散散步,呼吸呼吸列宁格勒的空气。”

“说定了。”

在这里过去发生的事情与现在发生的事情混合在一起了。

列宁格勒的天空变化无常:一会儿是朦胧的白夜,一会儿是落日的霞光,这霞光划破了雷雨前膨胀的乌云所带来的黑暗。

晚上,一片阴影遮住了一个航海家的铜像的眼睛。这双眼睛既看见过三桅巡洋舰,也看见过单桅炮舰。这些军舰曾被战斗的硝烟熏黑,也经受过遥远的南纬疾风的吹打。这条河滨街曾经历过被围困的、艰苦的冬天,而前所未见的火箭舰艇也曾在涅瓦河的黑色波浪之上颠簸前进……

伊格纳托夫从海洋博物馆出来,走过大学、缅希科夫宫、美术学院,走过狮身人首像。这些狮身人首像是从古代的底比斯运来的,它是使列宁格勒那么迷人的不可分割的一个因素。

在穿过电车轨道的人行横道上,伊格纳托夫被谢尔盖耶夫叫住了。有一段时间他们默默地走着,各人想着自己的心事。

“我无论什么时候到列宁格勒来,心里都很激动。”伊格纳托夫停住脚步,点了一支香烟,“就像第一次赴约会一样。你呢?”

“我也是这样。对我来说,无论什么时候都像过节一样。”

“你有什么新闻吗?”

“新闻很多。但是这种事不好讲。难道这是一种有趣的事吗?有一次过冬的时候出了事故:一个北极考察人员受了重伤,无论飞机还是军舰都到不了他那里。我收到了呼救的无线电讯号,于是我就向司令部请示。”

“结果怎么样?”

“同意了。”

“到了他那里了吗?”

“到了。在艇上就做了手术。我们的医生是个能手。在首都的医院里他可以做主治医师。但是不管你许诺他什么,他都不愿离开我们。”

“我想更详细地了解一下这件事。”

“现在不能更详细地谈了……再过一两年我也许可以给你讲……”

“那就谢谢啦。”

“别客气。”

“最后你是否也谈谈自己的情况?我可是为了正经事,为了写书的需要。”

“自己可没有什么好谈的。父亲的情况倒是值得讲讲……”

对他来说,父亲就是一切,就连不可胜数的教育者也没有像父亲那样对尼古拉·伊格纳托夫进行过那么多的教育。虽然他早就过世了,白云在这位正直的兵士墓的上空已经飘浮了多年。

父亲不能、也不愿意把儿子教育成那种“不偏不倚、谨小慎微”的样子。儿子清楚地知道:一九一四年,爸爸十一岁的时候就跑到前线,当了侦察兵,得到了战士的乔治勋章。后来同巴斯马奇作过战;在太平洋舰队里以平斯克分舰队政治部副主任的身份做过一艘潜水艇的政委;一九三九年参加过解放白俄罗斯西部的战斗;一九四一年在基辅附近牺牲……

父亲的一生对儿子来说就像活的神话一般。因此,就在那艰苦的一九四一年,尼古拉·伊格纳托夫自愿参加了海军。

后来人们谈到伊格纳托夫时都说他是“世袭的性格”。当时他并没有想到这一点,在眼前出现的是父亲的面孔,这个孩子想到的只是:报仇。他还常常检点自己,要是爸爸处在他的地位,他会怎么干。

但是不管怎么样,决心已经下定了。于是伊格纳托夫,这个太平洋海军学校的学员,就乘着战舰第一次投入了战斗。

不过,仗没有打多久,同日本的战争很快就结束了,于是他就进了高等海军学校。他在各种不同类型的舰艇上航行过多次。毕业时成绩优秀……

他,海军上校尼古拉·康斯坦丁诺维奇·伊格纳托夫在世界海洋的不同地点曾经多次浮出水面和潜入水下。

但是,对于自己在北极第一次浮出水面的情景他怎么也不会忘记。

"当时是什么使我吃惊呢?是那一望无际的辽阔的雪原,是那童话般优美的浮冰群,而所有这一切无论如何也不能认为是"无声的白茫茫的世界"。也许,这决定于人,决定于人的感觉。

"当时我们谁也没有想到什么华丽的词藻,但是却有人说道:'弟兄们,你们瞧什么呀,要知道我们到家啦!到冰上去吧!'

"'我们到家啦!'你想想看。"伊格纳托夫甚至停住了脚步,拉住谢尔盖耶夫上衣的翻领。"'我们到家啦!'这句话包含着人们意识中巨大的心理变化。以前,'北极'这个词一般是同最可怕的使心脏停止跳动的形容词连在一起的。北极曾经是必须与之斗争的敌人,这种斗争往往是你死我活的。而忽然间人们喊出了'我们到家啦'这句话。这说明:北极成了我们自己的啦。人们感到他们的双肩有着多么巨大的力量。但是何止是'感觉'呢?每个人只要一回头就能看到核潜艇的驾驶室,乘着这样的'小船'简直可以走遍天涯海角。

"当有人提议在冰上踢足球的时候,这提议马上就在一片'乌拉'声中通过了。我们在冰山中间踢足球,身上就暖和起来了。

"但我们还得回到艇上去。我看了一下,又一次感到惊奇,我们起浮得多么精巧准确啊——核潜艇的船身勉勉强强地'嵌'在被冰块紧紧围住的冰窟窿里。

"总而言之,我要是个画家,我就一定要把这个情景描绘下来。冰块裂开,黑色的庞然大物浮了起来,这真是奇观。在这幅图画里,有多少力量和威力，体现了人类多么巨大的力量啊！而使人更加感动的是：我们大家对待北极的生物是那么温存和爱护。这种态度有时就在似乎无关重要的小事中表现出来。”

伊格纳托夫沉吟了一下。

“有一次我们在冰块中间浮起。一个水兵在冰上看到了一只活的小虾。他用双手把它捧起来，小心地放到了冰窟窿里。我不解地看了他一眼。”

“活的东西在北极是不大容易见到的。让它游吧……”

他们走过施米特中尉大桥，经过骑士铜像、伊萨基大教堂、阿斯托里亚军人旅馆，来到了涅瓦大街。他们在“高加索”饭店吃了晚饭，大约在二十三点左右分手了。

告别的时候，伊格纳托夫忽然发起愁来，他突然问谢尔盖耶夫：

“你能保守秘密吗？”

“看来可以……怎么？”

“这件事我对谁也没有讲过……不过你知道，我，看来不能再航行了……”

“怎么会这样？”

“医生在我的肺部发现了问题。我也到疗养地去治疗过……没有好转。我现在要回潜艇去，但心乱如麻……我从来没有怕过什么……但对于面前的医疗委员会我却怕得不得了。真可怕！”他踌躇了一下。谢尔盖耶夫想要说些什么，但是伊格纳托夫用手势阻止了他：“用不着，谢尔盖耶夫……你什么也别说。我知道，你会怎么对待我。我不会有一分钟的软弱。你要懂得，这是我一辈子的事情，关系到我这一生的意义。用不着安慰我。我这个人是很坚强的，对任何不幸都能经受得住。再见吧，朋友！……再见。”

谢尔盖耶夫走了几步，伊格纳托夫又喊住了他：

“你不要太难过……希望你不要误解……我不会那么轻易投降的……我还要战斗……用牙齿和指甲战斗……拼命战斗！……”

两个月之后医疗委员会决定：绝对禁止海军少将尼古拉·伊格纳托夫在潜水艇上服役……这是最后的决定，不得上诉。

在这种场合下，一个人总是感到有点不自在，但是，当华列里看到周围善意好奇的笑容时，就有些安心了。

“谈谈你自己的情况吧。”书记本来要坐下，但是，想了一想，又补充道：“这不仅是按规定办事。我们的习惯就是这样……潜水艇就是潜水艇……所以我们想知道，我们在跟谁一起睡觉，跟谁一道远航……因此这种谈话并不是一种无聊的好奇。这里也没有什么不好意思的。”

华列里站起来。

“谈些什么呢？”他两手一摊，“说实在的，我还没有什么经历。经历刚刚开始。”

“就谈这个吧。”

“我一九四四年生于阿斯特拉罕州，在阿斯特拉罕列宁共青团中学毕业……”

小伙子们纷纷议论起来，政治副艇长也笑了起来：

“原来，你这个‘列宁共青团’的名称是世袭的。列宁共青团中学毕业，又到‘列宁共青团’号潜艇上服役。不错嘛……”

“我也觉得不错……”

“讲下去吧。”

“可是，我实际上已经讲完啦。后来又在阿斯特拉罕中等技术学校毕业。”

“什么专业？”

“建筑工程……不久就应征参加海军。以后就进了教导队。”

“清楚了。”这时书记站了起来，“对华列里·罗扎诺夫同志还有什么问题？”

“担任过社会工作吗？”

华列里笑了一下：和在技校时一模一样。小伙子们差不多也是这个年龄。提的问题也跟在建筑技术人员会议上提的一样。

“在中学里担任过共青团团委委员，在中等技校时当过班级共青团组织的书记。”

“没有问题了，”后排铺位上有人喊道，“都清楚了。”

“坐下。”书记说。

华列里没有想到，一个月以后他竟担任了“列宁共青团”号核潜艇共青团组织的书记。

鱼雷兵分队中士亚历山大·尼古拉耶维奇·克利库年科，罗扎诺夫的直接而刻薄的“首长”，对这件事说了一句语意双关的话：

“华列里，我真担心，按现在这样的速度青云直上，再过一年你就会当上部长会议主席了。”

华列里已经懂得：开开玩笑是不能生气的，否则一切就完了，因此他就默不作声。

第 7 章

不平静的航程

一

谢尔盖耶夫是在莫斯科认识华列里的。

红场上红旗像海洋似地飘舞。扬声器庄严地播送着通知：

“现在通过列宁墓的是进行过水下环球航行的苏联核潜艇的队伍。”

红场顿时欢腾起来：

“乌——拉！苏联潜水艇水兵万岁！……”

印着红星、镰刀和锤子的蓝白旗自豪地迎风飘扬。

后来他们在共青团中央委员会见了面。小伙子们在海军军旗旁给我们著名的狙击手留德米拉·巴甫利钦科照了相……

“你不是想和‘列宁共青团’号的共青团组织书记认识一下吗？那么，我给你介绍一下。”团中央书记拉着谢尔盖耶夫的手把他领到一群站在窗口的水兵跟前，“华列里，你来一下！”

从人群里走出一个体格匀称的瘦削的青年，他的肩章上缀着中士的标志。

“你们认识一下吧。他叫华列里·罗扎诺夫。”

“我叫阿纳托里·谢尔盖耶夫，是《共青团真理报》的。”

“艇上的同志们都很喜欢看你们的报纸。”

“谢谢您。我们谈谈好吗？”

“下次休息的时候谈吧。”

“好极了。”谢尔盖耶夫高兴地笑了笑，“我们就在这个地方碰头。”

他们从团中央出来就直接乘车到《共青团真理报》编辑部去了。

“我们什么时候再见面呢?”谢尔盖耶夫心里在盘算着什么。

“我想,最快也得三个月,何况你还可能出海远航。对啦,我今天还要值班。我们一定要谈一谈。如果这里太吵,那么等我值完班就直接到我那儿去。”

“好。”

“在红场上你走得挺神气。”

“太激动啦。”

“为什么?”

“不是天天都会让你举着军旗到红场上去的。”

“这倒是真的。”

“你值班,我走开一会儿,这样也好。”

“我想,用不着吧。”

“为什么?”

“我们这儿太吵,各种各样的人都有……”

“这更有意思,将来我可以给小伙子们讲讲……”

在他们没有离开编辑部之前,话一直没有谈成。

二

尤里·扎戈鲁依科总是糊里糊涂的,只有在他面前放上一碗香气扑鼻的海军红甜菜汤或者相当大的一块煎牛排的时候,他才活跃起来。

“啊呀,蚊子要把我叮死了,”他搓了搓手,“在我们潜水艇水兵里只有一件事搞得不错——这就是伙食。在饭馆里就不能这样大吃大喝。”

“喂,”水手长并无恶意地反驳道,“如果你的嘴巴像喷泉一样滔滔不绝地乱讲,就把你的嘴巴堵住。真讨厌。还算是个潜水艇水兵呢!是什么风把你吹到我们这儿来的?莫名其妙。真可耻!……”

水手长有点夸大其词:扎戈鲁依科干得并不坏,他懂得专业。但是他那令人气愤的不可救药的实用主义使大伙儿非常不满,好像红布对公牛产生的作用一样。

现在扎戈鲁依科又发表了一通议论，对刚刚从广播里听到的政治副艇长的谈话作了别人无法想象的评论。扎戈鲁依科永远具有一种能以惊人的方式把各种事物的意义颠倒过来的才能。

“瞧，歪曲得多厉害！”他那双眼深深地嵌在无眉毛的眼皮里，浮肿的面孔开始轻轻地摇晃起来，“真是歪曲，让蚊子叮死他！这就是北极的道路——生活的道路吗？一片密密麻麻的坟墓！随便你指着地图上的什么地方，那里就有十字架和坟墓。在新地岛上有谢多夫的墓，不远的地方是朴朗契舍夫夫妇的墓；在迪克孙有季西姆的墓，再向东是鲁萨诺夫[1]、朗格[2]的墓。不错，没有鲁萨诺夫的墓。正如大伙儿所说的，尸体‘下落不明’。而这些人都是靠着白令[3]完成他们的探险的。好一个古雅典的最高法庭！好一个陵园！这是全世界最大的墓地。爱它吗——我才不呢。”

“扎戈鲁依科，你真卑鄙！”

“有什么卑鄙？我只不过举了几个有名的人。其他的人呢？还有成千上万。数也数不清的坟墓。我来服役之前曾到过瓦尔涅卡港。因为在那里站了两昼夜没事干，我就顺便去看了看墓地。那时又刮风，又下雪，真是冻死人！我一辈子也忘不了。我看到一个石碑上刻着：‘里伏夫·阿列克赛。水兵。’对不起，有谁知道并记得这个水兵呢？哎，你们怎么不吭声？再拿‘真理’轮上的大副列德涅夫·亚历山大·伊凡诺维奇来说吧。他的同事们倒还不错，提起他来尽说好话。可是，有谁又能像政治副艇长刚才所说的那样，一辈子颂扬他呢？呃？”

“你的灵魂真肮脏，扎戈鲁依科。一说起话来就纠缠不休。一谈到什么，就像穿上一双脏套鞋走路，把走过的地方都弄脏了。”

“你啊，当心点！”

“这有什么可‘当心’的？你自己考虑考虑，你的脑袋挺聪明。”华

---

① 鲁萨诺夫(1875—1913)——俄国极地考察人员。——译者注

② 朗格——美国十九世纪探险家。——译者注

③ 白令(1681—1741)——丹麦人，曾任俄国海军军官，航海家。——译者注

列里恼火了，“格奥尔基·乌沙科夫是什么人？是符兰格尔岛探险队队长，是第一个同乌尔凡采夫[①]一道把北地群岛标到地图上的人。从地图上擦去空白点，这不是每个人一生中都有的事。而且是什么样的空白点啊？是一个群岛的空白点。后来，他还是政府委派的援救‘切柳斯金’号人员委员会的特派员，是‘萨特阔’号破冰船第一个高纬度探险队队长。还有像常言所说的‘等等，等等，等等’。这样的人应该在莫斯科给他立个纪念碑，而他却吩咐把他埋葬在北地群岛。”

“胡闹”。

“不是胡闹。用乌沙科夫的名字命名的有喀拉海北部的岛屿，符兰格尔岛上的海角，北地群岛的冰河，罗杰尔湾沿岸的乌沙科夫新村（一九二九年符兰格尔岛第一批移民就是在罗杰尔湾登陆的），南极洲恩德比地的山岭……”

扎戈鲁依科已经听得兴致勃勃了。

“这一切你是从哪儿知道的？”

“现在这一点并不重要，问题的实质不在这儿。乌沙科夫已经回到自己的老家，回到土地上去了，他的整个生命和全部才能就是贡献给它的。”

“而这又是怎么回事？”

“什么？”

“把乌沙科夫的骨灰运到北地群岛去吗？”

“他的妻子伊琳娜·亚历山德罗夫娜，女儿玛奥拉，儿子鲍里斯，还有乌沙科夫的朋友、北极的老考察人员鲍里斯·亚历山大罗维奇·克列麦尔，他们把格奥尔基·亚历山大罗维奇·乌沙科夫的骨灰盒护送到北地群岛。在这里的多玛什尼岛上又立了纪念碑……瞧你，扎戈鲁依科，老是埋怨，埋怨谁呢？”

“我要埋怨谁就埋怨谁。你怎么啦——发热还是发冷？再说，我干吗要赞扬呢，如果我看到的并不是这样……”

“干吗？没有困难、没有错误和不愉快的事，一般说来就没有生

---

① 乌尔凡采夫——苏联地质学家。——译者注

活，没有任何生活。地球上还没有造出天堂，因此，大家都知道，只有什么事也不干的人才不犯错误。而毫无目的地埋怨又有什么好处？”

晚上，在政治副艇长的船舱里，午饭时开始的谈话突然又继续了下去。

“华列里，你给我讲的，”政治副艇长思考着说，“并不那么简单。问题不仅在于埋怨。”

“还在于什么呢？”

“在于一个人的灵魂，一个人的性格。”

“也在于对待自己职业的态度。做一个潜水艇水兵或者极地考察人员——这不是卖汽水。在北极工作的人应该是浪漫主义者，否则他就毫无价值。”

“这里问题不在于职业。如果成千上万健康人的生活都局限在一成不变的圈子里：工作——疗养区，疗养区——工作，那还有什么浪漫主义可言？而且连疗养地也往往选择他心爱的那一个。请问：这样的人能有多少见识？能遇到什么浪漫的事情？能碰到什么令人惊奇的事件？能够去冒什么风险呢？他的道路是平平坦坦的、两边都竖着电线杆的柏油马路。在这里连伤风都不可能，因为一伤风就马上会有大批医生来为你治疗。”政治副艇长沉思了一下，然后又忧郁地说，“依我看，这种人丧失了一个人最宝贵的东西——进取心，好奇心，求知欲，以及怨恨自己还没有见到世界上无数最令人惊叹的事物的心情。

“我认为，这种人自己毁灭了自己，毁灭了自己的灵魂。我知道，并不是所有的人都赞成这种‘哲学’的，但是，说实在的，积攒了钱，就到原始森林或萨哈林岛[①]去，比用这笔钱去买一套豪华的家具有意思得多。顺便说一下，家具可以过几年买。但是再过上十到十五年，单是由于健康的原因，你能不能到千岛群岛去，这还不知道。而这些家具，正像我的一位朋友所说的，不过是一堆闪闪发光的‘木头’，可你

① 萨哈林岛即库页岛。——译者注

就无法欣赏塞纳河上空浅紫色的黄昏或者克留赤夫火山顶上朝霞的柔和反光，无法体验这种欣赏大自然的幸福。

“而实际上什么叫生活呢？生活越是充实，越是丰富，越是全面，那就是说，你取得命运赋予你的时间就越多。

“你知道，我为什么痛恨酒鬼？”谈话突然转到这个题目上，这使华列里吃了一惊。看来，他无论如何不能把前面的话和这个问题联系起来。“因为，一个人的生命实际上是很短促的。而星球、世界、生活却赋予他这么多美好的事物——相逢、感想、书籍、沉思、交响乐、旅行、战斗，甚至生命最长的人也来不及体验这些财富的千分之一。可是生活中就有这么一种人，他来到世界上，为了伏特加就自愿放弃了这一切。‘自愿’，你知道，这是多么可怕！因此，试问，这种精神上贫乏的人值不值得来到这个世界上？难道他的生活也可以算生活吗？这就是这个自然界生物一生的结局！这株会思维的芦苇！而且是一株自愿把自己栽到它所喜欢的肮脏坑穴里的芦苇。”

“这个问题就比较复杂了，尼古拉·华西里耶维奇。好人也有成为酒鬼的。”

“这已经是另一个问题了。我同意——这里既需要意志，也需要许多别的东西。但是我只对你讲一点：渴望生活的人是不会成为酒鬼的，他没有时间去干这种事。”

“您谈的已经是对生活的各种不同的观点了。”

“你大概读过尼古拉·比留科夫的《海鸥》吧？”

“当然读过。”

“比留科夫瘫痪了，不能动弹。但是他坚持要别人用担架把他送到中亚细亚去。不是为了治疗，完全不是。他很想参观一个工厂。他就这样在担架上参观了每个车间。要知道他本来尽可以在自己异常优美的雅尔塔市过着平静的生活……但是他做不到，性格如此！……”

看来，政治副艇长有点说服了华列里。

“但是，尼古拉·华西里耶维奇，去开导那些懒惰和缺乏进取心的人，叫他们懂得这样生活是很糟糕的，这有什么意思呢？难道你能把他们改造过来吗？何况每个人都可以自由选择人生的道路：有的人想死在床上，而另一些人却一定要死在各种考验中或者冰川上……”

政治副艇长耸耸肩膀。

“开导还是需要的。没有进取心的人是在毁灭自己。问题甚至不在于他的社会价值。就从他个人的观点来说吧，浑浑噩噩地混日子——这是一种愉快的事吗？……许多人懂得这一点的时候已经很晚了——已经到了临终的时候。而生命，可惜，已经一去不复返了……我觉得，扎戈鲁依科的身上糟粕太多了，他信心不足。小伙子由于年轻，太爱卖弄自己……但是有些事情现在如果不给他讲清楚，将来发展下去可能很严重。因此，团组织书记，你要好好考虑一下。一定要考虑……”

华列里走出政治副艇长的船舱时，对自己很生气。以前他觉得这一切都很简单。这是白的，那是黑的。而这些白的黑的东西又可以奇妙地搅在一起，像一团乱丝，谁也解不开。可是，他应该去解开。干一些蠢事或者处罚一个人，事情并不难。但是谁又愿意这样干呢？难道他华列里想这样干吗？或者政治副艇长想这样干吗？……但是在教育别人之前，自己先要懂得一些非常重要的东西。而目前，他可能还要去摸索。如果对扎戈鲁依科毫不严肃，嘲笑挖苦，那他就不会改变。只会使他愤恨，只会使他沉默……不行，必须用另一种办法。但是用什么办法呢？……

难道北极真是一个冰冷的、与世隔绝的、到处都是十字架与坟墓的地方吗？许多绝望的怪人和幻想家在这里作着各种无法实现的迷梦，并且好像看到了燃起希望的海市蜃楼。而那些破灭了的幻想、落空的期望、使人心寒的悲剧又像冰块一样堆积起来。确实，这里有无数无名的山丘与巨大的坟墓，这些山丘与坟墓在航海的坐标点上是十分常见的，比那无边无际、好像直通淡白色天边、盖满白雪的平原与山岩上的还多。

但是，在我们行星的任何其他纬度上恐怕从来没有升起过这么多光辉灿烂的星星。它们在自己最后的行程上燃烧着，经过几百年，仍在闪闪发光，在看不见的地平线外飞行着。

南森[1]与谢多夫的荣誉又是多么不同啊！一个几乎实现了他所考虑到的一切；另一个则不知由于谁的过错，命运把孤独、贫困、绝望、痛苦一下子全加到他的头上，这些不幸如果加在一两百个最刚毅的人的身上，也是够他们受的。

同时，也不知道，谢多夫的功绩更多地表现在哪个方面：表现在无所畏惧地向北极进军呢，还是表现在他那种坚忍不拔的精神？这种坚忍不拔的精神足以使他不顾别人的冷酷无情，不顾别人对他那本来就极为困难的任务抱着不理解的蔑视的态度，把自己的事业进行到底……

扎戈鲁依科的冷言冷语所侮辱的并不是他华列里……到头来还是让他的自尊心见鬼去吧。但是，在他的一生中，很可能是第一次感到这样难过，他不是为那些活着的人们，而是为那些已经不在人世、而且不能为自己辩护的人们难过。虽然，华列里反复思量着，他们是否需要这种辩护。看来，是需要的，因为，只要世界上还存在一个爱怀疑的人，这种侮辱就存在并且使人们内心不安。

三

“亲爱的华列里！

“你的信收到了。你信中说，不久又要出差了。我已经学会了猜测：你一出差，那就一个月、两个月，甚至三个月都等不到你的来信了。你别以为我在生气，我知道，只能是这样。

“但是不管我理智上多么理解，感情上却受不了。总归是难过的。有时非常想见到你。但是想也好，不想也好，反正实现不了。

“我知道，你比我更难过。

“我非常爱你，永远等着你。

华丽娅”

---

① 南森(1861—1930)——挪威海洋学家、北极探险家。——译者注

电报

华丽娅

“出差已经回来。非常想你。爱你。吻你。

华列里”

“亲爱的谢尔盖耶夫！

“我那么久没有回信，你大概很生气吧？我不为自己辩护，我只告诉你：有空的时候，却没有什么好写；而想写的时候，却又没有空了。

“现在我就坐了下来，决定把我所记得的事情都告诉你。我现在看了一下你寄来的信上的邮戳——二月二十五日。时间过得相当久了。下面是这个时期发生的主要事情：

“第一，当然是出差。但是有关出差情况，见面时再谈。

“第二，苏联列宁共青团中央委员会第一书记到我们这儿来了。我们接到通知，苏联共青团中央代表团要到我们艇上来。当然，必须花些工夫把停泊在基地的潜艇（你知道，我们的潜艇是艘什么样的潜艇）和士兵舱很好地整理一下……

“视察过舰艇之后，这些同志都到我们基地上来了。在这里进行了非常坦率的谈话。第一书记询问了我们的情况，我们也询问了苏联共青团中央的工作情况。谈得很有意思……

“团中央书记特别问起：‘在远航时，你们是怎么开展体育活动的？’大家回答说：‘这个时候我们做各种体力训练：拉扩胸器，单腿下蹲，拉单双杠及吊环等。’他说：‘你们当中谁是拉扩胸器的冠军？’一个小伙子站起来，他红着脸，有点不好意思地回答道：‘是我。’书记问：‘你能拉多少次？’‘五十七次！’‘这是一种有三根橡皮带的吧？’‘不，我拉的是另外一种，有五根弹簧的。’士兵舱里哄堂大笑起来。书记说：‘大概，我五次都拉不到……’

“代表团赠给我们一面苏联共青团中央委员会的三角旗作为纪念。现在这种旗子是用来奖给优秀战斗部队或部门的。

“在共青团大会上我被选进委员会，而在委员会上大家又选我做书记。

“当然，这个工作很光荣，但是必须全力以赴，还要花费很多时间，而我的时间本来就够紧的了。还要经常值班。老朋友，情况就是这样！……

“华丽娅责备我很少写信。我能经常写信吗！这你是知道的。

“海洋上的生活是不平静的！有一次我们突然发生了争论。有些人断言：现在不是过去那种时期了，不能在任何英雄业绩中表现自己。另一些人却相反，他们断言：我们的时代正是建立英雄业绩的时代。我特别喜欢一个小伙子的话，他说：‘我们在这里所做的一切，难道不是真正的生活吗?！我们对于这些事情当然是很习惯了，一切都觉得很平常，可是局外人一看，就会为我们的生活和事业大吃一惊。’

“我认为他说得很对。如果有一个记者，每次都跟我们一起出海，只要他进行客观分析，他就能取得轰动苏联和全世界的最大消息。而对于我们来说，一切有时只归结到一个词：服役。

“对了，我不久以前才作了水下生活一百昼夜的纪录……”

电报

罗扎诺夫

“何故不来信。甚念。速电告健康状况。拥抱你。吻你。

华丽娅”

“谢尔盖耶夫同志！

“……我有时在思考一种值得注意的情况。我们大家都有各种不同的情绪和各种不同的生活时期。谁没有经历过失败和挫折？生活中什么事都会发生。有时我们发发牢骚，批评批评什么人，对世界上的事情感到不满意。

“想来，卫国战争爆发以前青年人就是这样的。青年人终究是青年人。但这时发生了一件比我们每个人的命运更重要的大事，祖国面临着生死存亡的关头。

“那时只要是一个真正的人，他就不会想到小小的委屈或个人的挫折。所有这一切都是微不足道的事情。最主要的是，每个人不是要回答别人，而是要回答自己一个问题：存还是亡？对我们每个人来说，休戚相关的是苏维埃政权的存亡问题。

“那时不可能有两个答案。

“如果考验的时刻来临，我们这一代青年人都会作出回答。我相信，对于这个问题只能明确回答：‘保卫苏维埃政权。捍卫革命……’这不是唱高调！如果不是这样，那我们每个人的生存就简直是毫无意义的了……

“没有目的的生活就不可能有意义。因此，雷马克[1]笔下的一些主人公们，由于没有找到值得为之贡献出自己一生的崇高理想，他们的生活就显得如此毫无意义和贫乏。他们似乎只按照旧的习惯生活，不懂得应该做些什么，应该追求些什么。而对于那些自己也不知道该往哪里漂的人来说，是不存在什么顺风不顺风的问题的……

“你看，我真会夸夸其谈！不过，话得说回来，还是你自己不好：读完了你寄来的文章，我就想谈谈自己的看法……

“拥抱你。

华列里”

“如果你认为，我收不到你的信，就会每天写信给你，那你就大错特错了。

“总而言之，我弄不懂你：在这里时你对我说尽了各种各样的好话，可是一离开，你就把我忘了。这好像和我对你的一贯看法对不起来。

“如果再有一个星期收不到你的信，我就不再给你写信了，我为什么要那么低声下气呢！……

华丽娅”

---

① 雷马克——德国现代作家，作品有《西线无战事》、《西线归来》等。——译者注

“谢尔盖耶夫同志！

“你们在报纸上发动这场辩论是多余的。依我看，这没有必要辩论。那些一提到‘共青团工作’就撇嘴的人，他们对共青团的工作知道点啥？这多半是些生不逢辰的人，他们总是根据那些缺乏说服力、枯燥无味、文牍式的和被送进了古墓、谁也不需要的冗长的记录来看待共青团的工作的。

“我不知道，到底是谁，不知在什么地方摧残了青年朝气蓬勃的心灵，并且企图用一些清规戒律来约束他们。一切都是由这些害人虫和不能成事的人引起的：某些青年人对一切总是抱着怀疑的态度，有些人则对我们的能力缺乏信心，有些人不理解共青团存在的意义。

“可是，要知道，共青团就其实质来说，正是清规戒律和官僚主义的对立物。如果把一件值得做的事情交给青年人去干，就是一座山，他们也能把它翻过来。而且用不着去劝说他们：青年人总是很容易发动起来的，他们的顽强精神也绰绰有余。一有了目的，只要人们打心底里体会到，即使为它而死也值得，那么他们一定会去干的。这一点是官僚主义者永远不会理解的。而一纸空文和会议记录究竟又能鼓动谁呢?！我怀疑，成年人和一些富有生活经验的人会乐意去开那种空洞乏味的会议……

“怎样才能成为一个真正的共青团组织的书记，这可是另一回事了。这里大概需要天才。既需要心理学家的天才，又需要指挥员的天才。当然，也需要坚强的信念。在国内战争的年代里，人们是怎样跟着政委去战斗的啊！为什么呢？因为人们看到，这些政委一点也不为自己打算，他们一切都是为革命。而一点也不为自己打算，这大概是很难做到的。现在时代变了。眼下要宣传禁欲主义是愚蠢的。因此，能不能说，问题不在于禁欲主义，也不在于像某些圣徒那样不问世事呢？那么，问题究竟在哪里呢？也许在于一个人精神上的‘核心’到底是什么。时代固然有它自己的特点，但你终究欺骗不了多少人。人们迟早会感觉到，你身上主要的特点是什么，你活着是为了什么。是为了建立自己舒适的家庭乐园，还是为了让革命事业继续发展下去，巩固下去……

“你大概也会说，我好像在发表演说。而我却完全不是在发表什么演说。并不是只有我一个人在考虑这个问题。只要你扪心自问，我相信，不管怎样，这个问题会使你不安，会要求你作出明确的回答……

“而我——算得了什么共青团组织书记！我不过是条小鱼。

“拥抱你。

华列里”

“……两天前刚刚给你寄去一封‘气呼呼’的信，而今天却接到了你的来信。

“华列里，亲爱的，别生我这个傻瓜的气。我们就当作没有写过这封信，行吗？

“对于你的‘出差’时间拖得这么长，我无论如何还是不能习惯。因此头脑里就出现了各种想法……”

在编队司令部里，军事委员会委员就已经感觉到，一种纠缠不清的念头使他不得安宁。他好像忘记了一件什么重要事情，但究竟是什么事情呢？他开始一小时、一小时地回忆一天来的事情，终于，思索的范围缩小了。是的，眼前使他心神不宁的事情是在“列宁共青团”号上开始的。但这是什么事情呢？是同艇长的谈话吗？不是。是查阅值勤簿的事吗？那里似乎一切都正常。是政治副艇长的计划吗？这是一份很有意义的计划，应当建议推广到别的潜艇上去。在计划里的确有些新的东西。

终于想起来了。对啦，是一个军士的脸。这张脸他觉得挺熟悉。这张脸使他想起一些非常遥远的、大半已遗忘了的往事，由此又回忆到自己的青春年华、流逝的岁月。可惜，他没有问过这个军士的姓名。但这种感觉是在他已经离船后才产生的，已经没有时间问了。但这跟他的青春年华有什么相干呢？“真是胡扯，”他嘟囔了一句，自己安慰自己，“这个小伙子怎么能和我的过去扯在一起呢？他至多不过二十二岁……不过是跟一个人有些相像而已。但像谁呢？”

这一点海军上将就是回忆不起来。

四

“艇长同志！

“您的信收到了，非常感谢！

“我的儿子工作得很好，我很高兴。谢谢您对他的关心。

“在胜利纪念日时您没有忘记我们这些老兵，国内战争时期的战士，这也使我非常感动……”

尼古拉·华西里耶维奇·罗扎诺夫把钢笔往桌上一放。再写些什么呢？

但是，当他写好“国内战争”这个从遥远的年代里浮现出来的字眼时，难道在一封简短的信里能把他现在所想起的一切都写上吗？……

他想起了暴风雪底下的草原山沟、打着响鼻的战马、进行着殊死搏斗的战友、快速的冲锋；还想起了路旁石块上的通告，白匪郑重宣布：谁能取到他尼古拉·华西里耶维奇，卡尔梅克游击队队长的头颅，不管把他生擒或者击毙，都可以得到一笔赏金……这已经是好久以前的事了。

他没有觉察到，他已经老了，儿子华列里已经长大成人，并且到遥远的海洋上去了……

一九六四年，华列里从喀琅施塔得寄来了一首题为《致同年的朋友》的诗。里面有这样几行：

如果我遭到什么不幸，
要知道，战斗中我已英勇牺牲。
我将永远带走水手的青春，
就像带走自己的豪情……

可见，小伙子已经爱上了大海……

今天真是个回忆的日子。必须给华列里的朋友、新闻记者谢尔盖耶夫回一封信。可他为什么要了解我的经历呢？……

不管怎么说，不礼貌是不好的。应该回信。

“……您要我谈谈自己的事。我就试试看，虽然，说实话，我脑子里现在想的是别的事情。但既然需要，那就应当谈谈。

“我的大半生都是在农村度过的。我从小就对富农、财主、宪兵产生了仇恨。这种感情不是从书本中学来的，而是生活本身形成的。常常有一批批戴着镣铐的政治流放犯经过我们的村子。不管是酷暑寒冬，还是泥泞风雪，他们都被驱赶着。

“我问年长的人：他们有什么罪，对谁犯了罪？他们回答说：‘对沙皇和上帝犯了罪。’

“但我很幸运，终于找到了真理。我偶然遇见了一位杰出的人物——政治流放犯普里日比利斯基，当时他处在警察的监视之下。从普里日比利斯基那里我初次听到了有关民意党人、布尔什维克和列宁的事情。

“我作出了抉择。那时我想，等我长大一点，我就跟那些苦役犯走。

“生活加速了事件的发展。还没有等我长大成人，就爆发了‘二月革命’。

“我们这些小家伙都跑去找普里日比利斯基。原来他是个布尔什维克。他派我们去给没有文化的农民读报纸、传单和号召书。

“国内经过了‘十月革命’。为了保卫年轻的苏维埃政权，我们村子里组织了赤卫队。不管我怎么请求，他们总是不要我。他们说，你还小呢，等长大点，那时再来吧！

“可是，我却不想再等了。

“一九一八年，白匪在阿斯特拉罕策动了叛乱。叛乱给镇压下去了。我那时帮着解除哥萨克白匪的武装。我决定给自己藏下一支装着子弹的卡宾枪和一把军刀：我还是没有放弃参加红军的念头。

“我的理想终于实现了。诚然，是在相当悲惨的情况下实现的。一九一九年，我们的村子突然被白匪占领了。他们对共产党员和受伤的俘虏进行了野蛮的迫害。

“我躲到后院里，在那里发现了两个躲藏起来的红军战士。我把他们转移到更为安全的地方，以后又把他们带出村子。

“我们走过了许多山谷和沟壑，好不容易找到了红军的先遣侦察班，他们那时就在白匪的后方卡尔梅克草原活动。我就这样成了红军战士。我们的部队在敌后进行了将近四个月的歼灭性突袭，一直到一九二〇年调我们的部队去补充布琼尼集团军的三十八库班骑兵团为止。我和这个团一道经历了从伏尔加河到亚速的全部战斗历程……

“国内战争结束了。我当了教师。党派我到村里去扫除文盲。我领导着一支剿匪部队，以后又抓文教工作。我在贫民小组担任过主席……好吧，大概最有意义的就是这些……”

五

是的，看样子，对尼古拉·伊格纳托夫来说，舰艇上的生活是结束了。

他苦笑了一下，看了一下身边的盒子和手提箱——一个海军军人的简单行李，他因为没有长久地定居在一个地方，所以没有什么多余的东西。桌上放着一本厚厚的地图册。“就把它送给谢尔盖耶夫吧，应当留点什么给他作为在北方相见的纪念。”他又看了看帆船模型，“这个我要随身带着。在潜艇上呆过后，我哪怕在心底里驾上一艘帆船也好。像小孩子那样……”

他用手抚摸了一下书架上的航路学书脊，叹了口气，在沙发上坐下。

他回想起很久以前的往事，看来这些事是忘记不了的，在他心底里是难以磨灭的。

……他和鲍里斯一道离开了毕业晚会。大概比很多人都走得早，因为大礼堂里人们还在成双成对地翩翩起舞，窗外还泛着彼得格勒淡淡的夜色。整个城市沉浸在朦胧的梦境中。彼得巴甫洛要塞尖细的塔顶划破了长空，拉多加湖来的静悄悄的船队通过了高高升起的桥梁。

当时的情景他仍历历在目：他们两个初出茅庐的中尉，浑身光彩夺目，得意扬扬地沿着河滨街游荡，感到自信而幸福。

伊格纳托夫开始怜惜起其中一个中尉来，怜惜起他自己来。当时好像世界上所有的三桅巡洋舰的帆儿都在他们头上飘动。就在这个夜晚，彼得大帝和叶卡特林娜的战斗炮声也为他们降临到涅瓦河上空。他们为苏联海军的威名远扬而欢欣鼓舞，他们肩负着继承乌沙科夫、纳希莫夫、马卡罗夫和“阿芙乐尔”号巡洋舰水兵的事业的使命。这些使命连想象一下都是甜蜜愉快和使人不寒而栗的。

当时他们仿佛觉得涅瓦河变成了风雨交加的海洋，而河滨街则犹如一艘正在出击的军舰的舰桥。

的确，他伊格纳托夫在舰桥上呆过，也出过大海，遇到过冰山，但哪一次不是英姿勃勃地返航啊！现在他胸前佩戴着金星勋章，而海军将官的肩章可不是每个人在四十岁时都能得到的。但是，难道这一切能使一个海军军人得到安慰吗？如果他失去了舵轮，失去了在风暴中颠簸的甲板，失去了海洋上瞬息万变的天空的话。

真糟糕！伊格纳托夫！你真愚蠢。你可以说服随便哪个人，但难道能说服得了医学吗？

明天，这房间里就有新住户住进来了。他的妻子将在夜里，在黎明时刻送别他。而过了几个月之后，饱尝了思念之苦而又感到幸福的他又会重新出现在这房间的门槛上。然后，他们又是整理手提箱，准备去休假。而他伊格纳托夫呢，即使还会到这儿来，也只能是一个客人了。

过道里的铃声急促地响了起来，只有伏洛佳才会这样按铃。

但一开门，伊格纳托夫就看到平台上和楼梯上挤满了客人，他吓了一跳：“我让他们坐在哪儿呢？拿什么招待他们呢？”他已经想悄悄地告诉妻子，要她赶快拖着列娜·索罗金娜到店里去跑一趟，以便摆脱这样的窘境，但莫罗佐夫已经猜到了。

“伊格纳托夫同志，什么也不需要，我们都带来了。你看。”

厨房里的桌子上已经堆满了大包小包的食物。有的纸包已经破了，香槟酒的银色瓶颈露了出来。

“这够一大队人吃的！干吗带这么多？怎么，难道我请不起吗？”这会儿伊格纳托夫开始感到难堪和不好意思了。

“是吗？要在别的时候，我们就不能全都聚集在一起了。有准备地接待客人，伊格纳托夫，这已经过时啦。历史已经证明：即兴聚会才是最好的会面。”

过了半小时，人们高举起高脚酒杯，在桌子上空碰得叮当作响，这时索罗金抱着他说：

“我们不是跟你告别，而是送你到新的岗位上去。我们都是军人，伊格纳托夫。执行命令是不能讨价还价的。我们只想对你说：你为核舰队做了很多事情。上帝会让每个人都做出这么多贡献的，而你却做得更多。你的经验很丰富。说不定有一天会有一个年纪轻轻的中尉到我们这里来，他会说：‘我是伊格纳托夫的学生。’对这样的人我们是用不着操心的，因为我们知道：你的学问和经验是第一流的。”

“教书，索罗金同志，这可不是在海上航行。”

“我知道，伊格纳托夫。要是拿这点来安慰你，那就不是真心诚意了。可是，就像常言所说的那样，我们大家都在老天爷脚底下过日子。医学是不讲情面的。我们每个人迟早都得跟大海分手。但你得承认，你不该去抱怨命运。你在海洋上做了那么多事情，看到了那么多东西，这不是每一个航行了一生的海军军人都能夸耀的。”

“在谈到生活的重要问题时，谁知道什么地方‘多’，什么地方‘少’啊？”

“重要的是海军。你将为海军继续工作。”

“当然是这样……”

“不要讲什么‘当然’。别担忧。把问题看得更客观些：一项任务完成了，现在又要开始执行下一项了，而且是一项更为重要的任务。”

“是，将军同志！”

“别那么一本正经。我们不是在司令部，这里也不是做报告。祝你成功，伊格纳托夫！”

“讲台上还有什么成功不成功啊！”不管他愿意不愿意，他的心里仍是那么苦恼，真是一点办法也没有。要改变已经习惯了的生活，并且开始体验一种新的、对它还没有习惯、并且在内心深处还感到有些胆怯的生活，并不那么简单、那么容易。

“很可能有成功和不成功。特别是如果你在同行面前显出是个道地的疑心病者的话。”

大家都笑了起来。因为疑心病者和无论干什么都是雷厉风行的伊格纳托夫，这两者几乎是水火不相容的。

谈话就像通常人很多的时候那样分成了几摊，每摊都有自己的中心。

伏洛佳拿起吉他，然后勉强坐到捆成一包包的书堆上，一边自个儿谛听着，一边慢悠悠地唱了起来：

同志，你可记得，
我们曾共同战斗，
迎接暴风雨的袭击……

突然响起了记忆模糊的青春时代的歌声，它不知为什么使得各种各样的人都心神不安起来。也许，诗人米哈伊尔·斯维特洛夫什么时候从人们内心深处窃听到这首歌的抑郁的歌词，这歌词既包含着你的、我的，也包含着那不知为什么总爱吵吵嚷嚷的青年一代的痛苦。

对一些人来说，歌声就像往年察里津城下和顿河草原上大火的反光；对另一些人来说，歌声又再现了柏林那些冒烟的废墟；对第三种人来说，它只是诉说着离别和一去不返的衷情。

同志，你可记得……

难道你会忘记北极大雾弥漫的黎明，那时深红的朝霞在潜艇的驾驶台上闪耀着；难道你会忘记第一批从水下射向天空的火箭的吼叫声，或者舰艇在雨雾朦胧中靠岸的情景，这时既看不到码头，也看不到水面和天空，只有昏暗的红绿灯在阵雪中闪烁……

第 8 章

沿着谢多夫和南森的道路

一

急驶的潜艇像一股水底急流消失在漆黑寂静的深水之中。从高空泻下的阳光无力地停留在深水上面。海面上柔和的彩色变成了绿中带蓝的颜色。深水中半明半暗的、颤动着的阴影不断扰乱着海面。白沫飞溅的波涛在这里失去了它的弹力。阳光停留在高处的水中,终于消失了。于是,神秘莫测的黑暗吞没了潜艇庞大的身影。

只有在这里,当潜艇驾驶室上面有着几百米深的海水,而在艇下,大洋又几公里、几公里地向两边分开的时候,它才能飞速地行驶。它行驶在巨大的海岭上面。不亚于勃朗峰的山岭在它下面很远的地方掠过,而被珊瑚点缀得五彩缤纷、广阔的幅员能够容得下不止一个大国的海台,已经远远地掉在它的后头了。

曾使长鬃烈马扬头竖立的海神尼普顿驾着他那神奇的战车也无法追上潜艇,而海洋的最后秘密也只能在人们暂时还没有到达的深处藏身。

“从前,在危急的一九四三年,曾经有五艘潜艇在苏联英雄特里波利斯基的指挥下从远东开往摩尔曼斯克。”米海洛夫斯基指着地图对别夫兹说。

“现在,有些人一提到柴油机潜艇就皱眉头。可是,却值得为这些潜艇树纪念碑。正是这些柴油机潜艇在伟大的卫国战争年代里夺取了胜利。人们正是驾驶着这些潜艇建立了永载史册的功勋。要是没有驾驶着它们所取得的和正在取得的作战经验,我们大家又能知道些什么呢?……”

谢尔盖·谢苗诺维奇·别夫兹率领着潜水艇水兵进行了第一次遥远的北极航行。的确，他有的是经验。但谁知道，这样的航行会出些什么事呢？

当米海洛夫斯基从潜望镜里看到热拉尼亚角的绿色冰川缓缓流入水中时，他轻轻地舒了一口气，不知对着谁说：

“终于到喀拉海了……”

助手不明白，艇长对于这种情况是高兴还是不高兴，因为米海洛夫斯基的脸是阴沉的、冷淡的。

而被米海洛夫斯基叫做“杂七杂八”的念头确实在艇长的脑海里翻腾着。

大约过了一小时，他们浮出了水面。“看样子，无论在哪个海里，水手们都不用像在喀拉海那样依赖风力和天气。”这句话总是纠缠不休地在头脑里盘旋，而米海洛夫斯基也记不起，他是在哪里读到这句话的。好像是在旧的《航海指南》里看到的，那时他正准备出航。

不过，航海指南并没有瞎说：往往有这样的事，即使在八月里，风就把冰块刮在一起，堵满了大海。著名的自然科学家卡尔·贝尔[①]就把喀拉海叫做“冰窖”。

舱口一打开，穿着暖和的、带风帽的黑色皮上衣的米海洛夫斯基一登上舱面，寒冷的北风就差一点把他手里的望远镜吹掉。

在西边浓雾迷漫的地方，还保留着新地岛的坚固壁垒。宜人的墨西哥湾暖流虽然不断冲击着新地岛的黑色海岭，仍然流不进喀拉海。北极、东西伯利亚海、叶尼塞河和鄂毕河把浮冰群不断送往这个地方。这些浮冰群都堆积成奇形怪状的冰原和冰群。

谁知道，这种浅蓝色的、横七竖八地铺满潜艇甲板的庞然大物是从哪里来的。可能是从北极来的，也可能是从瓦加奇岛那里来的。

“人们的命运是多么不同啊！”

“你指的是什么？”米海洛夫斯基惊奇地看了一下助手，“你要发表一通议论吗？”

---

① 卡尔·贝尔(1792—1876)——俄国生物学家。——译者注

“不。是想起了很多事情……巴伦支[①]和帕赫土索夫[②]，勃鲁西洛夫[③]和诺登塞尔特[④]，鲁萨诺夫和维耳基次基[⑤]都考察过喀拉海。有一些人，人们怀着感谢的心情回忆着他们，为他们竖立纪念碑，在学校里也学习他们的事迹。而另一些人……”

“另一些人怎么样？”

“另一些人……譬如沙皇的海军中将高尔察克。”

“就是那个家伙吗？”

“就是那个家伙，刽子手。在年轻时，他可是个能干的水手和水文学家。甚至还尝试过寻找托利[⑥]探险队有关人员的遗骸，研究过喀拉海冰块的流动情况。此外，还根据沿岸冰层的厚度测量过它的宽度。”

“结果怎么样呢？”

“从科学上来讲——测出冰层是二到四十五海里宽……至于政治上，那是众所周知的：一九二〇年被西伯利亚的工人枪决了。直到现在，人们可不是用好话而是用诅咒来对待他的。他自己在水手的心目中勾销了他科学上和航海上的历史。”

“是啊，革命暴露了人们的灵魂。一下子就可以看出，谁走什么路。”

他们都不再说话，但看来，每个人都在一面看着无边无际的、绽开一道道裂缝的冰原，一面想着同一件事情。这多冰群的冰原表面上看来是一片荒无人烟、谁也不需要的大平原。而在这里，却有多少人表现了他的自我牺牲精神，演过多少出悲剧，多少人在这里决定了他们的命运。在这里，人们不止一次两次地和北极进行了较量。

“我想把喀拉海的历史讲给小伙子们听听。正巧，我在海洋图书馆里发现了一个有趣的古代文件。那里记载着一五八四年左右在喀

---

① 巴伦支(1550—1597)——荷兰航海家和极地探险家。——译者注
② 帕赫土索夫(1800—1835)——俄国水文学家。——译者注
③ 勃鲁西洛夫(1884—1914)——俄国水文学家。——译者注
④ 诺登塞尔特(1832—1901)——瑞典北极探险家。——译者注
⑤ 维耳基次基(1858—1913)——俄国水文学家，海军中将。——译者注
⑥ 托利(1858—1902)——俄国极地研究者，在一次探险中与三个同行者一起遇险。——译者注

拉海某处的一次航行。”

“怎么写的？”

“你听着。”助手从口袋里掏出笔记本，“昔已故沙皇及罗斯亲王费多尔·伊凡诺维奇在位时，莫斯科商人卢卡结伙乘三艘双桅海船前往鄂毕河口探查，后因供应困难而死，仅四人幸免……”

“有趣的记载……”

“历史真是伤脑筋的玩意儿。我认识一个水兵，对他来说，朴朗契舍夫夫妇、巴斯图霍夫、谢多夫等人的名字简直算不了什么。他在一次航海期间乘着木材运输船就走过了几乎整个北极。回来以后我问他：‘怎么样？看见了些什么？’‘那里有什么好看的：到处都是冰。这算什么漂亮的景色呢！’我当时甚至觉得可惜：多少个孩子向往着这些地方，幻想着哪怕看上一眼也好。不久前阿尔汉格尔斯克航运局组织去北极游览，许可证都无法弄到。可他却说：‘那里有什么好看的！’

“都是些无聊、懒散和没有什么好奇心的人。现在我们跑到北极来了，总感到：无论谢多夫还是朴朗契舍夫都在地平线那边看着我们。他们在问自己，也在问我们：当初他们值不值得把生命耗费在这种白茫茫的荒无人烟的地方？接着他们内心就逐渐平静了下来：值得。”

“也经常会碰到你所说的水兵那样的人。我是最后一次到莫斯科时和德米特里·安德烈耶维奇·布托林认识的。”

“就是那个乘‘谢利叶’号到曼加泽亚去的人吗？”

“就是他。我开头是在阿纳托里·谢尔盖耶夫家认识他的。谢尔盖耶夫是个新闻记者，我在另一艘潜艇上服役时，他到我们艇上去过……布托林早已过了五十岁。他一生中什么事情没有经历过啊！在北极打死过野兽，走遍整个北极地带。单单复兴曼加泽亚城就是一个功绩。可他却坐不住。你知道，他们那时在谢尔盖耶夫家打什么主意？”

“他们打算跑到天边去吗？”

“你别笑。那里还有个康斯坦丁·巴迪金。他是‘谢多夫’号作历史性航行时的船长。他们再三考虑的恰恰是乘着古老的北方沿海居民的大海船在一次航行中就走完整条大北方航线的问题。巴迪金当时挥舞着双手断定说:'这种远征必将证明:我们的祖先把北极沿岸地区开发到了什么程度,而且必然会发现新的古代居民点……'我不记得他所说的全部内容了。"

"布托林怎么样呢?"

"他啊,巴不得第二天就出海。只不过因为这种探险在一两天之内是准备不好的,这才使他留了下来。还有,他有些怕老婆。每天早晨她都疑神疑鬼地看着'老头子',并且问:'德米特里・安德烈耶维奇,你还没到安静下来的时候吗?"

"结果怎么样呢?"

"不知道。我最后一次见到这三个人是在总参谋部。有关部门对这三个水手采取了断然措施,对他们说:'进行这样的远航,必须有地图、电台。'"

"那参谋部呢?"

"参谋部里的人并不是没有感情的。这三个水手的想法难道不吸引你吗?参谋部答应帮助他们!……"

风像剧烈的炮击那样袭击着驾驶室。

闪着寒光的冰原从左舷掠过。冰原边上,白色的浪花在暗淡的海水中闪耀。前面是凹凸不平、乱七八糟的冰块和雪冰凌。

"我们在水面上不会行驶很久的。"

"目前冰还不很结实。"

"谁知道?我们看到的漂浮在水面的冰块顶多不过七分之一。可是,在喀拉海里,冰的厚度就是夏天也往往达到五到八米,还有大风。在这种地方你能疏忽大意吗?!"

二

说北极地带是荒无人烟的,这不过是一种感觉。你要是在极夜乘着高速飞机穿越它的上空,就会有星星点点的远方的港口、宿营地、过冬住所像无数金刚石的闪光投入你的眼帘。太空充满着它自己的生活内容:莫斯科在打听着什么人,列宁格勒在向什么人致意,无数天气预报、通知、命令在高空中飞驰。

这一点好像是谢多夫昨天才记进他的《北冰洋日记》里的:“许多旅行家航行到这里,是为了探索通向东方的航线,另一些旅行家则是为了开发北极,以便从最有利于进行科学考察和开发北极出发来揭开世界之谜。人类的头脑对于这个艰难的任务是那么向往,尽管大部分旅行家在那里牺牲了自己的生命,这个事业还是成了一种民族间普遍的竞赛。这里除了人类的好奇心之外,主要的因素是民族的自豪感和国家的荣誉……

“俄罗斯人对开发北极的热情在罗蒙诺索夫时代就表现出来了,一直到现在也没有消失……我们在今年就将行动起来,并且将向全世界表明,俄罗斯人是能够建立这一功绩的。”

伟大的北极……

我知道——谢多夫在此也许会说,——在你的两岸和无数岛屿上,在迎着白茫茫的冰原前进,并用坚固的艏柱击碎冰面的舰艇上度过的年年月月、时时刻刻,不仅对我来说,对成千上万的人来说,都是一生中最幸福的时刻。

我在那里见到许多真正的人,他们中的大多数都无愧于“人”这个骄傲的称号。

和任何其他边远地区一样,北极的气氛本身就不容许斤斤计较,搞利己主义。它要求宽广的胸怀和真诚的友谊,为了同伴而放弃私利。在这种情况下,你也能达到这种境界:别人的坚强勇敢也就成为你的坚强勇敢。

不仅对我,而且对于千千万万的人来说,都是这样:无论过了多少年,无论你在什么地方,北地群岛上陡峭的山峰的幻影,斯匹次卑尔根群岛淡绿色冰川的魔影,太梅尔半岛沿岸冰层上阳光穿透薄雾的那种童话般的白色景色每夜都将来临……

鱼雷手伏洛佳·斯克里亚金交了班以后吃了点东西,就整理起自己的日记本来。这本拍纸簿里记着过去的一次航行:

“九月十四日。我们在喀拉海航行。

“九月十五日。小伙子们叫我做一次报告，谈谈我们服役地区的情况。原则上这是正确的。只凭道听途说或者在教科书上知道的一点海洋历史就去航行是难为情的。

”下班以后我就‘钻进’了书堆。好在船上图书馆里这种书多得很。我就做起摘录来。

“从前，我觉得历史是一种相当抽象的知识，就是一张从教科书上抄下来的名字和日期的清单。而不久前，我们驻在基地时，来了个中央海军博物馆的代表。他要艇上的纪念品和水兵的相片。原来，我们也是历史的参与者。

“现在对往事的理解也不一样了。特别是在这里，在北方。从书上读读朴朗契舍夫夫妇的功绩是一回事。而现在这样默默地站在他们的墓前，却是另一回事了。这时，风吹打着低矮的围墙旁的雪堆，阵阵飞舞的雪花遮没了远方火红的晚霞，就在这片奇特的景致中，闪现着一座十字架的黑色轮廓。

“随便你把北极地带或南极地带的地图翻阅到哪里，到处都有俄罗斯人的名字。

“福克兰群岛南面是安嫩科瓦群岛、列斯科夫岛、扎瓦多夫斯基岛。安嫩科瓦岛的名称是纪念一八一九年别林斯高晋探险队‘和平’号单桅炮舰的安嫩科夫中尉的。迭特腊佛斯群岛中的列斯科夫岛是纪念‘东方’号单桅炮舰的少尉列斯科夫的。而扎瓦多夫斯基岛的名字就是以‘东方’号单桅炮舰上的上尉的名字命名的。巴乌留托群岛是新发现的，别林斯高晋就是用一八一二年卫国战争中英雄们的名字来给这些岛屿命名的。曼尼契克岛是一个树林丛生的小岛，它是为纪念‘东方’号单桅炮舰而命名的。还有别烈吉斯浅滩、施什科夫岛、米海洛夫岛、莫德维诺夫岛、滑铁庐岛、来比锡岛、波洛次克岛、斯摩棱斯克岛、博罗迪诺岛、彼得一世岛、亚历山大地岛、迭米多夫角……

“归根结底，我们的经验是从我们的祖先那里积累起来的。他们经受的考验真不少啊！

“甚至科克，最勇敢的科克，在他的日记里还写道：‘危险性之大，使我敢说，无人敢冒险走得比我更远。’

“大概，我们现代人的日记在五十至一百年后也会显得天真幼稚的，但它们永远不会是滑稽可笑的。

“一八九二年冬天，海军上将马卡罗夫在地理协会开完会回家时，神秘地对他的同伴水文学家弗兰格尔说：‘我知道，怎样才能到达北极，但我请你暂时不要对任何人讲：必须造出一种能够击破北极冰块的破冰船。在北冰洋的东部并没有冰川发源地的积冰，因此，击破这样的冰是可能的，只是必须造出具有足够威力的破冰船。这要花很多钱，但这是办得到的！’

“但这是在过了很多年以后才实现的事：苏维埃俄罗斯建造了‘列宁’号核动力破冰船，建造了‘列宁共青团’号核潜艇。难道只有这些吗？而马卡罗夫的话至今还是如此激动人心，就像昨天才写出来似的。”

沃洛佳回想起了列宁格勒马拉街上的南北极博物馆。

玻璃柜子里陈列着遇险的托利探险队的遗物，这些都是一九三七年在贝涅特岛上发现的；还陈列着朴朗契舍夫小队的部分装备；‘太梅尔’号一九一〇至一九一五年探险时期用的舵轮；‘赫拉克勒斯’号上鲁萨诺夫探险队的标杆，这是一九三四年水文考察队在米宁岩岛群的一个小岛上发现的，那时就把发现标杆的小岛叫做赫拉克勒斯岛。它旁边陈列着一九一二至一九一三年间遇险的鲁萨诺夫探险队的一部分物品，这是一九三四年水文学家们在一个隐蔽在米宁岩岛群东部的无名岛上发现的。

再往里走，还陈列着一段段的绳子和毛皮衣服的碎片，这是在法兰士约瑟夫地群岛的鲍洛克角谢多夫的假设葬地上发现的。谢多夫是在一九一四年三月五日到极地去的路上，在北纬82.5°的地方去世的。这里就有谢多夫打算在北极竖立的旗杆，这根旗杆是鲁多耳夫岛北极研究站工作人员于一九三八年在遥远的北方海角发现的。

一段有题词的木板，它是从季西姆墓的十字架上取下来的。季西姆曾经是“莫德”号阿蒙森[①]探险队的参加者，他在离迪克孙岛四公

① 阿蒙森(1872—1928)——挪威探险家。——译者注

里的地方遇了险。

沃洛佳的思路又回到了笔记本上。日记这东西真是个引人入胜的玩意儿。写是自己写的,可读起来却好像是在认识一个人似的。

“九月二十日。我在准备报告。如果我们处在谢多夫的情况下,我们将怎么办？这是很有趣的。会往回跑吗？不见得。我们去北极的时候,我没有见过小伙子胆怯过。相反,船上的热情非常高。每个人都把心思放在事业上。

“真正的极地考察人员是不会后退的。在哥伦比亚角有一座皮里[①]的旅伴马尔文教授的纪念碑。罗伯特·皮里花了四年时间试图到极地去。他对自己的尝试绝望以后写道:‘一场游戏结束了,我十六年的幻想正在破灭。我竭尽全力奋斗过。我认为我所做的一切都做得挺好。但不能办到的事我做不到。’

“可是后来,一九〇九年四月六日在零下五十度的情况下,他却在北极升起了自己的旗帜。

“为什么他没有屈服呢?

“罗伯特·皮里说道:‘北极的吸引力又大又不寻常。我不止一次吃了败仗,从荒无人烟的冰天雪地返回出发地。我疲惫不堪、全身无力,有时受了重伤,确信这是最后一次的尝试了。我渴望社交生活、舒适、文明和小家庭的安逸。但是,过不了一年,我所熟悉的不安心情又重新来打扰我了。文明世界的生活已经完全失去了它的吸引力。不知怎么,我又向往起那无垠的冰原;我渴望与那遍地冰雪的大自然作斗争;漫长的极夜和无尽的极地的白天吸引着我……白雪茫茫、荒无人烟的北极的沉寂和广阔诱惑着我。于是,我又加快脚步奔向那里,一切又从头开始,直到我一生中的理想终于实现为止。’

“皮里是可以理解的。长期在北极工作的青年人离开北极时,总是痛苦的,他们不愿意抛弃北极的生活,而去过异常诱人的城市和村庄的生活。

“北极人心肠的另一特点,即人们通常说的极地友谊,也是异常

① 罗伯特·皮里(1856—1920)——美国北极探险家。——译者注

惊人的。

“人们常常回忆起勒拿河三角洲美洲山上的十字架：‘纪念美国极地汽轮机船“然涅塔”号上的七十二位军官和水兵，一八八一年十月因饥饿死于勒拿河三角洲。’探查小组在这里找到了想到极地去的德·朗格的尸体。而过了三年，南格陵兰的爱斯基摩人又在冰块上发现了探险队的一部分笔记本和器材。

“后来，朗格的话就为大家所知道了：‘在舒适的家中壁炉旁读读描写北极冰群上的极地驻所的书是挺不错的，但是只要你去迁移一下这种极地驻所就足以使你未老先衰了。’

“但是，人们并不放弃原来的打算。一再向极地冰原发出了挑战。

“我们匆匆忙忙地浏览着报上的简讯，并没有想到其中很多报道在什么时候会被剪下来放到博物馆的玻璃柜子里去。

“写了一封信给家里。嘿，小伙子们可要羡慕我哩！可惜有许多事情我不能讲。可这毕竟是件了不起的事——一个列宁格勒的车工，年纪轻轻的小伙子，十分平常的人竟跑到了北极，登上了这样的纬度，这种地方我们小时候只能在读儒勒·凡尔纳[①]和南森的作品时向往向往而已。”

沃洛佳叹了口气，收起本子。可惜，日记是偶尔记记的。现在，一切看来都好像很平常。但过了几年，现在所过的每一分钟都会成为回忆……到那时就会觉得，哪怕只在心底里重温一下这种生活也是好的了……

三

核潜艇在水面上航行。

米海洛夫斯基蜷缩着，把皮上衣的风帽往额头上拉紧一些。很难断定，北极想让他们看到的是一年中的哪个季节：航向的前方流动

---

① 儒勒·凡尔纳(1828—1905)——法国作家。写过不少科学幻想小说，有《海底两万里》等。——译者注

着大大小小的冰块，好像已经上冻了，而天上又倒下了密密的、湿滋滋的大雪。这雪片掉到铅块般暗沉沉的海水上并不融化。潜艇就像行进在冰粥上一样。

浓密黯黑的乌云笼罩着整个地平线。

“迪克孙离我们很近了，”副艇长说，“要是天气晴朗，就可以看到它的轮廓了。”

“这么暗哪里能看得清楚。”艇长俯身对着话筒说，“领航员，坐标……”

副艇长没有听到回答，只看到艇长脸上的微笑消失了。他的神情变得严峻起来，一片阴影笼罩住他的双眼。

“正好是在这里。打开扩音器！……”

船舱里听到扬声器里突然传出一阵从舰桥上发出的杂音……接着就响起了他们首长的声音：

“潜水艇水兵同志们！坐标指出：我们现在经过的地方就是我们北极的‘瓦良格’号、光荣的‘西比里亚科夫’号当年与希特勒的主力舰在力量悬殊的战斗中英勇作战并被击沉的地方。现在让我们悼念牺牲的英雄们。”

水手长在升降舵旁凝立不动。

各船舱里的鱼雷兵们也都站了起来。

刚刚还在开玩笑的机电兵们默默无声地看着仪器上的刻度盘。

领航员在地图上画了一个“十”字，标出潜艇穿越的地方。

艇上一片寂静。

只有冰块擦过潜艇的巨大船体时发出的沙沙声。

而“西比里亚科夫”号就沉在海底，左舷倾侧，船头陷进泥沙。

它支离破碎，遍体鳞伤，全身都是泥沙和海藻。而人们却在海面上回忆着它。人们记得，它怎样在饥饿的一九二一年从阿尔汉格尔斯克越过难以想象的冰层到西伯利亚港口去运粮食；记得它怎样完成国家交给的极其困难的任务——在一次航行中就必须沿着北极航线从白海海岸开到太平洋。

在一九三二年，人们还认为这是不可能做到的事，而它却做了这件不可能做到的事。那时，著名的伏罗宁船长就站在它的舰桥上。

他曾经多次摆脱骇人听闻的冰雪险境，但是，像最后一次那样，当然没有……

希特勒的司令部决定一下子搞掉沿大北方航线航行的商船队，搞掉它的极地驻所和宿营地，因而把强大的战列舰“舍尔海军上将”号派到高纬度去。当时“西比里亚科夫”号就在它的航线上。

“什么船？”“西比里亚科夫”号问。

战列舰没有回答。

“报告迪克孙：海上发现一艘不明国籍的巡洋舰。”卡恰拉瓦船长命令。

不明国籍的船的旗杆上升起了美国国旗。

“西比里亚科夫”号向迪克孙报告：“军舰上升起了美国国旗，现在正向我方驶来。”

迪克孙向“西比里亚科夫”号下达命令：“该地区不可能有任何美国船只出现。按战斗指示行动！”

“警报！”

战列舰询问维耳基次基海峡的冰群情况。

“西比里亚科夫”号不作回答。

“我命令你停船！”战列舰在发出讯号的同时，降下了美国国旗，升起了卐字旗。

“法西斯！”

“准备战斗！……”

一艘用三门小炮武装起来的陈旧的破冰船面对着一艘裹着装甲钢板的大军舰，它能想出什么办法呢？“舍尔海军上将”号每小时航速二十八海里，装有六门二百八十毫米、八门一百五十毫米、六门一〇五毫米、八门三十七毫米的大炮，此外还有八个鱼雷发射器和两架飞机。

“西比里亚科夫”号该怎么办呢？

退却吗？那么战列舰一定会击毁迪克孙港和极地驻所，击沉停泊在港口的船只。必须制止它前进，无论如何必须制止它，不惜一切代价。制止它，以便让同志们作好战斗准备，让我们的军舰和飞机能及时赶到。

制止它前进！……

“迎战！”卡恰拉瓦对政委说。

在这种情况下，只有一个绝对信任自己全体船员的船长才会作出这样的决定。他相信他们不会有别的想法。

“请各方面注意，请各方面注意，请各方面注意！”明码电报飞向太空。“迪克孙附近发现法西斯袭击舰……请各方面注意，请各方面注意，请各方面注意！”

海水在船尾猛烈地翻滚，惊惶失措的希特勒匪徒们看到了这艘发疯似的俄国船，不顾战争的一切常规向他们猛冲过来，而以前他们却是见惯了远比“西比里亚科夫”号大得多的船也在他们的炮口前乖乖地降下了旗帜。

“西比里亚科夫”号拼死地向敌人冲去。

他们都是有经验的海员，因此都知道在这种情况下迎战意味着什么。

“用穿甲炮打！”

不，“西比里亚科夫”号的船员们并没有想到获胜。不！……他们想的是赶快命中……趁海盗的主炮还没有发作的时候，尽可能多命中几次。

破冰船旁升起了无数巨大的水柱。

“这下可完了！”卡恰拉瓦脑子里闪了一下。

“开炮！……”

甲板、桅杆、上层建筑、小艇都被击毁了，熊熊地燃烧起来。

“开炮！”

血肉横飞，人们一个个倒下了。

“开炮！”

爆破弹的弹片划破了船身。

“开炮！”

汽油桶在爆炸！

“开炮！开炮！开炮！……”

已经不能射击了。“西比里亚科夫”号在沉没。

“上舢舨！”

但是能够执行这一命令的人已经很少了。

活着的人们从水里看到了高高翘起的船尾、打了很多窟窿的破碎战旗和握着战旗的政委艾里密拉赫。人们感到，他正在鼓动海员们去冲锋。

人们通常把大海比作沙漠。

可是大海并不是沙漠。

这里，在深水下面，在石灰岩和海藻中间有许多值得自豪的舰艇，如“西比里亚科夫”号、“信风”号、“雾”号以及潜水艇等。

可是你不会来向它们鞠躬致敬，不会向它们献花，不会向它们致默哀。胜利是用什么样的功勋、什么样的代价赢得的啊！红旗北方舰队的舰艇……虽然没有全部回到基地，但它们却活在人们心中。

它们活在人们心中。

只有在领航图上才标着它们沉没的坐标。

四

“米海洛夫斯基同志，按时间来看我们应该到了。”

米海洛夫斯基喃喃地说：

“可能是……但我们上面尽是浮冰群。声波探冰器的指针指在哪里？”

“十五米。”

“这里总该有那么一点裂缝吧！”

“一点裂缝对我们并不顶事……”

潜艇抖动了一下，开始向左侧倾斜。

“这是怎么回事？水手长，掌舵！”

“看来有急流，艇长同志。”

米海洛夫斯基俯身去看地图。

"非常清楚。我们正紧靠着罗蒙诺索夫海岭航行。急流越过海岭,就使我们的潜艇颠簸起来了。"他沉吟了一下,"倒是个小难题!我们必须很快浮出水面,不然潜艇会在冰下毁掉,或者撞上冰窟窿的边缘,那时……"

"不会有什么'那时'。"

"想来是不会有的。可实际上……让我们再来找找可以浮起的地方。起浮三十米。"

深度计上的指针在刻度盘上抖动了一下,就向左边转动了。

"好像有啦,米海洛夫斯基同志!"

"右舵!"

现在,巨大的潜艇正迎着水流前进。船身颤抖着,发出勉强听得出的声音,潜艇仿佛在穿过一堵有弹性的墙,这墙在用力把它往后拉。

看来可以起浮了。

"起浮!"

"升起潜望镜……"

目镜里的绿色斑点一分钟、一分钟地明亮起来,现在米海洛夫斯基看到白天的亮光了。

前后左右是一望无际的冰海。目镜突然变得模糊起来,后来目镜上,就像在冬天蒙上雪花的窗子上一样,出现了各种各样别致的白花,几分钟之内,这些白花又变成了一种人们想象中的美丽的植物图案。

"米海洛夫斯基同志,看样子,船外相当冷。"

潜艇怎么也不能保持平衡。船头卡在冰底下,而船尾周围只剩下一两米由于严寒而冒着汽的海水。

米海洛夫斯基凭经验知道,这个地方很快就会封冻,潜艇很快就会由于丧失活动能力而成为冰块的俘虏。

一切都必须从头开始。

"潜入水下!"

水柜刹那间就装满了舷外的海水。

大约在水下五十米左右的地方，米海洛夫斯基就停止了下沉，使船身保持平衡后又重新在水下稍稍浮起。

声波探冰器若无其事地指出：上面是难以通过的厚冰层。只是在过了大约十分钟以后才有了希望：潜艇进入了冰窟窿。

米海洛夫斯基把潜艇向后倒了一下，就让它停在那个很难找到的洞口下面。他再一次确定了方位后，就下命令起浮。

舱口打开以后，他更加相信"洞口"是够宽的，因此潜艇什么危险也没有。

冰群上刮起了暴风雪。艇身转瞬间就从黑色变成了银灰色，接着又变成了白色。低风刮起的雪片像冰雹似地敲打着钢板，冰窟窿上空弥漫着一片飞雪和水珠。

看来，暴风雪在逐渐停息下来，因为潜艇旁边还有细浪在翻滚，而在北方，天空已经逐渐明朗。一束看不见的金黄色亮光在远处的云端熠熠闪烁，发出耀眼的光芒。

但是它又熄灭了，新的狂风暴雪又震荡着潜艇。米海洛夫斯基从冰原边上滚来滚去的小冰块看到，这里的水流是多么湍急和有力。而且船头也被冲出了十五米左右。

"右舵。"

潜艇可以自由行动了。但这也无济于事：现在船尾又向左转了。

米海洛夫斯基拼命寻找着冰原上的裂缝。他心里闪现出一个念头：把船头像下锚一样固定在裂缝开口处，使船稳定下来。但是没有开口的地方。冰原的边缘像刀切成的一样，断面上闪耀着绿色的光彩，有的地方洒上了一层薄薄的雪花。

最初的印象是靠不住的，地平线又模糊起来了。金色的亮光最后闪了一下就消失了，于是，就像这种纬度的地区常常出现的那样，一阵大雪又敲打起冰群来了。

暴风雪越来越猛烈，冰块在危险地爆裂着，绿色"洞口"的边缘在风雪中已经难以辨认了。周围的一切都蒙上了一片模糊不清的灰白色。

爆裂声越来越响。冰原上巨大的冰块带着千百块大大小小的碎冰块隆隆地向潜艇滚来。

左边,隆隆的响声越来越大:显然,已经开始结冻了。

这可不是闹着玩的:必须离开,否则,潜艇和人都可能完蛋。

他最后一次瞥了一眼怒气冲冲的天空与北极的海洋进行的激烈而又威武雄壮的搏斗,向助手笑道:

“我们毕竟在这种条件下起浮了……”

五

“我们听见‘嘈音’,”声呐兵报告,“这是北极研究站,艇长同志。”

“那有什么,很好……拉战斗警报！准备起浮。”

一阵猛烈的钟声惊动了本来就已经紧张的人们。

米海洛夫斯基已经想发出下一道命令,这时他突然在自己身旁看到不知什么时候来到中央舱的医生的苍白面孔。

“怎么回事?”米海洛夫斯基预感到发生了什么不祥的事情,他的心紧缩了起来,“出了什么事?”

“糟糕,艇长同志！华西里科夫发了阑尾炎。”

“一定要动手术吗?”

“一定要动。否则我不能担保。”

“潜入水下。舵手要特别注意,掌握好深度。”发出上述命令之后,他转身问医生,“您需要助手吗?”

“需要华宁、谢尔盖耶夫、波里亚科夫三个人。”

“华宁、谢尔盖耶夫、波里亚科夫到会议室去!”这一次扬声器沉默的时间可长了。

潜水艇根据“嘈音”测定了方位,在研究站地区的深水区航行了将近两小时。

米海洛夫斯基接到手术进行得很顺利的报告以后,便到医生的船舱里去,因为病人已经转移到那边了。

华西里科夫躺在床垫上。他面容消瘦,双眼深深地陷了下去。看到艇长以后,他皱起了眉头。

“我错了,艇长同志。”

“您真是个怪人！”米海洛夫斯基在他床边坐下，“尽说些废话。第一，这跟您有什么关系？每个人都可能遇上这种事情的。第二，您没有影响任何工作，因此一切都正常，亲爱的……养好身体，别性急……”

格里沙·索科洛夫自己承认，他有时是个“怀疑主义者”。不知是谁什么时候、在什么地方在他心里撒下了一把永远不满于现状的种子，这些种子像茂盛的飞帘那样茁壮成长起来，以致格里沙自己有时也为他那远非清醒的头脑突然出现一些乱七八糟的念头而心烦意乱，也为意识到自己的独特性格而感到厌烦。

他使每个新来的人都得到这样的印象：他有温文尔雅的知识分子风度，讲起话来带着一种柔和的喉音，脸庞清秀，一双白白的手总是冰冷的。他表达思想十分讲究词藻，听他说话的人不是一下子就能听懂的，为了了解他的话里有多少想卖弄自己的成分，还得花不少时间。

对于研究站上的同志们来说，格里沙早就不是一个谜了。他对那摆脱不了的不雅的外号“二百五”也不生气。再说，他的谈吐并不使人感到难堪。在漫漫的长夜里，当凛冽的寒风摇撼着小屋墙壁的时候，有的极地考察人员有时也会首先同格里沙开起玩笑来：

“这么说来，格里沙，你的意思是说，跟宇宙打交道还为时过早啰？”

“当然，”格里沙不甘示弱，“地球上还有那么多事情，而我们却去追赶什么火鸟[①]。说实话，如果宇宙计划不需要花一大笔钱的话，我并不反对。”

“你是哪里人？”

“你问这干什么？”

“你讲嘛。”

“西伯利亚人，离勃腊次克不远。”

“那里有电视机吗？”

---

① 意思是去做不可能实现的事情，源出俄罗斯民间故事。——译者注

格里沙还没有看穿给他设下的圈套。

“刚刚开始装，靠通讯卫星转播。”

“好啦！一比零，我赢了。鲍尔卡，”维古洛夫把无线电报务员从吊床上拖了下来，“鲍尔卡，你记录下来！……”

“别吵，捣蛋鬼！……”鲍尔卡不想放下正在读着的小册子。

“顺便问问，你在读什么书？又是《三剑客》吗？妙极啦！你很快就会背熟它，扔掉北极而跑到舞台上去朗读它的片断了。”

“也许我会去的……别打岔。”

“是，不打岔。人家自学的时候，不应当去打扰……好吧，先生，刚才我们在争些什么啦？是关于卫星的事吗？……那么，特此奉告：它们在控制论、力学、火箭事业、物理学、电子学、化学中已经引起了一连串的发明，人们得到了许多研究成果。这些成果，可以说，在所有的工业和经济领域里已经明显地表现出来了。”

“我没有看到。”

“那说明，你没有好好看。”

“可能是这样。”

“这似乎有些……”

“算了，别老谈你的卫星啦！现在我正在读斯蒂尔写的《海龙号》”。

“那又怎么样？”

“美国人的核潜艇常到北极去，在积冰中起浮。”

“我们的核潜艇大概也常去，也在那里起浮。”

“大概是这样。你什么时候亲眼看见过我们的核潜艇吗？”

“不，没有看见过。”

“我也没有看见过。”

“报纸上报道过一次远航。”

“报纸上登的东西还少吗？可是，后来又不知道这到底是艘什么潜水艇。说不定是艘普通的、柴油机潜水艇。”

“当然，说不定……但，我并不认为……”

“原来你也不能证实。一比零，我也赢了，先生！……鲍尔卡，你也记下来，正如这位可敬的绅士刚才所讲的那样。”

“我说，住口……不然……”

“‘不然’怎么样？”

“不然我就从床上爬起来，给你们点颜色看看。”

“你试试看。”

“你等着瞧吧。格里沙……去吧，你去跟别人嚼舌头吧，譬如说，到会议室去，可以吧？你干吗老站着，格里沙？！请走吧！”

“卑鄙的书虫……”

格里沙想不出更加恶毒的话来击败对方。

外间的门突然“砰”的响了一声。没戴帽子、冻得满面通红、上气不接下气的水文学家波波夫站在门口。

“小伙子们，快点！……这种事情以后是看不到的！”

“什么事？冰块裂开了？亲爱的，这种事情我们大家见过不止一次了。”

“以后你们会后悔的！好啦，这是你们的事。我走啦！”

他走了，甚至连门也没带上。

“去看一下，怎么样？”格里沙慢条斯理地说，“反正马上就要值班了。去稍微活动活动。”

“走嘛，”鲍尔卡表示赞成，“去看看那边有什么稀罕的东西。”

他们一打开外间的门，一股刺骨的寒风带着极细的雪糁便向他们劈面打来。

他们把加拿大女式风帽一直拉到眼睛上，并且用冻僵了的手指头戴上一副黑眼镜，这样过了一两分钟，他们才向四下里看了一下。

他们看见，研究站的全体人员都向风车那里跑去。站长跑在最前面。

“活见鬼，真出什么事了？”他们都这样想着，同时拔脚向人群跑去。两只脚老是陷进雪冰凌里，因此跑起来很吃力。大家一下子就喘起气来了。要不是刮这么大的风，就不会感到这么冷了。

格里沙拐过冰群，看见研究站站长伊凡·安德烈耶维奇站在冰群顶上，怪里怪气地挥动着双手。他大吃一惊，就站住了。

离他们总共三四十米的地方，有一条他们从前在电影里或者杂志上都从未见过的大船，它仿佛焊在雪地里，甲板上盖满了冰块。大得非同寻常的驾驶室上蒙着一层白霜，它像披上铠甲一样盖上了一层透明的冰膜，驾驶室上旗子在疾风中拍打着。

高高竖起的潜望镜和其他活动装置的管道使本来体积不小的舰艇显得更加庞大。

驾驶室上的人举起一只手，大声喊叫着什么，但他的话被风刮走了。几乎就在这一瞬间，在看起来像一整块巨石的驾驶室上，一扇门打开了，它在阳光照耀下像红铅一样闪闪发光。一个自动枪手站到门旁，他因严寒而蜷缩着，接着穿着笨重的黑色皮上衣的人便一个个跳到冰上来了。

“乌拉！”格里沙竭尽肺部的全部力气，出乎自己意料地喊叫起来，迎着水兵们奔跑过去。

极地考察人员在他们隆重地命名为会议厅的小屋子里举行了即兴宴会，宴会以后，别夫兹宣读了贺词：

“潜水艇水兵们在冰天雪地的北极，在这喜庆相逢的日子里向光荣的极地考察人员致敬！”

别夫兹读得缓慢而郑重：

“亲爱的朋友们！你们的勇敢精神和大无畏气概，你们的为国家所迫切需要的艰巨而英勇的工作，使我们的心充满了喜悦和自豪，我们为我们的祖国，为我国卓越的人民的英雄主义而感到骄傲……

“让我们在这沉寂的冰天雪地里所燃起的友谊火炬永远成为军民团结的象征，成为忠于祖国的象征！……

“核潜艇全体人员。”

也许只是在这几分钟里，很多人才明白这次会面是不平常的。谁又知道，他们是不是还有机会在什么时候再遇上这种与崇高的历史事件有关的、给人以非常强烈印象的瞬间呢？

第 9 章

冰与火

一

微弱的灯光使船舱里充满了一片柔和的蓝色的昏暗，因此，从上铺看下来，似乎在尤里·扎戈鲁依科和在下铺睡得正香的底舱电工兵华西里耶夫之间铺着一块轻飘飘的透明得出奇的轻纱。

扎戈鲁依科看了一下夜光表。离值班时间还有两小时。他叹了一口气，翻身朝着舱壁，想再睡一下。但是他睡不着。心里有事，使他不能入睡，一些乱七八糟的念头，像一团翻滚着的乌云，在他头脑中翻腾。

扎戈鲁依科翻身仰卧着，看着舱顶板，白色的舱顶板在黑暗中现出暗淡的光泽。睡意完全消失了。他竭力避免吵醒小伙子们，小心地从上铺下来，把门稍微打开一点，刚溜到走廊里，就和政治副艇长碰上了。

"怎么这么早，扎戈鲁依科？离值班还早着呢！"

"不知怎么，睡不着。"

政治副艇长微笑了一下，这时他那总是很严肃的面孔变得有些和蔼、随便起来。

"是'一场噩梦触痛了我的心灵'吧？……"

"这是哪首诗里的句子？"

"不记得，"伏尔科夫思索起来，接着，出其不意地承认说，"我也睡不着……"

"为什么？"

"我们马上就要到达'Щ-421'艇出事的地点了。"

“是维佳耶夫那条船吗?”

“是的,是费多尔·亚历山大罗维奇·维佳耶夫那条船。”

“但他那时并没有牺牲!”

“没有牺牲……可潜艇没有了……我父亲的朋友在这艘潜艇上服务过。”

“我还模模糊糊记得这次事件。”

“今天我要讲给小伙子们听。我们到达这个地点时……”

扎戈鲁依科突然感到心神不安起来,这大概是他生平第一次连自己也没有想到的。他感到需要做些什么事情,说些什么话,提出点什么建议……不知道这种心神不安是从哪儿来的,但是他突然觉得好像受到了侮辱,因为他们这些年轻、健康的小伙子们几乎是在舒舒服服的条件下横越大洋的。当然,大洋像过去一样,会发生各种变化,但现在既没有藏在深水里的水雷,也没有从旁边射来的凶猛的鱼雷威胁着他们,也不存在深水炸弹和其他炸弹的威胁,希特勒匪徒过去就是经常用这些炸弹向维佳耶夫的水兵们“致敬”的。

“当然,”扎戈鲁依科想了一下,“我们的差使也不轻松……但那些人就像长年在刀口上行走一样,在那些可怕的年代里,稍不小心就意味着死亡,最现实的死亡……这种死亡在扎戈鲁依科现在看来,几乎是不现实的,像神话一般难以捉摸的。现在我们就在他们旁边,就在这个水域中。”扎戈鲁依科想道,“而值班员却在安安稳稳地睡觉,也许现在只有他扎戈鲁依科一个人才这样胡思乱想,产生一些想干点什么事的念头……但干点什么呢?”

“你在想什么,扎戈鲁依科?”政治副艇长注视着他。

他们走到了另一个舱室,于是,政治副艇长打开了自己的舱门。

“这些花是哪儿来的,政治副艇长同志?”

舱里整张小桌子上都摆满了用花盆栽种着的鲜花。

“从基地带来的,我们就这样保存着。”

“这花有什么用?”

“准备献给维佳耶夫的潜艇……这是小伙子们决定的。而这是在航行中做成的。”说着，伏尔科夫便从花丛里取出一块不透明的、闪闪发亮的薄板。

扎戈鲁依科拿起薄板，读了读雕刻在上面的黑色花体字：

“自动化流水线小队向英勇的‘Щ－421’艇致敬。

“为我们祖国的荣誉和独立而与法西斯作战牺牲的北海舰队英雄们永垂不朽。”

“题词是谁写的？”

“华列里。”

“是罗扎诺夫吗？”扎戈鲁依科不由得又问了一声。

“正是他，怎么啦？”

“不，没什么……讲得很好。”扎戈鲁依科大声回答着，却又暗自思忖：“我何必老是对他吹毛求疵呢……说实在的，华列里对我有什么过不去的？而我又应该对他负一些什么责任？……即使在这儿，一切问题他都预先想到了。”

“这些事正好要在你值班的时候进行，”扎戈鲁依科听见了伏尔科夫疲倦的声音，“我们要向‘Щ－421’艇致敬。按海军的方式、按北海舰队的方式向它致敬……”

扎戈鲁依科已经接了班，这时，船上广播室的扬声器传出了艇长的声音：

“注意！我们正在接近光荣的‘Щ－421’艇沉没的地方。现在由政治副艇长伏尔科夫中尉讲话。”

扬声器沉默了一会儿，接着就传出了政治副艇长那为大家所熟悉的、有些嘶哑的男低音：

“同志们！我们核潜艇到达坐标指示的‘Щ－421’艇沉没地点的时刻就要到了。在它最后一次出战前，它就有了辉煌的战绩：它击沉了总排水量达四万九千吨的八艘法西斯军舰。潜艇曾由尼古拉·亚历山大罗维奇·卢宁指挥过。

“后来‘Щ－421’艇由卓越的潜水王牌费多尔·亚历山大罗维奇·维佳耶夫率领。当‘Щ－421’艇已经出海，又击沉了敌人一艘大运输船时，报务员接到了一条使全艇人员振奋的消息：授予潜艇红旗勋章，授予原艇长卢宁苏联英雄称号。

“但是，全艇人员并没有能在驾驶室上升起骄傲的荣膺红旗勋章的旗帜：潜艇触了水雷，并开始下沉。

“在这极端困难的条件下，一场抢救潜艇的战斗开始了。水兵制服、被子、床垫全都用上了：水通过窟窿，通过被炸成重伤的鱼雷发射器的顶盖涌了进来。后来全艇人员总算使潜艇升到了海面，把船帆挂到潜望镜上。但潜艇被冲到了敌人的岸边。接着，天空出现了敌机，船帆就很快收掉了。

“这时，‘K－22’艇在中尉维克多·尼古拉耶维奇·科捷里尼科夫指挥下前来援救‘Щ－421’艇。

“正当风暴大作的时候，两船相遇了。就在这时，在每秒钟都有覆灭危险的时刻，水兵们还是想再一次去拯救‘Щ－421’艇，把它拖到基地去。但这一步没有成功：浪头把两条船打散，拖缆像线一样被扯断了。这时，舰队司令命令放弃‘Щ－421’艇。维佳耶夫和参加该艇一道航行的师长科雷什金两人在最后转移到‘K－22’艇上，而‘Щ－421’艇则由‘K－22’艇用鱼雷把它击沉了……”

扬声器里伏尔科夫的声音停了下来。在一片寂静中只听得出喇叭发出轻微的哔唰声。后来，大家又重新听到了艇长的声音。

“现在我们就在‘Щ－421’艇沉没的地点。我命令向光荣的潜艇致以军人的敬礼。”

夜里，扎戈鲁依科梦见了缠满海藻、被炸散了的潜艇指挥室。鲜花落在潜艇的钢甲板上，随着水流平稳地摆动着。鱼群飞快地游过去，有人用嘶哑的嗓音命令道：

“开炮！……”

“开炮！……开炮！……开炮！……”大炮的回声越过山岩和海岭的峭壁，在遥远遥远的地方消失。也许，这回声恰恰就消失在扎戈鲁依科的心里，也可能消失在那蓝色的海水逐渐变成令人不安的黑色的地方。

二

“明天我要和扎戈鲁依科谈谈。从各方面看，小伙子很苦恼。他自己讨厌自己，但又很自尊，真见鬼！……要谈得委婉些……也许，正好相反：把对他的看法直截了当谈出来。这样，他会把脸一绷，架子一摆，但一般说，大概会理解我的，不可能不理解……”

世界上的一切事情都是那么奇怪。人家教育他，他又教育人家。可是说实话，他又有什么权利这样做呢？他自己又知道点啥？还算是一个经验丰富的长者——导师呢！一碰到个复杂的人，就不知道从哪里去接近他。不，毕竟得跟政治副艇长商量一下。万一出了差错，引起小伙子的反感，那就糟了。那时还谈得上什么“谈心”啊！他会叫你滚蛋，那时一切……

说实话，干吗他要为扎戈鲁依科难过呢……一生里会碰到多少人啊！嘿，一道工作那么两三年。以后，就各走各的路，分道扬镳啦！对不起，亲爱的扎戈鲁依科同志……随你怎么生活吧。

华列里当即发现，如果让扎戈鲁依科“随便怎么”生活的话，他华列里会感到难受的。对扎戈鲁依科来说，他可不是外人。这小伙子身上有种讨人喜欢的东西，不过就是不敢“外露”。只是需要帮他一把，先跨出第一步。然后呢？然后他就会自己走下去的。这小伙子挺坚强。性格刚强，不是个软骨头。他会大有作为的。

华列里看了一下表。四点四十分。要快点走：六时正要点名的。

可他又不想赶快走：晚霞美得出奇。简直像画册上大画家的版画。黑白截然分明。暮色渐浓，空中泛起一抹明亮的淡紫色的霞光。灰色的云朵镶上了金黄色的边框。紫红色的光芒像一阵斜雨倾泻在湖面上，而在黑暗的海水里突然闪现出一片神秘莫测的亮光，映出了山岩的模糊轮廓。

“明天应该给华丽娅写封信。过一两个星期就要出海，天晓得什么时候再能写信。还有照片也别忘了给家里寄去。”华列里想起母亲寄来的明信片，高兴地笑了：“怎么可以这样！到处都是雪，可你和同志们却穿着游泳裤！”她怎么也想象不出，在夏天二十五度的气温里，地上还会有雪。而此地山坳里的雪直到第二年冬天也不会融化。到底是北方啊！

他不知不觉来到了仓库。矮矮的水泥库房紧紧地贴在悬崖脚下，不大容易被外人察觉。青苔和绞在一起的灌木藤已经把建筑工地的碎砖头密密地盖住，只有那开着一扇小窗子的绿色岗亭挡住了通往沉重铁门的去路。

华列里起初什么也没有看到，只是全身隐隐约约地感到不安。附近正在发生着什么事情，而这片千百次看到过的、印象很深的景色总使人感到有些异样。

突然传来一阵很响的玻璃碎裂声。华列里回头朝发出响声的地方一看，发现一道火光从一个钉有板条的库房窗子里窜了出来。看来，警卫人员也发现了这场火灾：一个背着冲锋枪正在打电话的水兵丢下话筒，就向铁门奔去。

“这儿是氧气瓶。”华列里脑子里闪了一下，“只要爆炸一个就会……”

火势越来越大。这时，从窗口冒出了一团团黑烟，黑烟在地面翻滚着。

“门！开门！”华列里跳过一道水沟，一只脚在一块大石头上碰了一下，他一瘸一瘸地向冲锋枪手跑去。这时冲锋枪手已经在用灭火机向窗口喷射白沫飞溅的溶液。

“你还在看什么！”突然他用一种嘶哑的、连自己也不习惯的声音喊道，“把门打开！从这里救不了火。”

大门沿着半圆形的轨道一打开，一股热气就向他们迎面扑来，法兰绒海军上衣燃起一些上下飞舞的隐约可见的火星，同时双手感到一阵阵灼痛。

“氧气瓶！推开氧气瓶！”华列里已经清楚地意识到发生了什么事。想必是一个氧气瓶漏了气，一团为几百个大气压所压缩的东西一下子冲了出来，变成了一种气体。如果现在不马上把火扑灭，这种气体就会造成极大的灾难。看来，什么地方因短路而迸发出了电花，而一点点察觉不出的火星就足以使整个库房变成一个火药桶。

情况正是这样。角落里一个氧气瓶已经烧成可怕的深红色。他们把氧气瓶推倒在水泥地上，然后推到了门口。他们的双手已经烧伤，由于难以忍受的刺心的疼痛，他们已经感觉不到自己双手的存在。

大火已经蔓延开了。空气好像也在燃烧：一团团火球、一道道火舌似乎自己在角落里、在天花板上、在库房里燃烧起来。无数火星散落下来，然后重新汇成一根根光耀夺目的火柱。

氧气瓶已经滚到斜坡下，沿途燃着了青苔，把发白的火苗撒满了矮小的灌木枝条。华列里回头一看，发现面前出现了一道呼呼地燃烧的火墙。

“卧倒！快卧倒！”他听到了水兵的一声狂叫，“现在……一切都完了！卧倒，他妈的！……”

“完了？这我们还要看看！”华列里喃喃地安慰着自己，“我们还要看看，老兄！……”

眼睛痛得要命，睫毛烧焦了。他最后感觉到的只是那些虽然眯着眼皮，但仍然刺痛着眼睛的使人目眩的火光。

三

“艇长同志，我们从安娜海槽过去。声波探冰器已经表明这条水路畅通无阻。”

“起浮！”

“收进升降舵！”

“是，收进升降舵！”

一块有小黑点的绿荧荧的海蓝宝石浮到了眼前。

“冰块，这没什么可怕的。”米海洛夫斯基自言自语地说。

快到水面时，颜色开始变了。

不应该错过冰窟窿。

“全速后退！……停！”

潜艇颤动了一下，停了下来。

现在潜水艇正如水兵们所说的那样，“吊”起来了，一动不动地吊在水下。

“准备起浮!”

潜水艇升到水面,船身颤动了一下,停了下来。

大家清晰地听到了一阵沉闷的噼啪声,这是冰层破裂的声音。

从潜望镜上看,情况不妙:潜艇停在被密密的新冰层包围的冰窟窿中,而新冰层又在逐渐变成巨大的浮冰群。不错,有些地方的冰层已经出现了碧绿的裂纹,但裂纹太小,根本没有什么水路可言。

仪表上一再显示出艇首纵倾相当严重。

“开动船尾装置。”

“是,开动船尾装置!”

响声越来越大,什么东西崩裂了,发出低沉的轰隆声。倾斜仪上的指针一下子滑到了零度。

现在可以出去了。

米海洛夫斯基习惯地跑去打开舱盖,但是舱盖打不开。

用肩顶也没用。怎么回事?是不是卡住了?但为什么会卡住呢?

“洛佐伏依!”

“有,艇长同志。”

“拿铁棍来!”

水手长一下子不见了,但很快又跑了回来,手里拿着一根短钢管。

大家再一次用力顶舱盖,舱盖刚掀起一点,就把钢管塞了进去。

舱盖咯吱动了一下,然后就毫不费劲地打开了。接着一大块沉甸甸的东西咕咚一声落到了甲板上。

他们登上了舰桥。

“原来是这个东西压住了舱盖!”一块又大又厚的冰块落在驾驶室旁的甲板上。

艇身几乎已看不出来了。它在浮上水面时把封住冰窟窿的大大小小的冰块都带了上来,而在艇首上也有一大块灰白色的冰块。

在目力所及的四周,冰块堆积如山。这些碎冰块堆成了各种希奇古怪的形状,犹如神话里的野兽和在书中看到过的城堡的废墟。

“值班小组打扫甲板！”

驾驶室的铁门打开了，洁白的冰块上出现了许多穿着橙黄色背心的水兵。人们挥起铁铲和铁棍把冰块推到海里。冰块在海水里上下翻动，最后又浮了上来。

铅一般阴暗的天空冷了下来。灰暗、阴霾的天空预示着将有一场大雪。

政治副艇长在船舱里披上暖和的短大衣，来到了船头，他跳了两步，跳到了冰块上。接着，设计师也笨拙地慢慢走了过来。政治副艇长手里拿着一只皮球，就像在涅瓦大街的人行道上行走一样，在滑溜溜的钢板上不慌不忙地走着……

“不当班的同志们！”他高声地叫道，“有人想踢足球吗？”

指挥台里探出了一张半信半疑的面孔，然后又缩了回去。接着，水兵们一个接一个跳到了冰上。

大家找了一块比较平坦的场地。

“现在由驰名世界的‘海神’队与‘怒海骄子’队进行比赛。”舱段兵一本正经地宣布说，“全部门票所得都赠给失业的白狗熊。开始！……”

“等等……谁来当守门员呢？”

“我来试试怎么样？”设计师笑着说。

“这可不是造船。”

“没关系，总有个开头嘛！……”

“你真想做守门员吗？”

“当然！……”

“那么来吧！……”

有人用力踢了一脚，球在冰块上嗖地一声飞了起来。

四

尼古拉·罗扎诺夫没有带妻子，一个人来了。

“事情是很沉痛的，将军同志。处理这种事要有男子汉的气概。”

“我叫阿纳托里·伊凡诺维奇。”

罗扎诺夫忧伤地在椅子上坐了下来，双手放在台布上。索罗金看到他手腕上的青筋在疾速地跳动。

“用不着安慰我。华列里反正不会复活了，一切都不能改变啦……”看来，他对这次谈话是仔细考虑过的。但这时却又有点发慌，他像个老年人那样沉默了起来，闪动着一对湿润无神的眼睛。“这就是…… 总之，这件事是怎么发生的呢？当然，如果可能的话……阿纳托里・伊凡诺维奇。”他沉吟了一会儿又说，“我感到难过，因为他不是在战争中牺牲的。”

“是在战争中，尼古拉・华西里耶维奇。是在真正的战争中牺牲的。难道您没有听说过爆炸原子弹吗？战争在进行着。每个小时，每一分钟都在打仗。您是知道爆炸原子弹的消息的，您在报纸上读到过有关试验原子弹的报道。”

“但是你们不是不搞爆炸吗？”

“我们船上有原子弹。我们有我们的前线。华列里就是在最前线牺牲的。我不是随便使用这些崇高的字眼的，实际情况就是这样。战争正在进行，而且是最最激烈的战争。我们一点也不能落后，不能让前线失掉防御，否则损失就太大了。”

“我懂……”

“华列里也懂，不然他就不会做我们船上的共青团书记，而且还是‘列宁共青团’号的共青团书记。他是我们的骄傲。我们大家都爱戴华列里。这不是什么恭维话。您会碰到我们的小伙子们……他们会告诉您的……”

“已经碰到了，他们来过。”

“那么您一切都知道了。”

“我还有一个问题要和您商量商量，阿纳托里・伊凡诺维奇……艇上的小伙子们要求我们同意把华列里安葬在这里，而我的妻子却希望把他安葬在阿斯特拉罕。您看怎么办？”

“我想十分坦率地对您说，尼古拉・华西里耶维奇。我预先说明，这主要决定于您和您妻子的意见。不过，如果我处在您的地位，是会满足小伙子们的要求的。”

“为什么？”

“他们是华列里的朋友。”

“可是他们退役之后就要到全国各地去的。”

“那又怎么样呢？舰队会留下来的。明天，后天，永远地留下来，甚至在我和您不在人世时也会留下来的。舰队不会忘记自己的英雄们，尤其是像华列里这样的英雄……以后呢，以后这里也成了他的家乡。他在阿斯特拉罕度过了少年时代，而在这里度过了成年时代并建立了功勋。这个家乡也是不会忘记他的，甚至过了几代之后也不会忘记。人们会到墓地上来给自己英勇的先辈作出应有的评价。我想，在阿斯特拉罕，华列里的名字也会受到爱戴。在这里，对华列里的爱戴，就和华列里的名字一样，将永远被人们提到……”

“看来您说的很对。”老罗扎诺夫心情沉重地从椅子上站起来。

“我谈的只是个人意见。但是我觉得应该这样做。”

“我去和妻子谈谈……”

“您是不是还需要些什么？如果需要，都可以马上办到。”

“不。你们的女同志陪着她。至于能帮她的事你们也办不到……”

索罗金拥抱了他。

“主要是要振作起来。您的妻子会更难过一些，女人嘛。可您要坚强一些……”

“我尽力做到。虽然，老实说，我也不知道以后会怎么样……”

枪声齐鸣，犹如响亮的皮鞭声划破了长空，海鸥闪电般地向高空飞去。山峦里回响着枪声，回声从一个峡谷传到一个峡谷，从一个山峰传到一个山峰。

黑压压的水兵队伍长得望不到头，他们当中有水手和将军，学者和尉官，工人和建筑人员。四周寂静无声，甚至可以听到山后海船上铜钟的叮当声。只有一次，母亲微弱地呻吟了一声，使大家浑身哆嗦了一下。

山丘放满了花圈，庄严的管乐声压倒了一切响声。

人们一生中无数次地听到过这种管乐声。但是每逢这种时刻，人们在这种严肃的乐声中所听到的既是一支安魂曲，也是一支鼓励人们坚定地生活下去的歌曲。乐声越过了生与死的界限，而当水兵的打着铁掌的沉重皮靴踩在砂砾上的时候，当一队队举世闻名的核潜艇水兵擎着迎风招展的旗子走过山丘的时候，这比墓前的任何誓言都更有力。

舰队不只是向他——华列里·罗扎诺夫，阿斯特拉罕的一个青年工人致敬，同时也是向那些在茫茫的草原里和北极的山地里、在巴伦支海和波罗的海海底安息的人们致敬。他们牺牲了，但他们也永远活在人们的心中。

难道华列里不是活在这个荣膺红旗勋章的右翼鱼雷手的心中吗？在这个服役只有一年、英姿焕发地擎着滚有花边的旗子的战士心目中，华列里的心脏不是仍在跳动吗？

几个钟头之后，许多人就要远离这些山丘。而随着他们的离去，一个有关舍身救火、把海上的同志友谊看得比一切都高的水兵的故事就将在明净的海洋上传开。

随着岁月的消逝，这些目前还是崭新的潜艇将为马丁炉吞掉，而今天看来还是新奇的舰艇将布满海洋，华列里的朋友们也将走遍世界各地。有关华列里的故事将增添一些新的情节，不过这些情节只能由下一代来充实了。但是，老战士们将在奥廖尔地区或乌拉尔附近的某些地方，在一群寂静无声的孩子们中间不止一次地用这种讲故事的方法来开始讲述海军的生活：

“很久很久以前，一个俄罗斯舰队的水兵，名叫华列里·罗扎诺夫，曾在核潜艇上服役……”

“亲爱的华列里！

“终于收到了你的信。

“看来世界上没有什么东西比等待更使人焦急的了。你一直惦记着我，这使我很高兴。谢谢你给我写了那么多温存的话。如果你知道我是多么需要这些温存的话，那该有多好啊！

“我的工作进行得很顺利。

“我在街上曾碰到过你中学时的同学。他们问起你在部队的情况。我把能说的都对他们说了。小伙子们都很羡慕你，他们说：‘征兵时我们要求到潜水艇舰队去。’特别是谢尼亚·科雷切夫，说起话来更是手舞足蹈。可是我担心舰队不会收他，他的视力不好。

“节日里大家都到妈妈那里去。我哪儿也不想去，我的心在你那儿。

“我在街上行走，昨天我们还在这些街上一起散步过，看到的还是那些房屋和人们，可是你已经不在这儿了，而且还不知道我们什么时候再能见面。这一切是多么难以想象啊！

“看来我们的时代就是这个样子：分别多于相会，不安多于宁静。

“你不要以为我在发牢骚。我知道你的职业很有意义，你的工作很重要，正是因为这些，我才更加爱你。可是我不能不为你担心，不能不思念你，不然，这还算什么爱情啊！

“你说你复员以后，我们就好好地一起生活，就结婚。但你的性格我是知道的：你在家里是呆不住的，我还是要等你。看来，唯一可以自慰的是：不只是我一个人有这样的命运。

“你平安到达了吧？与同志们相见的情况如何？

“你给我谈了同志们的很多情况，因此，我好像已经认识他们了，好像多次见到过他们了……”

这封信寄到船上的时候，华列里已经牺牲三天了。

五

米海洛夫斯基和别夫兹乘飞机来到符拉迪沃斯托克的时候，那里已经是秋天了。山地一片嫩绿，雨后显得格外清新，几处隆起的高地在阳光下闪耀着金黄色的光彩。海滨大街空气清澈透明，这在俄罗斯的西部、北部和南部是很难见到的。

沿海边区的秋天是一年中最好的季节。在秋天，令人厌烦的夏雨已经过去，而十二月份的大雾和寒风却还停留在已经覆盖着大雪的楚科奇地区。只有到夜晚，堪察加半岛和萨哈林岛的河流才在岸边结上一层薄冰。而在白天，金角湾在阳光照耀下像夏天一样闪闪发光。在什科塔半岛，在托卡烈夫沙嘴，在丘尔基纳角和克列特角，那些来自北极的极地考察船的船员们在北方凉爽的夏天没有晒黑自己的皮肤，现在他们脱下外衣和衬衫来晒太阳，让劲风尽情地吹打他们白皙的脊背，这劲风在俄罗斯岛、斯捷宁岛和西比里亚科夫岛附近汇成一股强大的气流，吹向城市。

别夫兹和米海洛夫斯基在列宁街上行走，他们像见到老朋友似地一下子就认出了这里的山岗和房屋。

这里是第一条小河。别夫兹在初级军官学校学习时常到这里来找熟人。那里是剧院，这里是一座少年剧院，再过去是海洋学院、"金角"饭店。总之，每一幢房屋都留下一段回忆。

别夫兹年轻时的海军生活正是在这些街上度过的。在这里他当过大队共青团书记，做过岸防学校的学员，担任过太平洋舰队轻型舰队政治部副主任，主管共青团工作。他曾经带领海军陆战队乘"第比利斯"号领舰到过谢依辛，乘"果敢"号驱逐舰参加了解放南萨哈林岛的第二批队伍，然后来到了北极。

秋天的符拉迪沃斯托克与塞瓦斯托波尔有些相似。这里同样有耀眼的蓝色天空和一条条直通海边的街道。一座座白色的小屋，宛如一些别致的、石砌和木制的阶梯，通向山顶。海边五彩缤纷，海鸥啼鸣，停在海滨车站附近的轮船发出了长鸣。

"痛心吗，别夫兹同志?"

"当然……您看，我就在这里过了一辈子。您看到那幢楼房了吗? 电话局那边的一幢……"他们在列宁街和拉佐街的十字路口停了下来。

"看到啦。"

"提起这个地方就叫人痛心。拉佐、西比尔采夫和卢茨基[①]就是

① 拉佐、西比尔采夫、卢茨基——苏联国内战争时期远东革命军队领导人，1920 年 4 月被日本干涉军逮捕，后牺牲。——译者注

在这里被捕的……”

他们又沉默了起来。一直走到音乐学校的楼旁，别夫兹才接着说道：

“我们海军的历史上还有许多空白点。你看，现在这里，”他指了指一个广场，从这里可以看到整个金角湾，“到处都是鲜花，可就是没有一座纪念碑。一九〇七年起义的‘快速’号就是在这里搁浅的。”

“哪一艘‘快速’号？”

“符拉迪沃斯托克的‘奥恰科夫’号。当时‘快速’号升起红旗开到金角湾的出口处，其他军舰马上就向它开火。‘快速’号失去了控制，一下子就在岩石上搁浅了。”

“水兵们怎么样？”

“活着的都送交法庭，许多人被处死刑。”

“您对这个城市的历史倒是很了解的。”

“你要跟我一起呆在这儿，也会了解到很多事情的……”

他们一走进舰队司令的办公室，司令立即从桌子后面走了出来，先拥抱了别夫兹，然后又拥抱了米海洛夫斯基。

“祝贺你们，朋友们！衷心地祝贺你们！你们这次远航很顺利……来，请坐下谈谈……”

“这就是我们的‘国书’，”别夫兹把一个深红色的硬纸夹和一个小胶木匣子交给了舰队司令。

“这是什么？”

“您看一看就知道啦。”

舰队司令打开纸夹，看到了上面写着：

“为了表达我们为祖国的荣誉而战斗的友谊，现在北海舰队潜水艇水兵将这块从北冰洋海底带来的、渗透着光荣的红旗北方舰队优秀战士鲜血的严寒的北极地带泥土敬献给太平洋舰队的水兵们。

北海舰队潜水艇水兵。”

舰队司令沉思起来。

“谢谢。这对我们来说，是神圣的传家宝。我们要把它隆重地送到艇上去。明天，升旗以后……”

他们谈了大约四十分钟，直到太平洋舰队军事委员会的一个委员走了进来，才逐渐改变了话题。

在米海洛夫斯基谈了一段情节之后，别夫兹补充说：

“冰不但对水有压力，就是对人的大脑和感觉也有影响。我曾经要求艇上的医生进行一种试验：检查人们进入浮冰群之前和处在浮冰群下时的脉搏跳动情况。”

“结果怎么样？这很有意思。”

“这种事凭‘很有意思’这个词是确定不了的。这些资料不但在医学上有价值，对心理学家、对我们政工人员也有用。我们抽了二十个人进行检查。进入浮冰群底下脉搏跳动增加十次，血压升高十到十五度。这样一直延续了一昼夜，然后又恢复正常。你看，这就是‘心理学’。可见在这方面首先需要进行探讨。”

“人们的情绪怎么样？”

“一到冰下，我就跑遍了各个船舱，观察人们的情况。大家的警惕性都很高，而且精神高度集中。我甚至看到这样的情形：当我们在水下航行时，有人在看书，而一进入冰层底下，大家都细心地照管着机器。大家都感到我们在从事着一件非常严肃的工作。”

“但是随着航行的延续出现了新的困难。”米海洛夫斯基想了想，插进来说，“不能说我们的同志觉悟不高。但人总是人。有时候可能会出现一种不正确的想法：我为什么就应该成年累月地蹲在冰下？这在国防上是不是真的需要？是不是热心的首长们自己想出来的？苏沃洛夫[①]早就说过：‘一个士兵应当了解自己的行动。’我们的水兵更应当了解局势，了解国际形势，了解工作的目的和任务。因此，在这里我们的军官们有很多工作要做。我不是说人们的责任心不强。目前在这方面还没有什么可指责的。”

“的确是这样。”别夫兹同意他的意见，说，“没有任何疏忽大意、不负责任的现象……”接着，他想了想，又补充说：“可是艇上人员的

---

① 苏沃洛夫(1730—1800)——俄国军事统帅。——译者注

业余时间应当创造性地组织起来，这件事情应该很好地考虑，要使每一个人都能得到真正的休息。放上那么四五部电影，那是太简单了……虽然，一般说来，艇上的同志们都是很好的。”

“那么你们那里的人都是圣人啰？”舰队司令挖苦说。

“为什么是圣人？完全不是。譬如说，我们艇上来了个水兵叫洛玛金，是个懒鬼。不管怎么和他谈，都没用：不是值班迟到，就是跑到岸上去闯祸……总之，提起他来大家都摇头。而当一个人感到没有人看得起他的时候，他也就自暴自弃了：‘算啦！反正一切都完啦！’有一次他喝醉了酒，一回到基地，就给关了禁闭。艇长简直是苦苦地央求：‘弄走他吧……’艇长当时还很年轻，没有经验。我们开始和尼古拉·洛玛金谈话。有一次把他叫到政治部来，我们谈了大约四个小时，他谈得兴致勃勃。我们发现这个小伙子本质上并不坏，他很爱读书，于是我们决定利用他的这种爱好。”

“怎么？洛玛金立刻变成英雄了？”

“什么英雄？他只不过已经能独立地值勤罢了。不论是他自己，还是同志们都觉得他有了些进步……不久前我发给他一张候补党员登记表。现在他是涡轮机班班长，海军中士。”

“有没有很难弄的？”

“不知道。一般说，大概没有什么人是很难弄的。要么是艇长和政治副艇长没有经验，要么是不愿做人的工作……”

过了四小时，米海洛夫斯基和别夫兹才从舰队司令部里走了出来。

他们向西方飞去。贝加尔湖、伊尔库次克、无数大小城市在他们底下向后退去。看来，只有从符拉迪沃斯托克飞往莫斯科时，一个人才第一次体会到俄罗斯有多么辽阔广大。

别夫兹坐在舷窗前，沉思地凝视着一片片彩云向后掠去。

过去什么时候读到过、忽然又在脑海里浮现出来的一些诗句不断地盘旋在脑际：

我不怕向前方凝视，
对生活我满怀信心。
要感谢我的命运，
它把我引向海洋……

"'要感谢我的命运，它把我引向海洋……'这是谁的诗？……不，想不起来啦……不过反正一样……"

六

阿纳托里·谢尔盖耶夫在值班，因此没有时间整理信件。直到大家把报纸的最后一版编排好，夜班编辑人员经过一场常见的忙乱，如释重负地等待着印刷机印出最初几份明天的、更确切地说是今天的《共青团真理报》的时候，他才不慌不忙地开始整理信件。

有一包东西马上引起了他的注意，因为包上用黑体字写着："红旗北方舰队政治部"。

"这是什么东西？"他用剪刀把厚纸剪开，一叠扎在一起的文件便落到了桌子上。

在一张从练习本上扯下来的纸上写着别夫兹特有的、圆圆的字体：

"亲爱的阿纳托里·谢尔盖耶维奇！

"我不得不告诉您一个对我们大家都非常沉痛的消息。详细情况见面时再谈。现在我只谈一点：华列里·罗扎诺夫牺牲了。他生前的为人您是清楚的。因此，对于我们在北方最后一次见面时您所说的一些话，我没有什么好补充的了。

"华列里留下的文件中有一封给您的、没有写完的信。我现在寄给您，相信您会非常珍惜它……"

他读着信，但不相信自己的眼睛。怎么会这样呢？真叫人无法相信！华列里和死亡不可能联系在一起。

"阿纳托里·谢尔盖耶维奇，校样来了。"收发人员把一份散发着油墨气味的报纸放在桌上。

“谢谢。”

“您心情不大好？出错啦？”

“是的，卡佳大婶。出大错啦。不过不是报纸，而是生活中出了一个大错误。”

“跟爱人发生什么不愉快的事啦？”

“不……是朋友。”

“这是常有的事。”饱经世故的卡佳大婶含糊地说。在不平静的新闻界生活多年，使她变得不爱多打听别人的事。

“您不必难过。”她尽力安慰他说，“生活中什么事都会发生，都会过去的。”

“是啊……谢谢……”谢尔盖耶夫顺口应了一声，并没有考虑到他在说什么，“谢谢您，卡佳大婶……”

“那我走啦。”

“再见。”

他很长时间不敢去读华列里的信，一双眼睛出神地望着窗口。窗外万家灯火的大城市逐渐寂静下来，只是从下面不时传来印刷厂所特有的、印报机飞速转动的隆隆声。

谢尔盖耶夫忽然觉得，他必须强使自己去读这封实际上是一个已不在人世的人寄来的信。

“从北方向你致敬！”华列里写道，“你大概因为我没有给你写信而在骂我吧？我‘低头认罪’，但老实说，我实在是忙得不可开交。前几天我们在准备出差，任务很艰巨。现在已经忙完了，在出发前我仍决定向你赎罪。

“关于扎戈鲁依科的问题我们还没有辩论完。我觉得你的意见有些绝对化。你总认为核潜艇上的同志们都是些了不起的人，都非常热爱海洋和舰艇。在这种情况下扎戈鲁依科的多疑就使你觉得他是一个很特别的人。

“起初我也这样想。但是，做了团组织书记以后，我不得不重新检查一下我对每一个人的态度。个人的感情是一码事，做人的工作是另一码事。

“这样，在对扎戈鲁依科的生活和工作进行了分析之后，我发觉我和你在浮动基地时对他的严肃批评只有一部分是正确的。

“扎戈鲁依科很爱面子，好表现自己，也可以说是好强。他总想‘与众不同’。因此，他荒谬地认为：采取土生土长的恰尔德·哈罗尔德[①]的姿态可以使他得到一种睿智聪明、出类拔萃的形象。

“不久前在一次远航中，我曾经看到他工作的情况。当时急须检查一张复杂的图纸。他一夜没有睡觉，反复琢磨。他表面上发牢骚，但可以看出他很喜欢这个工作。他因为深得艇长的信任而感到幸福和骄傲。

“那天夜里我也在值班。他走过来对我说：‘华列里，您大概以为我是一个最坏的纨袴子弟。但是，如果您和同志们知道我是多么讨厌那种专爱仿效别人的浮华作风的话，那就好啦！可是这种作风我又丢不掉，习惯啦。’

“后来我们又坐了很久。在谈话结束时他一再请求我：‘你对同志们什么都不要说。不然他们会以为我认错了，可是我又不便认错。我的自尊心很强。’

“‘你是个傻瓜。’我当时脱口而出，‘不是自尊心强，而是傻瓜。快把你那套荒谬的假面具扔掉吧！这样你的日子会过得轻松些……’

“总之，他说他愿意考虑。

“当时他意外地向我吐露了真情。你看，全面地看一个人是多么重要啊！否则很可能把一个犯错误的人简单地从‘自己人’中间剔除出去……”

谢尔盖耶夫竭力回想扎戈鲁依科的样子，回想他在浮动基地谈话时的样子，但是想不起来啦。而华列里的形象却不断地在脑海里浮现出来。而且不知什么原因，想到的不是华列里在艇上的形象。他想到的是华列里和他一起在风雪之夜漫步在小城街道上的情景，那时他帽子上的白雪正在融化……

---

① 恰尔德·哈罗尔德是英国诗人拜伦(1788—1824)所作长诗《恰尔德·哈罗尔德游记》中的主人公，是一个个人主义的反抗者，他憎恶专制制度，向往资产阶级自由、民主。——译者注

“你所需要的材料我已经准备好了。”华列里继续写道,“其中一部分非常有趣,特别是有关喀拉海的一些材料。”

“可是这封信,”信里突然改变了语调,字迹也变得潦草起来,“根据目前的情况我还是写不完。首长叫我到他那儿去,所以你不要生气。回来后再写。”

随信附有一包文件:战斗记录摘抄,墙报底稿,还有几首诗。

“回来后再写……”华列里,你什么也不能写了。这句话已经是你最后的一句话了。

“谢尔盖耶夫,你还要坐很久吗?我们在等你。”排版组长向办公室里瞧了瞧,“不会再特地给你派一辆车子的。”

“好啦,我就来,我就来……”

谢尔盖耶夫把信折叠好放到衣袋里,然后扣好钮扣,以防万一丢失。

汽车一辆接着一辆从门口开出去。

已经是夜里一点多钟了。人们都很疲劳,一路上默不作声。谢尔盖耶夫觉得这样反而更好,因为没有劲头再像平时那样去闲谈,而谈华列里的事又不愿意:他们不认识他,何况当今世界上每天死掉的人是不会太少的。

雨后的高尔基街柏油路面闪闪发亮,在广告灯光照耀下微微颤动着,一辆伏尔加牌汽车疾驶而过,调头向练马场开去,接着很快地来到了列宁大街。

“要是能知道扎戈鲁依科读了华列里最后一封信后会讲些什么,倒是很有意思的。”接着谢尔盖耶夫又想到,“华列里在信里不只是在和他谢尔盖耶夫谈话,而且也在和他自己谈话,也在和扎戈鲁依科谈话。但扎戈鲁依科不了解这一点。可他是应当了解这一点的。”

当晚他用打字机把华列里的信一字不改地打了一遍。在信的末尾他自己又加了几句话。然后在日记本里找到地址,接着想了一下,在“尤里·扎戈鲁依科”后面又写上了“亲收”两个字。

七

米海洛夫斯基在凌晨四点钟醒来。阳光照射在窗子上，窗玻璃上映出蓝色浪花发出的虹光。在航行中日光灯发出的光亮几乎和天然的日光一样。然而现在，当他注视着那五彩缤纷、光耀夺目的虹光时，却发现任何最完备的人工照明，即使能发出从高空倾泻下来的那种无与伦比的自然光，也无法同这虹光媲美。

妻子还在睡觉。她那温柔的面颊舒适地靠在枕头上。只有她的眼睫毛偶尔轻轻抖动一下，唇边微微露出一丝笑意，就像微风拂动着平静的旋涡一样。

"像这样在家里一觉醒来，真是太好了。"米海洛夫斯基想，"不必忙着到哪里去。明天、后天，一个月中的其余日子都是你的。甚至可以整天躺在沙发上看书，或者去钓鱼……"今天，她一醒来，他们马上就要到山里去，在那里除了他们俩，什么人也没有。只有微风吹过野草发出的簌簌声和山中回旋着的回声……

海洋和舰艇常常使人分离。对他来说这是非常自然的，就像技术飞速进步，超越时间和距离，使这种分离有所减少一样。当时哥伦布用了几个月时间才到达美洲，而现在喷气式客机的乘客只要几个小时就办到了。

不过，与这种千真万确的自然逻辑相反，舰艇出海一次仍需一个月、两个月、四个月，甚至半年。而且这还不是什么著名的探险，不过是一次普普通通的"例行"出航而已。

时间过得很快。孩子们一天天长大起来，他们在远航归来的海军人员中间已经很难认出自己的父亲。而妻子们的期待与残酷的命运给麦哲伦[①]、瓦斯哥·达·伽马[②]及克鲁津施泰因的女友所带来的分离又有什么不同呢？

米海洛夫斯基大概不小心动了一下。妻子微微睁开眼睛，接着

---

① 麦哲伦(约1480—1521)——葡萄牙航海家，曾领导第一次环球航行，途经菲律宾时为当地居民所杀。——译者注

② 瓦斯哥·达·伽马(1469—1524)——葡萄牙航海家，发现通往印度的航路。这一发现成为欧洲殖民主义者掠夺殖民地的开端。——译者注

向他伸出一双温暖的手。

“你真坏。自己醒了也不叫我一声。”

“我是想让你多睡一会儿。”

“好像没有你我就不能多睡一会儿……”

岁月无情。随着时间的流逝，甚至最要好的朋友之间也会变得冷漠起来。当他们亲密无间的时候，并不留心那些令人厌烦的日常琐事。不过，很遗憾，当今的世界到处都充斥着这些日常琐事，无论到那里也摆脱不了。这些日常琐事一旦成为能破坏事物始终的大事时，就将毁掉一切。

后来米海洛夫斯基发觉，他的妻子既不是那种爱埋怨负担过重的人，也不是那种忙于操劳，而在关键时刻却无能为力的人。

一般说，他的妻子性格稳重、娴静，决不是他想象中所鄙视的那种“婆婆妈妈”的人。所谓“婆婆妈妈”到底是什么意思，他未必讲得清楚，因为他赋予这个词的含义实在太多了：包括斤斤计较、空虚无聊、小题大作、爱财如命、无事瞎忙以及贪图便宜，等等。

对于他是一个尉官还是个将军，他的妻子是毫不关心的，这一点有时甚至使他很不高兴。只有在他谈起艰苦的航行时，她的一双眼睛才露出激动、惊奇、兴奋的神情，这时在她的眼神中才流露出一种对他和他船上的水兵们所从事的事业的担心和赞叹。即使如此，她也未必崇拜他。一般说来，她不大讲“你真行”，而是讲“你们真行”。因此，这句话不仅是对他说的，而且也是对别人说的。

这种情况大概不是每个人都能感到满意的。人们，甚至最亲近的人们对于奉承也不会是无动于衷的，而且，应当承认，人们总是希望别人讲他的好话。

“起来吧？”

“起来。”

“到山里去？”

“去。”

“可是我还是要先好好地看看你，让你吃个饱。”

“我好像在远航时饿坏了似的！”他笑了笑说，“你是知道的，我们吃得真不错……”

她在想着别的事情，没有回答。

“我们的生活很特别，阿尔卡基……我们好像两个萍水相逢的朋友，差不多一来就是半年不见面。”

“然而见面时又是多么亲密啊！”

“你算过没有，我们今年有多少日子不在一起？”

“很久……”

“我算过。两百六十天……这是你在海上的时间。还要加上近一个月出差或上班的时间，在这段时间里我们只能偶尔见一次面。”

一个小时后他们动身到山里去了。他们在山谷、盆地和高地转了一天，直到傍晚才往回走，一直走到可以望到城市的地方。

星座在天空中移动，金黄色的树叶在烟雾弥漫的小河湾里颤抖。因夜晚的冰冻而轻轻战栗的大地上空，灰白色的月亮泻下一片寒光。在这寂静的夜晚，连山岩也好像屏住了呼吸。穿过乱石的溪水发出淙淙的响声，微弱的回声在大气中回荡。地平线外出现一道道极光，它那令人不安的、白色的反光照亮了深不可测的海水。

妻子紧紧地依偎在他身上。不知为什么她又感到忧郁和不安。也许是因为海上吹来了一阵嗖嗖的冷风，使她突然想到那些难以避免的黑夜和清晨，到那时今天这一切又将成为回忆：阿尔卡基临别时吻吻她，拿起皮包就走了。一个月、两个月、三个月……

八

“请问，”尼古拉·罗扎诺夫在助手的桌前弯下身子，他生怕会客室里等待接见的人听到，轻轻地问道，“请问，将军叫什么名字？”

助手回答了他的问题。

老罗扎诺夫明显地激动起来，鬓角的青筋在均匀地跳动。

“连名字也一样。真怪。年轻时我有个朋友，也叫这个名字。当然，这是两个同名同姓的人。我那位朋友是做别的工作的……”

“这是常有的事，”助手含糊地慢慢说，“您请坐一会儿。里面的人马上就出来，我就去通报。”

大约过了三分钟，门打开了，从办公室里走出了两个军官。老罗扎诺夫听到了他们的一段对话："维达利·彼特洛维奇，我反正还要打一次报告。为什么派别人去，而不派我去。我什么地方比他们差？难道我就该蹲一辈子办公室？""您不要着急。他并没有完全拒绝您。他说：'请您等一等。'"其中一个军官安慰着他的同伴。

助手走进办公室，又马上回来了，他走到老罗扎诺夫面前。

"将军请您……"

当有人告诉军事委员会委员说，华列里·罗扎诺夫的家属要求见他时，他就在考虑如何进行这次困难的谈话。是的，在这种情况下他这位将军也是无能为力的。他能够解决什么问题呢？安慰吗？难道安慰得了失去儿子的父母吗？只有时间才能稍许消除这种创伤。向他们说些什么呢？在以往的战争中他曾经千百次地亲眼见到过失去亲人的人们，并同他们谈过话。从这种沉痛的、血的经验中他了解到：考虑如何进行这样的会见是徒劳的，不同的人有不同的性格，而且须要说些什么到时候就会自然而然地说出来。

这些话不应该是空洞的、用来敷衍敷衍、表表哀痛的话。如果说人们找的是将军个人，这是一回事。可以简单地沉默不语，或者一起悲痛一番。如果对方受不了这种悲痛，可以劝说几句。但是人们找他往往是由于别的原因。他很清楚，人们把他看作党的代表。他们期待着，真正想谈谈心里话：为什么会发生这样的事情？是谁的责任？本来可以怎样避免这种牺牲？

他必须回答这些问题，而且不能躲躲闪闪，不能捏造谎言来开脱自己，更不能客客气气说上几句同情话敷衍了事。不管这种事多么困难，谁也不能，首先是他的良心不能从他身上卸下这个"十字架"。

当他看到办公室门口出现了一个瘦瘦的、个子不高的男人，一位妇女和一个年轻人时，马上从桌子后面走了出来。"大概是他的妻子和儿子。"他们的距离越近，将军越是明显地感到，这个面孔、迎面向他走来的这个人的一双深陷的眼睛和紧闭的双唇他都曾经见到过。而且不只是见到过……

"真是你吗？"来人差不多叫了起来，"华西里！真是你吗？！"

"尼古拉!"将军完全怔住了,他感到全身像拉紧的弦那样在紧张而不安地颤抖,"尼古拉,亲爱的! ……"一阵悲痛涌上心头。将军紧紧地拥抱着他,就像拥抱着突然出现的、自己遥远的青年时代一样,轻轻地、只让尼古拉·罗扎诺夫一个人听到,说:"现在总算见面啦……想想看,我亲爱的同志,我们这次见面有多么痛苦啊……"接着他看了看老罗扎诺夫的妻子,这才忽然想到他们还在一边站着,于是对他们说:"我们怎么老是站着。请坐。"

主管共青团工作的助手,这位当时也在将军办公室里的"舰队里最重要的共青团员",困惑地注视着眼前所发生的一切。他甚至不知道将军这句话是对他说的,将军说:"要知道生活就是这个样子。任何小说都不会写到这种见面的情景。"

将军忽然清晰地想起"列宁共青团"号上那个军士的面孔,这张面孔他当时感到很熟悉。这当然就是尼古拉·罗扎诺夫的儿子。他的眼睛、鼻子、笑容都像尼古拉,当时他怎么没有认出来呢?! 尽管过了好多年,可他应当认得出,可见记忆力不行了。当时在谈到所发生的不幸和建立的功绩时,曾经提到"罗扎诺夫"这个姓,但是不知为什么他还是没有把这个姓与现在坐在他面前的这个尼古拉·罗扎诺夫联系起来,没有与这个渐渐衰老,头发斑白,因生活的折磨而驼了背,有着一双无神的、不安的眼睛的尼古拉·罗扎诺夫联系起来。

看来这次见面使将军和尼古拉·罗扎诺夫都非常激动,因为他们两人都长时间地默默不语,相互看着对方。他们尽力回想着那些随着时间的消逝而淡忘了的形象和情景。

"我们最后一次见面是在什么时候?"将军打破了沉默,"在一九三二年……"

"不,大概是在一九三三年,你到波罗的海去当水兵的时候。"

"是的……整整一辈子啦……我的好朋友,你变得很厉害。"

"你以为你变年轻了?"

"整整一辈子啦。"将军不由得重复了一句,"这段时间里发生过多少事情啊! 没有一个年头是平静的……你知道我现在想起了什么? ……一九三二年调我去搞当时所说的'集体化',让我当集体农庄主席。”

“这是在诺沙乌托夫村吧?”

“对,在伏尔加河边。有一次我因事到邻近的‘劳动’集体农庄去……”

“你连这个农庄的名字也记得?”

“就是嘛！那里的人对我说:‘我们这儿一位姓罗扎诺夫的老师真好。’‘那么,’我说,‘请你们带我去见见这位老师。这个姓我很熟悉。我有个朋友也姓罗扎诺夫。’于是他们就把我领到你那里去。”

“当时我们促膝长谈了一整夜。”

“是的,亲爱的,是有这么回事……后来我就常常去看你……”

“一直到一九三三年。在你去波罗的海舰队以后就杳无音讯了。我当时想,不会出什么事吧……”

“尼古拉,这时我的艰苦生活就开始了……”

“你记得她吗?”罗扎诺夫往妻子那边抬抬下巴说。

一个模模糊糊的印象出现在格里沙诺夫的记忆里,一个遥远的、模糊不清的印象。

“是不是你在‘劳动’集体农庄给我介绍过的那个姑娘?”

“就是她。”

“经过这么多年很难认得出啊！我们过去见面不多……”

“你听我说,”老罗扎诺夫忽然忧郁起来,“我对你有一个要求。不是要求一个将军,而是要求一个朋友。你要向我们说实话。我们保证不流泪,也不会大吵大闹。我们知道这没有什么用。何况我们已经把眼泪哭干了。但是,你知道,我们有权利了解真相。我们是他的父母啊。”

“我什么也不想隐瞒。索罗金给你讲的都是实话。你们这次谈话的情况已经有人向我作了汇报。我们都是共产党员,尼古拉,我们彼此之间应当讲真心话……我知道你内心非常难过:为什么是华列里？为什么是他而不是别人？当然,华列里当时可以从一旁走过去,或者随便往什么地方一藏。谁也不会因此而指责他。但是你们自己也不希望看到自己的儿子成为一个胆小鬼,是你们自己把他培养成他生前的那个样子。这样的华列里不会不这样做。他就是这样被教育出来的嘛，用这种材料塑造出来的嘛……”

将军移动了一下放在桌子上的文件夹。

“其余的事你都知道了。我说这些话不是为了安慰你，相信我，不只是你们感到难过……舰队的同志们都爱戴他……我已经给阿斯特拉罕打了电话，写了信，”将军补充说，“州委书记说，为了表彰华列里的功绩要建造一座纪念碑。舰队也不会不管……”

“我不是来寻求安慰和请求建造纪念碑的。”老罗扎诺夫站起来说。

“我知道。我这不过是顺便说说的。”

“我们有一个想法。我们很想到华列里在莫斯科时去过的地方去走一走。他最后的一次休假就是在莫斯科度过的。很想，怎么给你说呢，很想用他的眼光来看看这一切。”

“我懂。他曾经擎着红旗走在红场上。他到过克里姆林宫，去过列宁故居。共青团中央将授予你们一张奖状……”将军感到难以措辞，“这张奖状没有来得及授予华列里……现在你们认识一下吧，他叫维达利。他陪着你们去，带你们去看看这里的一切。”

“谢谢。”

“这有什么好谢的，尼古拉？我请求你，你们需要什么就说。我们都能办到。”

“可我们现在需要什么呢？”老罗扎诺夫苦笑了一下，说，“孩子们已经长大成人了。华列里也不能复活了。我们还需要什么呢？……什么也不需要啦。”

“不要这样，尼古拉。要坚强一些。”

“我尽力去做。好吧，我们走啦。你和我们一起去吗，维达利？”老罗扎诺夫不知不觉对这个讨人喜爱的、穿着海军制服的小伙子改用“你”来称呼了。

“是的，你们先下去，我就来……”

老罗扎诺夫和将军拥抱了一下。

“谢谢。现在我知道对华列里感到可亲的不仅仅是我们，我心里好像也轻松一些了。”

“我不向你告别，尼古拉。我们还会见面。我们还要一起坐一坐……”

“将军同志，”在罗扎诺夫一家出去之后，维达利忍不住叫道，“请您详细讲一讲，他是谁?”

“罗扎诺夫吗？这是老早的事了，亲爱的……这一切好像是发生在另一个世纪里一样。那时我住在阿斯特拉罕。当时那里是一片饥饿和混乱。不只我一个人，大家都是这样。共青团派我去学习，我就进了阿斯特拉罕中等师范学校。在这里我认识了尼古拉。他当时读三年级，我读二年级。他被指定为我们宿舍的管理员，这是团委交给他的社会工作。而我当时是共青团团委书记。所以一切问题都必须由我们一起来解决。这样我们就成了好朋友……”将军沉吟了一下，“你知道是怎么回事吗？原来我见过他们的儿子华列里。只是当时没有认出来，虽然我感到他的面孔很熟悉……”

九

阿纳托里·谢尔盖耶夫的休假照例是在北方度过的。今年他的计划非常庞大：到阿尔汉格尔斯克、北方沿海地区、索洛韦次群岛去。

在索洛姆巴尔的谢多夫河滨街，谢尔盖耶夫意外地遇到了扎戈鲁依科。自从“圣福卡”号离开后的那些值得纪念的日子以来，这里的一切好像都没有发生什么变化。

他坐在一座装着刻花护窗板的小木房前面的矮凳上。篱笆——当地大多数院子都有这种篱笆——旁边的牛蒡丛里放着一条龙骨朝上的小船。

“尤里·扎戈鲁依科!”

扎戈鲁依科困惑地抬起头。

“扎戈鲁依科，你真该死！难道认不出了吗?”

“谢尔盖耶夫!”

他们长时间地捶打着对方的脊背。谢尔盖耶夫看到扎戈鲁依科对于这次见面感到非常高兴。

“你是从哪儿来的?”

“我在休假。住在家里。”

“难道你是阿尔汉格尔斯克人吗?”

“还能是什么地方人呢?”

“你在艇上的时候乡音并不太重。”

扎戈鲁依科笑了起来。

“在艇上好像不习惯。到了自己家乡,又恢复老样子了。是什么风把你吹到这儿来的?”

“也是休假。真是太凑巧啦!你打算做些什么?”

“我还没有决定。”

“那么和我一起到索洛夫基去吧。”

“要去很久吗?”

“时间不长,一个星期。”

“可以……”扎戈鲁依科突然疑惑地看了看谢尔盖耶夫,“说真的,你是在索洛姆巴尔丢了什么东西吗?”

“我是想逛逛历史古迹,看看谢多夫河滨街,找一下帕赫土索夫的坟墓。”

“没有去过吗?”

“没有。”

“那么你跟我走吧。初次来这里是很难找到的,我带你去看。”

他们顺着一些用木头铺成的路走去,路边放着一排拖上岸的小船。

“在莫斯科汽车就是这么停着的。”

“这里放的却是小船和汽艇。德维纳河和大海就在附近。”

“还要走很久吗?”

“差不多就到啦。”扎戈鲁依科指了指前面一片绿荫中的教堂圆屋顶说,“这里是……”

他们走进一片雨后潮湿的灌木丛中,不时拨开柔软的树枝。这些树枝用手一碰就会有冰冷的、在阳光下闪闪发亮的水珠滴落下来。

他们穿过一条小路,来到一座墓碑前面。这座墓碑用淡灰色的大圆石头砌成岩壁的样子：

“领航兵团少尉、勋章获得者彼得·库兹米奇·帕赫土索夫。死于一八三五年十一月六日，享年三十六岁，远航中因公殉职……”

碑文下面刻着新地岛、帕赫土索夫海岸和喀拉海的地形和题词：“新地岛”“帕赫土索夫海岸”“喀拉海”……

“现在我们终于见到你了，彼得·库兹米奇·帕赫土索夫！”谢尔盖耶夫想道，“你那神话般的航海故事自幼就吸引着我。”接着他又很快地想起：正是他描述了新地岛沿海地区、现在以他的名字命名的岛屿、马托奇金-沙尔海峡、潘克拉季耶夫岛以及戈尔鲍夫岛的情形。以他的名字命名的还有斯匹次卑尔根群岛上的山脉……他的功绩本来需要好几个人才能完成……可是他在三十六岁的时候就与世长辞了……

坟墓上的十字架有什么意思？像帕赫土索夫这样的人，他们站得比宗教还高。这时谢尔盖耶夫又想起太梅尔海岸上那个已经完全腐烂了的十字架上的题词“没有上帝，只有海洋”。对于这样一种信念他也愿意宣誓，因为默默无闻的新土地的发现者看待“海洋”就像庄稼人看待“土地、祖国”一样。

“你在想些什么？”扎戈鲁依科忽然问道。

“想得很多……在墓地上，特别是在这样的坟墓前总要想到很多事情的。”

“我也想到了一个人。”

“谁？”

“华列里。你记得我们辩论纪念碑的事吗？”

“华列里对我讲过。”

“现在华列里就埋在纪念碑下面。也是在北方。像帕赫土索夫一样……”

于是谢尔盖耶夫想到，辩论中最后一句话的分量有多么重，特别是当一个人的生命成为这句话的代价的时候。

第 10 章

冰山在驾驶室上面漂过

一

索罗金站在旗舰的驾驶室里观看着核潜艇启碇开航。

码头上人们挥动手臂,高声呼喊。但是他们在呼喊些什么已经听不清楚了,因为舰艇与海岸中间已隔着一片开阔的海水。

当将军想起一首歌的歌词时,他高兴地笑了。这首歌是写一些忠实的姑娘给军舰送行的情景的。

这一次姑娘们没有来,码头上一个女人也没有。

这不太好……

他的一生中有许多事甚至"不能让"最亲近的人知道。昨灭晚上当他的妻子列娜问他这次离家是不是要很久时,他说:"不知道。"接着又犹豫地补充说:"这要看需要……"

但是,看来他最终还是无法抑制住自己的激动,也许他的眼神已经流露出来了。

"好吧,我什么也不问你。不过你要好好地保重自己……需要等多久我就等你多久……"

将军吻了吻孩子们就出去了。

只有这时他才感到自己的心情是多么激动。我们生活中所做的一切,我们那些充满着寻求和期待、欢乐和悲伤、希望和失望的日子常常会突然成为一些重大事件的开端,而我们却觉察不到自己正在年复一年地,甚至每小时、每分钟地接近这些事件。

祖国这一次对他们的欢送并不热烈。零下三十五度的严寒,已经第二个星期了,气温还没有回升。一般说,准备这样的远航是非常困难的，而在零下三十五度的情况下就更加困难了。上百吨的物资要装到艇上去。人们日以继夜地干……海军中有一种老规矩："出海一昼夜，储备一星期的东西。"所有的机器都要仔细地检查。

现在开船的时刻到了。

"各就各位！解缆！"

索罗金最后一次回头看了一下。左边，沿岸的灯火向后退去，最后在临别前闪烁了一下，就渐渐地在一层薄雾中消失了。

迎面吹来一阵冰冷的海风。

艇长看了一下表，带着询问的神情看了看索罗金。

"到时候了！全体人员到下面去！……"

"各就各位，准备下潜！……"

驾驶室上面沉重的舱盖放了下来。

深度计的指针颤动了一下，接着就沿着刻度盘走动起来……

"水兵们怎么样，激动吗？"索罗金问艇长。

"倒没有什么激动，将军同志。但是他们感到这一次是去执行一项不平常的任务。到底是什么任务，他们不知道。"

"现在我们就告诉他们。"

索罗金走到无线电话机旁，咳嗽了两声，接着就打开了话筒。于是各船舱的扬声器都响了起来：

"潜水艇水兵同志们！当前我们正在执行一项极其重要的远航任务。我们必须进行一次水下环球旅行，这将是世界上第一次核潜艇舰队的环球航行。我们必须在不浮出水面的情况下航行大约四万公里……"

二

下面是海军中将阿·伊·索罗金的日记片断：

"在潜入水下不久后，各艇艇长给我送来了第一批报告。这些报告并没有使我感到不安：一切都按计划进行。第一批值班人员已经交了班，第二批人员已开始值班了。没有发生任何违反航行规章的现象。

“在旗舰的各舱进行巡视时，我突然想到：今后几个星期也不会出现‘违章’现象。人们的生活将按照铁一般的规律进行，上下班、各种事件、思想感情都是这样。虽然洋面上有时狂风暴雨大作，有时风平浪静，白昼与黑夜交替出现，但在水下给我们照明的却一直是电灯的灯光。而且时间一到，那些像乘法表一样没有任何变化的口令就会毫不留情地将水兵们从床上叫醒。

“核潜艇航行的特点是完全丧失了时间和空间的感觉。从海浪淹没驾驶室的那一刻起，一切都好像停止不动了。

“你不会觉察到潜艇前进中的速度和颠簸，也没有乘坐任何水上军舰时所特有的那种感觉。你不会有那种看到海岸像黎明时的云彩那样在船尾消失时所感到的悲痛。你也听不到跟在船尾的海鸥令人不安的、撕人心肺的啼鸣。除了用各种大小和各种颜色的钢管、开关、阀门和仪表构成的牢固船身的白色拱顶外，你什么也看不见。如果你能听到什么的话，那也不过是各种机器发出的单调的嗡嗡声，水兵们有趣的童话和有时传到舱室里来的值班军官的说话声……”

“一般说，在今天，环球航行本身并不会引起任何人的惊奇，因为仅仅在一八〇三年到一八五五年期间俄国海军就进行了四十一次环球和更长途的航行。

“爱德华·比奇率领的美国‘人鱼’号核潜艇开辟了第一条水下航道，而我们却有幸在航海历史上揭开新的一页——整个核潜艇舰队进行环球航行，而且一直不浮出水面。同时，航行的条件又是‘人鱼’号核潜艇无法相比的。比奇曾谈道：有一次一个水兵生了病。‘人鱼’号核潜艇就马上浮出水面，把这个水兵交给美国的一艘巡洋舰。但是我们无法得到任何人的援助，我们的航线不论是距我们的海岸还是距我们船只的航线都很远。何况我们的任务又不同——进行一次核潜艇舰队水下长途持续航行的协同作战演习。

“我们只能依靠自己。

“我们把我们的这次远航作为向苏联共产党第二十三次代表大

会的献礼。”

“……夜间三点钟报社记者与总政治部的一位工作人员进行了一次非常有趣的谈话：

“‘您怎么啦，伊戈尔·康斯坦丁诺维奇？’

“‘请不要问我。我在写诗。’

“萨维切夫疑惑地看了看他：

“‘写诗？据我所知，您在世上活了四十多年，还从来没有沾过诗歌的边呐。’

“‘没有，’总政治部工作人员叹了口气，‘但是艇上没有一个诗人，而诗却很需要。’

“‘为什么？’

“‘科烈茨基上尉二十五岁了。他在哪里过生日呢？在大海里，在深海里。难道能够用不像样的散文来祝贺他的生日吗？’

“‘当然不行……’

“‘那么是不是您来起草一份贺词呢？’

“记者好像触了电似地说：

“‘您饶饶我吧，伊戈尔·康斯坦丁诺维奇。’

“‘您看，大家都是这样。’总政治部工作人员说着，又继续冥思苦想他这首诗的韵脚了……”

“远航时我特意带了一本美国核潜艇艇长的札记。我怀着好奇心读着它，而且一再进行着比较……

“但是有什么好比较的呢？！美国‘人鱼’号核潜艇的航行实在是一次多灾多难的航行。

“‘……尽管我们小心地使用垃圾清除器，’‘人鱼’号核潜艇艇长写道，‘但我们还是出了问题：清理好垃圾输送管道之后，下面的盖子盖不上了。现在潜水艇外面的海水紧紧地顶着上面的盖子，只要海水的压力将下面的盖子更紧地顶到管道的塞孔里，那么海水就会把上面的盖子冲开，而且谁也不知道，盖上的铰链和锁能够经受多大的

负荷……’

“如果事情只是这样倒也没有什么！下面该艇长又继续写道：

“‘……还没有过几个小时，航行中不出事故的希望破灭了；而一定会发生一些伤脑筋的事的预感却得到了证实。菲尔斯来到了我的船舱，慌慌张张地报告说：“先生，我担心我们必须把左面的涡轮机停掉，因为在冷却器的圆水泵里发现了相当严重的渗水现象。”

“‘……刚刚解决了渗水问题——我觉得，我闭上眼还不到一分钟，虽然我实际上已经睡了差不多两个小时，——我就听到了一阵汽笛的鸣叫。几秒钟之后机械工程师派来的通讯员跑进了我的船舱。当然，响过警报以后，并不需要专门来叫我。他的到来只能说明一点——一个反应堆出了毛病……’

“我们各潜艇的水兵们没有发生‘几乎酿成悲剧的惊人事件’，也没有发生什么‘千钧一发’的危险。同时，很遗憾，我们也没有像‘用锅子当回声测深器’那种轰动一时的事件可以炫耀自己。最后，甚至冰山也没有能挡住我们前进的道路，就像美国‘海龙’号核潜艇所碰到的那样。

“准备这次航行时，我们没有对任何人说起这次航行的特殊任务。水兵们也不知道这次出海是一个星期还是一个月、两个月。

“虽然也可以采取另外一种办法：创造一些优异的条件，带上几位专家……但这又有什么用呢？

“我们并不追求什么表面上好看的成就。我们只是想了解一下水兵和潜水艇在海洋的各个地区、在各种不同条件下的情况，这些条件不是人为的，而是在现实中，例如在战斗中可能遇到的……

“那么事故呢？……去它的吧！让文艺作品去描写吧！

“人们已经相当疲倦。与航行开始时不同，他们下班后还是非常安静。这说明航行快结束时，人们的心情已经紧张到了极点。世界上的事情都是相对的：如果告诉他们，还要航行一个月、两个月，那么一切就会恢复正常，人们期待的焦急心情就会平静下来。但是人就是这样的——在长期离开他所思念的一切之后，最后的几小时、几天往往是最难熬的……”

他们航行在大海中，多次越过赤道，有时分散开来，有时又集中起来，差不多穿过了所有的纬度。

海上刮起凶猛的狂风，项链般的星河在漆黑的热带天空中时隐时现。南十字星座的温暖光辉暗淡下来，而大熊星座却发出令人惊奇的寒光。猎户星座及其星群也一直在我们的行星上空俯视着大地。天边升起一片晚霞，落日的红光照耀着大海的浪涛。但是，他们看不到这一切的。日子一天天地过去，而他们隐藏在碧绿的南方海洋的海浪之中，隐藏在北方铅灰色的、漂浮着点点白色冰山的海洋下面，执行着自己从未执行过的任务。

三

整个世界都是亚历山大·彼特罗维奇·布尔谢维奇的财富。凡是地图上涂着蓝色的地方，他都能看到它们的深处：长满珊瑚的齿形礁石旁的激浪，水下的山脉以及那些巨大的决定我们这个行星脉搏的寒流和暖流。

现在布尔谢维奇正在教训那个请他“指导如何当领航员”的海军军士：

“当你在报上看到：‘核潜艇在北极地区浮上了洋面’等新闻时，你不要相信。纯粹是吹牛……没有那么容易，那么简单。一下子就浮上来……那还有什么英雄主义可言？”

布尔谢维奇有着自己独特的谈话方式。你简直弄不懂他是在开玩笑还是当真的。甚至最悲痛的消息他谈起来也好像是在拿荒谬地、不合时宜地形成的各种情况来开玩笑一样。他有着一副淳厚的面孔，尽管艇上的人都知道他有时也很忧郁、很严肃，但这一般是在遇到人们对工作明显不负责任，或“对任何事情都不感兴趣”时才会这样。在布尔谢维奇看来，如果一个人“对任何事情都不感兴趣”，那就说明这个人已经毫无价值了。说实话，他和这个海军军士打交道，正因为“这个善良的年轻人看来对工作很关心，而在年轻人身上这种品质是应当鼓励的”。

“在遥远的北极进行水下航行，困难是很大的。

“核潜艇在巨大的浮冰群下面航行，不可能随时浮出水面，让领航员根据星辰和太阳的位置确定自己的方位。何况在这种情况下浮上水面是一种非常细致的工作，出现任何一点差错都可能使全体艇上人员的生命遭到危险。冰块激烈移动妨碍我们的行动，而且正如我已经说过的，在高纬度地区，特别是在北极附近地区，罗盘会出现严重的误差……

“总之，北极地带要求领航员具有高度的熟练技术、勇敢和当机立断的本领。就是这样，年轻人。”

年轻人瑟缩着，沉重地叹了口气。

“绘制海底航行图，这是真正的科学贡献。”布尔谢维奇教导军士说。

“现在陆地上还有什么东西好发现呢？科克和布冈维利[①]、拉彼鲁兹[②]和白令的时代早就过去了。电缆布满了全球，如果遥远的大洋洲发生什么情况，莫斯科、纽约和伦敦的所有报纸第二天一大早就会报道出来。甚至宇宙也不再是什么未开垦的处女地！”

“你不要这样讲！你认为地球上的一切都已考察清楚了吗？你大错特错了。到目前为止地球还是一个神秘莫测的行星。

“在南美洲居住着一些部族，有关这些部族的情况科学界至今还是一无所知。每一部文明史都充满着许许多多不解之谜。复活节岛的石像，画着像宇宙航行员一样的各种费解的图画的非洲石洞，巨大的人造土堤，难以置信的参天石碑等至今仍保存着它们自己的秘密。藤蔓爬满了无名建筑者建造的古代大城市的废墟。海洋隐藏着无数的秘密，神话般的大西洲[③]仅仅是其中的一个……我们往往把博物馆里的铜器和年久发黄的对开本书籍看作具有历史意义的东西，而实际上历史却在我们身边……”

---

① 布冈维利(1729—1811)——法国航海家。——译者注

② 拉彼鲁兹(1741—1788)——法国航海家。——译者注

③ 大西洲是古希腊传说中大西洋的大岛，后因地震沉没。——译者注

“地理学家和海洋地质学家们认为，在他们的科学中只有上了地图的东西才不会为人们所遗忘。在我们这个古老的地球上，好像一切都已考察过了，可是新的名字却不断出现。而且，顺便提一下，这些名字的出现与我们潜水艇水兵的参与活动是很有关系的。”

“这是一些走运的人。”

“真的吗？……那我们呢？我们现在怎么样？我们现在航行的地方，要嘛俄国人一百年前就到过了，要嘛根本就没有到过。这就是说，我们国家还不可能有这些地方的准确的地图，正像我们没有冰上情况的资料和许多其他急需的材料一样。

“怎么办？我们不能向那些从来不帮助别人的人求救。

“所以我们每一天的航行都是一种发现。编制地图并加以准确说明、调查冰上的情况、用最新式的仪器研究所有的海域、进行各种航海综合工作、进行各种系统的安全检查以及测量海洋等，在我们现在航行的这些地区，所有这些综合科研工作，在我们之前还没有任何人进行过。

“所有这些工作在科学上之所以更加有趣、更加重要，那是因为我们在两个月之内经历了一年的四个季节：从冬天到夏天，又从秋天到春天。冬天开始航行，在南极洲迎来了夏天；秋天离开南方海洋，春天我们又到了北极。我们好几次越过了赤道和东西半球的‘分界线’……可你，你却说人家是走运的人！……”

四

航路指南描述了麦哲伦海峡以南一带的航海条件，并向航海家们指出：“这一带的地形缺乏研究。有些航海险地在地图上标明了，还比较接近实际情况；有的则根本未被标出；在个别情况下，有些海岸线的位置、地理对象和助航设备的状况以及航路和方位的方向，在书中的论述可能是不正确的。因此，在这一地带航行应该特别谨慎，必须采取一切措施以保证航行的安全。”

“冰山，方位三百五十三！”

“冰山群，方位三百二十四！……”

在会议室里，一个军士坐在桌角上，用一支红色画笔在图纸上写着：

“舵手和舱段兵们！

“我们正在通过德雷克海峡！

“提高警惕！……”

他想了一想，就在“警惕”一词下加了着重号……航路指南并没有虚述：“英国海盗弗兰西斯·德雷克①是第一个再次沿着麦哲伦开辟的航线航行的人，他在南极和火地岛之间发现了一个海峡。在这一海峡航行要作好多方面的防备，特别要防备飓风和冰山……”

“您看，”艇长把潜望镜旁边的位置让给索罗金，“这海峡并不对我们特别客气。”

在被浪花溅得模糊起来的潜望镜透镜上，海浪和天空在狂暴的旋风中连成了一片。

索罗金聚精会神地对着目镜凝视着，看得双眼都痛起来。

“快把这个怪物拍下来，”将军对艇长做了个手势，请他过来，“您来欣赏欣赏。”

照相机的快门喀嚓响了一下。

“好大的冰山。浮在水上的部分有六十米高。”

“这么说，在水下还有三百米左右。”

“周围全是白色的浪花。像神话一样。”

“当初‘泰坦尼克’号就是因为遇上这种‘神话’才葬身海底的。”

领航员闷闷不乐地解释说：

“现在我们有各种各样的仪器，左右两边全能看清楚，前面也一样。可是，别林斯高晋在这一带是怎么航行的——真是无法想象。他们有什么设备？几只天文钟、六分仪，还有几个望远镜。总共就是这么一些。可是，他们就是靠着这些不能称其为仪器的器具，同拉扎列夫一起发现了南极洲。”

---

① 德雷克(约1545—1595)——英国海盗，后为英海军将官，曾对西印度和南美进行掠夺袭击。德雷克的远征促进了英国的殖民地侵略。——译者注

“勇敢是无法用仪器测量的。”

“这也对。但我多么想在这一带找个地方给‘东方’号和‘和平’号建造两座纪念碑。”

“会给建造的。在俄国已经造了。就像在英国建造德雷克纪念碑一样。但是,这位绅士当然是另一回事……”

名气很大的海盗和不能说不出名的航海家弗兰西斯·德雷克有一个忠实的崇拜者和旅伴,这就是弗莱彻神甫。他那本在航行时记下的独特的值班日记比任何一部小说要有趣得多,它写得十分生动和详细。

“五时正,我们靠上了一艘海船。连发三炮,击毁了这艘海船的桅杆。我们走进船舱,找到了大量财宝——珍珠和宝石,十三箱硬币,四十英镑黄金和许多银锭。”

船舱里闪闪发光的财宝使神甫眼花缭乱,他无法同时成为一个地理学家或生物学家。美丽的自然景色不能使他动心。他活像一个金库主任,在计数着:

“打死了两名西班牙人,烧毁了他们的家,夺取了两千块杜卡特[①]。

“岸上睡着一个西班牙人。我们的小艇悄悄地靠近。西班牙人的身边放着十三锭银子。我们把这些银锭取走了……

“这时我们看见岸上有一个小孩和一个西班牙人,还有八头满载白银的美洲驼。我们把他们打死,取走了银子。

“阿里卡城。我们在这儿遇上两条不大的运货木船。经过接舷肉搏,我们夺取了这两条船。每条船上各有二十英镑白银。

“海军上将的弟弟约翰·德雷克第一个看到一艘期望已久的西班牙兵船。他得到一条金链,而弗兰西斯·德雷克得到四十英镑黄金和二十六吨白银……”

这一切政治副艇长叙述得这样生动,仿佛他本人也参加了上述事件。你甚至会产生这样的印象:他对德雷克兄弟这两个亡命之徒

① 古代威尼斯的金币。——译者注

的命运决不是漠不关心的。

一五七七年二月五日，德雷克带领一百六十四个人分乘五艘大船离开了伦敦。开始时并不顺利，但是经过五十四天航行，终于到达了巴西沿岸。然后，他们又朝南航行。就在这里，在火地岛附近，德雷克镇压了即将成熟的叛乱。

德雷克的环球航行用了三年时间。

“我们要快得多了。”

有人笑了起来。

要快上“几乎”三年。

“不管德雷克是什么人，我们是不会羡慕他的，他是乘着几条帆船在这海峡上航行的！”指挥室里也在谈论德雷克的事。

“不过，在这次航行之前，我们许多人对地理的了解——我指的是世界地理——还是相当有限的。你想想看吧——什么德雷克海峡！这个德雷克海峡，它究竟在哪儿？在极其遥远的地方，在人所不知的国家里。而加勒比海呢？我的天！这名称好像在《勃拉德船长纪事》或者其他‘海盗’小说中见到过。在这些小说中高贵的爵士姿态优美地进行格斗，望眼欲穿的美女在等候满载着黄金的兵船。而现在呢？你到这个大海去吧！这是你的岗位！它简直像个圆面包圈里的小窟窿。”

“当然啰，你显然感到美中不足，因为我们船上没有这些望眼欲穿的美女。”

“什么美女不美女的，但你应该承认，现在的一切要比你所想象的平淡得多。”

“让我们的尼古拉也来个接舷肉搏，再让他遇上宝岛里的比利-邦斯[1]，那他就过瘾了。”

“比利-邦斯并不需要。有一点惊险情节倒无妨，可以作为海上生活的留念。”

---

① 比利-邦斯——英国小说《宝岛》中的海盗。——译者注

“那你去问厨师要一把切肉的小刀，把船体钻个小洞。你就有立功的机会了。”

“有一件小事会妨碍尼古拉立功。”

“什么事？”

“根本无法钻洞。船体的钢可不是专门为餐刀定做的。要在船体上钻个小洞，恐怕没有那么多的餐刀！”

“你不妨试试看……”

大伙都笑了起来。一声刺耳的报告声压倒了笑声。

“航向的右边发现冰山！”

“这一下惊险情节就在你眼前了。”

“声呐兵！加倍注意！……”

谁知道这座冰山有多大。冰山的位置已经移动过了，不知道再过一会儿海峡的激流会把它冲到哪里和怎样把它扩大。

“向左！再向左！”舵手全神贯注地操作着，他们好像同自动装置合成了一体，并成了自动装置的组成部分。这时左舷发出轻微的响声。这又是什么呢？

“冰山浮过船舷。”

“掌握好航向！”

“是，掌握好航向！”

“冰山过去了。航向正面又发现一座冰山。”

“右舵！”

“目标没有改变方位。”

“它不动吗？”

“正是。”

“这么说，它不是同另一座冰山扯在一起，便是……”

“便是碰上了浅滩，索罗金同志。我们还是从右边绕过去吧……”

舵手们浑身都湿透了。

“过了这样凶险的海峡，再在海洋上航行，就像郊游一样轻松了。”

“可不能这么说。不过总是轻松些，不会这么心惊胆战了。”

索罗金决定去看看布尔谢维奇。领航员刚刚下了班，他总该在船舱里。

他果真躺在床位上，双手捧着一本厚厚的对开本书。一看到将军，他便站了起来。

“在读什么，布尔谢维奇同志?”

“让·朗迪埃作的《合恩角边的人们和船只》。”

“很有意思。”索罗金双手接过这本书，“好像没有听到过。”

“在我们苏联还没有译文。这是我的朋友从法国带来的。我就读起来了。一来，这本书正好是描写我们现在航行的这个地方。二来，还想复习复习语言……您可知道，对一个海员来说，绕过合恩角还是一种莫大的荣誉呢。老一辈的海员中还组织过一个什么社团：‘绕过合恩角的海员’。朗迪埃一书的前言是列昂·戈蒂埃写的。他的衔头可大呢!”

“什么衔头呀?”将军兴致勃勃地问道。

“照字面上的说法是，”布尔谢维奇翻了翻前言的结束语，说，“‘国际航行主桅。远航合恩角的船长协会法国分会主席’。”布尔谢维奇高声笑了起来。

“我们可以向列昂·戈蒂埃申请加入分会罗。”

“一定要申请。”

“您的感觉怎么样，布尔谢维奇同志?”索罗金突然换了个话题说，“够累了吧?”

“有点累，不过，说实在的，这比基地上的安逸生活要有意思得多。我跟许多人都谈过。也许，有这种想法的不光是我一个人。不管怎么困难，豪迈的事业总是鼓舞人的。我觉得，不论是水兵还是军士，现在都像在飞行呢。”

“在飞行?”索罗金惊奇地重问了一句，笑了一笑，“多有趣的比喻，尽管用的是飞行员的术语……看来，还是您说得对。没有一句怨言，也看不见一张愁脸。有时我甚至感到，我们这些人现在是最幸福的了……”

不光是诗人和画家才有那种心情激动的幸福时刻。

在这些日子里，从将军到水兵，每个人的眼前都浮现出几个世纪前的情景。他们都感到，这是他们一生中最光辉灿烂的时刻：别林斯高晋和拉扎列夫永垂不朽的三桅巡洋舰在他们眼前扬帆，快活的克鲁津施泰因在舰桥上用赞许的目光向他们遥望，科策布[①]和李相斯基也仿佛站在他们身旁。

为替“和平”号单桅炮舰舰长米哈伊尔·彼特罗维奇·拉扎列夫请功，别林斯高晋曾写信给海军大臣：“‘和平’号单桅炮舰在整个航行期间，在不断遇到大雾、阴天、下雪和航行在浮冰群中的情况下，始终和舰队保持着联络。迄今还找不到一艘能在上述条件下航行这么长时间的船只……”

苏联潜水艇水兵的表现证明了他们具备了传说中的航海家的航行艺术。

在地平线外，在遥远的英国，德雷克的铜像在心神不定地注视着苏联潜水艇艇尾的滚滚浪花，画在古代蜡画木板上的呆板的英国海军大臣们，对于俄罗斯人谱写的难以置信的“历史篇章”无不感到惊讶。

记载在百科全书和某种手册上的苏联潜水艇水兵尚未完成的航程现在又蒙上了一层神奇的色彩，这些传说使得我们行星各个大陆上的儿童都看得心惊肉跳。而那由潜艇的船钟计算的时刻，其一去不复返的每一秒钟，都成了振奋人心的历史，它决不比麦哲伦或迭日涅夫[②]轰动一时的声誉逊色。

五

明天，索罗金就满四十五岁了。他从来没有想到，他将在海洋的深水中，并且不是在别的地方，而是在靠近德雷克海峡的地方庆祝自

---

① 科策布(1788—1846)——俄国航海家。——译者注

② 迭日涅夫(1605—1672或1673)——俄国航海家。——译者注

己的生日。

他仰卧着。小桌上空，船舱天花板上一盏暗淡的电灯射出柔和的灯光，照着被翻阅得破烂不堪的《航海指南》的书边。你会觉得，仿佛是晚间坐在快车的房间里。只是听不到车轮滚过轨道接合处时发出的声音，听不到火车在黑暗中过桥时发出的喑哑的辚辚声和列车发出的拖长的、深沉的呼应声，也看不到窗外一排排小村落或工人区的灯火。

从船舱外面传来一阵阵柔和的、难以觉察的嗡嗡声。舷外的急流在歌唱；机器在运转，发出微微的隆隆声。潜水艇发出它特有的喧闹声，水兵们对这些声音早就习惯了，听觉也没有什么反应，他们每天就在这样的环境中起身、工作、睡觉、思索。

四十五岁……这已经是大半生了。而他干了些什么呢？……这大半生是怎么过来的，他有些什么感受？往昔的追忆，如同无声电影的镜头一样，一会儿展现在眼前，一会儿又消失了。这一切几乎被遗忘了，为岁月所磨灭了。

阿纳托里·索罗金的童年是在卡卢加度过的。他出生在一个普通的家庭：不能说贫困，可也算不上富裕。的确是这样，他父亲是个铁路工，要供养一个不算小的七口人的家庭，有时也感到有点困难。这个孩子天天跑去上学，念书。有时他也会叫母亲伤心。

童年时候，我们中间有不少人常常整夜整夜地谈论着斯蒂文生所著：《宝岛》里的地图，幻想猜出那连同“黑王子”号和“卢西塔尼亚”号西班牙兵船一起沉入海底的秘密。索罗金的童年也不例外。

后来，有的人在马丁炉旁边当了炼钢工人；有的人在人迹不到的地方奔忙，成了地质工作者；有的则成为电力机车的司机或远航飞机的驾驶员。而索罗金，说实话，却比别人走运……童年的理想竟成了终身的职业。每个人都是久久地寻找着自己的运星。有时，寻找了一生，最终还是没有找到。谁要是见到它，那他就走运了。尽管这颗运星非常遥远，但却值得为它而活。

索罗金想起了母亲，不禁笑了一笑。母亲曾经坚信她的儿子将来不是当医生就是当教师。当她看到索罗金把儒勒·凡尔纳的《海底两万里》读了十几遍的时候，她还是觉得很放心。

那时，索罗金就开始迷恋海洋。难道这是他的过错吗？面对着航海天才、战士、科学家涅莫[①]船长的形象，谁能无动于衷呢？……

甚至他上学时走的那几条街，也是过去卡卢加城的教师康斯坦丁·齐奥尔科夫斯基[②]拿着装满手稿和书籍的皮包经常走过的地方。

“齐奥尔科夫斯基真的也在我们学校教过书吗？”有一次他问女教师。

“是的。而且就在这个时候他写下了不朽的著作《金属操纵气球》和《飞机或鸟一般的(航空)飞行机器》……”

“时间啊时间，一切都是时间决定的，”索罗金想道，“这是多么令人难忘的时刻啊！飞行家们进入了不可揣测的高空，契卡洛夫[③]向天空冲击，我们星球上的距离已经越来越短，伏多皮扬诺夫和马祖鲁克[④]穿过北极的暴风雪去援救“切柳斯金”号船员，莫斯科迎接过“谢多夫”号的水手，而帕帕宁[⑤]和同志们一起把红旗插上了极地。俄罗斯到处在建设，掘沟声隆隆发响，马丁炉发出闪闪的火光，俄罗斯以前所未闻的高速、人民的功绩和忘我精神使全世界吃惊，它正在向着未来冲锋。请看三十年代的共青团员们！他们对马雅可夫斯基和勃洛克的诗篇展开热烈的争辩，他们阅读着别林斯高晋和拉扎列夫的事迹，向极地和天空挑战，并以前所未有的远程飞行使世界惊奇。

“在这样的年代里难道可以做一个平庸的青年吗？

“以后呢？以后的情况怎么样？一九三九年，他在十年制学校毕业后，瞒着父母，报名投考纳希莫夫黑海高等海军学校。他很顺利地通过了入学考试。当他读到三年级时，战争爆发了……是的，正是在这个时候。”索罗金在竭力回忆，战争爆发的第二天他在干什么，可怎么也想不起来。记忆中展现的是另一幅景象：罗斯托夫。海军陆战

---

① 涅莫系《海底两万里》中的人物。——译者注

② 齐奥尔科夫斯基(1857—1935)——苏联科学家和发明家，星际航行理论的奠基人。——译者注

③ 契卡洛夫(1904—1938)——苏联飞行员。——译者注

④ 伏多皮扬诺夫，马祖鲁克——苏联飞行员。——译者注

⑤ 帕帕宁——苏联北极考察人员。——译者注

队的军校学员旅参加了首次战斗。不少学员牺牲了，根本就没有看到他们向往已久的海洋……后来他被调到北海舰队，在这里，阿纳托里·索罗金中尉同海军陆战队的一个旅一起参加了摩尔曼斯克近郊的战斗……接着负伤了。他在乌拉尔医院呆了一个时期，又重新投入了战斗。这次是在西方战线。当时他已是自动枪独立连连长，并且是最先冲入叶尔尼亚的一个。

此时，索罗金仿佛看到远方有一个年纪轻轻的中尉。他显得有点天真烂漫、无忧无虑，不过总的说来还是一个不算坏的小伙子。他在斯摩棱斯克近郊受了伤，吃足了苦头。也许由于这个缘故，他被派去念完了高等海军学校。一九四五年，他在里海海军学校毕业，并被派往太平洋舰队。就在这里，他第一次登上了潜水艇，这就决定了他终身的命运。航行的海洋不断地改变——太平洋、波罗的海、北海，但二十多年来，他却一直在潜水艇上服役。

他想起了一张照片，一个坐在指挥室里的年轻、瘦弱的中尉。他的背后有一面舰旗在飘动，薄雾中依稀现出列宁格勒皇宫桥的轮廓……阿纳托里·索罗金中尉参加列宁城的海军检阅。战后最初几年……

索罗金站了起来，走到镜子前面。

是的，变得多了。岁月不是无影无踪地过去的。连眼睛也不像从前那样了……“老弟，我们都老了，老了，”将军忧愁地想着，“不过，在这样的航行中欢度自己的四十五岁生日也不坏……不管怎么样，总是值得留念的。”

十二点整，艇长把潜水艇浮到四十五米的深度。

“祝贺您！”艇长握着索罗金的手，“而现在您的亲人们也要来祝贺您了……”

使将军感到惊异的是：他突然听到了妻子和孩子们的声音。

随着录音带的转动响起了孩子们的声音：“父亲，我给您朗诵一首莱蒙托夫的诗《波罗金诺》……”

索罗金的心紧缩着，额上渗出了汗珠。

沃筲卡的声音继续响着：

是的吧，曾经有过激烈的战斗，
是的，据说，是非常激烈的！
全俄罗斯都牢记着波罗金诺的日子，
不是没有原因的！

“太平洋就在我们上面，将军同志，”艇长摊开双手说，“因此我们没办法上馆子……不过晚上我们可以请海神给我们准备点好吃的。也许他不会拒绝吧……”

厨师送来了大蛋糕。

艇上总是严格坚持举行祝贺生日的仪式，对索罗金也不例外。在庆贺任何一个水兵、军士或艇上其他人员的生日时所应搞的活动，都为索罗金组织了。

休息室里，人们都在喝茶。

“四十五岁，当然啰，还不是五十岁，”索罗金突然严肃地指出，“不过，就算这样也没有什么可高兴的……”

他竭力捕捉着艇长审视的目光。要是能够知道这个刚过了三十岁的人对他是怎么想的，那是很有趣的。他大概在想：“将军老了，你在海上的生活不会太多了。以后就要在参谋部工作，离开这些经常刮起暴风的地方远一些……谁要是过了四十岁，他就很难在艇上生活和工作……即使安置得舒舒服服，月复一月地潜在水里，一直不浮出水面，这也是难以忍受的。潜水艇舰队——这决不是什么疗养院。”

“将军同志。”科瓦列夫说的完全不是索罗金想象中的那些话，“不久前我也刚过了生日……我一直在想，人们为什么总要庆祝自己的生日？这在年轻的时候还是容易理解的，每个人都希望长大成人。可是上了年纪的人呢？要知道，每过一次生日，就意味着又向末日接近了一步。而且一个人在他的一生中总要提出什么规划，总是期待和希求着什么。并且一直认为，真正的幸福还在后头。可是只要你回头看一看，你就会发觉自己的一生已经过去了。就说您吧，您会不会在某一天对自己这么说：‘我已经够幸福的了，我再也不需要什么了?’”

索罗金没有立即回答这个问题。

“谁知道呀,科瓦列夫同志。你提出的问题简直同歌德的诗句一样:‘时间啊,你停一停,你是多么美妙啊……’

“我有没有过幸福的时刻呢?要是好好地回想一下,这种时刻还是有过的。就以我的童年来说吧。那是在卡卢加。当时,我们家的日子过得多么艰难啊!可是总的说来,童年还是过得不错的。不知为什么,有一年的春天,我记得很清楚。那时全城沉浸在苹果花中,我的朋友都是很要好的,时光是令人难忘的,可以说是黄金时代。尽管那个时候生活比较困难,但要是有人现在问我:‘想不想过另一种童年生活?’我就回答:‘一点也不想。’

“整个青年时代都是在劳动和操心中度过的。我向往过海洋,但走上这条路是不容易的,开始时没有把握。不过,我还是走上了这条路。在这条道路上并非一切都那么顺利,也许正由于这个缘故,我才充分享受了海洋的幸福。轻易得来的东西,你就不会珍惜。这时,我又想到:我一点也不想走另一条道路。

“我就这样一天一天、一年一年地回忆着,我觉得,我们这一辈的小伙子们,我们大家还是幸福的。当然啰,战争的重担曾落到我们的身上。四年艰难的岁月,真是度日如年。当时我们大家曾出生入死地战斗过。我也投入过战斗,受过伤。而现在,从今天的高度出发,就好像是在用另一种目光看待过去的一切。看来,人的记忆是很奇特的:当你遇到难以置信的困难时,你咬紧牙关把这一切困难战胜了。这种情况是记得最牢的,印象也最深刻。仿佛你是在同命运进行较量,并在检验自己是否坚定。要是由于取得这种胜利而感到满意的话,那么,这就是幸福……”

六

尼古拉·普罗科波维奇没有估计到,吸收他入党这件事会在今天进行。因此,下班后,吃了早饭,他便决定再去看一两个钟头书。反正每天的生活总是忙忙碌碌,空闲的时间是腾不出的。“明天”也好，“后天”也好，总是像今天和昨天一样忙，而大学的课程总是要念完的，在这方面，除了自己，是没有人能帮助你的。

“你在啃书，啃这花岗石？……”水手长关心地问道，“睡一会儿吧。值了这样繁重劳累的班之后还记得住什么公式呢？”

“是在啃着呢，老兄。不啃怎么办？明天的班也不会轻松些。”

“确实是这样……不过这样太累了。”

“累是累的，”普罗科波维奇心甘情愿地同意说，同时羡慕地看了看舒舒服服地睡在吊床上的列希加·华西里耶夫，“他睡着了。我也完全可以睡的……去他的！……应该尽量不去想它。不然，真的会睡着的。”

他毫不犹豫地翻开大纲，打开笔记本，取出了钢笔。可自己也不知不觉地瞌睡了起来。

睡了多少时间，他自己也不清楚，后来，不知是谁扯了一下他的肩膀，他才醒了。

“普罗科波维奇！小兄弟，醒醒吧！该死的，快醒醒吧！”

突然，他在床前看到了政治副艇长微笑着的面孔。

“好家伙，有什么可说的。大伙儿准备吸收你入党。党员都坐在那儿等着，可你却呼呼地睡了起来！你有良心吗？”

“难道是今天吗？”

“好朋友，是今天，而且是现在。明天我们还有别的任务。我就决定今天召集支委会。快走吧！”

“我马上就来！”他不由自主地迅速整了整服装，梳了梳头发，把几本练习本搂在一起，塞进被窝里。

走到会议室门口，政治副艇长停住了脚步。

“你在这儿等一下。要是在别的地方，我就会对你说：‘抽支烟。’但这儿你是知道的，”他摊开双手说，“是不准抽烟的……你自己先考虑一下，怎么样？这对你是有好处的。”

过了两三分钟他被叫了进去。

会议室的天花板下面装了好几个大反射镜（必要时这儿很快就会成为指挥室），全体党支部委员都坐在一张长桌的后面。

“坐下。”有人对普罗科波维奇说。

“海军中士尼古拉·亚历山大罗维奇·普罗科波维奇向我们党组织提出入党申请。”书记像往常一样说道，好像会议并不是在海底，而是在岸上进行似的，“介绍人认为他是一位优秀的同志和出色的专家。有什么问题和意见？”

“把简历谈一谈。”

“生在斯摩棱斯克地区，并在那儿居住过。出身军人家庭。”

“这么说来，与加加林还是同乡……”

“是这样……”

“别打岔，让他说下去。”

“在学校里学习时，还在集体农庄当过机械工。”

“是干什么的？”

“驾驶过联合收割机和拖拉机。”

“队里的学习是怎么安排的？”

“大伙都学习。”

“您能不能保证机器在整个航行期间不发生故障？”

“到目前为止还没有发生过什么特殊情况……”

“怎么，你不了解他吗？”

“不管我了解不了解，今天他入党。他应该理解这一点。”

“他怎么，难道不理解这一点！！”

“全都清楚了！”

“书记，可以表决了！”

“谁赞成？”

“谁反对？”

“谁弃权？”

“一致通过！……”

“朋友们，谢谢！今天这个日子我永远不会忘记……”

副艇长乌先科中校握着普罗科波维奇的手说：

“祝贺你，中士同志！……今天这个日子要记住一辈子。不是每个人都会遇到这样的事情的：在核潜艇上、在深水里、在赤道上、在环球航行中入党……在苏联有几个小伙子能够这么说:'我也像你一样,也是在这样的情况下入党的!'……"

副艇长高兴地望了望发窘的中士,又说:

"总之,你完全做得对,中士同志。在大伙儿感到最困难的时刻入党——这已经成了一个很好的传统……你在自己和同志们都感到最困难的时刻入党,显然,你对这一切都认真思考过……你应该这样坚持下去!"

他当时还不知道,他将作为全苏共青团第十五次代表大会的代表到莫斯科去,他将见到许多优秀的人物,战友们还要托他把他们这艘完成环球航行的核潜艇的战旗献给大会。

"是,坚持下去!……"

"方位二百二十七……发现一艘不明国籍的核潜艇。"

"战斗警报!最低速!加强监视!"

潜水艇人员全神贯注地站在自己的岗位上。

"报告方位,计算到达目标的距离!"

时间过得十分缓慢,真叫人心焦。

"艇长同志,方位正对着不明国籍的核潜艇艇尾!"

"很好。继续进行声定位监视!中速!"

在另一艘核潜艇上,艇长坐在水兵舱里。

大家都在谈论这次航行,并且总是围绕着"为了生活"的问题议论着。

"艇长同志,譬如说,我们的核潜艇将来获得了近卫军的称号。可人员呢,还是像以前一样……"

"别这么说……您还记得一首歌吗?这首歌是在卫国战争时期创作出来的:'海上近卫军坚定地向前进'。"

"'任何危险都毫不畏惧',"有人接着往下唱。

"说得对。这一切并不是空话。十五年前我也加入过近卫军的行列。

"当时,我是闻名的'C－56'艇上的鱼雷班班长。我为此感到自豪,可暗地里却在担忧:能不能胜任呢?这是在'C－56'艇上服役呀!

多大的荣誉啊！战时，这艘潜艇曾击沉过十艘希特勒的军舰！

“有一天，我决定进行一次堵漏演习。我发出了口令。一个军士把口令重复了一遍。我看到水兵们的动作都做得很正确，但是他们都不大起劲。我发现有一两个人正带着疑惑的神情望着我。

“我想，这是怎么回事？我在什么事情上出错了？

“这时，一个军士走到我跟前，对我说：

“‘中尉同志，这个阶段我们早就经历过了。请允许我继续进行训练，行吗？’

“‘进行吧！’

“‘灭灯！’

“灯一下子全灭了。顿时，船舱里一片漆黑。我只听见一些短促的口令声和工具的敲击声。

“我想，他们是不是在跟我开玩笑？

“‘开灯！’

“船舱里亮了起来。由于先前暗了一阵，现在灯光亮得有点刺眼。

“我往四下里瞧了一瞧，水兵们都站在自己的岗位上。

“‘班长同志！演习完毕，漏洞全堵好了！’

“‘在黑暗中干的？’

“‘正是这样！’

“我检查了一下。真的干得很出色。

“而我还想要教教他们呢！我想，我自己得好好学习一下才行……”

“怎样迎接海神尼普顿？”墙报上提出了一个问题。

下面刊登了好多建议：

“把香槟酒放在冰箱里，因为尼普顿喜欢冰冻香槟酒。”“准备一些做蛋糕的奶油。”“召开政治性的座谈会，讨论‘尼普顿及其对罗盘的影响’。”“替尼普顿选个侍从，找个合适的鱼美人。”“为了宣传先进经验，应该给尼普顿放映影片《霍塔贝奇老头》。”“应该警告一些军人，别同鱼美人调情。”

正当潜艇越过赤道的时刻，从中央舱走出了两个人鱼海神，接着是海洋的统治者尼普顿和鱼美人……洗礼仪式在等待着从未越过赤道的新手。

每个人都得到了留作纪念的奖状，奖状上写着：“我，海洋的主宰者和鱼类的君王尼普顿，授予你纪念火箭核潜艇在水下越过赤道的奖状，以表彰你为苏联海军增添荣誉的功绩。”

原来，海神还会写诗。在由他授予的证书上写着：

永远为俄罗斯海军增光的
航海家们的优秀后裔，
核潜艇的水兵，海洋的征服者，
向你衷心地祝贺。

永远记住这个光辉的日子：
今天你越过了赤道！
尽管你的道路艰险曲折，
你的劳动得到了奖赏：授予你水手的称号！……

原来，扮演海神的是工程师，扮人鱼海神的是两个军官，而扮鱼美人则是一个舱段兵。

七

忧愁这玩意儿好像挺会钻空子。你刚刚下了班，双手和头脑刚刚从习以为常的、吸引人们集中精神的节奏中解脱出来，紧张的时刻刚刚过去，感觉和神经刚想松散一下的时候，它马上就向你袭来。

此刻，人们就会回忆起往事，陷入了沉思，并且很自然地希望调个工种，换换环境，陪着姑娘在黄昏时积雪的街道上散散步，或者是同朋友们一起举行个简单的晚会。可是，这样的愿望是无法实现的，人们会用一句冷酷的、无法抗拒的话回答你：

"不可能。"

不可能,因为潜水艇水兵的全部活动场所被船舱的钢铁墙壁框死了。

不可能,因为往后还要长时间地航行。

人们把这些长期关在暗室里进行试验的人看成英雄。但这对于核潜艇水兵来说,就像一个电力厂的工程师每天乘地铁去上班一样平凡。

在这里,一个人所受到的心理压力是难以估量的。一根发条,要是没有经过锤炼,它就会弯曲。同样,对于这种过度的劳累,要是精神上没有充分的准备,或者找不到办法来消除这种日积月累的精神上的苦恼,那么结果也必定是这样。

没有什么药方可以医治这种毛病,每个人都很自然地、明显地想出一种独特的办法来对付这种环境。对于维捷卡·马雷舍夫,用他自己的话来说,这个"放气的活门"便是吉他琴。他那把吉他,琴边已经磨损,从前光亮的黑色也因年长月久而褪成了红褐色。

维捷卡常常嘲弄自己,他从一些激烈的批评文章中摘下一些句子,并把这些话朗读给小伙子们听。这些文章认为有些青年喜欢弹这种乐器是一种轻佻的表现,因此用一些故意夸大的理由把吉他否定了。至于为吉他声辩的文章,除了克拉甫吉娅·苏尔任科的权威性意见之外,不管维捷卡怎么寻找,就是找不到。苏尔任科曾暗示过,也许"奥依斯特拉赫本人也常常暗地在吉他的伴奏下唱歌"。

应该说,这叮叮当当的吉他琴声,并不怎么使维捷卡自己以及和他同舱的小伙子们感动。这把寻常的乐器同这些小伙子一起游历了许多海洋。当维捷卡从琴箱里取出吉他的时候,整个船舱便静了下来,甚至连海水拍击船舷的声音也听得清清楚楚。

"维捷卡,弹一首歌唱奥斯卡尔·克里恰克的曲子吧!"

"怎么,你又忧郁起来了?"

"不管忧郁不忧郁,总得解解闷啊。"

"解解闷,我又不是你的通风机……"维捷卡叽叽咕咕地客气了几句。一个懂得自重的音乐家怎么会不推辞一番,就随随便便地演奏起来呢！

“好吧，一起唱吧！”

他试弹了一下，小伙子们也用高高低低的声音和着琴声唱起来。这种声音在四周钢壁的船舱里，听起来格外清晰和响亮。维捷卡把音定得低一些——唱这首歌必须用沉思的调子，——用他那有点沙哑的、好像伤了风的嗓音唱了起来：

明天我即将去远航，
这不是初次上海洋。
可不要白白地悲伤，
你啊，我心爱的姑娘。

在一起时我真心地爱你，
到了远方我爱得更深切。
祝愿我们胜利返航吧，
当你和我们的军舰挥手告别。

那儿白雪和冰块布满了四方，
灰白色的石块又秃又光。
为了进行考察和探险，
我们前往那遥远的北方……

小伙子们低声合唱着，尽量不打乱吉他的节奏，不破坏歌曲的情绪。

一切工作我全能承当，
不管发生什么大风大浪，
我一定要作出更大的贡献。
你该祝愿我们胜利地返航。

天上的星星闪闪发光，
大风把树枝吹得摇摇晃晃。
我即将出发去远方，
不久我又会胜利地返航。

面临的任务各种各样，
还要我们尽力去承当。
我们必须活在人世上。
你该祝愿我们胜利地返航。

“你们知道吗?”维捷卡把吉他放在一边，突然说道，“这首歌同我们的航行还有着最直接的关系呢!”

“怎么说?”

“是这样的。你们还记得吗? 有个叫阿纳托里·谢尔盖耶夫的记者曾在我们潜艇上采访过。”

“记得。”

“休假的时候，我曾到莫斯科他家里去看过他。那时，康斯坦丁·万申金正好有件什么事情也来找他。这首歌词就是他写的。我谈起了这件事。我说:‘艇上的人都喜欢这首歌。’”

“他说些什么?”

“等一等，别打岔。让维捷卡把事情的经过详细讲一讲。”

“简单地说，从万申金那儿我知道了这首歌曲的来历……他这首诗是在一九五九年写的，曲子是后来配的。事有凑巧，极地考察家奥斯卡尔·克里恰克正在向南极洲航行时，从无线电里听到了这首歌，他就给康斯坦丁·万申金拍了一封贺电。

“‘不知为什么，我没有及时答复他，’万申金说道，‘我在等着他们完成这次探险任务。我想，到那时，奥斯卡尔会到莫斯科来的。同他见面时再好好谈谈。’

“后来，他们却没能见面。原来发生了不幸的事故:在一次同风暴的激烈搏斗中，奥斯卡尔·克里恰克尽了自己的职责，在南极洲牺牲了。

“而他所喜爱的那首歌却流传开来了。

“现在,他的朋友们——极地考察人员都在唱这首歌。这些极地考察人员还用奥斯卡尔的名字命名了一个遥远的常年冰封的角落。

“而在康斯坦丁·万申金的所有诗集中,在《祝愿我们胜利返航!》一诗下面,现在都加上了一句献词:‘纪念奥斯卡尔·克里恰克’。这是一块为俄罗斯的新土地发现者树立的诗歌纪念碑。”

大伙儿都激动得说不出话来。

“弟兄们,地球上有许多像克里恰克这样的人,这多好啊!”一个鱼雷手说,“遇上这样的人,你会感到格外亲切……维捷卡,为了表示我们对这些人的尊敬,唱唱我们的北海舰队之歌吧!”

“行。”维捷卡又拿起吉他,弹出了有节奏的、令人心情激动的调子,“开始唱吧! ……不过,伏洛佳,你可别抢先。这首歌的节奏是缓慢的……”

令人不安的气象报告,
又在预告狂风即将来临。
盖满冰块的核潜艇,
在北极的冰群下航行。

飞行员在群星照耀下飞行,
定位器的侦察完全可以相信。
一双火箭的钢铁眼睛,
注视着在风暴中昏暗下来的天边。

歌声很轻,勉强听得见。难道非要大家都听见不可吗?一首歌可以唱无数次。主要是要唱出它的气息,唱出它的感情,而根本不应追求舞台上演出时的那种表面效果。

八

潜艇正在码头上系缆……

“大陆!”

只要还存在着舰艇,只要大海还在掀起不尽的波涛,对于一个水手来说,“大陆”就永远是人们所日夜盼望的。

“大陆!”

他们一直在期待着能够见到大陆,就像期待着见到自己的爱人一样,虽然他们自己也知道,再过一两个月,他们又会去远航,一到夜晚又是遥远的星星来他们的船上作客。

潜艇正在码头上系缆。

“你们不会抛弃我吧?”无边无际的远方好像用那航行在地平线上的海船的汽笛声在询问。

难道可以抛弃海洋吗?

它像神话一样美丽,也像神话一样将永世长存! ……

寂静的大会堂里,正在举行党的第二十三次代表大会。苏联国防部长马利诺夫斯基元帅在讲话。他突然停顿了一下,笑了笑,宣布道:

“核潜艇舰队的水下环球航行已经在几天前胜利完成……”

会场上爆发了一阵掌声。代表大会向开辟水下航线的麦哲伦们热烈地鼓掌。

第 11 章

“列宁共青团”号在进攻

一

他们完全没有预料到的，同时也最少担心的事情终于发生了。螺旋推进器协调的响声在声呐兵的耳机里突然“分开”了。现在，完全可以清楚地听出从左右两舷传来的响声。

中尉向尼古拉·索科洛夫报告了这个情况并推测说：

“要么他们分开航行了，要嘛就是我们疏忽，让其他舰只向我们的舰队靠近了。这种可能性较少。”

“真糟糕!”

各种命令都在迅速地执行，但是当索科洛夫通过目镜观察时，却没有发现航向前方有什么东西。

他摇了一下摇把，立即发现地平线上有一支舰队。

“巡洋舰在哪儿?”

直到潜望镜转到九十度时，他才看到几艘船身迅速变小的军舰的轮廓。巡洋舰正在向南方驶去。

就在这个时候，他感到精神上支持不住了，这在他的航海生活中也许还是第一次。在一段短时间里，他甚至感到有点茫然失措。

事情有点难办：一艘潜艇是无法同时跟踪两支舰队的，何况这两支舰队航行的方向是完全相反的。但无论哪一支舰队他都没有权利随意放过。

必须立即打定主意。可是采取什么措施呢?

“镇静点，尼古拉·索科洛夫！镇静点!”他安慰着自己，“应该冷静些，不然就无法作出什么决定。”

也许，应该追踪前面的舰队，他是“敌方”的主力。不过这样做的话，这些巡洋舰就会溜掉的。

“领航员！地图！”

他计算着距离和时间：也许，还来得及。

“收掉潜望镜！右舵！全速前进！以最快的速度！”

声呐兵听到，潜水艇巨大的螺旋推进器的簌簌声顷刻间变成了怒号。就连那些身边没有灵敏度极高的声呐装置的人也感到，船身在颤抖，潜艇的航速在急剧加快。

“最重要的是，必须在不暴露自己的情况下，查清舰队的真实航向，然后，再去追踪巡洋舰。”此刻，索科洛夫的思维也像机械那样准确。也许，人都是这样的：一打定了主意，就会镇静下来。

半小时之后，他让潜艇浮到潜望深度。事情很顺利！甚至还可以说很走运：舰队转弯了。如果不是立即钉住它，那就有得找了！因为他很可能会根据对方故布的疑阵去寻找。这样，就要花费多少时间呀！

但现在不能操之过急。必须摸摸清楚，这是不是它的真实航向，说不定又是什么诡计。现在应该避到一边去，免得军舰上的声呐兵测出我们跟踪的声音。

“慢速……左舵……”

他们兜了个大圈子，又重新靠在舰队的旁边，现在两者几乎在一个航向上行驶了。

他们把潜望镜升起一会儿。找到了！在笼罩着大海的暮色中，隐隐约约现出了几艘军舰的轮廓。它们仍旧沿着原来的航向航行。

要是现在能追上那几艘巡洋舰就好了。会不会让它们溜掉了？

索科洛夫放走了舰队。当他听到声呐兵报告与舰队脱离接触之后，便全速前进了。

根据地图确定了可能与巡洋舰相遇的地点后，他们便沿着一条最短的路线驶去。可以这么说，索科洛夫此刻才第一次感到，设计师们交到水兵们手里的简直是一条魔船。现在所发生的一切，在以前的任何一艘老式军舰上都是不可思议的。潜水艇像箭一般疾驶，以特别快车的速度在大洋中飞行。要是他索科洛夫的计算无误，那么他们马上就要和巡洋舰相遇了。

“看来，是时候了！”卡拉瓦耶夫看了看天文钟，“是时候了！”

“试试看！”索科洛夫断断续续地发着命令，“停！浮到潜望深度。”

刚开始时索科洛夫什么也没看清楚。海面上一片狂风骇浪，周围的一切全被浓烟密雾笼罩着。

“右边有螺旋推进器的响声！”

转动潜望镜，于是目镜中隐隐约约闪现出远方桅顶上的灯火。

现在已能分辨出几艘巡洋舰模模糊糊的轮廓。可见他们确实想要欺骗一下他索科洛夫，更确切地说，不是他，而是任何一个潜在的监视者。舰队分向航行，就是为了对付可能遇上的跟踪的敌船，把他们搞糊涂。

现在已经不必着急了：猎人正在守候着野物呢！

“要是他们又突然改变航向呢？不，不会的。这种绕行半个大洋的欺诈行动是一种不能允许的浪费。看来，可以报告了？好，报告吧！”

半小时后索科洛夫的报告就通过电报飞向太空……

二

摘自某核潜艇的军官

华西里·乌索夫的日记

“……今天已是航行的第×天。再过那么一周的时间，我便可以见到太阳了。而现在头顶上还是一片大水。要是从上往下看，你是感觉不到它的重量的。但如果长期处身水下，那么你就会感觉到这汪洋大海像一块生铁一样压在你的头上。

“在这些日子里我产生了一种难受的期待靠岸的心情。当然，也不能这么说，因为这种心情是经常出现的。在我们没有潜入深水时也出现过。但是，现在这种心情特别浓烈。不知怎么，我仿佛看到了谢廖什卡的一对惊讶的眼睛：‘爸爸！往后可别再到你的海洋上去了。我同妈妈已经打定主意了……'你最好别同妈妈谈论这件事……在同自己的小辈的争论中，我能提出的最好的主意就是把他们也带到潜艇上。奥利娅对我的玩笑当然理也不理，而谢廖什卡却惊讶地看了看我说：'真的吗？爸爸。'之后，我就同他一起'到处'游荡。尽管谢廖什卡已经很懂事了，可他无法理解，我为什么这样兴高采烈地在碧绿的草地上游逛，采花……

"潜水艇水兵看不见大洋深处的水草、珊瑚树、大鱼……但我会对谢廖什卡说：我们并不是为了这些东西才在大洋深处航行的。尽管我们的潜水艇既闻不出海草的芳香，也辨不出它们的颜色，可在其他更重要的方面它却是挺能干的。它有灵敏的'耳朵'——声呐站，无所不见的'眼睛'——雷达，还有一颗'心脏'——原子反应堆……这样，我们就能够听见海洋深处的任何声音，看到远处的任何一艘舰艇……但是更重要的是我们需要在水下呆多久就能呆多久，可以到达海洋上的任何一个地方……我们的潜水艇是人们建造的。他们费了多少心血，尽力使我们能够自由地呼吸，使潜水艇能够顺利航行，给它装上可靠的眼睛。我甚至计算过，建造一艘潜水艇需要多少专家参加，这数字是惊人的……这些专家的全部劳动都是为了一个目的：捍卫人们的安宁，其中也包括我的谢廖什卡的安宁。

"当潜水艇通过赤道时，连海神尼普顿也吩咐他的部属：'今后在所有的大海和大洋，在任何经度和纬度，在海洋的一切深处，对每个水手都应该殷勤款待和表示崇高的敬意。'我看了看尼普顿授予的奖状——这种奖状我有的是，但是并不能经常体会到大洋的好客……"

"我想象着小河上冻枯了的垂柳如何不断发出簌簌的响声。妇女们在冰面上打个窟窿——在我们家乡也把它称为'冰窟窿'，在里面洗衣服。她们的双手被冰水冻得通红……可以这么说，这些就是我们家乡经常使用的'冰窟窿'一词给我留下的联想。

"可是在经过了好多年之后的今天，我对这个词的理解就完全两样了。因为，对于每个潜水艇水兵来说，冰窟窿不仅是一小段清清的流水，而且还是一块决定生死存亡的地方。因为潜水艇经常在冰下，在厚达数米的浮冰群底下航行。在一般情况下，如果需要，任何时候都可起浮。但是在北极地带起浮可不是一件轻而易举的事，你不妨试试看。冰窟窿不是任何时候都可以出现在你的头顶上的。即使有冰窟窿，其面积也不一定有你所需要的那么大……因此，任何一个在这种条件下航行的艇长，总要把他们发现的冰窟窿标在地图上，以防万一……

“今天我们练习了起浮。

“‘倒是一个不错的洞口’，艇长说道，好像是在安慰着自己。

“可我完全了解，在这种情况下需要多大的准确性，必须多么沉着。我们垂直地浮向水面，只要船身稍微倾斜一下，就仿佛可以听见那种会带来各种后果的金属与冰块摩擦的响声……

“值班的机械工程师注视着控制浮力的机械系统，做好了一切准备。他现在好像失去了听觉，不管你向他提出什么问题，他都不会回答，他只是两眼紧紧盯住仪器……

“美国潜水艇人员卡尔弗特曾经描写过这么一件事：有一次，潜水艇已在冰窟窿里浮起，艇上的人员想把起浮的镜头拍摄下来，就把摄影师留在‘岸上’，重新让潜水艇潜入水下。预计的时间过去了，可是潜水艇却没有浮上来。‘岸上’那个人根本顾不上摄影了，而潜入水中的那些人也谈不上在镜头前面摆什么姿势。水流把潜艇从冰窟窿中冲走了……

“这次我们决定不摆什么姿势。洞口倒确实是适合起浮的。我们打开了舱口，船舱里突然吹进了一股清新的北极空气……”

“现在一伸手就能碰到码头了。大家都兴奋起来。多么想立即站到坚硬的土地上去啊。水兵们都那么眷恋土地，就像安泰[①]一样。谁要是说‘他一离开海洋就不能生活’，我就不相信，这种华丽的词藻是值得怀疑的。有些人总是诅咒海洋，把海洋骂得狗血喷头，可在岸上生活了一阵之后，他们又向往起海洋来了……对这样的人我倒是更相信一些。这究竟是怎么一回事？让心理学家们去分析吧……”

---

① 安泰是希腊神话中的巨人，他的母亲是大地。——译者注

三

核潜艇正在驶入海港，海水的盐分使它变成了白色。这是一艘有着高速型船体的潜艇，它上面有一面使人自豪的、在风中哗啦啦飘扬的旗帜。虽然黑色的海水上没有发出排炮的火光——卫国战争期间潜水艇水兵就是这样向岸上的人们报告自己胜利的消息的——但是码头上的人们还是以焦急和高兴的心情在等待着他们。欢迎的人们都清楚，尽管核潜艇长期在深水中航行，但这次航行的意义是多么重大，用将军的话来说：这艘潜艇在大海里能够"创造"出多么伟大的奇迹。

人们都在骄傲地谈论着这一切，他们感到从这艘命名为"列宁共青团"号的核潜艇不可能等到别的什么消息。不知怎么的，人们已经习惯于认为，这艘核潜艇上的人员总能毫无愧色地摆脱难以想象的困境而胜利归来，这种困境不仅从军事意义上说，而且根据最客观的情况分析，也是十分棘手的……

"列宁共青团"号在海洋里确实做了许多"创造"……现在，这一切将大体上和北方舰队演习的总结一样，在司令部里进行分析和研究。当然，这种分析和研究是在一种比较平静的、甚至可以说是在"纸上谈兵"的条件下进行的。

而当时，在大海的深处，一切则完全是另外一种情景……"列宁共青团"号的水兵们离开这些亲身经历过的情景也不过是屈指可数的几个小时。

将军在命令中说：

"在北大西洋有'敌方'的舰队在活动。立即进行搜索并加以歼灭。"

命令终究是命令。但执行命令并非那么容易。当敌方舰队有大批的反潜舰只护航时，说一声"加以歼灭"是容易的，但做起来就不一样了……

"同'敌方'舰队的接触已经建立。"声呐兵的报告就是信号。没有更多的时间好考虑了,应该行动。“敌方”的舰队也一定在侦听我们核潜艇的行动。

看来,必须用一些假象来蒙蔽他们。

潜艇迅速潜入深水,整个船身都在颤动。终于下令了:

“进攻! ……”

假如光说一句“艇长熟练地把‘列宁共青团’号驾驶到鱼雷射程内”,这就几乎等于什么也没有说。因为这种抽象的说法没有把领航员炽热的目光、电工兵紧张焦急的神情以及促使鱼雷手们凝视着仪器的最初的期待包括进去。

在这一刹那间,水兵和潜艇融合成了一个有机体——它迅猛异常,精神高度集中。看来,歼击机手和他驾驶的飞机在迎着敌机撞击时也是这样的。

巨大的船身剧烈颤动了一下——自动瞄准的鱼雷向目标飞去。这时紧张的局面并未消失,相反,度过一秒钟就像在度过一小时,度过一分钟就像在度过一年。

直至得知这次袭击十分成功的消息后,大伙的脸上才现出微笑。领航员才擦了擦额上的汗水,鱼雷手们互相传递着自豪的眼神,仿佛在说:“让你也尝尝我们的厉害。”

大伙感到:大功告成了。

可为什么还不解除警报呢?

大伙困惑地互相对望着。

在这惊慌不安的寂静中,扩音器传来的声音显得格外响亮:

“接到紧急通知。命令我们前去搜索‘敌方’的火箭潜水艇。”

事情变得严重起来了。

比起威力最大的水面军舰,核潜艇到底具有很多优越性。

而现在面临的却是一场势均力敌的交锋。究竟谁战胜谁?

而且,根据各方面情况判断,敌方的核潜艇并不打算暴露自己。看来,他们有他们的意图:偷偷地开到作战地区,然后突然发动火箭袭击。

在这种时刻,关键人物是声呐兵。看来声呐兵正在仔细谛听着,唯恐忽略掉这惊惶不安的海洋里的任何一点细微的声音。

时间在一分钟一分钟地过去，好像那撞针上压紧了的弹簧一样，显得十分紧张。

一分钟，十分钟，四十分钟，一百分钟……

一个年轻的水兵终于轻松地、好像怕说错似地低声报告：

“船的右侧有潜水艇的声音……”

这里不可能有我们的潜水艇。可见，这是“西方”的火箭核潜艇。

敌艇就在航向的正前方。

不行，现在不能进攻，应该先占据有利的阵位。

看来现在正是时候。

“放！……”

后来，在岸上详细分析北方舰队的演习时，水兵们听到了一种权威性的评价：“如果这是一次真正的战斗，不是什么假设的‘敌人’，而是真正的敌舰，艇上的水兵们就肯定会把它消灭掉……”

指挥部会议在白天举行。

“我们的城市发展了。”索罗金开始说道，“它有了街道，但是这些街道还没有命名。这样不行……对地方苏维埃有些什么建议？”

别夫兹两手一摊，沉思了起来。

“这是海军的城市。如果这里的街道用纳希莫夫、拉扎列夫、乌沙科夫的名字来命名倒也不错。”

“我不反对用乌沙科夫的名字。但何必去找古代的人物呢？我们的城市还年轻，但是它已经有了自己的英雄。除了我们，还有谁能够使这些英雄的名字流芳百世呢？”

几个人几乎同时想起了科尔契洛夫。

“我们大概想到了同一个人——鲍里斯·科尔契洛夫中尉。”

“还有一个建议。”

“请说吧。”

“一定要用最早的核潜艇中的一艘的名字来命名一条街道。”

“‘列宁共青团’号吗？”

“是的……”

“有不同意见吗?”

一致通过。

晚上,正在缩短的白夜给海洋和山岗涂上了各种令人惊异的色彩:沿岸一片黑色的海水,在它靠近天边的地方,起初变成金黄色,后来又变成了烟雾般的天蓝色。橙黄色的天空仿佛蒙上了一层薄雾,而红色的岩石在白色的苔藓上投下了一层蓝色的影子。这些影子说明了太阳正在下山,北极的夏天就要结束。

谢尔盖耶夫登上了一座山岗,眼前展现出一片光亮刺目的远景和从北方吹来的铅灰色的浓雾。

大约过了一小时,海角后面出现了一条又长又黑的核潜艇,它正在疾速地劈浪前进。潜艇划了一个半圆形,眼看着很快就变小了。现在泡沫飞溅的水流已经涌到了驾驶室,接着就连这驾驶室也不见了。只有潜望镜的透镜闪烁了一下,潜艇开过后在水面上留下的痕迹也完全消失了。

核潜艇向海底驶去。

阳光十分耀眼,谢尔盖耶夫没有看清船身的号码。这很可能是“列宁共青团”号,也可能是它的强大的兄弟舰艇。

谢尔盖耶夫在想,现在站在船内仪器旁的小伙子们,过几天就会看到北极的使人目眩的冰原,也可能在漆黑的热带天空中看到南十字星座闪烁的金光……

第 12 章

在遥远的大西洋某地……

一

阿纳托里·谢尔盖耶夫最后一次到多利纳山谷去是在秋天。

有些事情很难解释。这一次他也未必能向妻子解释清楚，他为什么要到多利纳山谷去。事情很简单：一天早上醒来，他突然想到，不是随便什么时候，而是现在，今天，他必须到黑崖，到萨波若克去，到四一四高地的山坡上去走一走。他意识到这是一种迫不及待的、无法控制的怀乡病在作怪。

他含含糊糊地向妻子讲了几句，说是要去北方参加正在那里召开的一个重要会议，就跑去买飞机票了。像通常那样，票子很难搞到。但是他已经下定了决心，而且他坚信一定能乘上飞机。

机场场长正忙得不可开交，看来，这倒反而帮了谢尔盖耶夫的忙。场长还没弄清是怎么回事，就匆匆忙忙对女秘书说："这位同志需要照顾一下。请把保留的票子给他一张。"

就这样，他乘上了飞机。

他乘的是加班飞机，因此飞抵科拉半岛时差不多已是晚上八点钟了。

看来，大自然也想慰劳一下谢尔盖耶夫一天的旅途劳累。落日的红光穿过云层，一片片彩霞倒映在无数湖泊的黑水中，随波颤动着。水彩画一般的金黄色霞光从繁星闪烁的夜空折射下来。

夜色越来越浓，把大地上的一草一木都遮没了。辽阔的、一望无际的世界似乎变得深不可测，恢复到了原始状态：像火山口一样静止不动的群山，清澈透明的夜空，柔和悦目、朦朦胧胧的大地，都万籁俱寂。

来迎接谢尔盖耶夫的汽车离开了机场，向山岗中间开去。车灯照亮了前面的蓝黑色路面，群山变得黑洞洞的，令人感到神秘莫测。湖边的上空升起一片烟雾。只有在这里，在地面上才能看到遥远的白色寒星在深不见底的湖水中闪烁。而海洋上的礁石通过信号灯互相传递着眼色，恰如火星人在那里交谈。

人们让谢尔盖耶夫住进了浮动基地，浮动基地的两舷在阵阵劲风的吹打下发出咯吱咯吱的响声。透过舷窗可以看到发白的地平线上的核潜艇黑色侧影。

他发现自己反正睡不着，就走到甲板上，在潮湿的吊艇柱旁坐了下来。

人们都到甲板上来迎接山间的黎明。如果他们看不到海上的黎明，那真是莫大的损失。北方的黎明不像南方的日出那样放射出光亮悦目的色彩。在这里，一切都蒙上了一层透明的薄雾，看起来模糊不清，具有明显的深度。起初，太阳看上去像一个浑浊的光圈，因而海洋显得格外温柔多情，神秘莫测，宁静深沉。

甲板上响起了一阵钟声，核潜艇上的值班人员正在交班。潜艇已经不再是沉入水中的一个黑乎乎的庞然大物。钢铁的船身闪闪发亮，反映出大海的各种色彩和海水中太阳的光芒。

世界又开始了它新的一天，这一天是在夜间的露水和迷雾中、在远处朦胧的景色中、在静息下来的飒飒风声中、在变幻不定的五光十色的激浪中、在海浪低沉的哗哗声中诞生的。

早上，大伙用快艇把谢尔盖耶夫和伏洛佳·扎鲍尔斯基送到了港口。

伏洛佳第一个跳进峡谷，接着谢尔盖耶夫也跳了下来。

阳光照不到僻静的峡谷，因此这里还积着雪，虽然他们头顶上欢乐的小白桦树已是一片葱绿，茂密的青草长满了悬崖的边沿。

在昏暗中他们总算看清楚了一个生锈的钢盔，一支打坏了的、枪托埋在雪里的步枪和几颗生了铜锈的子弹。

“死谷！”伏洛佳低声地说，“过了这么多年，它仍然是一个名副其实的'死谷'……"

他们穿过了一片死气沉沉的大森林。看来，自然的力量并没有能把北方连成一片的白桦树从山谷和岩石中连根拔起，它那干枯的树干盘根错节地长满了整个山坡。铁丝网和各种颜色的战地电话线像藤蔓一样紧紧地绕在烧焦了的、为无数弹片打伤了的小白桦树上。

战斗好像昨天刚刚结束：准备好射击的大炮威严地立在地上。机枪旁放着一堆堆空的子弹带。步枪的刺刀尖像罗盘的指针一样指向山顶。到处都是画着"卐"字的钢盔。

建造在岩石上的工事宛如一座巨大城市的废墟。他们在工事附近的岩石上拣起了一块差不多已经腐烂了的、血迹斑斑的水兵衬衣碎片。看来，当时这个战士想冲上去和敌人肉搏，但还差几米就给打死了。

北极和煦的太阳从高空发出耀眼的光芒。他们俩很难相信现在是一九六九年的八月，很难相信无情的岁月会一反常规，竟把早已结束了的战争中史诗般的一页原封不动地保留到今天……

希特勒匪帮毫不怀疑他们会取得胜利。他们甚至确定了在沦陷的摩尔曼斯克举行检阅的日期，而预先任命的驻军司令部和各种娱乐部门的工作人员也跟在进攻的骑兵队后面慢慢地走来。

当时第十四集团军死守着阵地，舰队也和它战斗在一起。北方舰队军事委员会直截了当地宣布：

"摩尔曼斯克在危急中。舰队可以牺牲，但它决不让敌人进入城市……"

从各舰艇上抽调了部分最优秀的战士组成了海军陆战队。第一支队承受了最残酷的打击，但是他们坚持了下来。

谢尔盖耶夫当时住在摩尔曼斯克这个死气沉沉的、烧光了的城市里。港口和造船厂还在坚持工作，但街道简直成了最残酷的战争影片的可怕布景。仅仅他的一幢楼房就受到五颗炸弹和几百颗燃烧弹的袭击。其实城内已经没有什么房屋了：只有一片废墟，看上去很像一座中世纪的、有着许多熏黑了的窗洞的城堡。

看来已经没有什么东西可烧了，但是瓦砾下边却咝咝地升起了几束火光，它那白色的毒烟沿着遍体鳞伤的街道向四面八方散去。

海湾里停着从英国和美国开来的护航舰队，空袭时有什么，就打什么。当成群的容克式和海因克尔式战斗机呼啸着从山后飞出时，连军舰的主炮也向天空开火了。

摩尔曼斯克的命运取决于西利查、雷巴契和木斯塔-通图里几个阵地的战斗，那里一分钟也没有停止过战斗。

希特勒的报纸甚至在被占领的挪威刊登了一篇题为《为什么德国军队还没有占领摩尔曼斯克》的文章。文章说："许多人提出了一个问题：为什么德国军队还没有占领摩尔曼斯克。我将尽力作出解释。"文章的作者写道。"从挪威战争时起就驻扎在拉普兰的德国部队正在那里进行战斗……战斗非常艰苦，困难真是无法形容……"

当然，问题不在于冻土地带和其他对交战双方都一样的自然条件，而在于我们的坚决抵抗，这种抵抗是法西斯分子完全没有料到的，因此法西斯报刊才匆忙宣布摩尔曼斯克已经被他们占领了。被俘的法西斯骑兵大部分是提罗尔人，他们戴着画有阿尔卑斯山火绒草花的袖章，大都习惯于山地作战。他们倒比在沦陷的挪威出版的法西斯报纸更善于分析摩尔曼斯克的战局。一个俘虏在审问时曾经供认："你们的人真是用特种钢材做成的。甚至在他们被四面包围，弹尽粮绝，连刺刀也拿不动的时候，还要用牙齿咬我们一口！"

青灰色的河水静静地流着。群山寂静无声，仿佛在谛听着远处的轰鸣。

好几个月来德国工兵一直在这里用甘油炸药炸岩石，把一块块的大石头堆起来，接着，阴暗的北极丘陵上就出现了这些巨大的重点防御工事。四周的峭壁也用一层层坚硬的钢筋混凝土连接起来，并用黑色的钢板加固。

然后法西斯骑兵把大炮拖到高地上，配备上一些大口径机枪来封锁通往高地的要道，并在碉堡上为冲锋枪手开了许多枪眼。各种不同口径的迫击炮对准了俄国人的山头。

德国工程师的最后一个绝招则是在这一"完整"的工程中装上一

块马蹄铁。它被钉在长形石洞入口处的上方，作为牢固和对明天满怀信心的象征，为他们的事业“祝福”。

现在谢尔盖耶夫和伏洛佳把这个为德国市民取得安宁的标志取了下来，留作对遥远的烽火年代的纪念。

掩蔽部里还保留着一个德国烟灰缸，一个由于年久日深发了黑的、刻着汉萨帆船的铜器，还有一片印着“元首的士兵一步也不后退……”等几个字的报纸。

这些家伙在一些戴着海军帽、穿着海魂衫进行战斗的人们面前惊惶失措，狼狈逃窜。

历史记载着水手长在决死的战斗前发出的命令：

“摘掉钢盔，脱下军衣！戴上海军帽！海军进攻了！”

“雷鸣”号参加海军陆战队的小伙子们在关切地听着陆军军官们的讲话：“你们穿着海魂衫去打仗，就会暴露自己。现代战争的条件要求我们丢掉某些传统的做法，虽然这些做法很好，很英勇……”

水兵们狡黠地笑了起来，看来他们非常怀疑地接受了这种对他们生命安全的善意关怀。

要“丢掉”几十年来名扬四海的传统，这是他们很难办到的。在他们看来，一个水兵屈服于子弹，这是不可思议的。同样，一个水兵，如果他不佩带那鼓舞斗志的、证明他是一名无所畏惧的水兵的标志去参加战斗，那也是一种耻辱。

“摘掉钢盔，脱下军衣！戴上海军帽！……”

这个命令意味着从这个时候起，只有子弹才能使一个人停下脚步。

这个命令意味着一种难以置信的勇敢精神，意味着一种不可抑制的愤怒，在这种愤怒面前，连那些难逃覆灭命运的骑兵们最严厉的抵抗到底的命令和他们的凶残狠毒也都显得软弱无力。

“摘掉钢盔，脱下军衣！……”

海军陆战队像蓝色的巨浪一样从大海涌来，一批批地冲上海岸。他们本身就是海洋的一部分。一面带蓝色条纹的旗子在迎风飘扬，许多人没有到达敌人的战壕和掩蔽部就牺牲了，但那些冲到敌人面前的人却是毫不留情的。

山口有一把水手刀，旁边有几个希特勒匪帮的钢盔。它们都是无声的见证，证明这里进行过一场摧毁第二次世界大战中最坚固的防线之一的战斗。那块生了锈的马蹄铁并没有给希特勒匪帮带来幸福，它最后终于掉了下来，“哐”的一声落到炮筒指向北极阴暗天空的骑兵队大炮上。

谢尔盖耶夫和伏洛佳登上三一四点八高地。从前这是一座无名山岗，只有在非常详细的军事地图上才能找到。现在这座山被称为“光荣高地”。本来已是难以攀登的峭壁又密密地布满了生了锈的铁丝网。岩石上用炸药炸开了几条通道。这种用大石块砌成的坚固的防御重点就像古代特洛伊城的废墟。

在爆炸过的石头山旁边丢着许多弯曲的粗铁梁。在一大堆炮弹壳后面可以隐约看到山地骑兵的大炮。在许多打开了的迫击炮弹箱旁边堆放着生了锈的各种口径的迫击炮炮筒。……到处都是钢盔，钢盔，钢盔。有德国人的，也有我们的。这些钢盔被弹片和子弹打得千疮百孔，被爆炸的气浪压得扁扁的。

谢尔盖耶夫从地上提起一挺打坏的杰格佳廖夫式手提机枪。“这挺机枪，我带回去……”，他说。

枪支的加油壶，扁平的刺刀，士兵用的小匙。谢尔盖耶夫和伏洛佳用手翻动着泥土……

“有了！”一个水兵的塑料笔盒滚到了青苔上。

盒盖打不开，他们就用石块敲它。于是，盒盖就松动了……

他们拣到一张发黑的小纸片。

纸片上写着什么呢？这是谁的事情呢？

他们小心地把纸摊开：“特卡钦科・华西里・米海洛维奇。‘雷鸣’号驱击舰的水手。籍贯：尼古拉州。”

一个人在这种时刻的感受是很难表达的，也是无法表达的。又是痛苦，又是因发现亲人的下落而感到安慰，又是悲伤，又是不安的期待。他们很快地联想到华西里・米海洛维奇的亲人。人们会把这个消息告诉他们。他们将多么难过啊！但这终究比听到关于儿子或父亲“下落不明”的消息要轻松些。

他不是“下落不明”，而是永垂不朽。当他的双眼还看得见，当他的心脏还在跳动的时候，他一直在战斗，直到他生命的最后一刻，直到他无法再前进一步。

“雷鸣”号……这是一艘被人们歌颂着的军舰，有着神话般奇遇的军舰。它是北海舰队第一艘荣获“近卫军”称号的水面军舰。正是它在西利查消灭了好几个敌人的炮兵连和迫击炮连，用自己的炮火支援了我们的军队。

也许，华西里·米海洛维奇在自己生命的最后一瞬间还听到他的军舰的威严炮声。是的，西利查一直牢牢地记着“雷鸣”号！

谢尔盖耶夫想起了战争年代的一首歌曲：

让大海掀起汹涌的波涛吧，
“雷鸣”号照样迎着风浪前进。
一群群疾飞的海鸥
正护送着近卫军战士去远征……

“让我们来分析一下，这儿发生过一些什么事。”当他们走到一个匆匆盖起来的掩体旁边的时候，伏洛佳轻声地说。几颗零星的生锈的子弹壳在脚底下叮当作响。十来顶画着“卐”字符号的钢盔乱七八糟地丢在一堆石头前面。阿纳托里和伏洛佳伏在地上看了一下，他们发现，当时有一个人就是从这里向希特勒匪徒射击的。

当时这个人显然处在不利的情况下。从德国鬼子钢盔分布的情况来看，他当时左右两边都受到攻击。而在背后，有海水的那边，则是一条逐渐形成小山沟的狭长的开阔地带。

“这里一切都很清楚，用不着福尔摩斯来侦察。伏洛佳，你看！”

在小山沟的入口处有一顶苏联钢盔。它可能是被敌人的子弹打下来的，也可能是受了重伤的水兵无意中丢失的。

他们俩一面向峡谷走去，一面仔细地观察每一米的路面。伏洛佳走在前面。

“快到这儿来！你来啊！……”谢尔盖耶夫听到从树丛里传来的伏洛佳喑哑的声音。

谢尔盖耶夫从一块石头上跳到另一块石头上，连蹦带跳地向他的伙伴跑去。

“你看！一条皮带。”

他们沉默了好久。

“看来，他爬到这里来，是想爬到岸边去……”

“不是看来，而是确实如此……因为他没有别的路可走。”

“他差不多已经走到了，离水面才剩下几米。”

“从各方面看，当时，这个人是在掩护同志们撤退。在这种情况下一般是很少走得了的……”

他们又回到上面去拿那个钢盔。

他们在大圆石上坐下，抽起烟来……

后来，谢尔盖耶夫回到了莫斯科，他把生锈的机枪枪筒、被弹片打穿了的钢盔和一把水手刀挂在他房间的墙上，他的朋友感到很奇怪。后来他的客人们也感到这是不可理解的怪癖行为。他们终于把自己的想法说了出来：一些废铜烂铁，“没什么好看的”。

谢尔盖耶夫从心里可怜这些人。他们没有感受过多利纳山谷那种有点使人害怕的魅力。他们没有听到过那里的石块的轻声倾诉，这是一种带着柔和细纹的花岗石，在晚霞中它们反射出令人不安的火光。他们不熟悉多利纳山谷那些冰冷的小溪的流水声，这些小溪至今还在把那些被子弹打穿了的钢盔从雪地里冲刷出来。他们也不熟悉多利纳山谷的声音，从多利纳的空谷回声中，仿佛可以听到人们的话语声。

这是水兵们的话语声。多利纳山谷躺着许多水兵。真是太多了，不能不使人感到震动和痛苦。在回声中好像能听到水兵们愤怒、胜利的呼喊声和临死前的叫声。也许这是在高空中翱翔的海鸥鸣叫声的回声。按旧时的迷信说法，海鸥就是水兵的灵魂。

也许水兵们现在正在怀念着海洋吧，谢尔盖耶夫想道。它，这闪闪发亮的海洋，闪烁着紫铜色阳光的海洋，不就在旁边吗？它近在眼前，就在那泛着蓝色的山岗后面。它的上空，狂风怒吼；它的远方，明亮清澈。长眠在多利纳山谷里的人们再也看不见这海洋了。

如果这里的宁静不被冒渎地破坏的话，那就可以听见多利纳山谷的声音。只有海鸥会去扰乱这种隐隐约约的说话声。悼念在这里牺牲的人们，就必须怀着崇敬的心情，需要一个宁静的环境。这样你就可以指望在你面前展开多利纳山谷的新的一页。从前来这里悼念死者的人就是这样做的。他们怀着崇敬的心情，在用小石块堆成的小丘上竖起一块普通的木牌，上面写着撕人心肺的题词："父辈永垂不朽，后辈敬立。"

……那些挂在墙上的珍贵遗物能使谢尔盖耶夫想起许多事情。他把这些遗物带回莫斯科，同时也就带回了多利纳山谷的话语、柔和的暮色和山谷的痛苦，带回了从前军舰炮火齐鸣的回声、水兵的愤怒和海浪的灰色闪光。

只有水兵们才能理解他的心情。他们前来做客时，总是默默无言，用手抚摸这些冰冷的铁器。他们的眼睛一下子就变得暗淡无光。这些水兵就像要认清那早已远离人世的朋友们的面容。

二

十月的黄昏，巴伦支海显得格外阴沉而冷淡。一阵急雨在峡湾的黑色水面上激起了白色的泡沫。压在山脊上的、像一团蓝烟般的乌云，因为充满了水分而膨胀了起来。

雨并没有下大：雨点整齐而又单调地打在冰凉的水面上，雨声变成了持续不断的喃喃絮语，像被云幕遮盖着的远方一样模糊神秘。

在这个时候，在这些似乎是向半个世界敞开着的岸边和辽阔的土地上，荒无人烟的景象使人产生一种压抑、难受的感觉。从空气中已经可以感觉到北极的冰原和初雪即将来临：再过几个星期它们就要从北极的冰山中分离出来，到那时太阳将完全隐没在地平线外，海岸上鲜红的颜色亦将消失，而在人们的眼前将呈现出一派北极漫长的冬天的景色。

快艇把水兵们送到大岩石上以后，就离开海岸远远地开走了；因为已经开始退潮，有陷入长满海带的乱石堆中的危险。

阿尔卡基·米海洛夫斯基踩着一块块的石头连蹦带跳地走到了岸上。

岸上已经有一辆汽车在等他。

“将军同志，到莫斯科吗？”司机问道。

“到列宁格勒……开到飞机场去。”米海洛夫斯基看了看表说，“时间已经很紧啦。”

一个身材高大、栗色头发中夹着白发的海军上校用他那惯常的平淡语调读着履历表。由于情况特殊、心情激动和会堂中寂静得有点紧张的气氛，他读的仿佛不是他米海洛夫斯基自己的履历，而是他的好朋友或是老相识中的某个人的履历。

“对学位论文答辩者有问题要问吗？”学术委员会主席环视了一下会堂，问道。

“请允许我说几句，”一个结实的、穿着佩有工程师肩章制服的将军站起来说，“阿尔卡基·彼特洛维奇，您好像常常把学者们带到海上去。”

“我们一直在这样做。被我们带到海上去的学者有水声学家、制图家、海洋学家、工程师、火箭专家……还带过科学院的整个考察团……”

“还有一个问题，可能是无关紧要的问题……我是否可能在‘红高加索’号巡洋舰或是‘德罗兹德海军中将’号近卫驱击舰上见过您？”

“可能，将军同志……我曾以伏龙芝军校学员的身份在‘红高加索’号上服过役，还以同样的身份在‘德罗兹德海军中将’号驱击舰上服务过。”

“明白了，这说明，我在那两艘军舰上见到过您。我的记忆不坏吧？”

将军满意地坐了下来，仿佛为自己解决了一个重要的而又折磨了他很久的问题似的。

“主席同志，”会堂里有一个人打破了那令人难过的寂静，“请您把阿尔卡基·彼特洛维奇的第一篇科学论文和他的副博士论文题目再讲一遍。”

主席便打开文件夹翻寻起来。

“其实，我何必浪费时间呢。米海洛夫斯基同志，请您自己回答吧。”

“第一篇论文的题目是：《论提高涨落潮时航行计算的准确性》。”

“在哪一年答辩的？”

“在一九六一年。”

这时会场上的话题已经转到别的事情上去了。米海洛夫斯基有时甚至觉得，好像人们已经把他这个学位论文答辩者忘记了。水兵们和学者们在辩论，铅笔在笔记本上记录着，一张又一张的纸条向大会主席传去。

米海洛夫斯基自己也不知怎么地突然笑了起来。现在站在讲台上的海军中校非常像涅克拉索夫中篇小说中的伏龙格尔船长。他的头的姿态、他的动作和脸部表情都像极了。

他回忆起遥远的过去：想起了他阿尔卡基·米海洛夫斯基十四岁时的情景；想起了克利亚兹马河水库，还有他阿尔卡基·米海洛夫斯基的老师——一级快艇舵手，作家涅克拉索夫。《伏龙格尔船长的奇遇》这本迷人的有趣的小说中的人物形象就是在这些莫斯科近郊的航行中诞生的。他还依稀记得“灾难”号快艇的水手中那些朋友的特征，他们曾一起生活在一个令人难忘的、无忧无虑的时代。

论文评论员生硬的声音打断了米海洛夫斯基的回忆：

“……学位论文答辩者在掌握新的核潜艇及核潜艇作战的战术原则方面作出了很大贡献……”

这是指谁？好像是指他。但为什么这样郑重其事？

“……他无疑地应该得到……有前途……他将来会有许多贡献……可贵的是他不是关在实验室中摸索，而是在实践中……”

“请学术委员会的成员留下来。”主席说，他的口气就像宣布“法庭退席研究案情”那样。

米海洛夫斯基站了起来，他自己也记不得是怎么走到走廊里的，而且还拿了别人的一支烟，虽然他并不会吸烟。

“您不要紧张，”少将工程师挽着他的手臂说，“一切都会很顺利的，形势很明朗。”

其实，米海洛夫斯基本身的精神状态已经说明了现在的“形势”……

三

好几个星期没有见到潜水艇了……

潜艇进港时，谢尔盖耶夫也在码头上。

雪花在黑色的水面上飞舞，拂晓时的红霞划破了远方的天边，把那忽隐忽现的红宝石般的反光撒在沿岸的冰层上，撒在那蒙上了霜的灰白的指挥室上。这样的景色只有在这儿，在北方才能看到。

潜艇仿佛从童话世界中出现一样，从黑暗中慢慢地显露出来，开始只能隐隐约约地看到它的轮廓和船舷上的灯光，后来慢慢地看到了舰桥上的人影和在疾风中飘扬的旗帜。

雪花上下飞舞。海浪拍打着岸边，发出令人心碎的呻吟。寒风吹到脸上，像针刺一样疼痛。

一队水兵一动不动地站在码头上。

这里见不到手持花束的妇女，见不到儿童，也见不到人们描写过多次的欢迎仪式上那种浪漫的色彩。

一阵风把夹着雪花的蒙蒙细雨刮到了海湾上。码头上响起了欢乐的、响彻云霄的乐曲《“瓦良格”号之歌》，这乐声传到了潜艇上，向那些站在烟雾弥漫的雨夹雪中，站在指挥室上那面骄傲的国旗下的人们表示欢迎。

谢尔盖耶夫多次看到过迎接军舰的情景，但这一次的欢迎是任何一次都不能比拟的。

海军的传统，它那英雄的历史……这方面已经描写过多少啦！

而在这里，在这冰封的码头上，当乐队再次体验着那首歌颂悲壮的英雄事迹的曲子，奏起了歌颂同时代人的英勇精神的乐曲时，每个人都会想到：也许“婴孩”号和“狗鱼”号的水兵们也是这样，一个个衣服上结了冰，遍体鳞伤地从经过殊死战斗的远航中回来，他们的旗子也是这样迎风招展，人们的眼睛也是那么热情……

“放下船头的缆绳！”

沿岸的冰层发出了折裂声，给几千吨重的庞然大物让路……

《时代》报在一篇题为《俄国舰队——海上的新挑战》的文章中指出：苏联舰队“不仅是全面的和具有远征能力的舰队，而且是具有最新的一级装备的舰队之一。美国百分之六十的舰队是由二十五年或二十五年以上的军舰组成的，而苏联的舰队却是现代化的、崭新的。”

“每一次，”美国海军上校，“俄国海军力量问题专家”哈里·艾伦多弗伤心地写道，“当你进入外国港口，在还不能立即认出停靠在那儿的船只的国旗时，那最美丽、最清洁和保养得最好的船只一定是俄国的。这一点是十拿九稳不会错的。”

谢尔盖耶夫把剪报拿给军事委员会委员看。

“好吧，”军委委员笑了笑说，“尽管他的承认并不是出于好意，但是对这种观点不能不表示同意。特别是要使《时代》报变得客观些的话，那至少要等到世界末日才行。”

四

索罗金打开门的时候，维捷卡正在前室呼哧呼哧地结着滑雪板的带子。

“准备到山里去吗？”将军搓着他那双尽管戴着手套、但仍然冻僵了的手，“穿暖一些。外面冷得够呛，零下三十度。”

“滑雪时不会冷的……”

“可以祝贺你了。”

“是的，爸爸……今天开始放假了。只剩下最后一个季度，以后我就是一只自由的小鸟了。”

“得了,自由的小鸟,吃饭吧。”他吻了吻从厨房里出来的妻子,“孩子他妈,是不是该给我们吃饭了?”

“真拿你们没办法！总不会让你们饿肚子的。去洗洗手吧……”

“命令我们去洗手,维捷卡！听见吗?”

“听见了……不过我要和你单独密谈一下。”

“出事了?”

“没有,但要谈一谈。午饭后谈……就我们两个人……不要妈妈参加。”

“好吧。两个人谈就两个人谈。”

吃饭时索罗金偷偷地端详着儿子。不久前他还是个小孩子,而现在呢——人长高了,长大了。已经要和我单独进行认真的谈话了。想到这里,索罗金便笑了起来。

“你怎么了?”维捷卡皱着眉头望着父亲。

“没什么。想起了许多事情……好吧,我们去谈谈吧……孩子他妈,我们要去开个秘密会议……”

“我才没时间听你们的秘密呢！我就那么要听……”

他们在索罗金的摆满了书籍和舰艇模型的房间里坐下。两个人狡猾地互相眨了眨眼睛,把门紧紧地关上了。

维捷卡沉默了一会儿,然后才勉强说出几句话来:“我想和你商量一下。今天我和同学们在一起考虑,毕业后我们上哪儿去。不管怎么说,只有半年时间好考虑了,应该有所准备。再说,参加高校入学考试的人也增多了,而随随便便地投考一所学校,你自己也知道,我是不愿意的……”

“那么,你自己想到哪儿去? 要知道,这是一件关系重大的事情。问题不在入学考试,就算你考不上,还可以再等一年,工作一年,以后再考,在这种问题上是不能急躁的。如果你选上了一个讨厌的职业,那就会把自己的一生都毁掉。”

“我已经决定考海军学校了……海洋毕竟是令人向往的。远航,舰艇,人们不知道的地方。‘在那遥远的蓝色海洋,双桅大船升起了风帆,’”维捷卡唱了起来,“这样的好差使,任你拿什么东西来,我也不肯换。”

“哎。这个问题恰恰需要认真地分析一下。你说的‘这样的好差使’是指什么?你要知道,双桅帆船只有在歌曲里才那么令人神往,而在现实生活中就是另一回事了。再说,”父亲笑了笑说,“你还记得另一首歌吧,‘只剩下诗歌中的双桅帆船……’而生活可不是诗歌。”

“你想吓唬我吗?我可不是胆小鬼。”

“我干吗要吓唬你?我是想告诉你:书本上的浪漫主义在上船工作的第二天就会消失的。对每个人,海洋好像都要给一个考验期,有些人经得住考验,而另一些人呢?军舰上‘平淡无味的生活’很快就把他们各种各样的幻想,诸如‘双桅帆船’啊,‘遥远的海洋’啊,以及其他各种远远脱离海洋实际的浪漫主义情调一扫而光了。

“在严寒中站岗,维捷卡,这完全不是一件轻松的事。还有洗甲板,在军舰的厨房里削土豆,擦洗铜器,一连几个月看不到海岸,因而在家庭关系中就会出现一些矛盾——这你以后自然会明白的……还有那伤透脑筋的风暴,它们只有在博物馆的图片中才是美丽的。所有这一切和许许多多其他的事情,亲爱的,就是我们的现实生活。谁认为这符合他的口味,谁就留在海上。”

“但水兵们并不仅是擦洗铜器和在厨房里削土豆。我看,你是故意讲得那么困难。”

“不,我没有故意讲得那么困难。和一般的生活一样,水兵的生活中也有节日。但不是每天都在过节啊。不管你愿意不愿意,总得以日常生活为准,而这些日常生活是非常烦琐的……你还要估计到另一种情况。现在对海洋的感情是从另一种观点,是按照一种与过去不同的标准来衡量的。你想想看,海军方面的技术革命产生了什么样的连锁反应呢?而且这种连锁反应是不依你我的意志为转移的。”

索罗金在房间里走了一阵。

“譬如说,过去,一个水兵只要有强壮的身体就能在帆舰上干得很好。虽然不是担任什么了不起的职务,但他能胜任。后来,一个水兵就又要当电工,又要当无线电兵,又要当炮手,又要当鱼雷兵了。

就是说，是个专门人员了。现在要在核舰艇上工作，单有十年制中学的程度就会感到很困难……现在你再推论下去。你想想看，在自己干的这一行中这些水兵成了什么样的专家啊！总之，‘水兵’这个概念慢慢地就要变成‘学者’这个概念的同义词了。因此，亲爱的，热爱海洋的程度已经不是用激情，而是用知识的数量和质量来衡量了。当然，我这样说，稍微有点夸张，但事实基本上是这样。

“不过，如果走运的话，就能够参加几次引人入胜的远航，见见世面，开开眼界。再说，在你们当中会有多少人获得金星勋章啊！

“你还年轻，才会这么说。要知道，维捷卡，荣誉这玩意儿是会渐渐消失的。而且问题还不在这里。一个舰队有多少人？”

“大约有几千个吧。”

索罗金笑了笑。

“还要多些，要多得多……好，你再想一想，有百分之几的人得到苏联英雄的称号呢？很少……怎么跟你说呢……向往应得的荣誉，当然是好事，尤其是在青年时期，当一个人觉得他有能力做很多事情的时候……但问题不在于荣誉……荣誉自己会来的，如果人们赢得了荣誉的话。问题的实质在于一个人的内心深处要有走在前列的要求，要锻炼自己的意志和性格，使自己在困难面前不退缩，不屈服，一旦情况需要，能够不畏艰险，为了共同的事业，置个人的安危于度外。这样的情况在海上是常有的，而且，很遗憾，还不少。”

“那么照你的意思，如果一个人向往建立功勋，那就是个人主义、自私自利了？”

“为什么呢？我没有这样说。相反，我不能容忍那种对什么都漠不关心和暮气沉沉的人，也不能容忍那些认为自己的安宁比什么都重要的人。假如没有建立功勋的理想，世界上就不可能存在什么有价值的东西，不可能有胜利和幸福，也不可能前进。但问题是，英雄行为只是一种现象。奋不顾身，弃绝私利，这是一个人的性格、本质和世界观的表现。问题全在于：这个人是怎么培养出来的，他的灵魂怎么样。荣誉这玩意儿，维捷卡，是变化无常的。只为荣誉而生活，那就像买了一张靠不住的彩票一样，结果可能弄得心灵空虚，身败名裂。只有伟大的、有意义的事业才能给人带来满足，如果他把自己的最美好的年华，自己的心，总之，自己的一切都献给这个事业的话。而且像浮云般的荣誉是不长久的，一两天功夫就消逝了。当人们评价一个人的毕生事业时，是不会看他的一时一事的。这种评价才是永恒的，哪怕这种评价是在一个人死后作出的……这种情况你是知道的，譬如：罗伯特·斯科特[①]，或者南森乘'弗拉姆'号所进行的远航。"

"谁不知道他们啊？！"

"是的，斯科特，南森，阿蒙森，谢多夫，这些人大家都知道。可是，关于安东·奥麦利钦科，德米特里·戈列夫，库钦等人的情况，你知道些什么呢？"

"我想，我是读过或听到过一些的，但具体情况就记不清楚了。"

"一九五六到一九五八年，当苏联组织第二次南极地带考察时，我们的极地考察人员在戴维斯海发现了一个新岛，就在真理海岸附近。人们给它命名为'戈列夫岛'。而在奥茨海岸则有一个奥麦利钦科湾。"

"那么说，他们是我们的水兵或者极地考察人员啰？"

"是我们的，但不是当代人。戈列夫和奥麦利钦科都参加过一九一〇到一九一二年的那次探险。斯科特就是死在这次探险中的。这次探险使斯科特的名字永载史册。库钦是一个领航员和海洋学家，他参加了'弗拉姆'号的挪威南极探险队。南极洲威尔克斯地巴达海岸附近的陆缘冰就是以他的名字命名的。"

"为什么我们一点也不知道同斯科特一起去探险的有哪些俄国人呢？"

"问题就在这儿。革命前，俄国并不很重视自己英雄的名字，外国人就不是这样了。"

"那么，这些岛屿、冰川、海湾的名称又是怎么来的呢？"

"这些名字都是后来起的。我已经给你讲过了，一直到一九五八

---

① 罗伯特·斯科特(1868—1912)——英国极地考察家。——译者注

年才给‘戈列夫’这个名字以应有的评价。这种评价是我们的水兵提出的。斯科特在他的日记中提到戈列夫和奥麦利钦科时，认为‘他们是最勇敢的人。当斯科特的‘捷拉诺瓦’号开到南极洲海岸时，‘他曾多次在日记中称赞道：‘我们的安东永远保持着高度的警惕’，‘啊，这安东真是好样的！’而这个‘好样的’安东几十年来却一直默默无闻，像戈列夫和库钦一样。为了恢复历史的真面目，我们的一大批学者——鲍洛特尼科夫、雅科夫列夫、勃列格曼等人翻阅了好几吨重的文献档案。还有，当斯科特开始向南极进军时，奥麦利钦科正带领着一组人到达了罗斯陆缘冰的中部。他乘着雪橇营救了埃文斯辅助队和拉什利机械师，并迎着正在返途中的探险队主力驰去。这一切也都被遗忘了。”

“那么这一切你又是怎么知道的呢？”

“在准备远航时，我看了些书，后来又碰到了鲍洛特尼科夫。他了解这件事的全部情形。顺便说说，在那些找到被雪掩没的帐篷和斯科特尸体的人中间，有一个就是戈列夫。他也是世界上首先掌握斯科特的信件和日记的人当中的一个，这些信件和日记是从斯科特身上找到的，今天它们还激动着每一个人。现在这些人也都被遗忘了……但是，正如你所看到的，历史的真相总是会搞清楚的，不公平的现象得到了纠正。但这是过了多少年后的事啊！……我跟你说这些话是为了说明一个问题：难道戈列夫、奥麦利钦科和库钦是为了荣誉而去参加那种几乎注定不能生还的工作的吗？不，他们是为了科学……只是为了科学……顺便说一下，革命胜利之后，谁也没有从奥麦利钦科口中听到过他的英雄事迹。他是一个很谦虚的人。国内战争期间他在红军中打过仗，后来又在农村当过邮递员。他第一个参加了集体农庄……”

索罗金沉思了起来。

“维捷卡，真正的俄国人的英雄行为总是这样的：不装腔作势、不吹牛夸口，不大吹大擂。该怎么做就怎么做……还认为这就是生活的自然准则。而这种生活准则却是了不起的……甚至他们中有些人的姓名也被遗忘了。只是在不久前才弄清楚，譬如戈列夫的真姓并不是戈列夫，而是吉列夫。”

索罗金突然笑了起来。

“你怎么啦?”维捷卡感到奇怪。

“我想起了一件很可笑的事。你可知道，斯科特到北极去的时候，雪橇上套的是什么样的狗?”

“我怎么知道呢?”

“这些狗叫茨岗人、美人、滑头、斜眼、长毛等等。这些名字都是吉列夫给他们取的。这些狗是在我们的乌拉尔地区的游牧人驻扎点和村落瓦伊达、格尔曼、科耳等地买来的。”

维捷卡粗声地喘着气，皱起了眉头，在盘算着什么。

“反正我要去考海军学校……”

“我并不阻止你。我只是希望你把各种利弊都权衡一下。有时我和你妈叫你做功课，使你感到厌烦，也许你心里在想：‘真伤脑筋！……’我曾带你到军舰上去过。你自己也看到了，军舰上尽是电子管、自动化设备和无线电技术……现在光向往海洋上的浪漫主义是不行了。现在的水兵又是工程师，又是科学家，而且是个优秀的工程师。因此，知识有限的人在军舰上是无事可做的。”

这些话维捷卡显然没有听进去，他正在想着别的事。

“爸爸，我听说，尼古拉叔叔曾对水手长说过：‘海洋啊，海洋！”维捷卡模仿着尼古拉·伊里奇的声调说，“‘人们还写诗歌颂它呢。我有时就想，这海洋真该死！在海上思念起陆地和家庭来，真叫人感到活在人世间没意思……’”

索罗金哈哈大笑起来：

“维捷卡，这可是另一回事了。我是了解尼古拉·伊里奇的，我们一起工作已经不只十年了。要使他离开海洋，哪怕拉掉他的耳朵也办不到。他是个天生的水手，没有军舰，他就实在活不下去……”

“那他为什么要这样说呢?”

“为什么?”将军想了想，笑着说，“大概是想家了……好久没有见到自己的孩子……或者是情绪不好吧。一个人是不是有情绪不好的时候呢?”

“当然。”

“就是嘛，他也心烦意乱起来……至于海洋，不……他是爱海洋的……真诚地爱的，他对海洋的感情是经过考验的……”

维捷卡踌躇了一下。

“至于困难，你肯定有些夸张。这样做是不必要的。困难吓不倒我。如果每个人从小就知道自己长大以后要干什么事，那世界上就尽善尽美了。你以为既然我们都是十年级学生，那就谁也没有什么问题了吗？绝不是这样。有许多人根本不知道他们该到那儿去。当然，一切总会安排好的，而且，也不是所有选了不合心意的职业的人都会感到苦恼，忍耐一阵以后也就喜欢它了。不可能所有的人都去当宇宙航行员。譬如说，铁路工程师也挺需要，或者是冷藏工业工程师……这样，如果考不上自己喜欢的高校，也不致浪费一年时间……”

“我不知道……我不知道……”索罗金半闭着双眼说，“我赞成另一种理论。很自然，不可能每个人都去当宇宙航行员。但我知道有这么一些人，他们由于各种原因，用你们的话说，没‘当上飞行员’，但他们却愿意为航空事业做任何工作。别的职业他们连想也没想过。我不大信任那种不管当水兵还是当啤酒店服务员都无所谓的人。这种人往往对什么都漠不关心。他们无论在哪儿，都是一些懒于创造的‘中不溜儿’的专家。著名的外科医生尼古拉·尼洛维奇·布尔坚科说过：有一种人，这种人确实不多，从小时候起，他们来到这个世界上就像到了自己的家一样。而且在这个世界上，他们像主人一样终生满怀信心地、独立地工作。而另一种人则终生在寻找，等待着人家告诉他，应该到什么岗位去和干什么事。我认为，前面一种人是真正幸福的人。说得确切些，那些或迟或早找到合乎自己心愿的事业的人是真正幸福的人。宁可浪费一年，也不愿意误了终生……”

索罗金望着窗外，在那结满了冰的玻璃窗外面，正刮着暴风雪。

“至于海洋，我并不是拿它来吓唬你。谁一旦爱上了它，就永远不会离开它了。有一个叫阿列克赛·列别捷夫的人，他是一个潜艇领航员，也是一个诗人，在一次出去远航的时候——这次出去后他的潜艇就再也没有回来了——他写下了这样一首诗：

你要经得住那突然袭来的寒流，
半年内可不要急于嫁人，
我在你心灵的深处，
永远是那么年轻。
如果即将诞生的是儿子，
他只有一条生活道路和一个生活目标，
他只有一条道路——海洋，
那是我的坟墓，也是我接受洗礼的地方……”

维捷卡什么也没说。一直到了傍晚，他一边抖去滑雪板上的雪，一边问他父亲：

“你认识阿列克赛·列别捷夫吗?”

“不认识，没有机会……”

“那么你今天念的那首诗在你这儿吗?”

“应该在的，是用打字机打的。你问问妈妈，她知道放在哪儿。”

五

上游的某个地方，大油船噗噗地喷着气，傲慢地向远方的海港驶去。地球的血液——石油——从一个大洲运向另一个大洲。低矮的木材运输船冒着黑烟，散发着西伯利亚原始森林和北方沿海大风的气味。雪白的、以自己那光耀夺目的华丽引为自豪的美国大轮船运送着旅客，这些旅客迫切地想看看当前澳大利亚的海滨浴场上什么样的游泳衣最时髦，或者想看看百老汇大厦顶上五光十色的霓虹灯的新花样。轮船载着坦克和咀嚼着口香糖的青年人向越南开去，而迎着它们匆匆开来的姐妹船，船舱里运载的也是这样一些青年人，所不同的只是他们都整整齐齐地躺在锌板做的棺材里。

重型航空母舰接到了译成密码电报的命令后，闷闷不乐地在激浪中掉转了航向。浪花飞溅的加勒比海向那斜桁上飘扬着锤子镰刀旗的强大的巡洋舰敞开了它的怀抱，它那罕见的美景使来自梁赞和伊尔库次克的小伙子们惊叹不已。

在这些小伙子的眼里，有一些东西是高于他们自己的：高于他们的沉思和勇气；高于他们疲倦的神色和心灵；高于水手长的悲哀——这位水手长的妻子在他出海前不幸死在手术台上了；高于某个军士在下班后攻读核子物理时感到的苦恼；高于政治副艇长的忧虑——他一直在动脑筋，回到基地后怎么使机械工程师和他的妻子和好起来，这是一对相敬相爱的夫妇，在远航前因一点“鸡毛蒜皮”般的小事而发生了口角——这次离别也许已经使他们重归于好了吧？高于情人们那充满期待的湿润的双眼；也高于故乡的白桦树林和在拂晓中割下的青草所散发出来的醉人的清香。

高于……高于……高于……就有这么些东西高于他们自己，同时这些东西也是他们自己创造出来的。这一切就是军舰走过的艰险路程，就是新的航线图。这些新的航线图是他们这个知识最丰富的水文地理“部门”的机器刚刚印出来的，是他们自己绘制出来并由他们自己详尽注释的。他们一层一层地潜入海洋的深处，他们在漆黑的动荡不安的大洋中经常突然遇到事先不知道的障碍，他们克服了这些障碍又继续前进。正是在这样的航行中，他们完成了那高于一切的任务。

红旗核潜艇航海日记摘录

“亲爱的朋友！

“跨出第一步时的喜悦和爱人的亲切目光，母亲的爱抚和父亲刚强的话语，普里希文[①]笔下的三月融雪的滴水和海洋上东升的旭日，宇宙航行员的会见和地质学家的探索，朋友们的促膝谈心和激烈的运动竞赛——这一切就是祖国。

“当你远离祖国的海岸而怀念祖国时，你想到的是什么呢？把你所想的写下来吧，让我们这个本子成为全体艇上人员怀念祖国的集体自白吧！

共青团委员会”

① 普里希文(1873—1954)——俄罗斯作家，作品主要描写自然生活。——译者注

"……对我来说，祖国——这是一个雄伟崇高的字眼！它既是覆盖着雪花的新年枞树，又是春天小溪的潺潺流水声；既是雪莲，又是夏天干草的馨香；既是草原的美景，秋天黄色落叶的沙沙声，又是蒙蒙的秋雨。祖国——这就是我的列宁，我的苏沃洛夫和阔日杜布、普希金和施企巴乔夫，陀思妥耶夫斯基和索洛维约夫-谢多伊，勃洛克和特瓦尔朵夫斯基，托尔斯泰和肖洛霍夫，就是我们的加加林们和我们的太阳、大地和天空。所有这一切都是亲切的，所有这一切就是祖国。这一切都不能互相替代。这些人也无法互相比较。

海军中士加弗里科夫"

"……据说潜水艇水兵的工作是艰苦的，但它也是光荣的。我并不因分配到潜水艇上来服役而感到惋惜，相反，我为此感到自豪。我感到自豪的是苏维埃祖国把我抚育成长，我感到骄傲的是祖国把威力强大的现代化武器托付给我，我感到骄傲的是我正在执行祖国的命令。

"我认为，祖国这个概念对于我来说是在那些地方开始形成的，在那里我第一次学会了走路，在那里人们第一次教会我拿笔，教会我读书和写字，教会我思考什么是祖国。

上等兵普扎诺夫"

"……当个潜水艇水兵并不是很容易的。但是，在经过了长期艰苦的远航之后，又回到祖国的基地，回到祖国的大地时，心里却是多么轻松啊！呼吸着祖国的空气，该有多好啊！这空气是特别的，永远也吸不厌。

上等兵科斯京"

"……祖国啊！为了能够在临终前说：'我的一生没有白过'，我是多么想为你做点美好、有益的事啊！

上等兵马克辛莫夫"

"依我看，对祖国是不能说三道四的。因为祖国就是母亲。我们每个人从小就确信：我的母亲是最好的！

上等兵巴齐列夫斯基”

“……祖国——就是一切。祖国就是你所认识和了解的人们。他们永远了解你和帮助你。祖国就是你走过无数遍的森林和你了如指掌的羊肠小道，就是长着整齐的白桦的大地，这大地尝过你的汗水的咸味，也许，它还吸收过你的鲜血。祖国是你的唯一的母亲居住的地方。只有长期远离祖国，而又时刻想念着她的人才能真正理解‘祖国’这个词的全部含义。

水兵斯托罗任科”

六

半年过去了。这半年对索罗金来说只是一瞬间。而对于他的儿子维捷卡来说，则像是通往山区和隘口的漫长道路。

这是一个忙碌的夜晚，虽然探照灯没有在海湾的上空轮番搜索企图向军舰袭击的敌机，天空也没有被炮弹的一道道火光所划破，但人们却一边扣着海军呢制服的钮扣，一边向码头奔去。停在码头边的鱼雷艇的发动机已经隆隆地响了起来，随时准备向黑暗的海洋开去，这夜间的情景勾起了索罗金那创伤犹新的战争年代的记忆。

司令部的紧急电报把大家惊醒了，人们从床上跳了起来。电文是：“根据刚收到的未经核实的情报，英国电台广播说：在你们熟悉的地区，有一艘苏联的核潜艇在水下岩石上搁浅了。只有索科洛夫的潜艇可能在这个地区周围活动。你们立即和他取得联系，派军舰到可能出事的地区去，准备好急救部队。情报正在核实。可能有人从中造谣破坏。等待我们的命令。”

轰鸣的警报声震撼了基地寂静的夜空。对于为数不多的几个知道发警报原因的人来说，今天这声音显得格外刺耳，格外令人不安。

一份份电报冲破了声音嘈杂的夜空，这些声音中有爵士音乐的靡靡之音，有咒骂声和温情脉脉的谈情说爱声，有威胁声，也有黎明前大洋彼岸人们寻欢作乐的嘈杂声。于是，北极地区数千里外的某些地方，核潜艇的艇长，尼古拉·索科洛夫的朋友们便及时地改变了航向。卡什尔斯基指挥的潜艇，它那有力的螺旋桨在大洋中飞转起来，潜艇像闪电一般飞驰而去。米海洛夫斯基指挥的潜艇则急剧地转了个弯，穿过子午线。在这以前"什么也没听到"的美国航空母舰的声呐兵突然听到了紧挨着左舷有火箭核潜艇驰过的声音。当他们向指挥官报告的时候，涡轮机的声音已经消失了。

这消息一经证实——苏联水兵的博爱法则就会立即生效。火箭巡洋舰时刻准备着在白色浪花中飞速前进，而那些此时正凝神观察着舰艇各种仪器的人们，那些正在水下航行、熟悉尼古拉·索科洛夫的人们，还有那些正在司令部俯视着地图的将军们，为了避开这一场灾难，他们会做出根本不可能做到的事情。那时候，海上那个遥远的地区就会成为出现新的英雄事迹的场所。

但是在把这台强有力的海军机器全部开动起来之前，应先弄清楚这个危险是否确实存在。

事先一点也没有料想到会发生这种情况的索科洛夫，按照规定，在一个半小时内不发出任何通讯信号。索罗金觉得这一个半小时过得特别慢，特别长，好像坐在热锅上一样。甚至当他想象到那个没有权利暴露自己，但突然又接到命令必须暴露自己的索科洛夫那副不知所措的面孔时，索罗金连笑也笑不出来。

"请转告：继续按乙方案前进，然后再来联系。"索罗金下达了命令，同时有点幸灾乐祸地想："如果这是有意造谣破坏，如果他们希望测定索科洛夫的方位，那么就让他们把记号做到别的地方去吧。他们要解决这个难题，一个月时间是不够的……"

当人们忙着和莫斯科及海军司令部通话，要弄清楚有关这个事件的详细情况时，早晨已经来临了。

索罗金用钥匙打开了门，尽量不吵醒列娜和沃符卡，他脱下了皮靴，轻轻地走到厨房里。他忽然想喝一杯海军军人喝的浓茶，暖和暖和身体。彻夜不眠使他浑身酸痛。只是现在他才感到实在疲劳了。

列娜把头枕在手上，就伏在桌子上睡着了。

门嘎吱一响，她就醒过来了。

“你们那儿出了什么事故啦？”

“你怎么还不睡觉？”他用问话来回答她的问题，“我们俩已讲过了多少次：如果我夜里出去，你就好好睡觉。”

“这是做不到的，阿纳托里，”她笑了笑说，“不知道别人怎么样，但我是做不到的……因为你那儿什么事情都可能发生的。”

“一切都很顺利，列娜！一切都很好！让我好好吃一顿吧，我现在饿得像狼一样。”

“想喝一杯酒吗？你累了吗？”

“不，八点整要到司令部去，哪儿还顾得上喝酒！要是喝点茶，倒不错。沃符卡怎么样？”

“他睡着。维捷卡来信。喏，你拿去看看吧，我给你弄点吃的……我已经哭过了，老实说……”

“他那儿发生了什么不愉快的事？”

“没有，我简直无法想象他已经是一个成年人。老是想护着他不受别人的欺侮。可是谁欺侮他呢？我自己也不知道。”

“好，好，让我们来看看，我们未来的马卡罗夫在那儿生活得怎样。”

“亲爱的爸爸和妈妈，”信是用端端正正的像学生一样的笔迹写的，“今天我第一次值日，没有发给我们枪，只发了一个写着‘值日’字样的袖章。子弹带也还没有发，等我们宣誓后就可以带上了。

“由于这些原因，值日是够复杂的。我和鲍里斯站在水兵舱里，全体学员都安置在那儿。

“其他方面一切都很好，妈妈，你不必为我担心。我已经学会了熨长裤，并且能自己缝补海魂衫，因为在和小伙子们摔跤时把衣服撕破了。

“我很喜欢自己的职务。我给沃符卡另外写了一封信。当然，要是他认为除了海军学校以外还有什么别的地方可以去学习的话，那他就是一个大傻瓜。

“吻你们。

你们的维捷卡”

“你看，怎么样?”列娜问道。

“我看，他那儿一切都很好，你有什么可担心的呢？熨长裤倒是早就应该教会他了，在这方面你往后应该教教沃符卡才对呢……”

“不知不觉中儿子已经离开我们了。可我却好像昨天才送他上学去似的……沃符卡眼看不久也要走了。”

“有什么办法呢，列娜。时间过得真快呀！只要他们长大成为一个有用的人就好了。我们已经抚养他们成人了。往后……往后的事做父母的就帮不了什么忙，要由他们自己给自己掌舵了。”

“以前，当你出海时，我只为你一个人担心。可是很快就要为维捷卡，为沃符卡担心了。他们又选择了这种非常危险的职业。别人的儿子进的是工学院、戏剧学院和上大学……”

“你这是说给我听的吗?!”

她笑了起来。

“噢，我忘了，你们和大海是碰过杯的。”

他们走到窗前默默地站了好久。每个人都在想着自己的心事，尽管他们之间这个“自己的心事”是分不开的。索罗金想要想象一下维捷卡穿着军校学员服装的模样，却想起了以前和他自己约好在青铜骑士旁边见面的苗条姑娘的样子。而列娜呢，她在想着沃符卡不久也得和她分离的情景，突然她的脑海中却浮起了一个袖子上缀着钩形符号的海军学校学员的形象，那时他正小心地伴送她回家。

有什么办法呢？既然生活是那样无始无终，那么它的每一瞬间当然就像那永远呼号着的海风一样，永远不会停住自己的脚步。

七

在总司令办公室的一张临时摆进来的桌子上放着一个潜艇模型。这艘潜艇暂时只存在于设计师的头脑中，在图纸上以及这个仿佛在胶木地板上空飞驶的漂亮的模型中。

“预计的速度是多少?”总司令用询问的目光看了看设计师。

“我们认为,它比设计的速度还要高。”

“那么潜水的深度呢?”

“也是这样。您看,”设计师用铅笔指了指图纸说,“这儿和这儿的横梁不仅加固了,而且采用了全新的结构。”

“什么时候拿出样品来?”

“按计划中的时间。”

“来得及吗?”

“要是协作的研究单位不拖后腿的话,就来得及。”

“这是送给我们海军的一份厚礼啊!”

“当我们想到,在这艘潜艇问世之后,还会出现什么样的潜艇时,我们自己也感到不自在了……人在海洋上又跨了多大的一步啊!”

“是啊,五年前根本不曾想到会有这样的潜水艇。那时,不是这些系统没有建立好,就是那些系统尚未建立。现在,可以说,潜艇是集中了现代科学技术成就的产品。”

“而且是互相协作的成就。只要一个环节不行,就不可能前进一步。”

“是的,从各方面看,这是一艘很好的潜艇……但是这模型目前应该拿掉,还没有到展出它的时候……”

“不久前在美国曾发表过这样的文章:继续加深潜水艇潜入水底的深度问题是头等重要的大问题,”设计师若有所思地说,“他们的科学家和工程师认为,到七十年代可以造出潜入两千米海底的核潜艇。”

“你了解美国制造核潜艇的计划吗?”

“了解的。他们现在经常讨论这些计划。有时还在专门的刊物上展开争论。美国工程师认为,要是采用特种钢材,可以在最近几年内造出能潜水一千两百米深的潜艇,而用钛合金做船身的潜艇还可以达到更深的深度——一千八百米或更深些。造潜水达两千到三千米深的潜艇的最理想材料是以铍、钛、铝为基础的合金,还有就是塑料玻璃,它的强度在不久的将来可以超过金属合金。深水潜艇的船体结构也在变化。圆柱形结构和球面形端部舱壁是较理想的。‘海豚’号深水潜艇的结构就是这样的。”

设计师停了一会儿，又继续说：

“您还记得吧，少年时代我们对别利亚耶夫的小说《两栖人》非常着迷。这本书写成到现在已有四十年了。一九六二年十月在伦敦召开的关于研究深度的国际会议上，雅克-伊夫·库斯托[①]提出报告，据说有可能制造配有人造鳃的‘水底人’，他能长时间处于两千米深度的水底。库斯托说：为此必须给人配备一个小型的心肺机，它能把氧气直接输入血液中，同时把血液中的碳酸气排除出去。要使人体能经得住水的压力，必须使人的肺部和骨头内部充满一种中性的液体，而呼吸道的神经中枢必须加以抑制。库斯托设想：通过这些外科手术，在几十年之后就可以造出一种既能在水底、又能在陆上生活的‘新人’。我觉得这简直是一种亵渎行为。”

“可能是这样……不管怎么说，这里将产生许多法律上、哲学上和道德上的问题。但我考虑的是另一个方面。过去认为不可能实现的幻想今天在科学上已经成为可能实现的了，这的确是令人吃惊的。”

“陆地上的空白点正在消失，但海洋则不然。生活表明：后半个世纪在许多方面将是在科学上和经济上征服海洋——第七个大洲的时代。”

“人们正在朝这个方向前进。离开海洋里取之不尽的食物、矿物和能量资源，人类就不能生活。这不是什么浪漫主义或好奇。用经济学家的话来说，这是生活逼得我们这样做的……海洋是未开垦的处女地。”总司令笑了起来，“在科学领域中不妨也给海军建立一所科学院。您自己看看吧，苏联海军执行海道测量勤务的海洋研究船‘别林斯高晋’号和‘鲍里斯·达维多夫’号参加了南极洲沿岸的科学考察工作……最近三年来，我们的‘涅维利斯科伊’号、‘乌里扬娜·格罗莫娃’号和苏联的其他科研船一起，对太平洋的台湾暖流这个十分

① 雅克-伊夫·库斯托(1910—1997)——法国海军军官，海洋学家。——译者注

有意思的区域进行了大量的研究工作。有一点是显而易见的：捕鱼、科研和交通方面的船队都将以史无前例的速度向前发展。当然啰，还有军舰，因为现在还存在着世界性的社会分工……我们这些海军军人还不会很快地被赶去退休的。”

在跟设计师谈完话以后，将军还花了将近一小时的时间研究了外国专门刊物的材料，从中发现了不少值得注意的论述：

西摩·赫什在《海底二万门大炮》这一耸人听闻的标题下写道：今年夏天，华盛顿大学和一些私营企业的海洋学家打算占领格雷兹-哈伯尔（华盛顿州）以西二百七十海里的一座太平洋水下山岭。这座山在他们即将开展工作的那个地方，它从九千英尺深的海底隆起，山顶离洋面有一百二十二英尺。

约翰·克雷文博士领导了这项研究工作。他对征服水底世界的前景的看法和那些商业方案以及大规模的水下科研工作根本不同。在不久前出版的一期《海军学院学报》上，克雷文发表了一篇文章，在这篇文章中他表达了自己的一种想望，这种想望正好反映了苏联海军的希望。

克雷文说：“太平洋被连绵的海底山脉划分为许多区域，这些海底山脉现在被标为海岭，它们组成了威克岛、关岛、新赫布里底群岛、斐济群岛、吉尔伯特群岛、马绍尔群岛、琉球群岛、千岛群岛等岛屿。这些岛屿目前还是亚洲的战略外围的重要因素。占领和利用这些战略障碍的水底部分，就能更有效地利用这些岛屿，在商业、政治和军事上对抗亚洲大陆。”

当前水底武器竞争的所有因素都在活动：许多大学在提供科学人才；一些被神话般的利润迷住心窍的公司企业在为科学研究提供资金，力求取得自己一份军事预算的海军则摊出它的一整套水底火箭系统。

将军沉思了起来。不，他的职业，海军军人的职业，人们是多么需要这种职业啊。靠动听的话语是阻止不住水下强盗的，对付他们需要有实力……

军舰和海洋……

无论是在水下山脉之间奔腾咆哮的大海，还是那在阳光中变幻无穷的深不见底的绿色大海，它都是一种象征。它象征着人类的进取心，象征着人类的反抗性，象征着人类那种不停地追求跨越未知境界以发现新的世界和新的远方的求知精神。

你瞧，无论是活泼的男孩，还是白发苍苍的老人，都同样入迷地目送着渐渐消失在烟雾弥漫的地平线外的白帆，或者注视着被拖船小心地调动着准备开到远方的大船。

大海是冷酷无情的。在那阴沉沉的岩礁和浅滩上，有无数的十字架和方尖碑，这是一些用各种骄傲的或温柔的名字命名的军舰和船只葬身的地方。要是在地图上把所有沉没的舰只的位置都标出来的话，那么，地图上也许就没有什么空白的地方可以填写别的内容了。

美妙而又威严的大海又在向人们挑战了。人们接受了它的挑战：一些人遇难了，一些人又去和风浪搏斗；一些人咒骂着老天爷，一些人却赞颂着辽阔的海洋。离开了大海的魔力，离开了这种由大海的水分、神话、希望、发现和秘密组成的魔力，人们就无法生活。人们接受了挑战：他们不断改进船只，揭开了海洋一个又一个的秘密，把大海从仇敌变成朋友。

但是，海洋又是另一个战役的战场。这是为了人类的前途，为了革命和革命理想而进行的一场战斗……

海军司令部里对这一点是十分了解的。

晚上，地方机关的灯火熄灭了，处在和平环境中的苏联公民安静地进入了梦乡。但是司令部里连一分钟也没有停止过工作。

几个军官俯身在地图上，翻阅着各种手册、表格，仔细地研究着天气图。电子计算机轻轻地响着，指示灯忽明忽灭，在一些不寻常的图板上闪现着奇异的记号。

电传打字机打出了一行行的电文——情报源源不断地送到这里。

一道道指示和命令从这里发往舰队、编队和舰只……

这里正在绘算着强大的苏联舰队的新航线。

要知道。夜幕只降临在莫斯科，而在另一个半球里，太阳却像个火球在天空运行。我们强大舰队的航线从不局限于划好的经线，也不局限于地球上哪一个暂时性的地带。人们日日夜夜地值班，一天、一小时、一分钟也没有停止过。

八

好啦，就要走了……

明天早晨一乘上飞机，就要和北方告别，和这里的一切告别了。为了这一切他索罗金献出了自己那些最美好的，因体验到真正的、得来非易的幸福而显得十分可贵的年华。

你不要欺骗自己了，阿纳托里·伊凡诺维奇·索罗金，今天你就应该承认这一点。

“但是怎么能说是告别呢?”他竭力安慰着自己，“就是按照新的‘职责’，我以后也会不止一次、两次地到这里来的。”

突然，他想象起三四年后自己在这些街道上行走的情景。一定会遇上一些熟人。但还能遇到多少既能一起促膝谈心、又能一起回忆共同经历的人呢！人们在核舰队中迅速地成长。因此谁能知道，命运将把那些和他一起在核军舰上进行环球远航的人们抛到哪一个海洋上去呢?

许多联系将会中断。在由他索罗金这一代人从岩礁中开辟出来的、通往白雪皑皑的纵码头的航线上，将会有另一些军官和水兵继续航行。而一些新的指挥员将在这里为他们送行或在久别之后来这里迎接他们。

这有什么可难过的:生活就是这样，尽管心灵永远也不会屈服于生活的残酷的辩证法，这种辩证法不会去考虑，也不可能去特别考虑人们的感情。它有它自己的较高和较重要的标准，它不可能用两年、三年，甚至是十年的时间去衡量。

将军在房间里来回地走了一会儿，抚摸了一下准备寄出的书，便在窗前站住了。

也许，只有这些景色才没有发生什么变化，仍像从前他刚来到这里时一样：巨大的岩石悬在山谷的上空；和许多年前一样，尽管到了夜晚，北极没有热力的太阳仍然悬挂在人们的头顶上，放射着柔和的光芒。

可惜，列娜和孩子们都已经乘飞机走了，要不然，此刻和他们一起到海边去走走，该有多好啊！

他突然感到烦闷和不快。是不是去唤醒个朋友？哪怕和他一起聊聊天，或者就是在一起沉默一会儿也好。

恰巧就在这个时候，前室的电话铃响了。他笑了一笑，想起了心灵交通术这种迷信的玩意儿。

索罗金听出了这是别夫兹的声音：

“你还没有睡，阿纳托里·伊凡诺维奇？”

“要是你也处在我的地位，你能睡着吗？”他反问一句作为回答。

“我不知道，也许我也睡不着，但也有可能睡得着……我现在也是个单身汉了。昨天我把家眷送到列宁格勒近郊去了。咱们一起去走走好吗？……”

“你不累吗？”

“不累。”

“那么搞个快艇好吗？”

“好吧。我就来。”

他们是紧邻。索罗金想了想，又说：

“十分钟后来吧。我叫一辆汽车。”

索罗金很自然地用手指拨了拨熟悉的电话号码。

“值班的吗？给我开一辆汽车来。”

“是！”他还没有挂上听筒，就从听筒的薄膜里传来了远处隐隐约约的嗡嗡声，“给将军开一辆汽车去！……”

他们没有等汽车，而是迎着汽车走去。当他们出了城，从拐弯的地方就驶来了一辆“伏尔加”牌轿车。

“祝你们健康……”

“停下来，米沙……准备好了吗？”

“是的……乘您后面的那班飞机走……”

“到了莫斯科您可一定要到我这儿来呀。”

“那还用说，”米沙笑起来了，“当然来。”

他服役已经期满，本来在两个星期前就可以回家了。但是米沙决定等将军一起走。“我们在一起工作了好久，我怎么可以为两周的时间而扔下他先走呢？这不符合水兵的做法，不像话。”他这样对接他班的司机说。他形式上已经把汽车移交给他的继任者了。

“到基地去！”

一路上索罗金和别夫兹都没有说话。只有米沙，他看来猜到了首长的心思，问道：

“告别去吗？”

“是的。”

“这很好，阿纳托里·伊凡诺维奇。昨天我也到海边去了一次……”

对他来说，很明显，要告别，那当然是跟海洋和舰艇告别。除了它们以外还跟什么告别呢？不管怎么说，他们长期来在边疆为之生活的一切都集中在海洋和舰艇上嘛。

米沙把汽车停在码头的边上，问道：

“将军同志，如果您许可，我在这里等您。”

“也许您回去睡一会儿吧。我们在这儿要耽搁很久。”

“到飞机上再好好睡吧。而且我今天不想睡。这是在这儿的最后的一个夜晚了。”

“那么，您瞧着办吧……”

快艇在码头上等着。

他们没有到船舱里去，而是站在舵手身旁。当快艇飞快地开出去时，一片含着盐味的水花溅在他们的脸上。

“我们到白湾去一下。”索罗金对舵手说。

“是，到白湾。”

大约过了三十分钟，岩壁在蔚蓝色的烟雾中开始显现出来。长在石缝里的小白桦树、生在暗红色石头上的鹿苔的淡白色节疤也已经清晰可见。突然，在急转弯的地方，他们遇上了一艘军舰。

两艘船简短地交换了一下信号，快艇就慢慢地驶进了一个从海上和空中都不易察觉的小海湾。

索罗金和别夫兹跳到了长满厚厚的水藻的滑溜溜的石块上。当他们走上海边的浅滩时，双脚立刻湿透了。浅滩上布满了腐烂的软体动物、船板的碎片、一段段的旧缆绳、散发着很浓的鱼腥味的坏木桶。海上一刮起暴风，什么东西就都被刮到岸上来了。

峭壁笔直地矗立在水面上，在三百米左右的地方，它们被一条狭窄的山谷切断了，然后峭壁就顺着这条山谷向山岗伸去。

天开始亮了。地平线上的烟雾渐渐散去。一群群海鸥在激浪翻滚的海面上高声鸣叫。停在下面的快艇看起来像一个小小的黑点。

他们各自想着自己的心事，默默无声地在那儿坐了很久。别夫兹很了解索罗金现在的心情……

回去的时候路途显得特别短。

突然有个东西引起了索罗金的注意。是什么东西呢？起初他自己也不明白是怎么一回事，这是从那遥远的往事中浮现出来的一种熟悉的、从前遇到过的东西。

将军茫然地皱皱眉头。

对……这当然是它。真奇怪，我竟没有立即认出来。这是老相识了。不过它好像变得矮小了些……也许是现在才感到它是这样的吧？

驾驶快艇的、服役才一年的新兵和别夫兹都莫明其妙地看着索罗金，为什么他对那艘拉着大驳船的老式海上拖轮如此感兴趣。

为了怕万一出什么事情，别夫兹特地问了一下：

“出了什么事？阿纳托里·伊凡诺维奇。”

“没有，只是看到了一个老相识……”

“在哪儿？”

“你看到那条拖轮了吗？”

“看到了。”

“我们的事业就是从这条拖轮上开始的。第一批建设者就是乘着它来到这里的。”

“那它是元老啰!”

“对大家来说，别夫兹，你可别生气，这不过是一条老船。然而对于老人员来说，它还是一种纪念呢……”

“可能是这样。”

“人们已把它忘却了。当然忘了。在这段时间里，我们完成了多少大事啊。怎么会顾得上这条拖轮呢！……”

当快艇开过拖轮旁边时，拖轮的船长拉了拉电线。

一阵低沉的汽笛声掠过了水面。

这一夜索罗金没有睡着。

他回顾过去，仿佛看到一条多少世纪来一直在航行着的潜艇。说不出它是哪个型号，但可以确切地说，它是向海洋深处进军的力量的象征。

黑色的船身在半明半暗的绿色深水中飞速前进，强有力的螺旋桨拍打着海水，把汹涌的海水向两边排开。

时代在前进。安息在对马岛和塞瓦斯托波尔海湾水下的水兵们的眼睛，“西比里亚科夫”号的炮手和加吉耶夫的无所畏惧的小伙子们的眼睛都在注视着神速前进的舰艇。

历史的经纬线交织在一起。在遥远的德雷克海峡里冰山在和暴风搏斗。海军的蓝白旗飘扬在北极的上空。白令惊奇地望着米海洛夫斯基，帕帕宁则端详着报纸上西索耶夫的照片。铅灰色的大西洋上空燃起了不灭的晚霞，它正迎接着长满了青苔的轻快帆船，当它看到一艘潜艇向海神尼普顿提出了前所未闻的挑战时，它完全惊呆了。而站在这艘潜艇的指挥台上的是一个个子不高的、完全像个毛孩子的水手，他是个俄国人，叫索科洛夫。

在他的记忆中也出现了另一些人的名字和形象。在他看来，这些人和其他伟大、著名的人物完全可以相提并论。历史似乎已经流逝到地平线外的什么地方去了，但这只不过是我们的感觉罢了。昨天我们才看到了加加林的微笑，而在同一个时候，在那个山岗的后面，在那刮着暴风雪的海湾里，人们刚刚在欢送他索罗金去作环球航行。

现在，当他在书中读到有关这次航行的记述时，书里仿佛不是在讲他自己，而是在讲一个他所熟悉的、但又没有什么关系的人。而他呢，他又在为那些将要到海洋深处去航行的朋友们送行。

写于莫斯科——北冰洋——
太平洋——黑海——
列宁格勒——莫斯科

海浪上的花圈

维克多·斯捷潘诺夫　著

史峨山　译

一

码头上停泊着几艘军舰，连大海也显出了一种军事气氛。每当蓝色的浪峰激起泡沫，预告着风暴来临的时候，大海就像穿上海魂衫似的，布满了条纹。海浪翻滚着，一浪接着一浪，仿佛一个横队接着一个横队。

无论是白海还是黑海，在风平浪静的时候，海水是铁灰色的，因为它反映着军舰的颜色。在这里，甚至海鸥也和别处的不同——显得很羞怯。这些白色的海鸥成群地从军舰的桅杆上掠过，往商港飞去：在那里可以尽情地嘻闹一阵。

我是第一次来到这个码头，但是这个码头我早就熟悉了。我肩章上的镶边同随风飘动的旗子和长旒是一样的颜色。一面由白色和天蓝色组成的带有红星、镰刀、斧头的旗子，就像绣在巨幅的绿色料子上一样，这是边防军舰艇上的海军军旗。准尉对我们解释说："这表示海洋在保卫着大陆。"

你好，码头——大海的门坎！在岸上我参加了新兵训练，掌握了海军业务的初步知识。昨天水兵们送我上军舰，临别时他们说：

"你走上舷梯时，要注意是哪只脚绊了一下，是右脚，舰长就会喜欢你，是左脚，就会处分你。"我有些生气了。

"你啊，小鬼，"水兵们笑着说："难道你不知道地球少不了鲸鱼，海军少不了格言吗？"

准尉忍住笑，看着他们开我的玩笑。但是当他看到我要发火了，就制止了他们：

"不要再逗他了。铁木申，主要的是，你登上舷梯，别忘了向军旗敬礼。对于一个水兵来说，这是最重要的。你以为军旗只是挂在斜桁上的吗？根本不是，它是挂在水兵的心坎上的。新兵训练给你的是什么呢？给你的是形式，而军舰，你的军舰才给你内容。"

你们注意到了吗？水兵几乎从来不讲“我们的军舰”，总是讲“我的军舰”或者“你的军舰”。说真的，很久以前我就梦见过我的军舰。在童年时代，我梦见的是一艘在远处挂着白帆航行的三桅巡洋舰。但是，我越长大，我幻想中的那艘军舰也就越现代化了：忽而变成主力舰，忽而变成巡洋舰，忽而又变成“鹦鹉螺”号核动力舰。幻想中的军舰越是接近现实，帆船的幻影也就消失得越多。现在我已经确切地知道了，我并不是被派到火箭巡洋舰上去的，我要去的只不过是一艘护卫舰。但是，这毕竟是“我的”护卫舰，而且也不光是大舰才能远航。

“你瞧！那就是0450号，你就上这艘军舰吧。”送我来码头的那位水兵说。

我的军舰左侧朝里，停在几艘同类型的护卫舰中。我发现，它并不比它的伙伴出色一些，心里有点沮丧。信号升降索从低矮的桅杆上无精打采地垂下来。船舷已经破损，看上去，这条船至少是在南极的冰群中航行过的。

我登上舷梯，举手向军旗敬礼，这时我想起了准尉的话。但不是讲旗子的那些话，而是讲舷梯的那些话。有一次他对我说：“从岸上到军舰这五六步，是登上军舰的第一段路，这段路无论是年轻的水兵还是白发苍苍的将军都永远不会忘记。上船后的一切就是一个新纪元后的事了，而上船前的生活都算这个纪元以前的往事。”

“大尉同志！”

我向迎接我的值班军官报到的时候，把规定的报告词忘得一干二净，竟支吾了起来。这几秒钟之间，他一动不动地站在舷梯的另一头，活像一具黑色的木乃伊。从他那裹着军大衣、像孩子一样瘦小的身材看，我想：这个人没什么了不起，绝不是什么老手，更不是久经风浪的海上老手。看来，比我大四岁，可他的帽檐才刚刚到我的鼻梁。

但是，帽檐下闪烁着一双黑黑的、锐利的眼睛，这双眼睛肯定已经发现我破坏了规定的服装：呢衣的腰身改缝过，无檐帽厚厚的帽沿向上卷着。

“怎么？”那双黑眼睛似乎在问：“你是来参加舞会还是来服役的？

也许，先得改改服装吧？”“不必了吧，小个儿同志，”我也用目光回答，“我又不是个小孩子。再说，水兵穿戴得优雅一点，难道不好吗？您看看自己吧，您自己的军帽也是改缝过的，这样的帽檐是要特别定做的。”帽檐下的黑眼睛狡猾地笑了笑。

“欢迎，”大尉说。他把双手朝甲板一摊，好像在说：“请原谅，我们刚出航回来，‘床铺’还没有收拾呢。”大尉往四下里看了一看，看到船楼里走出一个水兵，便朝他招了招手：“阿法那西耶夫！把这位水兵给舰长介绍一下。”

阿法那西耶夫是个动作迟钝的人，在他那微微倾斜的双肩上闪烁着海军下士肩章的横杠。他向我使了个眼色，什么也没说，点了点头，让我跟他走。突然，他用一个很灵巧的动作沿着舷梯，从上面一下子滑了下去。我也想那么快下去，可是，鞋后跟在阶梯上一滑，人就像从单杠上摔下来一样，扑通一声，摔到下一层甲板上，脑袋也碰痛了。阿法那西耶夫装作没看见。

“舰长同志，新兵来了。”阿法那西耶夫把我让进船舱里，报告说。“这个水兵是来接我的班的吗？”他仿佛无意地问了一下。

坐在小桌后的舰长抬了抬身子，他一站起来，就占了半个舱室。

“请进来，请进来，我们等您好久了。”

他稍微拉了拉镶着海军少校金色条纹的袖口，看了看表。

“十点零五分了吧？可是九点钟以前大家就在等您了。好像是这样命令您的吧？”

真想不到会这样刨根问底，人家上船又不是只呆一两天，现在就这样一分一秒计较起来了。可以客气一点嘛！

“您可以走了，阿法那西耶夫。”舰长说，并指了指一把圈椅，让我坐下。

舱室像对号入座的列车房间一样，从圆圆的舷窗里，透过香烟的瓦灰色烟雾，透进一点微弱的亮光。小桌上铺着四角下垂的台布，放着一张地图和一本封面上印着海军军旗的杂志《航海资料》。在丝绸的屏风后面显然是一张床铺。桌子上方，灰色的舱壁上，挂着一张过时快艇的照片。“海上猎人”号，我断定这是战前造的“海上猎人”艇。

这里干吗还要挂这种老古董?

“当然,我们这儿不是雪白的远洋巨轮的客厅,”舰长一看到我的眼神就若有所思地笑了笑,“要知道我们不是凭工会的优待证在这里旅行,是这样吗,铁木申水兵?”

是的,这的确不是游艇,这点我心里是同意的。但是搞这个养花的暖房就更用不着了。舱室角落里摆着两只通常用来烧红甜菜汤和通心粉的铝桶。在这两只不像样的“花瓶”里几束紫菀正散发着香味。在军舰的舱室里,这些花显得有点古怪和不自然。要这么多花干什么呢?总不会用它们来卖钱吧……这位少校大概是个感情丰富的人,看来,很欣赏纳德松[①]的诗句:“鲜花,你是心灵的安慰,你使我陶醉在无边的回忆里。”

我想,这位舰长也许是个不得志的人:幼年就幻想当一个巡洋舰舰长,可是命运却把他送上了护卫舰。当然,他此刻就要大讲什么荣誉啊,职责啊,什么在哪儿工作都一样啊,重要的是如何工作啊,等等。他会这么教导我的,而自己心里却自相矛盾着。我不喜欢那种左右摇摆的人,即使在风平浪静的时候,也摇摆不定。就像这位舰长,一边指着手表说,“为什么不准时报到”?一边却在水桶里养着紫菀。

“谈谈自己的经历吧!”舰长一边说,一边在一张小纸片上画着除了他自己以外谁也不懂的方块图形。

我开始懒洋洋地谈我在中学和共青团的情况,而两眼却目不转睛地注视着他那只用铅笔在纸上乱画的手。我觉得,这只干干净净的、保养得很好的手,就跟我们文学老师的手一样。手上连海员们刺的传统花纹也没有。袖口上的条纹,我也觉得不那么耀眼了,靠近一看,已经发绿了。很久没有换了,看来,他的级别好久没有提升了。舰长的头很大,当年松软漂亮的头发,现在有几处已经稀秃了。

“说吧,后来怎么样呢?”舰长重复了一遍问题,抬头望望我。由于睡眠不足,他的眼圈发黑,像刚刚摘掉眼镜一样。真的,他就像个

---

① 纳德松(1862—1887)——俄国诗人。——译者注

近视眼一样，用手掌揉了揉眼睛，然后，把眼睛眯起来。

“那么说，您是一九五二年出生的啰。”他仿佛在提示我，替我说下去。“共青团员，对吗？中学毕业，被纳罗弗明斯克的军事委员部征召入伍……”舰长沉吟了一会儿，像在谛听着什么。然后若有所思地说：“一九五二年出生的，时间过得真快呀！是用什么样的速力表计算的呢？”

他把铅笔丢到一边，好奇地瞧瞧我，好像我是刚刚来到他面前的一样。说实在的，有什么可奇怪的呢？

我望着紫菀，心不在焉地听舰长介绍我们军舰的情况和我即将担任的工作。领我来见舰长的阿法那西耶夫没有说错：派我当见习雷达兵，准备接他的班。

我在舰长那儿大约呆了十几分钟。我感到，我们这次谈话不过是个形式，实际上没有谈什么，真正的谈话还在后头。

这时阿法那西耶夫在门口朝舱里张望了一下。

“瞧，这就是你的指挥员。”少校说，仿佛在暗示我，谈话已经结束。忽然，他好像想起了一件什么事，就问阿法那西耶夫：“今天午饭吃什么？”

“甜菜汤、羊肉饭和水果羹。”阿法那西耶夫不假思索地回答。

“先让他吃饭，然后，按作息制度办事。”

吃饭时间还没有到，但是传统毕竟是传统，我不得不去尝尝阿法那西耶夫所说的炊事员拉古金科夫的手艺。

我一点也不想吃，只用叉子搅着羊肉饭。这时，阿法那西耶夫在一旁给我讲开了舰上炊事员工作的头等重要性，使我这顿饭增加了不少内容。“同我拉起关系来了。要回家了，高兴得飘飘然起来了。”我猜透了他的心思，“在我面前讨好呢，吹他们舰上的炊事员。”

“你吃，你吃呀，别客气，”阿法那西耶夫催促我说，“我们这里添菜是不成问题的。我们这儿有个拉古金科夫，全舰队都羡慕我们呢！据说，连舰队司令都曾想把他拉过去。你以后就会看到，在航行的时候，拉古金科夫不仅是个炊事员，而且还是个信号兵。他是个多面手，一会儿拿起望远镜，一会儿拿起菜刀。真的，拉古金科夫很喜欢烧甜菜汤，而且在不断提高这方面的技术。休假的时候，你自己也知道，我们总是各走各的，你想上哪儿去，就上哪儿去。而拉古金科夫呢？他要上哪儿去，大家早就知道了。他总是到书店去。你猜他要买什么书？家务学。当然，我们并不吃什么特别讲究的名菜，但也不是只靠通心粉充饥的。你瞧，这水果羹。这哪里是水果羹，简直是一幅静物写生画！”

“这是第一次在军舰上吃水果羹，”我不知为什么忧郁地看了看铁皮杯子，“第一次……在复员之前，还得吃多少次呢？”我认识一个水兵，他经常碰到倒霉的事，就像军舰的船底粘满了贝壳一样。有一次他对我谈起自己的经验：“你以为水兵是以天数来计算自己服役的期限的吗？根本不是这样。吃了一次水果羹，才算打发了一天。”他还给我看了他的袖珍日历，上面画满了十字。他说：“吃一次水果羹，画上一个十字，这样一看就清楚，前面还有多少个无聊的日子。”

那时，我对这个计算水果羹的算术并不感兴趣，而现在，当我从杯子里捞起黑李子干的时候，不知怎么的，我就想起这件事了。

按照作息制度，舰上正在大扫除。大概就是因为这个缘故，阿法那西耶夫才那么匆匆忙忙地领着我到各个地方兜了一圈。甚至到了雷达室，这里似乎是理所当然应该停留一下的地方，可是我们也没有歇口气。这可是我们的战斗岗位啊！我急于想摸摸操纵杆，按按雷达上的电纽，看一下雷达的荧光屏。可是阿法那西耶夫扯着我的袖口说：

“走吧，走吧，这些回头再说，当然要让你看的。”

在机舱，在驾驶台，他都催我快走。结果就像那个有名的滑稽电影中的游览向导一样：“请往右边看，请往左边看，好，走吧。”

我们又回到了上甲板，阿法那西耶夫走开了一下，过了一会儿，他拿了一根拖把和一些破布回来了。

“从这儿到那儿，”他指了指要我打扫的一块地方，“穿上工作服，快干吧！”

好一个任务！他阿法那西耶夫算老几？才当了几天下士，就指挥起人来了，好像我到军舰上来，就是为了听他的指示的。哼，才两条杠，没啥了不起！这时我觉得就像有人把开水泼在我的脸上一样。

“你听着，阿法那西耶夫，”我说，“别跟我来这一套，比这儿还干净的地方我也看见过……哼！想不到，这儿还有一个指挥官跑出来对我指手画脚……‘从这儿到那儿’……”

我还想说一些更刺耳的话。可是我一恼火，往往就说不出话来。过后，一平静下来，要讲的话都想出来了，但已经晚了。

阿法那西耶夫眉头一皱，脸色一下子变了，他显然克制着自己，勉强说：“铁木申水兵，命令你干什么，你就干什么。”走出几步，他又转过身来，“要是你不想闹到挨批评的话……”

岸上的水兵们说得有道理。可是，我登上舷梯的时候，好像没有绊过脚啊。当然那些预兆是可信可不信的。不过遇到的事都很不顺心。我想，我的工作只是坐在雷达室里摆弄摆弄电线和电容器，可是没想到还要抡拖把。我不相信水兵中会有谁喜欢这个普通的打扫工具，而我呢，见了这个东西简直厌恶极了。在电子、宇宙时代，还像哥伦布时代的人一样，拿着拖把擦甲板，一前一后、一前一后地拖。再没有什么比干这种活更没意思、更有失体面的了。

“你的专业技术是在哪儿学的?”一个在我旁边擦铜器的水兵问道。

“什么专业技术?”我有些莫名其妙。

“使拖把的技术啊!”那个水兵看见只用这么一个小小的办法就叫我上当，得意地哈哈大笑起来。

我一声也没吭，假装满不在乎——跟这种人有什么好纠缠的呢!

我的两只手，就像连杆一样，在甲板上机械地拖来拖去，大概总有几千次了。起初我试着数数拖的次数，可是后来就弄糊涂了。现在就连每一个铆钉都已经擦得干干净净了。可是从旁边走过的水手长还斜着眼睛说：“不行，不行，水兵同志。这不是在你丈母娘家擦镶木地板啊。”

当我感觉到，不是我在拖拖把，而是拖把在拖我的时候，大扫除终于结束了。按照作息制度，再过二十分钟，我们得在底舱集合，上专业课。

依我看，如果说舰长的舱室像列车的房间，那么底舱就可以比作整节车厢了。只要把车厢的走廊改宽一点，把车窗换成圆圆的舷窗，再在中间放上一张桌子，就成了底舱了。总之，底舱的面积很小，甚至两个最瘦的水兵，不管往哪儿走动一下，他们腰带上的扣板也难免要互相钩住。

刚才在舷梯口迎接我的大尉到底舱来了。他穿着制服，因此看上去显得更瘦小了。我发现他胸前别着勋章带，这使我很惊奇。连仗都没有打过，倒已经立功了。不过，我马上想到，现在很多奖励都不是因为立了战功才获得的。一个坐在我旁边的水兵碰碰我的腰部问我：

“您认识他吗？不认识？这是副舰长，我们大队的头号法制专家。”

可是，我已经不在看副舰长，而在看阿法那西耶夫了，他正在殷勤地替副舰长打开地图。

“这是领海，”大尉用教鞭指着地图上的红色虚线，说，“领海是一道沿着大陆和岛屿延伸的、有一定宽度的海域，属于该沿海国家的主权范围，是这个国家版图中的一部分。”

教鞭又沿着我国的海岸线划了一下。

“苏联和大多数社会主义国家都把自己的领海定为十二海里。外国军舰必须得到有关国家的允许，才能进入这些领海。”

“如果不经过允许呢？”我脱口问了一句。

“提问题之前，要先举手，这是连一年级小学生都懂得的。”大尉连看也没有看我一眼，还是用刚才那样的声调说。

我感到很窘，坐在前面的水兵们同情地回过头来看看我。

“外国军舰和非军用船只如果蓄意窜入有关沿海国家的领海……”大尉平静地往下讲，“那就可以认为是侵犯了该国的国境。”

大尉停顿了一下，看了看听课的水兵。

“阿法那西耶夫下士！在外国军舰或船只侵犯国境的情况下，边防军应当采取哪些措施？”

阿法那西耶夫像弹簧一样挺直了身子，熟练而又清楚地回答：

“海军指挥部和边防当局有权要求这些侵犯国境的外国军舰或船只迅速离开领海。如果不听劝告，就采取必要的措施，直至使用武力。”

“对！”大尉赞许地点了点头。

什么法律啦，边防区的制度啦，这一切全都那么平淡无味。每一个水兵对自己的职责都记得比乘法口诀还熟。这些条文我们在岸上已经仔细学过了，在这里干吗还要搞这套烦琐哲学呢？正像那首顺口溜里说的：“读规章，背规章，早上醒来刚起床，还得用心读规章。”这时，我又想起了那把拖把的事，想到我一前一后、一前一后地拖甲板的情景。

底舱里渐渐闷热起来，显得更挤了。从打开的舷窗里，可以看见一圈灰色的海水。这个小圆圈里的海水一动不动，好像贴在舱壁上一样，它同水兵们身上穿的皱巴巴的旧工作服倒是很协调的。

这一天，我好容易熬到了作息制度规定的“个人时间”。个人的……这就是说，除了这段时间外，其余时间全都是公家的。个人的时间——可以认为是私有财产，在这段时间里，我可以自己安排了。

我决定写封信。也许是一首歌曲触动了我吧！

那个我还不认识的麻脸水兵拉起了“赫洛姆卡”牌手风琴，一股莫斯科近郊傍晚常有的、散发着薄荷味的清新空气顿时像瀑布一般沿着舷梯涌进了底舱。这首歌，现在甚至在婚礼上也很少有人唱了。可是在这里却有一种新的味道，发出了另一种意想不到的惆怅的调子。我的心仿佛被什么东西揪了一下。这熟悉的调子触动了我那无形的心弦。真有这么一些好歌啊！我很想把这些歌比作充满了回忆的蓄电池，固然，这个比喻粗野了一些。

伙伴们也是拉着这种图拉造的手风琴送我参军的。在欢送我的亲友中，核心人物是我童年的朋友，长大后的密友鲍里斯。在四年级，我们偶然间排在一张课桌上，从此我们便成了形影不离的好朋友。要是你不知道我在哪儿，就找鲍里斯；要是你不知道鲍里斯在哪儿，就找我。说什么友谊要建立在平等的基础上，那是不对的。我承认鲍里斯比我强。这并不是因为他个子高一点，肩膀宽一点。我从来也没有感到委屈，在对生活的看法方面，他比我强得多，不管碰到什么问题，他都很清楚，觉得很简单。譬如说，有些学生在做算术习题时，总是先找答案，看一看习题册后面的答案，然后，再凑着这个答案做习题。可是鲍里斯的答案总是比问题还要多。虽然我们两个年龄一样大，但是，我在同鲍里斯相处时，总是很尊重他，把他看作老大哥。

在由鲍里斯主持的临别晚会上，他带来了一盘录音磁带，对大家说："大家注意了，这是最新的爵士音乐，是这个季节里最近的一次演出！"鲍里斯很会这一套，他在耍笑时，也显得很文雅。音乐一般说还可以，确实是最流行的。但是，没有大家喜爱的歌，伙伴们也就不大有劲了。那时，我父亲就从一个旧盒子里取出了我们家的传家宝——一架像麻脸水兵那样的"赫洛姆卡"牌手风琴。那架手风琴还是父亲在我姐姐出生的那天买的。再没有比这架手风琴更欢乐的声音了，大家知道，只有在最快乐的时候，才把手风琴拿出来。

可是在那个晚会上，甚至手风琴弹奏得最快的时候，我也觉得有一种离别的味道。鲍里斯大概也觉察到了这一点。他确实很有办法，向大家喊道："根据未来的水兵，也许是未来的海军将军的要求，现在音乐会开始。第一个节目，《泊地的夜晚》，演唱者——铁木申娜姐妹（她们是我的妹妹）。"接着，一位年轻的女邻居——她的丈夫是波罗的海舰队的水兵，——唱起了一首自己编的小调：

啊！亲爱的巴沙，
代我问候他，
我再说一遍，
巴沙，你可曾听见？

这时，鲍里斯像陀螺一样在地上旋转起来，跳起了矮步舞。他大声喊叫着，"我要用胸膛堵住枪眼！下面谁跟上？"我懂得，鲍里斯是竭力想鼓起我的劲来，让我的情绪好一点。

我挨着母亲坐着，她不时用手帕擦着湿润的眼睛，我怎么也无法使她高兴。

鲍里斯把大家的酒杯斟满了，郑重其事地请大家轮流祝酒："为到海上去的人们干杯！"他跟我碰了杯。可是酒杯的碰击声对我来说也含着离别的声调。鲍里斯可知道，我所以伤心，不仅是因为就要离开家了，我还想，虽然我们现在还在一起，但是我们马上就要离别。如果现在是在欢送我们俩，那该多好啊！那我们就背起背囊——前进！弟兄们！前进吧！

人们常说："童年的朋友。"是的，过了一些年头，长大了，讲起彼此的关系，就是这么说的。这句话似乎是在指出，不是现在的朋友，不是今天的朋友，而是童年的朋友，因为所谓"童年的朋友"往往是指过去的朋友。

童年时代，朋友就是朋友。人世间没有什么能比两个光腚孩子的友谊更无私，也没有谁比他们更厉害。读了描写海军陆战队的那本书，我们的友谊就更牢固了。可以说，我和鲍里斯"两下子"就啃完了这本书：他在化学课上读，我在英语课上读。这就是我们由于共同向往海军生活而建立起来的友谊。现在，高兴的时候我们时常哼着这样一支歌："海军陆战队里有两个朋友，英勇战斗，不愧为俄罗斯的水手。他们亲如兄弟，同甘共苦，他们的帽带，一起飘扬在持续进攻的炮火中。"

歌词里被弹片打中倒下的小伙子，在我的想象中，当然是鲍里斯了。我想象着我和鲍里斯在战场上的情景。"别管我了！"他难过地对朋友低声说。这时鲍里斯张开干枯的嘴唇，在低声地对我说。"我知道我起不来了，眼前发黑……"他难过地望了望我的眼睛，说话声微弱得几乎无法听到。"想到死太早了，乐观一些，科斯特罗玛！"我边回答，边让他躺在铺在雪地里的大衣上，然后用力把他往自己人那儿拖。子弹在呼啸，风雪像弹丸一样打在脸上，而海军陆战队的两个战士鲍里斯和我顽强地向前爬着。我特别喜欢这首歌结尾的那一句，这是个胜利的结局："两个水兵在雪地上静悄悄地向自己人爬去……"有一个时期我就这样叫鲍里斯："喂，科斯特罗玛！"

友谊不是使我们的力量增强了两倍，而是增强了十倍。无论干什么，锯木头也好，做功课也好，那顶别人看不到，而我们感觉得到的海军帽的飘带，时刻在鼓舞着我们。就这样，我和鲍里斯不知不觉地脱离了同年龄的伙伴们。同学们特别不能容忍我们这种单独的活动，甚至高年级学生也看不顺眼，从此再没有谁支使我们去买香烟或者向我们借三十、五十戈比了。不久，那个不仅在教师中间，而且在阿普列廖夫卡的居民中间也颇有名气的瓦尔加·卡甫东就带领一伙人对我们的友谊进行了一次考验。

有一次，放学后，七个小伙子在暗中守候着我们，在黄昏中他们的人显得更多。

"你好啊，你好啊，"卡甫东笑嘻嘻地说着，走到我跟前，"是大人物吗?"

"怎么是大人物?"我莫名其妙地问。

"我是说，你成了大人物啦?"卡甫东好像没有听见我的问话，紧逼着说。那群人更加肆无忌惮地围了上来。根据小孩子所特有的敏感，我知道，打一架是免不了的了。

"躲开!"鲍里斯低声说。我向前跨了一步，闪到一边，避开卡甫东。

正当我摆开拳击架势准备自卫的时候，就在这一刹那间，我的眼睛上突然挨了一拳——动手的不是卡甫东，而是站在他身边的那个小伙子。这一下打得很突然，因而特别厉害。

后来我就迷迷糊糊了。我只记得，当时我尽量使自己背靠着鲍里斯——这是我们早就想好的：人家打上来，我们就背靠背站着，这样就可以没有后顾之忧。可是不知怎么的，我总找不到他的背，不知是我们被拆开了，还是鲍里斯摔倒了。我往左右两边抡着手臂，而卡甫东一伙，像条可怕的章鱼，用触角紧紧地抓住我，使我透不过气来。当触角松开的时候，有人在背后把我绊了一下，我就仰面朝天摔倒了。我首先想到，更确切地说，是头脑的一种本能反应：翻过去，伏在地上。我用手抱住了头。

"够他受的了……"我听到了远远的、好像在水里咕哝的卡甫东的嗓音。

有个人照例随便用皮鞋踢了一下我的腰，然后这伙人就走了。

我抬起头来——周围一片漆黑，静悄悄的，连耳朵里都嗡嗡作响。在这个声音中突然轻轻响起了我所熟悉的曲调。歌曲的最后一句就是："两个水兵在雪地上静悄悄地向自己人爬去！""鲍里斯，鲍里斯在哪儿？"

"鲍里斯，鲍里斯……"我呼唤着。

没有人回答。我的心嘣嘣直跳，预感到灾祸已经无法避免。我的朋友怎么样啦？他在哪儿？

刚才发生的事情像电影胶卷一样在我的头脑里急速地转动着。对，是这样的！我听到鲍里斯低声地讲过："躲开！"后来……后来他往暗处一钻就不见了。不，不是这样的。当卡甫东向我扑来，有人绊我一脚的时候，他还在我旁边。后来我倒下了……

一想起后来可能发生的事，我就浑身发冷。我真丢脸，用手抱着头，直挺挺地躺着。这时候，其他的人一定都向鲍里斯扑过去了。很可能，有人用什么东西把他揍得更厉害。他们绝不会客气的！他们身上都带着"自卫武器"，"我身上有家伙，你们有吗？"这就是他们的原则。

"鲍里斯，鲍里斯！"我又呼喊着我的朋友，觉得自己的嗓音都变了。

我找遍了周围的矮树丛和沟渠，可是哪儿也找不到鲍里斯。"胆小鬼，"我咒骂着自己，"胆小鬼。人快给打死了，而你还趴着，护着你那没用的脑袋。"唉，现在只要能见到鲍里斯，要我干什么都行！

可是周围比一小时以前更寂静、更空旷了。只有草丛里的蠡斯安然地鸣叫着，好像在维护这寂静的气氛。恐惧步步跟着我。越走近鲍里斯的家，我心里就越害怕。尽管已是深夜，可窗户里还亮着灯光，好像在等着外出的人回来。这时我什么也顾不上了，只是不知道该对鲍里斯的妈妈说些什么。

我按了一下门铃，站了好久，门后才响起了开门声。黑暗中从门洞里现出了一张白白的脸，接着响起了鲍里斯低沉的嗓音：

"巴维尔！好哇！"

我简直不相信自己的耳朵和眼睛。鲍里斯！是的，是他！他还活着,好好的,没出什么事！我一把抓住他的手,紧紧地握着,就像整个假期没见到过一样,虽然分开才两个小时,最多三个小时。这是真正的幸福。

“他们把你打得很厉害吗?”我问。

“一点也没有！连一点青块也没有!”鲍里斯说,“你怎么样？当时我看见你抡着手臂,后来你倒下了,他们就朝你……”

“他们用脚把我绊倒了,”我一边辩解着,一边承认说,“当时你在哪儿?”

“是啊,我就是说,”鲍里斯的眼睛不时望望门上,慌张地低声说,“他们把你打倒的时候,我马上去叫民警了。我想他们会把你打死的,那就完了。可是我东奔西跑,偏偏找不到一个民警。后来我回到我们打架的地方一看,那儿一个人也没有了。”

“怎么会呢?”我打断他的话,“你会看到我的,我在那儿找你,转了两个小时。”

“那儿可是黑得伸手不见五指,”鲍里斯不知为什么没把握地说,他不时朝房门望望,显得有些不安,“对不起,巴维尔,”他把手伸给我,“好吧,明天见。来了客人,等我吃饭呢。”

我本想把脸上的污泥洗一洗,哪怕向他要一杯水也好,但立刻打消了这个念头。我心里突然难过起来:鲍里斯“砰”地一声把门关上了,连问也没有问一下:朋友,你给打得怎么样?

我不时摸摸眼睛下边发烫的肿块,慢慢走回家去。

童年时代,打架之后,青肿一消退,再大的怨气也就过去了,这点还是好的。一个月前鲍里斯干了这种事(在我快给打死的时候,你看,他跑掉了,说是叫民警去!),当时我认为这种行为是对友谊的亵渎,是不可原谅的,我简直想把它称为“叛徒行为”。而今天我们又在一块儿了——虽然一声不吭,但毕竟在一起。我们写着供考试时偷看用的纸条,这是中学年代的最后一次,马上就要进行毕业考试了。我们大概就是在考试危急的情况下和好的。

“怎么样,科斯特罗玛?”我一边把一张密密麻麻地抄着列夫·托尔斯泰生平和高尔基写的尼洛芙娜形象分析的小纸片搁在一旁，一边问，“抽支烟吧？”这时我想起了不久前我们所喜欢的一首歌唱两个同甘共苦的海军陆战队水兵的歌。自从与卡甫东一伙打了那终生难忘的一架之后，我们一次也没有唱过，没有心思唱。也许是因为考试已经迫在眉睫的缘故。

在前面！当你还在上学的时候，你的一切都还在前面。然而最后一次考试一结束，十年就一下子过去了。在这漫长的十年之中，从你开始拼读字母表起，到学习对数、到几乎要学到爱因斯坦的理论为止，有一段空隙时间，这就是像薄荷般使人陶醉的七月。这是进行神奇飞行的一个月——你已经飞离了中学这个童年的小小的宇宙飞船场。这也是失重的一个月：你不再是中学生了，可什么也没当上。唯一的领航图就是《大学升学指南》。在你面前有多少个不知名的行星，有多少个难以到达、几乎不可能到达的星星啊！

我和鲍里斯要去的星星是莫斯科大学新闻系。

我们为什么选中莫斯科大学新闻系呢？不知道，不过是朝布满星星的天空随便指一下而已。每年有两百万中学毕业生，你去问问他们中间随便哪一个，为什么要选择这个或那个大学，许多人都是说不清楚的。那些在谈论志愿的人，他自己也是不相信自己的。

我和鲍里斯并没有把新闻工作当作我们的志愿。我们只是感到，当个新闻记者挺不错，可以在国内外到处跑跑，可以看到很多东西，可以给报纸写写文章。不管怎么说，记者总多少有点名气：千百万人都在读着你的特写和文章，知道你的名字。人们会说：巴维尔·铁木申是我们的记者，或者说鲍里斯·基里洛夫是我们的特派记者。总之，我们对从事这个职业有什么困难是一无所知的。

于是，我们就朝着自己的星星出发了。我们离那儿很近。乘电气列车从阿普列廖夫卡到莫斯科只有四十二公里，再乘三站地铁：斯摩棱斯克街，阿尔巴特街，加里宁街。再走几十步就到了马克思大街，新闻系就在这条街上，门口挂着横幅，上面写着：“热烈欢迎你们，未来的新闻记者！”

以前别林斯基就是从这个台阶走上去的。据说，爱沉思的莱蒙托夫喜欢坐在这个窗台上。这些墙壁听到过赫尔岑和奥加辽夫的声音。现在我们踏着这些天才的伟大人物的脚印一步步地走着。谁也没有妨碍我们成为他们那样的人物。

老实说,当我们穿过神话般的走廊,向招生委员会走去的时候,我越来越胆怯了。当然啰,要是问起志愿,那有什么好说的呢!但我们也不是空着两手上莫斯科大学来的。在这之前,我们还是积累了一些报纸上的材料。谢谢区里的报纸,我能向招生委员会有经验的记者提交整整三篇简讯,供他们评审:一篇是报道我们学校收集废铁的情况的,还有两篇是写橡树林里的一次郊游和参观阿普列廖夫卡唱片厂的情况的。鲍里斯有几篇报道当地足球比赛的简讯和一首纪念五一节的长诗。我很喜欢其中的一行:"风吹彩云红似火"。

一个有点秃顶、脑门像鹅卵石一样光滑、上了点年纪的男人,透过眼镜瞟了一下我们的材料——一些剪报。他好像没看到一样,就叫我们到秘书——一个可爱的姑娘那儿去。

随便怎么样吧!我们都是响当当的毕业生!对毕业生是应当尊重的!我们在一扇古代的石头门口站了一会儿,从这个门口进去,可以通到一个新的、我们还没有见过的世界。后来,我们便不约而同地往下走,沿着大街向莫斯科河走去。在这里,整个夏天以来,我可能还是第一次感觉到树叶在头顶上沙沙作响,小河散发出一股沁人肺腑的凉气。像这样令人心旷神怡的时刻是难得有的,使人永远不会忘记。我们不知道,过两个星期再来的时候,心情竟完全不同了,那时回想起收下我们材料的那天,就像早已过去的节日一样。

我们作文考试不及格。错了多少,始终不知道。再说,就是知道了也没有什么意思!像我们这样的人有三四十个,大家都挤在一张名单前面看着,名单上面整整齐齐地排列着不及格的人的名字。

"嘿!上榜了!"不知谁沮丧地说了一句俏皮话。

瞧!巴维尔·铁木申,鲍里斯·基里洛夫。

我们当时还不知道,作文里的错误并不等于生活中的错误。也不是拼写和标点符号的错误挡住了我们进入新闻界的道路。新闻工作和世界上其他最难的行业一样,大概要求具备什么更重要的条件,而这种条件，不论在我们毕业证书里，还是在我们身上，目前都是缺少的。

“有什么办法呢？”我对鲍里斯说，同时也安慰着自己，“过一年再来考吧。总算有了经验……最重要的是呆在一起。我们进工厂吧。有了工龄，人家就尊重！而中学生可能是有意淘汰掉的……”

“过一年？”鲍里斯鼻子里哼了一声，像看小孩子那样看了看我。“过一年我们正好给抓去当兵。就在那里整天‘一——二——一’吧！要回来，得过两年，说不定要过三年。”

鲍里斯长长地吸了几口烟，把一支烟吸完了，又接上一支。不知是怕烟的缘故，还是在深思，鲍里斯眯起了眼睛。

我耸了耸肩膀，但没有同鲍里斯争论，虽然他的话使我感到惊奇。不上大学，到秋天兵役局会寄来征兵通知单，这点，他不说我也知道，他并没有发现什么新大陆。而且我一点也不怕发生这种变化。我们就一起去参军。建议上级把我们分在一个团，一个连，一个排！这可真是我们大喊大叫的时候了：“海军陆战队里有两个朋友，英勇战斗，不愧为俄罗斯的水手。”就是分配到一般的步兵部队也行。当然，当上水兵再回阿普列廖夫卡就更好了：“年轻的水兵回家探亲，胸前挂满了奖章，飘带上印着铁锚的图样！”

“你知道，今天的部队完全是用技术装备起来的。”我试图动摇鲍里斯的逻辑。

“我知道，”鲍里斯冷笑了一下，“不仅用技术，而且整个都是用电子和控制论装备起来的……总之，你想怎么办都行，我可要想点办法。”

什么“你怎么办”，“我怎么办”啊？我觉得，这不像鲍里斯应该说的话。我蓦地想起了早已淡忘的那次打架的事情。

我们冷冷地告别了，后来就一个多月没有见面。情况就是这样：我们两家住在一条街上，再说阿普列廖夫卡又不是莫斯科，然而我们就像捉迷藏似的，互相躲了那么长时间。谁也不愿像过去那样彼此串串门。

这是老规矩。我们彼此等待——看谁先上门。这次鲍里斯让了步。

他喜气洋洋地走了进来。大声招呼了一下，好让家里的人都听见。他把手伸进上衣口袋，掏出一个深蓝色的小本子，啪嗒一声扔在桌子上。

“祝贺祝贺吧！大学记分册。”

果然，这是一本记分册，上面贴着鲍里斯的照片，印着“莫斯科食品工业学院工程系”几个大字。

“你看！”鲍里斯看到我的眼神，就说，“得有点办法！”

“好是好的，”我说，我心里并不感到高兴，但有点羡慕：大学生毕竟是大学生，“不过干吗进食品学院呢？”

鲍里斯正等着我提出这个问题。当然，这是料想得到的。他默默地玩味了一下要回答的话，然后说：

“巴维尔，样样工作都好，各行各业的人都需要。难道你忘了马雅可夫斯基对后代的劝告吗？”他不慌不忙地把记分册放进口袋里，又继续说，“依你看，这个学院哪一点比莫斯科大学差呢？‘食品’，大家知道，这是一切生物的能源。再说，‘存在’决定‘意识’。至于专业技术，那完全是现代化的：化学工艺过程是自动化和成套机械化的。哪一点不是自动控制的？”

一般说，鲍里斯的话是对的。我闷闷不乐地想：我向工厂人事科打报告，要求到机械车间当车工学徒，这件事可能做得太性急了。父亲的鼓动一直在起作用。“别垂头丧气，”他对我说，“别灰心，一切都会好的。你在工厂可以学会拿锄头，在部队可以学会扛步枪，不就像个人了吗？而毕业证书不过是一颗聪明脑袋的附属品而已。”

是啊！对于服兵役，我们家从来没有异议，都认为，这很自然，是一生中不可缺少的部分，就跟上一年级，加入少先队和入团一样。我记得，我刚刚拿到团证，从区委会回来的时候，一跨进家门，抬头一看，桌子上有个大馅饼在冒着热气。“这是干吗呀？”我问妈妈。“什么干吗呀？”妈妈很奇怪，“你不是入团了吗？”

在送我参军的晚会上，从母亲的泪花中，我看到她眼里充满了喜悦和自豪：“儿子长大了，我活到送儿子参军的时候啦！”父亲呢？我那个父亲，好像年轻了十岁，他整个晚上手风琴不离手，唱着一首首歌唱士兵的歌，有些歌我们从来没有听到过。看来，父亲是把这些歌留到特别宝贵的时刻才唱的。

客人到很晚都没有散去。时针已经快指到午夜十二点了，这时鲍里斯走到我跟前，很神秘地小声对我说：

"出去一下，有人等你。"

我跑下台阶，立刻闻到了秋天花园里的气息，这是苹果树叶发出的带酸性的香味，其中夹杂着篝火余烬的烟味。没想到，篱笆门外面站着同班女同学丽达·卓托娃。我仔细看了一下，才认出她来。

"你有什么事？"我大声问道，语气大概很粗鲁。

"给你，"她说，"拿着。"说完她就给了我一个信封，"但有个条件：换上军装后再拆。"

我把信封放进口袋，连说声"谢谢"都忘了。

我们默默地站了五分钟，也许半个小时。月亮像个明净的淡黄色灯罩挂在半空中。树影稀稀落落的，在明亮的月光下丽达的侧影就像用墨笔勾勒出来的一样。丽达的身后是暗黑的山梨枝，这个侧影深深地印入了我的脑海。我越是凝视这个侧影，丽达的脸庞就变得越认不出了。也许是现在，在黑暗中，我才从她的脸上看到了白天从来没有看到的东西。

"我们这些人部队是不要的。"她说。

她就说了这么一句话。

我们繁忙的阿普列廖夫卡已经沉睡了。在这夜间，只有电动列车还在远处沿着钢轨奔跑，传来了车轮的隆隆声。

脚下闪过一道亮光，这是鲍里斯，他打开门，走了过来。

"对不起，巴维尔！"他打着呵欠说，"我明天，也就是今天，天蒙蒙亮就要起来。他们叫你去临别干一杯。"

"好。再见吧，我走了。"丽达感到不好意思，说完就沿着篱笆旁边咯噔咯噔走了。

鲍里斯最后一个握住我的手。

"写信来，"他又说了一遍，"最主要的，是要多写信。写信会使你感到轻松。这是我从一本好书里读到的。写封信就好像跟朋友谈过一次话一样。你的朋友要不是我,还能是谁呢?噢!”他突然想起了什么,“差点忘了。”接着,他在皮包里翻了一阵,拿出一卷纸,“拿着!一套芬兰出品的信纸信封,够你用半年了。信纸还是有格子的呢。”

临睡前,我想起了丽达送的那份意想不到的礼物。我打开了信封,原来里边还套着一只小信封。

“真不害臊!”我读着,“我可是要求你换上军装后再拆开的呀。我知道,你是忍不住的。吻你。丽达。”

……那个晚会就像昨天才开的一样,可是现在我已经不在阿普列廖夫卡的街上,而在底舱里了。现在,鲍里斯在哪儿呢?真有意思!

第一封信

鲍里斯,老朋友,你好!

好久没有给你写信,请原谅。可是写些什么呢?写我在上舰之前怎样操练吗?你想象一下吧,那时我们是在重新学走路。

“在你们生下十个多月以后,妈妈教会你们的那些东西,全得忘掉!”准尉说,“脚抬高些,起步走!”我们就这样从早到晚操练步法。“解散!集合!”上专业课时,我们总算可以喘喘气了。这时,我就想起,你到底还是个有头脑的人,物理和对数没有白啃。可是,这就像阴雨天偶然见到太阳一样。其余时间,从起床到熄灯,就像松鼠蹬轮子似的忙个不停,可是跑来跑去,到头来还是在原来的地方。

我很希望上舰后能有些变化。我想,好吧,熬一熬吧,以后就会出现“海风迎着胸口吹来,祝你一路平安”的场面。可是,上了舰,几乎还是那一套。在这儿也离不开甩拖把。

舰长同一般的舰长一样,没什么特别,不是什么有胆略的舰长,也没有跑过许多国家,我同他见过一面,他有点古怪,他的舱室里还养着花。你想想看,在两个大锅里(这儿管它叫汤桶)竟养着一大堆紫菀。

他一知道我是一九五二年生的,可惊奇哪!这有什么不光彩的?是的,就是一九五二年生的。当一些划时代的大事发生的时候,我们或者还没有生下来，或者还是个吃奶的孩子，这可不能怪我们。

在法西斯国会大厦顶上升起红旗之后过了七年我们才生下来。对我们来说，国内战争时候的一些日期就像古罗马时代战争中的日期那样难记。尤里·阿列克谢耶维奇·加加林——我们地球上第一个上天的人，飞往宇宙的时候，我们上学还不到两年。“是的，这没有办法，”舰长对我说，“时代在前进……”

你说，这该怎么理解呢？也许，他把我的年龄和自己的年龄比较一下，觉得我还是个乳臭未干的小孩子。不过，他们也不是纳希莫夫、乌沙科夫那样的人物。他们的生活也很平常：出海巡逻——返航。在海里转转，吃吃饭，睡睡觉，就那么服役。

这里有什么浪漫呢？真单调！甚至连大海都不能好好地看看。尽是什么大扫除啦，摆弄机件啦，政治学习啦……

说真的，鲍里斯，我真羡慕你。大学，科学。

我只有等着这几年过去。常言说：“只有岸上观海，才见海景美丽；只有画上看舰，方觉舰姿雄伟。”你最好多给我写写信。你知道，这里每个消息都是非常宝贵的啊！

你遇到熟人，都代我问好。拥抱你，你的巴维尔。

我伸手到箱里拿信封，无意中发现了夹在书里的袖珍日历。我就把上舰后的第一个日子划掉了，反正第一次水果羹已经吃过。但是，我没有画“十”字，而是慢慢地、认真地、品味似地画了一条细线。没画线的日子还多得很，再计算它们也就没什么意思了。

熄灯后，我躺在床上翻来覆去，觉得身子下面的软木垫在吱吱作响。旁边床上那个拉手风琴的麻脸小伙子已在小声打鼾。海浪在钢铁的舱壁外哗哗地响着，仿佛猫在挠门似的。蓝色的值班灯，像只一眨不眨的眼睛，惊恐地瞅着我。

二

谁也没有叫我起床，这是千真万确的。但是，好像有一种什么力量轻轻地把床推了一下。我眼睛还没有睁开就跳起来，拉过工作服，这时我才听见了急促的警报声。

“赶快到雷达室去！”阿法那西耶夫喊了一声，就三步并作两步冲上了舷梯。我拔脚跟着他跑上去。

扬声器里传出口令声：“战斗警报！战斗警报！作好战斗和起航准备！”

这是一个既熟悉又不熟悉的声音。它有力、威严、不断发出命令。

我挤进雷达室，没有马上认出阿法那西耶夫。他戴着耳机和无檐帽，一动不动地坐在工作椅上。他两手不停地移动着，一下子按这个按钮，一下子按另一个按钮，一下子拉拉这个手把，一下子拉拉另一个手把。我甚至感到，他好像一下子瘦了很多——颧骨高耸起来了。他双唇紧闭，目不转睛地盯着雷达上的荧光屏：它已经亮了，绿色指示光的箭头弯弯曲曲地跳动着。

阿法那西耶夫摘掉耳机，朝我点了点头，好像才看见我似的。

“坐在我旁边，给我做帮手……”

他是不是一个会记仇的人呢？我注视着他那操纵着手把的灵巧的双手，对昨天的发怒感到羞愧。是啊，他肩上那两道杠杠大概不是平白无故给戴上的。

扬声器里不时传来那个有力的声音，它发出了各种命令。

“这是谁？”我指着扬声器问阿法那西耶夫。

“当然是舰长……”他困惑地朝我看看。

真是舰长吗？扬声器里传来的那些平静而坚定的话，其中有不少我还不懂。现在，这些话都是对在上层甲板上准备起锚的人讲的。但是，全舰都在注意听着这个声音。

我尽力把驾驶台上的舰长想象成我在舰长舱室里看见的那样，但是做不到。只有另一种人才可能发出这样强有力的声音。每个船舱、每个工作室对他的命令都像回声一样立即作出反应。我甚至觉得，舰长和军舰已经融成一体，不是海军少校在对着话筒发命令，而是整艘颤动着的军舰在用他的声音讲话。

"起锚！"

军舰离开了码头，这时的隆重气氛只有站在上甲板上的人才能感受得到。但是，这种人不多。因为军舰是不载客的。而从舷窗里什么也看不到：按航行规定舷窗都紧闭着。我甚至听到过这样的传说：一个轮机兵在舰上服役了五年，但是一次也没有见到过大海。当然，这是过于夸大了。我幻想了那么久，那么焦急地等待着这样的时刻，然而，现在这样的时刻来到了，我却只能坐在狭窄的雷达室里，无可奈何地暗自骂街，就像关在木桶里的格维顿王子[①]那样既不能叹气，也无法喘气。

现在对我和阿法那西耶夫来说，雷达上的荧光屏就是唯一的"窗户"了。

我们进入航道后，大尉到我们雷达室来了，他对我们说：

"这么说，现在我们可以用四只眼睛观察了！"

"对！"我代表两个人高兴地回答。

"对极啦！"大尉笑了起来。他不时看看荧光屏，嘴里随便朗诵着："出航时是孩子，返航时成了汉子……"

"要注意观察。"离开时他说了一声。他想了一下，又补充了两句："等有空，就让你们看看，是如何进行航路绘算的。"说完，他就砰地一声关上了门。

"他会给我看吗？"我问阿法那西耶夫。

他戴着耳机，没有听见我的话。海岸在荧光屏上渐渐消失，成了一条淡白色的线。我们的军舰沿着巡逻线驶去。

什么叫边界线？任何人都会想到一些涂着红绿条纹、画着苏联

---

① 格维顿王子是俄国诗人普希金的一篇童话故事中的主人公。——译者注

国徽图样的柱子，它们竖立在荒无人烟的沙丘上，竖立在难以通行的密林里，竖立在白雪皑皑的群山之间，任何人都不得接近，任何人都不准通过。

而海上的边界线就是海浪和天空。从岸边算起十二海里以内是我们的领海，大约相当于陆地的二十四公里，外面就是公海。当然，这里没有那种标明边界的柱子。但是，无论在巨浪排空的大海里，还是在风平浪静的水面上，水兵们都能看到这些柱子。而在海图上，海上的边界仅仅是一条细线。

大尉履行了自己的诺言。

“这就是边界线，”他摊开海图说，同时用圆规在虚线上比划着计算里程，“你们看，我们就在这里。”

在航迹自绘仪上，我们看到了一个发亮的点，它正在慢慢地移动着。在星际航行轨道上，人们大概也是这样看到自己的吧。

在海图上我们只是一个点。而在海上，如果你从驾驶台上看下去，就可以看到整个舰身和舰尾后面翻滚着的白浪。它比速力表上的计数更能说明这艘军舰的航速。

“清楚吗?”大尉用铅笔把航线画了出来。

“清楚了。”我回答说。这时我想，要是能在这儿，在上面呆一会儿，那有多好啊!

“好吧，如果清楚了，就到战斗岗位上去吧!”大尉和颜悦色地命令说。

我和阿法那西耶夫的战斗岗位是军舰的眼睛。

我指着雷达上闪耀着亮光的荧光屏说:“像X光机一样”。

阿法那西耶夫赞同地说:“像X光机。”

绿色的光在荧光屏上回旋，标志着许多看不到的东西。无论黑夜还是浓雾，都不能把越境的船只隐藏起来。如果有哪个不速之客越过了国境线——海图上的那条虚线，那么我们就会“全速前进”，靠上这个目标。我们军舰的桅杆上就会升起命令信号:“停船，开始漂航!”

阿法那西耶夫目不转睛地看着荧光屏，好像是顺便把这一切讲给我听似的。

“有时也发生这样的情况：有些越境的船只不停下来，”他继续说，“好像没有看见也没有听见我们的命令。那时候我们就追上去。他们都不可能逃出很远。我们的检查小组就会登上越境的船只，搞清楚越境的原因。不抱敌意的船，我们就客客气气地放他们走，而那些不怀好意的家伙，我们的边防战士很远就会看出来的。”

我看着荧光屏想：“最好现在出现一条越境的船，哪怕是怀着恶意的也不要紧。”

扬声器吱吱响了起来，接着就传出了那个熟悉的声音：

“不当班的人到上甲板集合。”

我朝阿法那西耶夫看了看，眼睛里带着询问的神情。“你也要去。”他用眼睛向我表示了一下，接着又目不转睛地凝视着荧光屏。

我登上甲板，看到军舰骤然放慢了速度。现在军舰大概是在以最慢的速度航行。被船头划开的水，成楔形平稳地朝两边分开，看不到一点浪花。军舰随波摇晃，在慢速航行中，更能觉察到船身的摇动。

不值班的水兵并不多，他们背着船舷，排成一列横队。我靠着麻脸的手风琴手，站在吊索旁边。

“为什么集合，你知道吗?”我问他。

“你们那边安静点!”右边不知是谁打断了我们的话，“舰长来啦……”

我们这个人数不多的队伍动了一动，就自动成“立正”姿势站好了。

舰长双手托着一个白色的东西，缓缓地在甲板上走着。鲜花!我不相信自己的眼睛。可是，这的确是鲜花，就是养在舰长室那些汤桶里的白紫菀花。

这又是一件新鲜事！跟人家庆贺生日没有什么两样。喏，送给你一束鲜花。

当舰长走到我们队列前时，我发现自己看错了。在一个不大的木架上放着一个花圈。这是用鲜红的带子编扎的白色花圈，仿佛是用美丽的花边做成的。

花圈！这是为什么？我觉得背脊上发凉。

舰长把花圈交给排头的水兵，接着把脸转向海面。周围静得出奇，仿佛螺旋桨也停了下来。只能听到海浪拍击舰首的响声。迎风飘扬的旗子在头上哗啦啦地响着。

水兵把木架系在吊绳上——现在花圈就像放在秋千上一样，——然后和舰长一起走到船舷边。

“立正！”舰长用一种低沉的声音发出命令，“为了悼念为我们祖国的独立和自由而献出自己生命的‘神速’号水兵，降半旗！”

旗子抖动了一下，微微降下一些就不动了。舰长摘下了军帽。

“献花圈！”

水兵放下了吊绳，花圈就像放在小筏子上一样，随着波浪轻轻地晃动起来。

我们的队形保持了大约一分钟，突然，大家不约而同地向船边拥去。

花圈在我们军舰旁边漂浮着。但是一个浪头就把它冲到船尾后面，变成一朵大紫菀花，它好像长在花岗岩般起伏不平的海面上。

舰长没有戴帽子，若有所思地站着，好像完全把我们忘记了。我们紧紧挤在一起，靠着扶手索，一动也不动，注视着慢慢漂去的花圈，直到它在浪花后面像星星一样最后闪了一下为止。

舰长简短地喊了一声：“解散！”

一分钟之后，我们听到了一个威严而急促的命令：

“全速前进！”

军舰沿着巡逻线进入战斗航向。

第二封信

鲍里斯，你好！我们现在在海上。我已经值过第一次班了。诚然，我还是一个预备队员。这和足球队的预备队员完全不一样，在足球队里任何时候都可能成为一个正式队员。不过，我们在雷达室值班的情况你未必会感兴趣，现在我和阿法那西耶夫就是没日没夜地守在荧光屏旁边，朝它看着。在这里，你也知道，一点浪漫的味道也没有。再说，一封信里什么都写也是不可能的。

可是，鲍里斯，我参加过一次大概永远不会忘记的仪式！这是悼念一条沉船的仪式。

你可以设想：我们在海上走着走着，突然命令："慢速！"我们跑上甲板集合。这是干什么？原来，从前有一艘军舰在这里被击沉了。我们可能正好停在它的上面。这在海图上是精确计算过的。

舰长捧出一个用白紫菀花做的花圈，下了半旗，接着，就把花圈献到海面上去了。

这不是有点浪漫吗？

英雄的水兵们在海底安息着。他们可能直接死在自己的战斗岗位上——有的在舵旁，有的在炮位上。对他们来说，几公里深的海水就是深蓝色的天空。在那个严峻的时刻里，我们甚至还没有出世，而现在，我们却在这条战斗的航线上航行。

在海上不可能立块方尖碑，因此我们只能献花圈。关于这件事，水兵们甚至编了一首歌，歌名叫《位置》。你听听这首歌的副歌吧：

> 这个位置所有的水兵都知道，
> 舰长不看海图也能找到。
> 鲜红的花圈在漂浮，在颠簸，
> 这个位置就在人们的心坎上，
> 它与世长存，永远保留在海上。

是的，鲍里斯，是有这样一些人……他们是谁呢？我只知道，这艘军舰叫"神速"号。名字挺漂亮，对吗？在我的想象中，它跟"瓦良格"号一样，是一艘巨大的钢铁军舰，威胁着法西斯。它大概就像"瓦良格"号一样，和整个分舰队一起，战斗到最后一颗子弹，最后一发炮弹。

相比之下，没话可说，我们显得非常渺小。我们老是出去巡逻，搜索越境的船只。但是，现在谁还敢来侵犯我们呢？连鼻子都不敢伸一伸。

好吧，又传来命令了："轮班的上班！"只得暂时搁笔，以后再写。

三

今天几号？我掏出笔记本，翻出了袖珍日历。第一次吃水果羹时已经打上一个小小的“十”字了。这时我发现，其余几天我忘了做记号，这说明，吃过几次水果羹，我已经不再去数它了。这使我感到惊奇。

这几天，我们一直沿着巡逻线日夜在海上航行。现在一个昼夜不是按照早晨、中午、傍晚这些一般的概念来划分的，而是根据各种命令来划分。我们不仅用耳朵听命令，而且全身都在听命令，时刻准备着，一听到命令，就立即活动起来，或者去休息。“轮班的准备上班!”命令一传出来，你就起来了。“轮班的上班!”命令一传来，你已经在自己的战斗岗位上了。一听到“下班的回去”！你又回到底舱里了。

我在箱子里翻来翻去找信封，准备给鲍里斯写信。不过，没什么好急的。你看，第一封信还放着，在岸上我没有来得及发出去。第二封信，也不可能发出去，因为暂时还没有海上邮递员。

第三封信我已经考虑过几天了，在值班时想，在厨房里想，在底舱里想，不管到哪儿我都在想这封信的事。其实，我不是在想怎样写信，而是想尽力弄清楚，在我们献花圈的那个地方，到底发生过什么事情。凡是可以打听的人，我都打听过了。大概，问得大家都厌烦了。

第三封信(未写完)

鲍里斯，下面给你谈谈“神速”号的事情……就是歌曲里提到的那个在海图上用红色小旗标出来的位置……事情是这样的。

一九四一年底，我们舰队的基地设在一个滨海城市。当时那个地方完全是另一个样子：没有一所房子不受到炮弹或炸弹的袭击。

城里是一片火海，灼热得可怕。几乎所有的居民都已疏散，城市变成了一座堡垒。城郊已经打起来了。大家都知道，法西斯匪徒迟早会闯进这里的。

有一次，在例行轰炸过后，一个水兵在一所炸坏的房子旁边看见一个八、九岁的小孩在哭。

“你叫什么名字?”水兵问。

“辽什卡……”小孩抹着眼泪，抽噎着说。

“你妈妈在哪儿呢?”

小孩断断续续地讲了起来。原来，轰炸开始时，妈妈把他带进防空洞，而自己不知为什么又回家去了。

水兵明白，小孩没有母亲了。

“好吧，辽什卡，我叫彼加叔叔。”他伸出布满火药斑点的大手，调皮地眨着眼睛，低声说，“别哭啦，辽什卡，你是一个水兵啊，水兵是不兴哭的，也从来不灰心丧气。走，跟我一块到码头去。”

（这一切我都看得清清楚楚，就像在银幕上看到的一样。不，甚至还要清楚。色彩很鲜明：黑色的是城市上空的浓烟，红色的是火焰，灰色的是人行道的石板。两个人影在人行道上走着，窗户的碎玻璃在他们脚下咯吱咯吱作响。一个穿着海军呢制服，宽肩膀，无檐帽的飘带飘动着。另一个裹着一件短小的大衣，小步紧跟着大个子。他那蓬乱的头发不时碰着自动枪的枪托。）

“到啦!”水兵说，“再见吧!”

“为什么再见?”辽什卡的心缩成了一团，“难道我们不在一起吗?”

“不，”水兵回答说，他像母亲带孩子到街上玩一样，给辽什卡扣上衣领的钮扣，“你乘这条柴油船，”他指着一条船说，“你看见那条停着的、烟囱上有红圈的白船吗? 我乘的是那条护卫舰，这是我们的‘神速’号，我们要护送你们出去，就是说，保卫你们……。哎，干吗皱眉头呀? 辽什卡，你是一个水兵啊，水兵是不兴哭的……。”

他把辽什卡领到舷梯旁，对一个站在码头上的水手说了一些什么，那个人同意地点了点头。

“辽什卡，再见。”彼加叔叔用他那双像金刚沙一样粗糙的手握着辽什卡的手，“我在‘神速’号上用小旗跟你打招呼。”

和彼加叔叔讲话的那个水手，把辽什卡安排到底舱里去，因为容克式飞机随时都可能飞来袭击，甲板上是不许站人的。

底舱就像防空洞一样，又暗又闷。乘客们，就是一些坐在包裹和箱子上的妇女和儿童，跟轰炸时辽什卡和妈妈在地下室里碰到的那些人一模一样。孩子们在嘤嘤哭泣，妇女们一边低声地谈着话，一边惊慌地倾听着岸上高射炮的炮声。

柴油船已经离开了码头，驶向公海，但辽什卡并没有感觉到。他当然也看不见“神速”号在他们右侧不远的地方行驶着。“神速”号早已作好完全战斗准备，假如法西斯飞机或鱼雷快艇来袭击，“神速”号就会给以迎头痛击。

（他们是怎么驶过这个碇泊场的呢？我简直无法想象。因为每一步都可能遇到危险。有人说，在那些日子里，航道上设置了层层的障碍物，每公里就有八十个水雷。你算算看吧，平均每一百二十五米就有一个水雷，几乎等于这条柴油船的长度。）

虽然只有那么一会儿，但辽什卡终于找到机会从舱口上探出身来，他一看——啊，是的，彼加叔叔的军舰就在旁边。比一条快艇稍微大一点，比客船小多了，可是跑起来真快，只看见船尾后面翻腾着白浪。

辽什卡怎么也看不清楚，站在舰桥上的水兵是谁。从体形看，好像是彼加叔叔，但说不定不是他吧？看，那个水兵开始挥动小旗了。“就是他！”辽什卡高兴起来了，“当然是彼加叔叔在给我打招呼！”辽什卡，你是一个水兵啊！孩子本来想从舱里跳到甲板上去，可是船上的水手发现了，喊住了他：“喂，下去！”

辽什卡只得顺着舷梯跑下去。

他们在海上航行了多久，辽什卡无法知道。

妇女们已经在发愁了。这时，一个水手对他们说：

“再过半个小时我们就到家了。”他这么一说，就像火车快进站一样，大家马上活跃起来了。辽什卡看着旅客们，心里很高兴。他想象着彼加叔叔在岸上接他的情景。到那时，辽什卡一定要求到“神速”号上去。“为什么不可以呢?”舰上一定会接受他的！如果彼加叔叔好好地请求一下舰长，当然就会把他收下的！让他当一个少年见习水手。说真的，辽什卡是小了一些。但是，十五岁当上舰长的人也有啊！九岁了，完全可以到海上去当一名见习水手了。

辽什卡……是一名小水兵啰！彼加叔叔一定会给辽什卡定做一件黑色的海军呢制服，一顶小小的海军无檐帽，带着两条小飘带，上面还印着金色的小铁锚。说不定还会特地为他做一支小小的、然而是真正的自动步枪。那时候——哼，小心点，你们这些法西斯分子！

所有这些，辽什卡都想象得像真的一样，连自己也深信不疑。当然会这么办啰！他很放心，于是打起盹来了。

一声可怕的轰隆声惊醒了辽什卡。船被抛到了浪尖上。辽什卡觉得甲板都快翻过来了。这时，灯也熄了，不知是谁喊了起来：“船要沉了!”接着，舷梯上响起了一阵脚步声；从手电筒的亮光中，辽什卡认出了那个船上的水手。

“同志们，请安静点!”他说，“没有什么危险，我们已经到了，正在靠岸。”

舷梯旁挤着排队上岸的人。辽什卡挤上舷梯，一下子跑到上面去了。这里还是白天，强烈的阳光刺得眼睛都睁不开。辽什卡跑到船边，停下来瞧着碇泊场，不知为什么却看不到彼加叔叔的船。“那条船大概靠到另一个码头——军用码头去了。”辽什卡这样想，焦急地等待水手们放下舷梯。辽什卡觉得水手们干活的样子有点不对头：他们都阴沉着脸，好像对这条船的靠岸并不感到高兴。

顷刻间，码头上就挤满了人，像火车站一样。

辽什卡开始担心起来，他怕在这样的人群中，彼加叔叔找不到他。“还是问问那个船上的水手吧!”他打定了主意，便往舷梯旁走去。

“你溜到哪儿去了?”水手不满意地嘟囔着，“我得拿脑袋来对你负责啊。”

“彼加叔叔在哪儿?”辽什卡问道，“‘神速’号在哪儿?”

水手耸了耸肩，沉默了一会儿，不知为什么叹了一口气说：

“彼加叔叔在海里，他还能在什么地方……”

从此以后，辽什卡就再也没有看见过那个自称为彼加叔叔的水兵了。儿童保育院的汽车直接从码头上把辽什卡接走了。那个船上的水手让辽什卡坐在车厢里，朝他挥了挥无檐帽，跟他告别。就连这个水手，辽什卡也没有再见过一面。

汽车沿着海边行驶了好久，辽什卡凝视着远方，看得眼睛都疼了。在很远很远的地方，在波光粼粼的海上，“神速”号正在骄傲地破浪前进。看，拿着红色信号旗的彼加叔叔正站在舰桥上：“辽什卡，你是一个水兵啊……”

但是，辽什卡如果不是在很多年之后偶然见到“神速”号的话，那就不知道他会成为一个什么样的人了。

十年级学生辽什卡·格雷宁在阅览室里准备攻下毕业考试这一关。为了让紧张的头脑休息一下，他翻阅着新到的杂志。突然，一九四一年的那一天就像远处的闪电在他的脑海里闪了一下。杂志里印着一张照片。上面是一艘威武的军舰，单桅上飘着旗子。啊，是它，当然是它——“神速”号！画面的上方是一篇简短的记述文章，大字标题上写着“不朽的功勋”。记述文章虽然简短，却像爆炸一颗炸弹一样动人心魄。确切地说，这是战争年代的那一天在海上响起的爆炸声的回声，更确切一点说，就是当时小辽什卡听到的那一声爆炸声。

原来，在辽什卡觉得甲板倾斜得很厉害，船舱内的灯熄灭之前，发生了这么一件事：

（这一切我现在看得这样清楚，就像站在那条船的甲板上，不许辽什卡钻出来的不是那个水兵，而是我。不仅如此，我好像还同时站在两条船上：既站在客船上，也站在“神速”号上，同舰长和信号兵，即彼加叔叔并排站在一起。）

我们的海岸已经看得见了。远远望去，地平线上现出了隐隐约约的树影和玩具一样的码头起重机。离码头最多只有四海里了。突然，“神速”号上的信号兵喊了一声：“左侧发现潜水艇的潜望镜！”过了一会儿，又喊了一声：“左侧发现鱼雷！”

从这一刹那起，时间只能用秒来计算。也许在十秒钟内，也许在十五秒钟内就必须作出唯一正确的决定。

鱼雷直往那条载着妇女和孩子们的客船滚来。甲板上的人都看到了。可是船舱里的几百个孩子和妇女，包括辽什卡在内，做梦也没有想到会有鱼雷突然出现。

不，时间已经无法用秒针来计算了。时间不是在增加，而是在减少，逐渐接近于零，也就是接近于鱼雷触及轮船、发生毁灭性爆炸的时刻。现在，鱼雷本身就是一个可怕的秒表。十秒、八秒、七秒、六秒……

轮船来不及转弯，只是笨拙地滑行着。船侧正对着鱼雷，爆炸已经无法避免。

这时，"神速"号上的人也在计算着时间。经验丰富的舰长马上断定：鱼雷会在离"神速"号的舰首两三米处擦过，正好撞上轮船。眼看鱼雷就要在"神速"号前穿过，就在这个时刻，舰上发出了命令：

"全速前进！"

五秒、四秒、三秒、二秒，爆炸！

要炸掉这艘灵活的小军舰，需要几个鱼雷呢？三分之一就够了……

轮船旁边迸发出一团火光，轰隆一声，军舰的碎片像一股黑烟被掀到汹涌的海浪上空。"神速"号再也不存在了。

这时，离我们的海岸总共只有两海里，几艘护卫舰已经迎着轮船驶来了。

"彼加叔叔在大海里，他还能在什么地方？"辽什卡想起了那个水兵讲的话。是的，他永远留在大海里了！

当天，辽什卡带着那本使人再次回忆起"神速"号功勋的杂志来到兵役局。他请求，一旦开始征兵，就派他到海军学校去。

你别着急，鲍里斯，事情还没有完呢。那个辽什卡后来成了什么样的人呢？他现在在哪里？你大概很想知道吧？

告诉你，那个辽什卡不是别人，就是我们的舰长，海军少校阿列克赛·伊凡诺维奇·格雷宁。他船舱里桌子上方挂的是什么照片，现在清楚了吧？关于紫菀和海浪上的花圈，当然用不着再说了……

这封信的内容我早就考虑过了，可是，说什么也无法动笔。几次想写，但是都没有写成。关于“神速”号的事迹，我想得越多，就越不想把它告诉鲍里斯。

为什么？我自己也在想：为什么？

四

我想起有一天我和鲍里斯在森林里的情景，那是我们刚刚结束考试后的事情。“嘿，嘿！哈—哈—哈！你好啊！”我们的喊声在森林里回荡着，就像一只看不见的松鼠，从这棵树上跳到另一棵树上，在森林里跳来跳去。

“让我们喊个够吧！”我建议。

“好啊！”鲍里斯同意我的意见。

我们喊啊，叫啊，直到嗓子都喊哑了。前几天我们还在紧张安静地考试，现在考完了，这样尽情地叫喊特别使我们感到快乐。

大概世界上再没有比七月份的莫斯科近郊森林更美的地方了。在小径上散步，就像进入了神话世界一样。看，白桦就像正在翩翩起舞的环圈舞演员，突然中了魔术，呆呆地站在那里，只要一解除魔术，它们便会像著名的歌舞团的姑娘们一样，在碧绿的草地上旋转起来。而橡树就像一些结实的小伙子，从环圈舞演员的背后探出头来向外张望。这里有多少潜力啊！各种树木都向上伸着手臂似的枝丫，仿佛要比个高低。你看，那棵云杉简直已经跑到林中旷地来了，而在它的周围则是五彩缤纷的野菊花和风铃草。这就像一个身材魁梧的巨人，拿着一大束鲜花，突然那些罕见的花朵掉了下来，撒得满地都是。

有什么东西可以和森林中那种充满各种花草的香味、可是又被松柏味儿略微冲淡了的空气相比呢？而任何一个鸟类学者当然也无法用最好的录音机录下大自然的珍禽异鸟的美妙歌喉。

莫斯科近郊的森林真是一篇应该在幽静的地方单独细细品味的神话。

如此美丽的景色我只是粗略地看了一下，因为鲍里斯和我并排大步走着。我们像比赛似地喊出各种稀奇古怪的声音。小路突然向左边转弯。为了抄近路，我们跳过一条小沟。沟底的水已经发绿，上面飘着浮萍。这是一条壕堑。在离莫斯科四五十俄里的各个森林里，都像伤痕一样布满了当年遗留下来的壕堑和掩体。

我挑了一个比较干燥的土墩，跳进齐腰深的壕堑，弯下身子，藏了起来。

“巴维尔！你跑到哪儿去了？”鲍里斯大声地问。他已经走出了三十来步。

我没有作声。

“喂，你在哪儿？”他更大声地问着，显然很焦急。

我等了一会儿，拼命地喊了起来：

“乌拉！冲啊！”

“你算了吧，别淘气了，”鲍里斯一看到我正在从壕堑里向外张望，就说，“你以为我没有见过战壕吗？”

“你最好到这里来，”我朝他招招手，“看，从这里看出去，视野多宽阔啊！”

这条战壕挖了多少年了？不用问任何人就可以准确地说：二十九年了。算法很简单：因为莫斯科近郊的战壕只能是一九四一年秋天挖的。

二十九年……在这二十九年中，那些细弱柔软的小树苗已经长成了结实的大树，那时从这条战壕望出去，视野可能比现在还要宽阔。但二十九年对于一棵大树来说却是微不足道的，譬如橡树就是这样。凡是到过科洛缅斯克村的人，大概都看到过那些六百年的橡树。和它们相比，这些挤在壕堑旁的树，只不过是学龄前的娃娃。

这棵多节细瘦的菩提树，大概见过头带钢盔的士兵在这里等候着敌人。更正确地说，是士兵们在战斗间歇时望着这棵树，对它说：“谢谢你了，你把我们伪装得不错啊！”同样，他们也会对着这棵枝条已经垂到壕堑边上的白桦树说这些话。在这二十九年里它能长多高呢？这一切当时就是这样的，几乎就是这样的……

的确，人总是好奇的！让我用先辈的目光看一看当时的世界，让我到他们站过的地方呆一会儿。人们不是平白无故地在回忆录上或者在博物馆里提出这些问题的：

“请问,那时这些东西也是这样的吗?”

人们总是认为历史上的实物比复制品更珍贵。他们常常带着孩子般天真的想法去寻找彼得大帝提出“这里要建造一座城池”的地方。斯捷潘·拉辛[①]的后代也纷纷登上悬崖,以便像爱好自由的先辈一样,眺望一下伏尔加河。在我们国家,这样的地方有千百个。还有各种各样的“陈列品”,从生锈的锁子甲到上一次战争中被子弹打了许多窟窿的钢盔,尽管它们属于不同的时代,但人们的记忆,就像一条看不见的导线,把它们连结在一起了。

“鲍里斯,”我说,“当法西斯坦克朝我们的士兵冲过来的时候,士兵们就是站在这里的。”

“是吗?”鲍里斯疑惑地看了看战壕,说,“德国人的坦克没有到过这里,他们在离阿普列廖夫卡两公里的地方就被挡住了。”

“怎么没有呢? 谁还来得及计算多少公里? 这里发生过战斗,”我不同意鲍里斯的话,“当时目睹这场战争的人就是这么说的。”

“哪些目睹这场战争的人呢? 是那些蹲在防空洞里的人吗? 好吧,就算这样。但是,假如用子弹打装甲钢板,就像用鸡蛋碰石头那样不起作用,那么战士们站在那里对付坦克又有什么意思呢? 本来就应该用坦克去对付坦克的。”

“本来就应该……”我发觉,这是鲍里斯喜欢用的一句话。事后谈论一件事情时,用这句话是恰当的。譬如说,排球打输了,鲍里斯马上就会说:“拦网本来就应该拦得密一些。”话是不错的,可是他满可以早一点提醒一下啊。当时他自己在哪儿呢?

“本来就应该……”鲍里斯继续发挥着自己的思想,但是我已经不在听他的话了。这一瞬间我设想着……

要是在今天,就是现在,从这片赤杨树丛中出现了一辆坦克,这个带着白十字的庞然大物笨拙地爬出来,在神话般的莫斯科近郊森林里横冲直撞,履带咯咯地响着,在这个怪物跟前只剩下我和鲍里

① 斯捷潘·拉辛(约1630—1671)——俄国1667—1671年农民起义的领袖。起义队伍曾在伏尔加河沿岸攻下许多名城。——译者注

斯，那么我们该怎么办？

不可能！这是梦还是现实？怎么会发生这种事情呢？为什么没有在离莫斯科很远很远的国境线上挡住他们？

我想象着母亲在田里用双手除草的情景。她根本不可能想到离阿普列廖夫卡两公里的地方会出现坦克。谁也不知道这里会发生战争。传来了“阿普列廖夫卡——莫斯科”电动列车在铁轨上开动的悦耳的隆隆声。唱片厂里的工人在往黑色的唱片里灌着音乐。在商店里，顾客们正在和营业员争吵。幼儿园里的孩子们正在捉迷藏。

而在阿普列廖夫卡的森林里却出现了法西斯的坦克。就是今天，就是现在，就是从这一片赤杨树丛里开出来的，离这个战壕一百公尺左右。

“鲍里斯，”我打断了他的话，“假如今天，一九七〇年六月二十八日，在阿普列廖夫卡的森林里出现了法西斯的坦克，那怎么办？假如这些坦克正在朝这个壕堑冲过来，周围一个人都没有；这些坦克已经走过了一千五百公里，现在离莫斯科只剩下四十二公里了。鲍里斯，那我和你应该怎么办？”

“你真是个幻想家！”鲍里斯满不在乎地微笑着，“难道现在还能容忍谁打到首都来吗？如果发生了战争，那也是火箭解决一切。只要一按电钮，就一切都化为乌有。一个城市或者一个小国家就一下子全部报销了。军人们操纵火箭发射台就像在弹钢琴一样。”

“不，假使发生我所说的那种情况呢？”我坚持提出这个问题。

“没有什么好假设的！”鲍里斯打断了我的话。我看到我提出的问题使他很恼火。但是，不管怎么说，那壕堑已经二十九年没有用过了，这多好呀！

我怎么会想起那次似乎很平常的郊游呢？噢，是的，在这个时刻我本来想坐下来写信，给鲍里斯讲讲“神速”号的功绩。可是又没有写成。我想，鲍里斯收到信，读过以后，一定会盘算起来。他准会说：“是谁看到了鱼雷？是舰长和信号兵吗？而其他人呢？没看到？那就是说，‘神速’号舰长跟谁都没有商量过，就独断独行地作出了决定？但是机舱和其他工作室里的人，可能还没有想到死。在这种情况下，舰长有权利下这样的命令吗？完全可以用别的办法嘛……”

但是我不愿用别的办法。虽然鲍里斯是我的同学，可以说是我的密友，可我不希望在这样的时刻里，是他站在“神速”号的舰桥上。

五

“你真不走运，”那个麻脸水兵对我说。他叫华列里。这时他正躺在我旁边的床上，往上翘的鼻子简直要碰到天花板。“而且很不走运，”他又重复了一遍，“瞧我，第一次出航就碰上了越境的船只。”

我知道，他所说的“第一次出航”只不过是两星期以前的事。华列里比我早来一个航次。现在他算是一个真正的声呐兵了。有一次舰长说：“从会拉手风琴的人当中总是可以培养出有才干的声呐兵的。”从那时起，华列里就把舰长这句话当作胸前的奖章了。

“是的，朋友，真是不走运啊！瞧我们上一次出航……”

“上一次”这几个字我还从阿法那西耶夫那里听到过，他也是用这几个字来开始讲述一年前的一件事情的，而从一个电航兵那里也同样听到过这几个字，他曾讲过一些并不太新鲜的事。不过我很快就发现，在那些讲故事的人当中，谁也没有过分地突出自己，在任何情况下，故事的中心人物总是格雷宁舰长。

“事情是这样的，”华列里说，“在上一次航行中，你的阿法那西耶夫在荧光屏上发现了目标，我们就向这个目标开过去。起初只能看见海面上有一股黑烟，后来就看得出是一条船了，原来这是一艘希腊渔轮。这条船一下子就碰到两件倒霉的事情。第一件：好像是无意中开进了我们的领海；第二件：船上失火了。我们看到，火焰从门和舷窗里直往外窜。希腊人全挤在船尾的甲板上，用他们的话在叫喊着。当然，即使没有翻译，我们也知道他们是在喊‘救命’。我们把这些人全接到自己的船上。舰长把我们集合到甲板上，说：‘愿意上渔船的出来！’不用说，大家都向前跨了一步。但是大尉只带着两个人去。开动了活动灭火泵。我们那三个人不时从舱里跑出来，互相拍打着衣服上的火苗。显然，三个人是无法把火扑灭的。到这时舰长才允许其他人过去。终于救了这条渔船……后来，舰长把我们召集到底舱里，他说：‘瞧，这就是他们的制度，你们冒着生命危险救出了这艘渔船，而他们的船长却不满意，因为一笔保险金拿不到了。一般说，你简直无法搞清楚，他们那里谁是长官。'舰长一下子就注意到，那个船长垂着双手，恭恭敬敬地站在他们一个水手的面前。很可能，这个水手是个乔装的特务头子。我们的舰长眼光真锐利啊!"最后，华列里这样说。

今天我在舷梯上差一点撞着舰长。当时我赶紧往后退几步，给他让路。舰长已经从我身旁过去了，但是又突然停了下来。他想起了一件事，便心事重重地对我说："是这么回事，铁木申，我们的信号兵病了，你替他瞭望一下。"

原来，炊事员——就是那个还当信号兵的人——发烧了。在基地的时候他就感到不舒服，但是没有说，因为不想留在岸上。

"轮班的准备上班!"这个命令对我和华列里都有关系。只是他的任务和我不同，他是通过海水"观察"海面，听上面的一切动静，而我必须到舰桥上去。我走的时候，阿法那西耶夫开玩笑地请求说："到了上面也替我呼吸一下新鲜空气。"

这样，我就在舰桥上值班了。老实说，我并不太高兴。右舷观察兵是怎么回事呢？就像古时候航海一样：拿着望远镜坐在那里，睁大眼睛看着海面。雷达上的荧光屏可不是这样的。那完全是现代化的设备。不管大雾还是黑夜，越境的船只都别想躲过去。就是声呐兵的工作也不错：戴着耳机坐在工作室里，却可以"看见"周围好多海里内的情况。一种看不见的电波从深水中传出去，一会儿，又像通讯员似的，返回舰上。如果它们在路上没有碰到什么障碍，他们就会报告："领海内平安无事。"如果碰到军舰或者潜水艇，那么就会立刻"叫起来"。有经验的声呐兵马上就明白，是谁在哪一条航线上急急忙忙到我们这里来做客。一般说，全是科学和技术。而我这儿用的却是哥伦布时代单管望远镜的后代——双管望远镜。这是一只旧望远镜，上面有很多斑痕，从前漆得黑光闪亮的筒管不知经过多少双手使用过，现在已经褪色了。他们大概是故意把这个废物塞给我的，他们一定这么说：这个小家伙能做出什么好事，早晚要掉到海里去的。可是我拿起望远镜一看，立刻发现我的想法错了。开始时有一点模糊，但是当你一调整好清晰度,海浪就好像涌到镜片上来了。很远的海面,现在就像在你身边晃动,大海也显得宽阔了。

我的视野并不像我开始时想象的那么狭小。从船头到我站的地方拉一条直线,再从我这里向右舷拉一条垂直线,就形成了一个九十度角。这个直角和中学几何教科书的例子比起来,不知要大多少倍。简直是一个天文数字。它的每一个方面,我的眼睛和望远镜都可以看到五、六海里远。在这个距离内,从军舰到烂木头,不管什么东西都不可能从我的眼前滑过去。

让阿法那西耶夫坐在那里看雷达的荧光屏吧,我得意地想着,不时用望远镜看着远方。认真说,阿法那西耶夫半个班也没让我单独值过,他总是站在我旁边,暗中瞧着我,怕我发生什么事故。而这里不是别人的地方,是我的工作范围,完全由我向舰长和全舰负责。

海上的风不大,不超过二级。我已经学会确定风力了,因为在微风中军旗只是懒洋洋地飘动着,桅杆上的三角旗也是勉强张开一下。绿色的海浪一排一排平稳地翻滚着,既不互相追逐,也不互相碰撞。在遥远的海面上它们汇成了一片蓝色,偶尔激起一些白色的浪花。当“神速”号发现鱼雷的时候,海面是怎么样的呢?知道这一点是很有意思的。当然,鱼雷后面翻起的浪花,把鱼雷暴露了,那是一个帽缨似的东西,一边翻起浪花,一边朝船舷猛冲过去,就像一股小小的给人们带来死亡的旋风。

浪花在海上平稳地翻动着。是的,常常发生这种情况,军舰突然碰上了上一次战争中遗留在海里的水雷。在暴风雨中,这种会爆炸的怪物往往会从雷索上脱落下来,后来就留在海上随波逐流。碰上这种东西是不会有好结果的。如果前观察兵能够及时发现就好了。人们用机枪和大炮把多少个这种带角的球状死神送走了!这种事我在书中读到过,在电影里看到过。这时我想,如果现在有一个缠满水草的圆球出现在我眼前,那该多好啊!我会竭尽全力喊起来:“右舷发现水雷!”所有的人就会跑上甲板,而那个毛茸茸的东西已经漂到船边了,向它扫射已经晚了。这时舰长就会说:“水兵铁木申,跳到水里去!把水雷推到安全的地方!”不,舰长还来不及说这句话,我自己早就跳下水，把这个有角的怪物推到一边去了。

你想得倒好……水雷已经没有了，在我们以前服役的水兵已经把它们排除了，现在这里是风平浪静，一切都很好。

我拿起望远镜，按照我预先考虑好的路线慢慢地观察着，一波一波、一浪一浪、一寸一寸地搜索着自己负责的海面。忽然我感觉到，是的，起初仅仅是感觉到，有一样看不清楚的东西在浪谷中闪了一下，不知是标竿，还是一根竖着漂动的木头。但从后面泛起泡沫的波纹来看，这个东西不是漂浮在海浪上，而是自己在活动。

“右舷十度发现潜望镜！”我想喊，但是立即控制住自己。要是搞错的话，多不好意思，人家要笑话的。他们会说，你这哪儿是在观察，怎么连一根木头都看不出来？我一转身，看到舰长，他正用望远镜观察着我刚才看的那个方向。接着，响起了他那严厉的声音：“右舷十五度！发现潜水艇的潜望镜！战斗警报！”

“我疏忽了，”我害怕地想，“现在舰长要把我撤下来了。唉，真可耻！阿法那西耶夫经常说，舰长是不会原谅任何一个细小的疏忽的。”

“水兵铁木申，加强观察。”我听到舰长说。

我赶紧拿起望远镜观察起来，但由于激动，好久都没能把清晰度调整好。海浪在眼前模模糊糊地闪烁着。

舷梯上响起了急促的脚步声。传来了各个岗位作好战斗准备的报告声。

“第一战位准备完毕！”

“第二战位准备完毕！”

可是为什么要发战斗警报？为什么要准备“战斗”。潜水艇大概是我们自己的，苏联的。也许声呐兵们现在正在互相呼号。“我是某某舰。”而潜艇通过水下音响联络回答：“我是某某号潜水艇。”“敬礼！”“敬礼！”“一路平安。”

就在这个时候，传来了平稳的、就像拍节机一样清楚的声音：

“舰长命令：各就各位！一艘敌人的潜水艇正沿着我们的领海线活动，作好一级战斗准备。”

一级战斗准备！这就是说，在任何一秒钟都可能听到命令："打！"这就是说，在任何一刹那间，我们自己也可能遭到敌人的攻击。我发现舰长的手牢牢地握着栏杆。现在，几十双手紧紧地抓住舰上的每一个操纵盘、每一个操纵杆，几十双眼睛紧紧地盯住仪表的指针，大家都在等待舰长的命令。

我已经想象到，无论是阿法那西耶夫还是华列里，这时一定都很紧张。华列里的任务是盯住敌潜艇，即使它收掉潜望镜，也绝不能让它溜掉。

这艘潜水艇到底是哪个国家的？从潜望镜上是无法识别的。当时，"神速"号的舰长和信号兵也是这样注视着海上的潜望镜的。

我突然感到，对着阴森森的潜望镜，我好像一下子被放大了六倍，因此感到手足无措。这时我想起有人说过："最不愉快的事，就是发现身边出现了潜望镜。你只看见这个鬼东西，它却能把你从头到脚看得清清楚楚。也许就在这一刹那间，敌人的潜水艇已经向你发射了鱼雷"。

"距离？方位？"舰长不时问着领航员。

潜艇沿着国境线走着，没有改变航向。但是，只要它越过这条看不见的警戒线半个船身，那就……

一般说来……一想到这里，我的头发便在无檐帽下竖了起来……一般说来，他们用不着花费多大力气就可以把我们击沉。只要鱼雷一放，老太太就别想等儿子回去了，你也就莫明其妙地葬身海底。而"神速"号却是另一回事，他们好歹还是掩护了一条运输船。

是的，你可能牺牲。这时，心中出现了另一个声音，好像跑出来辩论似的。你不是第一个，也不是最后一个。报警的信号已经从军舰的天线上飞向太空，整个守卫这片水域的舰队都已进入一级战斗准备。几十个观察站现在正目不转睛地盯住这艘像鲨鱼一样扑向我国国境的潜艇。几十枚火箭已经对准这片水域。但是，第一声"打"的命令将由你们——海上巡逻兵发出。

领航员紧紧盯着方位仪的潜望镜，不时报着方位、距离……

我们的军舰和敌人的潜艇并排行驶着，一点都不放松。如果不是船头划破海浪，如果不是潜望镜后面拖着一股浪花，那就会使人以为，我们是停在原地不动。

“目标离开了！”这时传来了领航员的报告声。

现在我也看到，潜望镜转到右边，朝公海方向离去，突然不见了。

“继续监视目标！”舰长对声呐兵发出了命令。现在只有声呐兵才能监视住敌潜艇。虽然海洋里有各种各样的声音，但是声呐兵能够很快地分辨出潜艇潜行时发出的微弱声响，并且能够长久地听到敌人离开时的“脚步”声。

舰长擦了擦汗涔涔的额头，很平常地说了一声，“回家去了，这个无赖汉。”

当我向另一个水兵交班的时候，他接过望远镜，吃惊地扬起眉毛说：“哎呀，这么烫啊！你大概无意中把它揣到怀里了吧？”

底舱的“战报”旁已经站了几个水兵，不知谁在这么短的时间内竟来得及出这么一期战报！我走近一看，马上看见了自己的名字，上面写着“祝贺水兵铁木申和里亚扎伊金出色地完成了任务。”里亚扎伊金就是声呐兵华列里，今天我和他是同时开始值班的。“为什么表扬我？”我感到惊奇，“照规矩我是应当受处分的。”

一个不认识的、由于流汗脸上油光光的水兵拍拍我的肩膀说：“你真是年轻有为啊。”他的眼眶下和两腮上都有机油的油迹，我猜测，他大概是五号战位上的轮机兵。他怎么知道我在上面值班呢？

大概我脸红了，因为我感到自己好像站在讲台上，底下有几百只眼睛在看着我似的。以前我也发生过一次这种不自然的感觉，那是在一次共青团大会上，由于一时的激动，我决定要发言。当我坐在倒数第二排椅子上的时候，心里的话很多，而且也很有条理，可是一走上讲台，我的舌头就像咽到肚子里一样，什么话也说不出了。

自从踏上军舰的舷梯以来，我一直处在这种情况下——似乎跟所有的人一样，和大家生活在一起，但同时又觉得自己在大家面前很突出。现在我更明显地感到这一点。

那个不认识的水兵从水桶里打了一杯水，一口气喝了下去，然后把杯子放回原处。他侧身对着我站着。当他喝水的时候，我看见他脖子上的喉结一上一下地跳动着。从他那转动脑袋的样子、海魂衫上破裂的地方以及垂在宽大的背上的飘带上，我似乎发现了一些很熟悉的东西。噢！想起来了！那本描写海军陆战队的书里就有这样的插图，这样的形象我早就看见过了。在我穿上海魂衫，系上饰着金色铁锚的黑色腰带以后，我突然发现自己像一个水兵了，这样的人和海上的伙伴们是血肉相连的。

现在我才觉得，以前和鲍里斯在旧壕堑边的争论是那么渺小，那么遥远，就好像把望远镜倒过来看一样。真有意思，现在他在做什么呀？总之，那个时刻他在干什么呢？当……

当那个水兵在机房里热得喘不过气来、发动机的声音震耳欲聋的时候；

当前观察兵浑身湿透、冷得直打颤，但仍然一动不动地站在甲板上，注视着哗哗的海浪，看得连眼睛都发痛的时候；

当阿法那西耶夫在雷达室里拼命擦着太阳穴，以免在连续两昼夜值班之后打瞌睡的时候；

当我们的军舰像平常一样，出去巡逻的时候。

真有意思，在那一刻，当水兵们听到战斗警报的时候，鲍里斯在做些什么呢？这些水兵和鲍里斯是同一年出生的，可以说是祖国这个母亲的孪生子。他们同时呱呱坠地，同时进幼儿园和中学。可是后来在营房面前，为了在生活中，在自己的经历中抄近路、走捷径，鲍里斯突然拐弯走到一边去了。为什么在他的同年人的头上就应该多落下一些雪花和雨水呢？为什么他们就应该多过些担惊受怕的不眠之夜呢？

我把自己的这些想法坦白地告诉了阿法那西耶夫，不过讲得简单一些。

“你是怎么想的？”我问他，“逃避服兵役的伙计们能捞到什么便宜吗？”

“没什么，”阿法那西耶夫温和地说，“这种人在我们当中为数不多，屈指可数。”

“就算这样，可是这些为数不多的人能捞到什么便宜吗？”

阿法那西耶夫沉思了一会儿，接着向我提出一个问题作为回答："你知道，什么叫等角航线吗?"根据我在岸上初步学过的航海学原理，我知道，等角航线是一条按同一角度切过好多经线的一条直线。

"这和等角航线有什么关系呢?"我问他。

"有关系，"阿法那西耶夫解释说，"在专门编制的海图上，这条等角航线是以直线表示出来的。而这些为数不多的人，以为他们走的是一条直线，抄了近路，可是实际上，这段路的真正距离却要远得多……"

我们的军舰返航了。在这里，在我们自己的领海里，大海好像变得很亲切了。我和华列里站在甲板上，看着远方的海面。这时，我感到以前的俗话说得不对了，不是'从岸上看去，大海很美'，而是'从海上看去，海岸很美'。特别是长时间在海上航行，周围除了风浪，什么也看不见，过后再看到海岸，就更觉得是这样。

"你写了几封信?"华列里好像随便问了我一声。

"两封，怎么样?"

"我明白了，……一封是给家里的，另一封是给姑娘的，不是吗?"

"是的……"我坦白地承认了，一点也没有说假话，因为写给鲍里斯的信，现在也许只有海豚才能读到。

"两封信太少了，"华列里说，"每次航行回来，邮递员总是把一大袋信送到邮局去，并且带着两大袋信回到舰上的。"

突然，舰桥上有人喊了一声：

"左舷有花圈!"

军舰好像被什么绊了一下，然后用最低的速度行驶着。

"降半旗!"

传来了舰长的命令。

是的，这是一个花圈。扎在一个小小的木筏上。这时不知谁轻声地说：

"这花圈不是我们的，我们是用紫菀做的，而这个花圈是用石竹花做的。"

舰长脱下了军帽，我们也把无檐帽摘了下来。

版权声明

本社在选题及编辑过程中，经多方努力，仍无法与原书著译及出版者取得联系，对此我们深感遗憾！为了履行我们应尽的稿酬支付等义务，请作品权利人与上海交通大学出版社国际合作部联系。

联系人：陆　烨
地址：上海市徐汇区番禺路951号
邮编：200030
电话：＋86(21)61675215
传真：＋86(21)64073126

上海交通大学出版社
2015年8月